음운의 변화와 표기

김경훤 지음

보고사

머리말

국어학 연구에 뜻을 둔 이후 주로 국어 음운사 분야에 관련된 글을 써 왔다. 그동안 써온 글을 모아 엮은 것이 이 책이다. 여기 실린 글들은 본래 각기 독립적인 논문으로 쓰였기 때문에 전체로 볼 때에는 일관성이 결여되고, 부분적으로는 중복된 부분도 없지 않다. 그럼에도 불구하고 이처럼 한 권의 책으로 엮은 것은 두 가지 이유에서다. 하나는 지금까지 써온 글들에 대해 여러분들의 비판을 들음으로써 학문 발전에 도움을 얻고자하는 생각 때문이고, 다른 하나는 다분히 개인적인 것으로 그동안 방황했던 흔적들을 다시 한번 반추해 보고 부끄럽지만 과거를 반성하는 참회록을 만들어 앞으로를 위한 교범으로 삼아야겠다는 생각 때문이다. 이 점, 독자 제현의 많은 이해가 있으시길 바란다.

이 책은 크게 두 부분으로 이루어져 있다. 1부는 국어 하향이중모음의 역사적 변화를 당시 음운체계와 표기를 중심으로 서술하였다. 'ㅢ' 하나만을 남기고, 모두 소멸한 하향이중모음의 역사적 흐름을 체계의 관점에서 설명하였는데, 음운 변화의 과정과 단모음화의 원인 및 시기 등의 문제를 논의하였다. 2부는 개별적인 소논문들로 국어사에서 그동안 제기되었던 몇 가지 문제들을 중심으로 다루었다. 여기서는 기존의 견해와는 좀 다른 시각에서 접근을 시도한 내용들이 있었음을 미리 언급해 둔다. 이에 동학 여러분들의 많은 가르침을 기대한다. 또한 『하멜 일지에 나타난 조선국 지명』과 『서양인의 기록에 나타나는 17세기 국어 어휘』는 새롭게 소개되는 17세기 한국어 관련 자료로 이에 대한 보다 깊은 연구가 이루어졌으면 하는 바람이다.

지금 책상 앞에는 두 권의 책이 놓여 있다. 국어를 대상으로 공부를 해 오면서 이론적 토대를 쌓게 해 주었고, 또한 연구 방법론의 측면에서 저자에게 가장 큰 영향을 준 책들이다. 비록 경해(謦咳)에 접하지는 못했지만, 항상 사숙(私淑)하는 마음으로 두 책을 가까이 해 왔다. Ferdinand de Saussure의 『Course in General Linguistics』는 구조주의적 관점에서 언어의 요소와 구조를 이해할 수 있게 해 주었고, 음운의 생성과 변화와 소멸을 체계의 패러다임에서 해석할 수 있게 도움을 주었다. 언어의 개별 요소들이 체계 속에서 유기적으로 깊게 관련되어 있다는 명제를 글을 쓰면서 한번도 잊어 본적이 없다.

Thomas S. Kuhn의 『The Structure of Scientific Revolutions』는 패러다임이라는 용어와 함께 '코페르니쿠스 혁명(The Copernican Revolution)'이라는 경이로운 인식 전환의 가능성을 가르쳐 주었다. 이런 사고의 전환이 기존의 가치관 속에서 이해되기가 얼마나 힘든지도 또한 덤으로 알게 해 주었다. 우리 학계의 집단적 보수주의의 심각성을 깨닫게 해준 소중한 책 가운데 하나다.

이 책에서 얻어진 결론들이 조금이나마 국어 연구의 발전에 이바지할 수 있다면, 그것은 오로지 앞선 연구자들의 업적에 힘입은 것이다. 여러 가지로 부족한 점이 많이 있어 이렇게 책으로 엮는 것이 어리석은 일이라는 점을 알고 있다. 그러나 앞으로의 국어 음운사 연구에 작은 밑거름이라도 되었으면 하는 조그마한 바람에서 무리한 욕심을 내어 보았다. 여러분들의 많은 질정을 바란다.

이 책이 간행되기까지 많은 분들의 도움을 받았다. 항상 관심과 격려를 보내 주신 선후배 여러분들과 주위 분들의 도움이 없었다면 이 책은 간행될 수 없었다. 일일이 열거할 수는 없지만 모두 그분들의 은혜와 덕택이다. 특히 다른 곳에 관심을 돌리지 않고 한 길로만 가게끔 여건을 마련해준 가족에게는 더욱 고마운 마음을 금할 수 없다. 그리고 이처럼 아담한 책자로 꾸며 주기 위해 수고와 정성을 아끼지 않으신 보고사 여러분들께도 감사의 뜻을 전한다.

2004년 11월
지은이 삼가 씀

차례

제1장 국어 모음의 역사적 변화

제Ⅱ장　국어 음운의 변화와 해석

제 I 장

국어 모음의 역사적 변화

국어 하향이중모음의 변화와 표기

1. 서론

1.1. 연구 목적

1.1.1. 본고는 국어 하향이중모음의 변화를 통시적으로 기술하고, 그 변화의 과정 및 제 양상을 음운론적인 관점에서 해석하는 것을 목적으로 한다.

국어 음운사 연구에 있어 하향이중모음의 변화 과정은 많은 주목을 받아왔다. 중세국어의 모음체계를 설정함에 있어 'ㆍ'와 함께 문제가 되었던 'ㅐ, ㅔ, ㅚ, ㅟ' 등의 모음들이 지금과는 달리 단모음이 아니었을 것이라는 추정이 제시된 이후, 하향이중모음에 대한 관심은 더욱 고조된 듯하다. 이중모음은 단모음과 비교해 볼 때, 음운사적으로나 표기사적인 측면에서 유난히 변동이 심했는데, 이중모음 중에서도 특히 j계 하향이중모음이 주목받았던 이유는 대부분의 j계 하향이중모음이 모종(某種)의 음변화에 의해 단모음화를 겪어 현대국어에서도 그 모습이 일부 방언의 몇몇 어사를 제외하고는 거의 보이지 않는다는 점에 있을 것이다.

이런 이유로 기존의 연구자들에게 있어 국어 하향이중모음의 통시적인 연구는 『訓民正音』 해례본의 언어학적 해석과 'ㆍ'의 비음운화, 그리고 모음체계의 역사적 변화, 움라우트 현상 등과 함께 국어 음운사를 체계적으로 기술함에 있어서 풀어야 할 국어학계의 과제로 인식되었던 것이다. 더욱이 이중모음의 단모음화 시기 추정의 문제는 당시의 음운체계와 음운현상이 상호 유기적으로 관련되어 있다는 인식[1]과 그러한 태도에서 논의가 이루어져야 하기 때문에 체계적인 관점이 절실히 요구된다고 할 수 있다.

1.1.2. 이와 같은 인식 위에서 본고는 지금까지 제시된 이중모음의 연구 성과를 정리하면서 연구 성과에 나타난 문제점을 지적하고, 앞으로의 연구 방향을 제시하여 국어 이중모음의 연구에 보탬이 되고자 한다. 따라서 본고가 지향하는 연구의 방향은 대체로 다음과 같은 몇 가지로 정리해 볼 수 있다.

첫째, 지금까지의 이중모음에 관한 연구 성과, 특히 하향이중모음의 연구 성과를 종합적으로 정리하고 검토하여, 기존 연구에서 나타난 문제점을 제시한다.

둘째, 『訓民正音』 제정 당시의 하향이중모음의 음운적인 자질을 검토하고, 현대국어 시기까지 그 변화 과정의 통시적 기술을 시도한다.

셋째, 하향이중모음의 통시적 변화 과정과 그와 관련된 음운현상을

---

1) 체계의 관점에서 언어의 제 현상과 변화를 논하려는 시도는 F. de Saussure를 계승한 Prague학파의 음운론자들에 의해 처음으로 언급되었다. 이것을 받아들여 김완진 (1963)에서는 국어의 모음체계를 논하는 과정에서 체계적인 관점으로 음의 대립과 변화를 설명하려는 본격적인 논의를 시도한 바 있다. 특히 상기 논문(1963/1971:3)에서는 "변화하는 것은 그 체계 자체요, 그 체계가 변화를 내부적으로 마련하고 있는 것이라 해야겠다."라는 언급이 보인다.

통하여 음운체계 내에서 하향이중모음이 다른 모음들과 갖는 체계상의
상호관계를 밝힌다.

넷째, 하향이중모음의 단모음화 과정이 국어 모음체계의 통시적 변
화에 어떠한 영향을 끼쳤는지를 살펴보고, 궁극적으로는 국어 음운체
계의 변화를 설명하는 데에 일조한다.

1.2. 연구 대상 및 범위

1.2.1. 본고의 연구 내상은 국어사에서 보이는 하향이중모음이다. 일반
적으로 국어의 이중모음은 음절 부음(j, w)의 성격에 따라 j계 이중모음
(jo, ja, jə, ju, ij 등)과 w계 이중모음(wa, wə, we, wi 등)으로 분류되며,
또한 주모음과 부음의 선후 관계에 따라 상향이중모음과 하향이중모음
으로 나뉜다.[2] 현대국어에서 나타나는 하향이중모음은 'ㅢ'(ij)에 국한
되지만, 적어도 중세국어[3] 당시에는 'ㅢ'는 물론 'ㆎ, ㅚ, ㅐ, ㅟ, ㅔ' 등
이 존재했던 것으로 보인다. 따라서 본고에서 다루게 될 대상은 국어사
에서 정음 문헌과 차자 표기에 나타나는 'ㆎ, ㅢ, ㅚ, ㅐ, ㅟ, ㅔ'가 되며,
이들이 현대국어에까지 이르는 통시적 변화의 제 양상과 과정을 검토
한다. 한편 이들 이중모음의 실상과 이들의 방언사적인 변화의 모습을
살펴보기 위해, 중앙에서 간행된 문헌 이외에도 지방에서 간행된 문헌
과 현대국어에 보이는 방언형들도 아울러 언급하고자 한다.

---

2) 상향이중모음은 부음이 주모음 앞에 서는 경우로 'jo, ja, wa, we' 등이 여기에 해당
  하며, 하향이중모음은 부음이 주모음 뒤에 오는 경우로 'ij'가 해당된다. 이중모음에
  관한 음성적 · 음운적인 성격에 관해서는 후술될 2절을 참조할 것.

3) 본고에서 언급될 국어사의 시대 구분은 이기문(1972a)을 그대로 따르기로 한다(고
  대국어(10세기 이전)/전기 중세국어(10세기~14세기)/후기 중세국어(15세기~16세
  기)/근대국어(17세기~19세기 말)/현대국어).

1.2.2. 본고는 국어의 발달사적 측면에서 고대국어에 나타나는 하향이 중모음으로부터 논의를 시작하려 한다. 따라서 고대국어 자료로『三國 史記 地理志』의 지명과『三國遺事』의 향찰 표기, 전기 중세국어 자료 인『鷄林類事』와『鄕藥救急方』, 그리고『訓民正音』창제 바로 이전 자 료인『朝鮮館譯語』를 본고의 연구에 포함시켜 국어사의 계기적(繼起 的) 측면에서 15세기에 보이는 하향이중모음과의 연속성을 밝히고자 한다. 고대국어 자료의 빈곤함과 그 한계로 인해, 본고의 논의에서는 앞에서 제시한 몇 자료만을 언급할 수밖에 없었음을 부언해 둔다.

15세기 정음 이후의 문헌 자료로는 15세기에 간행된 정음 문헌들과 『衿陽雜錄』, 구결 자료 등을 대상으로 삼는다. 그러나 국어의 하향이중 모음이 표기에 직접적으로 반영된 것은 사실상 15세기 정음 문헌이므 로, 정음 문헌에 보이는 하향이중모음의 변화와 거기서 나타나는 제 양 상이 본 연구의 주된 대상이 된다 하겠다.[4]

국어에 보이는 하향이중모음의 성격을 제대로 밝히기 위해서는 중모 음체계 전반에 걸친 통시적 연구가 이루어져야 하지만, 이는 상당히 방 대한 작업이기에 우선 중모음 가운데 하향이중모음만을 연구의 대상으 로 삼고자 한다. 굳이 말하자면 본 연구는 국어의 모음체계, 그 중에서 도 이중모음 체계를 설정하기 위한 선행 작업의 하나로 먼저 하향이중 모음을 택하게 된 것이라 할 수 있다.

본고가 이중모음 중에서도 특히 하향이중모음에 관심을 둔 것은 다 음과 같은 이유에서다. j계 하향이중모음이 다른 계열의 이중모음, 즉 j 계 상향이중모음(ㅕ, ㅑ, ㅛ, ㅠ 등)과 w계 상향이중모음(ㅘ, ㅝ, ㅙ, ㅞ 등) 보다 그 변화의 양상이 무척이나 역동적(dynamic)이었다는 점이다. 또

---

4) 앞으로 중세국어와 근대국어 문헌을 제시할 때에는 별다른 언급이 없는 한, 유창돈 (1964)의『李朝語辭典』의 약호를 따른다.

한 음절 부음 'ㅣ'의 첨가와 탈락, 그리고 단모음화, 움라우트 현상 등의 복잡한 동요와 변동의 과정을 겪었으며, 현대국어 방언형에서도 하향 이중모음의 변이형들이 다양하게 나타나고 있다는 사실이다.

1.3. 기존 연구의 동향

1.3.1. 국어 이중모음에 관련된 논의는 Ramstedt(1928), 小倉進平(1944), 河野六郎(1945) 등을 비롯한 외국인 학자들에 의해서 먼저 관심을 받았다.5)

Ramstedt(1928)는 국어사에서 이들 하향이중모음이 전설의 장모음인 [ä, ë, ö, ü]로 발달했다고 보았으며,6) 河野六郎(1945:123-133)에서는 국어 방언에 보이는 /say/(鳥), /koy/(猫) 등에 주목하여 문헌자료 등을 통해 이들이 이중모음이었음을 검증하고 전대(前代)의 고형을 재구하였다. 한편 小倉進平(1944:上・下)은 20세기 초엽 국어의 이중모음의 실제 방언형들을 광범위하게 조사한 것으로 지금까지도 당시의 방언 연구에 많은 도움을 주고 있음은 주지의 사실이다.

국내 학자로는 양주동(1939/1942)에서 '애, 에, 외' 등의 고음(古音)이 단모음이 아닌 'ㅏㅣ, ㅓㅣ, ㅗㅣ'의 중모음임을 언급하였다.7) 그 뒤

---

5) Ramstedt(1928) *Remarks on the Korean Language*, Helsinki. , 小倉進平(1945: 上・下)『朝鮮語方言の研究』資料篇・研究篇. , 河野六郎(1945)『朝鮮方言學試攷 -'鋏'語攷』京都書籍, 서울.

6) The diphthongs on i have developed into long front-vowels ai>ä, ei>ë, oi>wë >ö, ui>wï>ü ; the sound ä, ë, ö, ü, after having been out of use for centuries, are thus reappearing as a result of the influence of i (Ramstedt 1928:443).

7) 양주동(1942:336)의 언급에 대해 김완진(1985:148)은 "지금은 국어사 내지 국어음운 론의 상식이 된 내용이지만, 그것이 실증적으로 구명된 것이 해방 후의 일인데, 비록 선험적인 판단에 의한 것이라 하더라도, 이것은 주목할 만한 기술인 것이다."라고 업적을 평가하고 있다. 특히 최세화(1988:23)에서는 『古歌研究』보다 앞서 「古語法數則」(양주동 1932, 「正音」 제 32호)이란 글에서 이미 이들의 고음(古音)이 "ㅏㅣ, ㅓ

를 이어 이숭녕(1949), 허웅(1952), 이숭녕(1954)에서 이중모음의 발달에 대한 구체적인 논증이 제시되었고,[8] 김완진(1964)에 와서는 기존의 연구가 이중모음 전체에 대한 체계적 파악이 결여되어 있음을 지적하고, 중세국어의 이중모음을 음운론적 측면에서 재해석하였다. 또한 최세화(1976)에서는 이중모음을 비롯한 중모음체계 전반에 걸친 논의가 이루어진 바 있다.

1.3.2. 지금까지의 이중모음에 관한 연구사를 개략적으로 정리해 보면, 다음과 같은 몇 갈래의 측면에서 논의가 진행되었음을 알 수 있다.

① 15세기의 음가 추정 및 통시적 변천 과정(이숭녕:1949, 허웅:1952, 이숭녕:1954, 최윤현:1989, 한영균:1991)
② 이중모음에 대한 음운론적 표시 방안(김완진:1964, 이상억:1987, 박창원:1988)
③ 이중모음의 체계 내 빈칸에 대한 음운론적 해석과 존재 가능성의 모색(허웅:1968, 이기문:1969, 김완진:1972, 정연찬:1991, 백두현:1994)
④ 개별 방언에 나타나는 이중모음의 목록과 실현 양상(이병근:1973, 도수희:1977, 이광호:1978, 최명옥:1982, 곽충구:1982, 최전승:1987, 백두현:1989, 고동호:1991)[9]

이와 같이 여러 방면에 걸친 논의와 접근 태도는 국어의 이중모음을

ㅣ等의 합성음쑨이였다.”라는 구절을 제시하여, 광복 후의 중모음의 논증보다 훨씬 일렀음을 확인하기도 하였다.

8) 이숭녕(1949) 「‘애, 에, 외’의 音價變異論」(한글 106), 허웅(1952) 「‘에 애 외 읜’의 音價」(국어국문학 1), 이숭녕(1954) 「十五世紀의 母音體系와 二重母音의 Kontraktion 的 發達에 對하여」(東方學志 1).

9) 이들 네 번째 부류의 연구에서 보이는 공통점은 개별 방언의 공시적인 측면에서의 실현 양상뿐만 아니라 통시적 측면에서 변화의 양상을 함께 언급했다는 점이다. 첫 번째 부류와는 달리 연구 범위를 개별 방언으로 한정했다는 점에서 여기서는 달리 구분하였다.

파악하는 데, 폭넓은 사고의 발판을 제시해 주었다는 점에서 선학들의 업적을 인정해야 할 것으로 본다. 언어 현상에 대하여 여러 각도에 걸친 접근 태도야말로 언어 사실을 올바로 파악할 수 있는 첩경이기 때문이다. 지금까지의 연구 성과를 통하여 우리는 언어 현실을 낱낱의 요소가 아닌 체계의 관점에서 이해하고 파악하려는 인식의 전환을 가져 왔고, 문자의 보수적인 측면과 의식의 현대적 편견을 극복하는 계기가 되었던 것을 부인할 수 없다.

그러나 한편으로는 지금까지의 기존의 많은 연구에서 극복해야할 한계와 드러난 문제점 또한 적지 않았다고 본다. 이를 몇 기지로 정리해 보면 다음과 같다.10)

첫째, 15세기 정음 이전 문헌 자료가 상당히 제한적인 관계로 말미암아 국어사의 계기적인 측면에서 이중모음의 실체를 파악하기 힘들었다는 점이다. 즉, 이중모음의 생성 및 변천의 과정을 내적 재구만으로 추정하기는 충분치 않으며, 아울러 이중모음의 변천 과정이 국어의 독자적 내지는 자생적인 현상이었는지 아니면 그 밖의 다른 요인에 의한 것이었는지의 추정에 어려움이 있었다.

둘째, 이중모음의 표기 뒤에 감추어진 실제 언어의 모습을 재구하는 데, 어려움이 있다는 점이다. 이는 김완진(1963/1971:5)의 "graphie의 illusion에 현혹되지 않도록 최대한의 노력을 기울였다"라는 언급에서도 짐작할 수 있듯이, 기존 연구에서 이로 인한 많은 잘못이 있었던 것이 사실이다. 특히 이중모음의 단모음화 시기를 추정함에 있어 동일한 표기 뒤에 숨겨

---

10) 여기서 제시된 몇 가지 문제점은 이중모음의 연구뿐만이 아니라 국어 음운사 연구에 있어서도 항상 유념해야 할 것으로 보이며, 본고도 이 같은 점을 염두에 두고 앞으로의 논의를 진행하려 한다.

진 실제의 발화형을 어떻게 재구하느냐가 문제였다.

셋째, 중세 문헌의 방언학적인 분류와 검토가 만족스럽게 마련되어 있지 않은 상황에서 현대국어에서 보이는 이중모음의 여러 방언형을 15세기 정음 문헌에 직접 소급하여 적용할 수 있느냐는 문제이다. 다시 말하면 시간적 내지는 공간적 층위가 다를 수밖에 없는 방언형들을 변화의 단일선상에 나열해 놓고 변화를 설명하려는 방법은 재론의 여지가 있는 것이다.

1.4. 연구 방법론과 논의의 절차

1.4.1. 본고는 앞에서 언급한 문제점에 주목하고, 기존의 이중모음에 관련된 연구들을 검토하기로 한다. 한편으로는 검토하는 과정에서 제기되는 문제점들을 정리하여, 하향이중모음에 관한 현재의 연구사적 위치를 확인하고 앞으로의 연구 방향을 모색한다. 여기서 본고는 다음과 같은 몇 가지 방법론에 입각하여 이 글의 논의를 진행시켜 나가고자 한다.

첫째, 음운체계와의 관련성 속에서 언어현상을 파악하고, 그 현상이 당시의 음운체계 내에서 음운론적으로 설명이 될 수 있어야 한다.[11] 또한 하향이중모음의 생성과 소멸에 대한 원인 및 과정이 당시의 음운체계 속에서 설명될 수 있어야 한다(3절과 4절).

둘째, 문자 표기의 보수성이 아무리 강해도 당시의 표기 속에는 당시의 음변화를 추적할 수 있는 흔적이 남아 있을 가능성이 있다. 변화된 표기나 예외적인 이표기가 당시의 음운현상의 한 단면을 엿볼 수 있게

---

11) Jakobson(1931), Trubetzkoy(1939), Martinet(1970), 김완진(1963/1971) 등을 참조. 국어음운론 연구에 수용된 구미(歐美)의 구조언어학 이론에 대해서는 최명옥(1996)을 참조하였다.

한다는 점에 유의한다(3절과 4절의 4.1). 이 같은 표기의 제 양상을 통하여 단모음화 시기를 추정할 수 있는 방법론상의 가능성을 모색한다(4절의 4.3).

셋째, 변화의 과정에 대한 획일적이고 단선적인 설명은 모든 방언형들의 변화를 합리적으로 설명하지 못한다. 가능하면 방언학적 검토가 이루어진 문헌 자료와 방언형을 병행하여 음변화를 설명한다(3절).

넷째, 음변화, 특히 모음의 변화가 자음과의 통합 관계(syntagmatic relation)에 따라 상이한 과정을 겪을 수 있을 가능성이 있다. 다시 말하면, 이중모음에 있어서 선행 사음과의 통합상상에 따라 모음이 달리 실현될 수 있으며, 그와 함께 표기형도 달라질 수 있다는 점이다(3절).12)

1.4.2. 본고는 모두 5절의 구성으로 이루어져 있다. 1절은 도입 부분으로 연구 목적과 연구 대상 및 범위를 규정한다. 아울러 기존 연구의 성과와 동향을 살펴보고, 본고가 취하고 있는 연구 방법론에 관하여 기술한다.

2절에서는 이중모음의 성격과 표기의 양상을 살펴본다. 먼저 현대 언어학적 관점에서 이중모음의 음성학적·음운론적 특성을 기술한다. 그 다음 『訓民正音』해례본에 나타난 이중모음의 기술을 언어학적인 관점에서 해석한다. 여기서 '起於ㅣ'(ㅛ, ㅑ, ㅠ, ㅕ)란 성격의 모음과 'ㅣ 相合字'(ㆎ, ㅢ, ㅔ, ㅐ…)란 모음의 변별적인 성격13)을 밝히고, 중세국어

---

12) 이런 관점에서 근대국어에 보이는 'ㅚ>ㅔ'의 변화가 주로 /ㅁ, ㅂ/이라는 선행 자음을 가진다는 것과 현대국어에 선행 자음의 존재 여부에 따라 'ㅚ/ㅟ'의 음가가 달리 실현될 수 있다는 점(#+ㅚ, ㅟ→[we, wi] / C+ㅚ, ㅟ→[ø, y])을 상기할 필요가 있다.

13) 하나의 계열(ㅛ, ㅑ, ㅠ, ㅕ)은 재출(再出)로서 단모음들과 같이 다루었고, 다른 하나의 계열(ㆎ, ㅢ, ㅚ, ㅐ, ㅟ, ㅔ…)은 중성 합용으로 다루었음은 어떤 이유에 기인

의 이중모음 체계가 지니고 있는 제 문제를 지적한다. 또한 이중모음의 부음을 해석하는 음운론적인 몇 가지 관점에 대하여 체계적인 측면, 방언사적인 측면, 그리고 부음의 통시적 변화 과정 등을 참조하여 각기 장단점을 제시하고, 본고가 어느 관점을 취할 것인가를 결정한다.

또한 2절의 2.3에서는 문헌에 반영된 하향이중모음의 표기를 살펴본다. 고대국어 자료로 『三國史記 地理志』와 『三國遺事』 소재의 향가, 중세국어 자료인 『鷄林類事』와 『鄕藥救急方』, 그리고 『朝鮮館譯語』와 15세기 정음 문헌에 나타난 하향이중모음을 검토한다. 또한 15세기 정음 이후의 자료로 『衿陽雜錄』과 구결 자료도 다루고자 한다. 즉, 하향이중모음 표기가 문증되는 이른 시기의 문헌과 차자표기 자료를 중심으로 검토함으로써 하향이중모음의 모습을 통시적으로 살펴본다.

3절에서는 중세 문헌으로부터 현대 방언형에 이르기까지 하향이중모음 'ㅣ, ㅢ, ㅐ, ㅔ, ㅚ, ㅟ'의 변화 양상 및 과정을 통시적으로 검토한다. 방언적 차이에 따른 하향이중모음의 변화 과정의 이질성을 인정하여, 현대 방언에서 보이는 음성형들을 검토하고 그 역사적인 변화 과정과 하향이중모음의 형태음소적 변동 양상의 제 문제를 살펴본다. 그리고 하향이중모음 변화의 제 양상, 'ㆍㅣ~ㅐ~ㅔ, ㅔ~ㅕ~ㅖ, ㅚ~ㅔ~ㅐ' 등을 통하여 당시의 이중모음의 음가를 추정하고, 관련 음소들의 성격 및 음소적 지위를 해석할 수 있는 가능성을 제시한다.

4절에서는 하향이중모음의 변화에 따른 제 현상을 음운론적으로 해석한다. 먼저 4.1에서는 음절 부음 'ㅣ'의 첨가와 탈락 현상을 형태론적

한 것인가, 즉 상향이중모음과 하향이중모음의 음절 부음이 동질적(/j/)인 것이라면 하나의 계열이 '起於ㅣ'란 자질로서 설명을 하고 있는 반면, 다른 계열은 자질에 대한 언급이 없는 것을 어떻게 이해해야 하는지가 문제라고 본다. 또한 원순계 상향이중모음에 관한 설명이 없는 것을 어떻게 보아야 하는지도 문제로 대두될 수 있다.

인 측면과 음운론적인 측면으로 나누어 고찰하고, 첨가와 탈락을 통시 음운론의 관점에 따라 그 변화의 내적 동인을 추정한다. 아울러 'ㅣ'첨가·탈락을 음운론적인 관점에서 해석할 수 있는 가능성을 제시해 본다. 마지막으로 부음의 첨가 현상이 근대국어부터 보이기 시작하는 움라우트 현상과 어떤 이질성을 가지고 있는지를 규명한다.

4.2에서는 하향이중모음의 단모음화와 그 동인(動因)을 논하게 된다. 단모음화에 대한 연구사를 검토하고, 단모음화를 가지고 온 동인에 관해 필자의 태도를 밝힌다. 한편 중세국어에서 넓은 분포를 보이는 하향이중모음이 국어 본래의 자생적인 발달형이었는지, 아니면 다른 요인에 따른 과도기적인 것이었는지를 밝히는 데에도 관심이 모아질 것이다.

4.3은 하향이중모음의 단모음화 시기에 대한 문제를 다룬다. 먼저 단모음화 시기 추정에 관한 기존의 견해를 살펴보고, 다음으로 단모음화를 추정할 수 있는 몇 가지 근거를 제시하여, 하향이중모음의 단모음화 시기를 추정해 본다.

4.4에서는 하향이중모음의 단모음화와 근대국어 모음체계와의 관련성을 밝히려 한다. 먼저 국어의 모음체계상에서 단모음화를 해석하기 위해, 그 선행 작업으로 국어 모음체계의 변천을 시기별로 검토한다. 이와 함께 하향이중모음의 단모음화 현상이라는 통시적 변화를 모음체계의 변천과 관련하여 해석한다.

5절은 결론 부분으로 각 절의 내용을 정리하고 논의에서 드러난 문제점을 제시한다. 마지막으로 이중모음 연구의 과제와 앞으로의 연구 방향을 간략하게 언급하면서 본고의 결론을 맺는다.

2. 하향이중모음의 음운론적 성격과 표기 양상

2.0.1. 본절에서는 국어사에 보이는 하향이중모음의 성격을 밝히기 위해 이중모음을 음운론적인 관점에서 검토하고, 아울러 그 표기의 제 양상을 살펴보고자 한다.

우선 15세기 이중모음을『訓民正音』해례본의 기술을 근거로 하여 그 실상과 특성을 살펴보고, 그 다음으로 하향이중모음의 부음에 대하여 음운론적인 해석을 시도하려 한다.『訓民正音』해례본에서 보이는 이중모음의 기술을 해석하기에 앞서, 우리는 현대국어의 이중모음과『訓民正音』해례본에서 언급된 '起於ㅣ'와 '與ㅣ相合者'에 대한 문제를 언급해야 할 것 같다. 즉『訓民正音』해례본에서 '起於ㅣ'와 '與ㅣ相合者'로 기술된 'ㅛ, ㅑ, ㅠ, ㅕ'와 'ㆎ, ㅢ, ㅚ, ㅐ, ㅟ, ㅔ' 등14)이 과연 현대국어의 이중모음의 성격과 같은 것인지의 여부가 논의되어야 한다는 것이다.15)

우리는 의식의 현대적 편견을 극복해야 한다고 하면서도 현대 언어학의 잣대로 과거의 언어 현상을 설명하여 왔음을 부인하지 못한다. 과거와 현대의 관점에서 어떠한 언어 사실이 동질적인 것이어서 일대일의 관계 속에서 바라보아야 한다면, 먼저 그 동질성을 입증해야 함은 물론이다. 그러나 문제는 그리 간단치 않다. 우선『訓民正音』해례본의 기술이 현대의 언어 사실의 설명 방법과 동일하지 않다는 데에 해석의 어려움이 있다. 현대 언어학의 이중모음 연구에 있어서 음절의 주음이

---

14) 본고는 이중모음을 논의의 주된 대상으로 삼고·있기에, 'ㅡ字中聲之與ㅣ相合字' 중 'ㅚ, ㅐ, ㅟ, ㅔ'와 '二字中聲之與ㅣ相合字'인 'ㅙ, ㅞ, ㅙ, ㅞ' 등과 같은 중모음은 논의에서 일단 제외한다.

15) 여기서 또 하나의 문제는 이중모음(diphthong)이 서구의 언어학에서조차 그 성격이 여러 가지로 해석된다는 점이다. 이에 대한 자세한 논의는 최세화(1976:4-29)와 양병곤(1993:4-6)을 참조할 것.

나 부음의 문제, 이에 따르는 상향과 하향이중모음의 분류 역시 이와 같은 맥락에서 설명되어야 할 것으로 본다.

과거의 언어 현상을 현대적인 선입견 없이 바라보아야 하는 태도는 통시언어학의 방법론에 있어 가장 이상적이고, 궁극적으로 지향해야 하는 것이기에 본 연구에서도 이런 관점을 그대로 따르고자 한다. 이런 기본적인 인식 위에서 해례본에서 언급된 '起於ㅣ'의 'ㅛ, ㅑ, ㅠ, ㅕ'와 '與ㅣ相合者'의 'ㆍ, ㅓ, ㅚ, ㅐ, ㅟ, ㅖ'를 검토한 결과, 음절 부음의 위치에 따른 구분에 있어서만큼은, 현대 언어학의 상향·하향이중모음의 해석과 큰 차이가 없다고 보았다. 따라서 본고에서는 '起於ㅣ'와 '與ㅣ相合者'에 해당하는 자(字)에 현대 언어학에서 사용하고 있는 '이중모음'이라는 술어를 그대로 사용하고자 한다.16) 한편 이중모음 특성의 일면이 음절 주음에 딸린 부음의 성격에 있으므로, 음절 부음의 기저 음가에 관한 문제도 아울러 다루고자 한다. 이는 음절 부음을 음운론적으로 어떻게 처리하느냐 하는 것과 관련된 것으로서, 이중모음의 성격을 이해하는 데에 필수적인 것으로 보이기 때문이다.

2.0.2. 15세기 정음 문헌에 나타난 이중모음의 성격을 구명하기 위한 선행 작업으로 현대 언어학적 관점에서 이중모음의 음성적·음운적 성격을 간략하게 논의할 필요가 있다. 현대 언어학에서는 일반적으로 모음이 두 개가 결합한 음을 이중모음(diphthong)이라 하는데, 이중모음이라 함은 'diphthong(di<GK.'two'+phthong<GK.'sound')'이라는 용어에서도 알 수 있듯이 한 음절 속에 두 개의 모음이 연속되어 나타나는 것

---

16) 결국 중세국어의 이중모음 연구에 있어서, 현대국어에 보이는 이중모음과의 동질성과 이질성을 정확히 밝히는 것이 관건이라 생각한다.

을 말한다.17) 음운론적인 관점으로 말하자면 두 모음 가운데 하나는 성
절 모음의 기능을 행하고, 다른 하나는 반모음으로서 자음적인 기능을
행하게 된다. 이 때 연속하는 두 모음 중 성절 모음의 기능을 담당하는
것이 음절의 주음이고, 자음적인 기능을 담당하는 것이 음절의 부음인
셈인데, 후자는 과도음(過渡音), 또는 전이음(轉移音)이라고도 한다.

또한 이중모음은 과도음의 위치에 따라 상향이중모음(rising diphthong)
과 하향이중모음(falling diphthong)으로 나뉘는데, 상향이중모음은 과도
음이 주모음 앞에 서는 경우이고, 하향이중모음은 주모음이 과도음 앞
에 서는 경우를 말한다. 과도음(/j, w/)은 그 성격에 따라 또한 여러 분
류가 가능하여, 언어에 따라 상이한 이중모음의 체계를 가지고 있음은
주지의 사실이다.

우선 이중모음에 대한 서구 언어학자들의 견해를 대강 살펴보면, 그
정의가 그리 간단하지 않음을 볼 수 있다.18) 하나의 서서히 변하는 모
음, 즉 전이모음(gliding vowel)으로 보는 입장과 한 개의 완전한 모음
(full vowel)과 한 개의 전이음(glide)이 결합된 것이라 보는 입장, 그리
고 두 개의 안정된 모음 사이에 빠르게 변하는 전이음이라고 보기도 하
여 이중모음의 음운론적 기술의 문제, 즉 기저 음가나 음운론적 표시
방안 등을 기술함에 있어 해석상의 어려움을 보여주고 있다.19)

---

17) 미국 기술언어학자 가운데 한 사람이었던 H. A. Gleason(1961:254-255)은 이중모음
   을 음성학적 관점과 음운론적 관점으로 나누어 설명하고 있다. 음성학적으로는 '발
   음 과정에서 인지할 수 있는 음질(quality)의 변화가 있는 모음'이라 하고, 음운론적
   으로는 '모음의 연속 또는 모음과 반모음의 연속'이라 하면서 이중모음을 단일 음소
   가 아닌 음소의 연속으로 해석하였다. 이러한 견해를 따르면 이중모음이라는 용어는
   음성학적인 관점에서의 용어라고 하기 보다는 음운론적인 측면에 더 적합한 용어라
   고 할 수 있다.

18) A. Spencer(1996:30)와 『英語學辭典』(1990, 조성식 편)을 참조할 것.

19) 이렇듯 이중모음에 대한 해석이 학자마다 각기 다른 이유로, 해석의 기준을 조음적,

서구의 제 언어 가운데 특히 영어 이중모음의 음운론적 해석은 다음
과 같은 세 가지 관점에서 주로 다루어져 왔다. 하나는 D. Jones(1960/
1962)와 같이 이중모음을 한 개의 모음이 자질이 변한 것이라고 보는
견해이고, 다른 하나는 이중모음을 모음들의 결합(/VV/)으로 보는 태도
이다(M. Swadesh 1947). 특히 Swadesh는 이중모음과 함께 장모음도
/VV/로 해석하여, 이중모음은 다른 종류의 모음 결합으로 /V_1V_2/로,
장모음은 같은 종류의 모음 결합으로 보아 /V_1V_1/으로 해석하였다. 또
다른 하나는 이중모음을 '모음+반모음(/V+S/)'이라는 complex nucleus
(복합 핵음)로 되어 있다고 보는 견해이다(Trager & Smith 1957). D.
Jones(1960/1962)에서 장모음이라고 생각하는 [iː]나 [uː]를 Trager &
Smith(1957)는 /iy/, /uw/라는 이중모음의 한 종류로 해석하는 것이 그
것이다.

이들의 견해에서 주목되는 사실은 음소의 복합이 아닌 단위 음소, 즉
/VV/와 /VS/로 각기 다른 해석을 하면서도 이들이 모음의 핵음으로
음절 구성상 모음의 기능을 하고 있다는 점은 공통적이라 할 수 있다.
영어에 있어서 이중모음의 음운론적 해석은 각기 장단점이 있어 실제
언어를 설명함에 있어 어느 것이 더 타당한지는 성급하게 결론지을 수
없다. 그러나 본고에서는 언어 현상을 쉽게 기술할 수 있고, 특히 반모
음의 모습을 분명하게 보여줄 수 있는 Trager & Smith(1957)의 견해,
즉 이중모음을 '모음+반모음(/V+S/)'이라는 complex nucleus(복합 핵음)
로 구성되어 있다는 해석을 따르고자 한다. 이에 대한 논거는 후술될
2.2에서 자세하게 다루어질 것이다.

지각적, 음향적인 것, 또는 이들의 조합에 의한 것으로 보기 때문이라는 견해(양병곤
1993:5)도 있다.

2.0.3. 현대국어의 경우에는 영어와는 달리 일반적으로 두 개의 과도 음밖에 존재하지 않는다고 보아 j계와 w계 이중모음으로 나누고 있다. 여기서 j계의 이중모음 가운데 유일하게 남아있는 'ㅢ'를 하향이중모음 으로 인정하느냐 그렇지 않느냐는 학자에 따라 견해의 차이를 보이기 도 한다. 여기서는 하향이중모음의 'ㅢ'를 음운론적으로 어떻게 해석하 느냐가 문제로 대두된다. '돋들림'(prominence)[20]이 어디에 오는가에 따 라 'ㅢ'의 음운론적 지위가 달라지기 때문이다.

즉 '돋들림'을 앞에 두게 되면 하향이중모음인 [ij]가 되고, '돋들림'을 뒤에 두게 되면 상향이중모음인 [ɨi]가 된다. 허웅(1985:145-150)에서는 중모음으로 내는 경우에 있어서 [ij]와 [ɨi]는 음소적 대립을 이루지 못 하는 임의 변이음으로 서로 교체될 수 있다고 보았다. 또한 'ㅢ'를 [ɨi] 로 본 것은 현대국어에 있어서 중모음이 모두 상향적이기에 이에 맞추 기 위해 선택된 것으로 설명하였다.

그러나 여기서의 문제는 음운체계의 틀에 맞추기 위해서 국어에 [ɨ] 라는 반모음을 하나 더 설정해야 하는 것으로, 그 타당성의 문제는 좀 더 고려해 보아야 할 것으로 보인다(이에 관해서는 3.2.4를 참조). 또한 'ㅟ'를 [ɥi]로 파악한 견해 역시 이와 같은 맥락에서 검토되어야 할 것 으로 생각된다. 이 같은 견해의 차이는 있으나, 일반적으로 받아들여지 고 있는 현대국어의 이중모음 체계는 다음과 같다.

---

20) Jespersen(1966)은 음절을 구성하는 음의 고유의 전달력(Sonority)이나, 특정 경우 의 현실의 전달력(Loudness)이 다른 것과 결합한 것을 'prominence'라 하였다. 따라 서 어떤 음이 'prominence'의 상태에 있다고 하는 것은 그 음이 음절의 정점(peak)을 이루고 있다는 것이 된다(英語學辭典, 1990). 여기서는『국어학 번역 술어 연구(II)』 (국립국어연구원, 1996)를 참조하여 'prominence'를 '돋들림'으로 번역하였다.

＊ 현대국어의 이중모음

┌ 상향이중모음 / j /계 : ㅠ(ju), ㅖ(je), ㅕ(jə/jʌ),21) ㅛ(jo), ㅒ(jɛ), ㅑ(ja)
│　　　　　　 / w /계 : ㅟ(wi), ㅞ(we), ㅝ(wə/wʌ), ㅙ(wɛ), ㅘ(wa)
└ 하향이중모음 / j /계 : ㅢ(ij)

2.1. 이중모음에 대한 훈민정음 해례본의 기술

2.1.1. 15세기 정음 문헌에 반영된 이중모음들의 실체를 구명하기 위해서는 먼저 『訓民正音』 해례본의 올바른 이해가 선행되어야 함은 두말할 나위가 없다. 『訓民正音』 해례본에 보이는 이중모음을 비롯한 중모음들의 기술을 모아 보면 다음과 같이 정리될 수 있을 것이다.

<制字解>
"中聲凡十一字 …… ㅛ與ㅗ同而起於ㅣ ㅑ與ㅏ同而起於ㅣ ㅠ與ㅜ同而起於ㅣ ㅕ與ㅓ同而起於ㅣ …… ㅛ ㅑ ㅠ ㅕ 起於ㅣ 而兼乎人 爲再出也"

<中聲解>
"二字合用者 ㅗ與ㅏ同出於·故合而爲ㅘ ㅛ與ㅑ又同出於ㅣ 故合而爲ㅘ ㅜ與ㅓ同出於一 故合而爲ㅝ ㅠ與ㅕ又同出於ㅣ 故合而爲ㅖ …… 一字中聲之與ㅣ相合字十 ·ㅣ ㅢ ㅚ ㅐ ㅟ ㅔ ㅚ ㅒ ㅖ ㅖ 是也 二字中聲之與ㅣ相合字四 ㅙ ㅞ ㅙ ㅞ 是也"

<合字解>
"中聲二字三字合用 如諺語 과 爲琴柱 홰 爲炬之類 …… ·一 起ㅣ 聲於國語無用 兒童之言 邊野之語 或有之 當合二字而用 如ㄱㅣㄲ之類"

---

21) 현대국어의 'ㅓ'는 두 가지 소리[ʌ, ə]로 실현되는 것이 일반적이다. 긴소리일 경우에는 [ə]로 내고, 짧은 소리일 경우에는 [ʌ]로 낸다. 허웅(1985:156-158)은 [ʌ]와 [ə], [jʌ]와 [jə], [wʌ]와 [wə]는 같은 음소의 결합 변이음으로 보고, 다음과 같은 예([jʌ] : 견디다, 경비, 여우, 며느리, 서울역 등, [jə] : 경:계, 경:마, 연:애, 경:상도, 연:극 등, [wʌ] : 권리, 권위, 원인, 월급 등, [wə] : 권:유, 권:총, 원:망, 원:하다 등)를 제시하였다.

해례본의 기술을 그대로 따르면 'ㅣ'가 후행하는 'ㆍㅣ, ㅓ, ㅚ, ㅐ, ㅟ, ㅖ' 등의 모음은 'ㅣ相合字'로 분류되었는데, 일표기 일음소의 원칙이 철저하게 지켜졌던 15세기 표기법을 미루어 볼 때, 이는 분명하게 이중모음으로 발음되었음을 추정할 수 있다. 그런데 필자의 관심을 끄는 부분은 과연 상향이중모음과 하향이중모음이 등가(等價)의 가치, 다시 말하면 주음에 붙는 부음의 성질이 동질적인 가치를 지녔는가라는 점이다.

하나의 계열(ㅛ, ㅑ, ㅠ, ㅕ)은 제자해에서 재출자로 단일한 음, 즉 'ㆍ, ㅡ, ㅣ, ㅗ, ㅏ, ㅜ, ㅓ' 등과 같이 다루고, 다른 하나의 계열(ㆍㅣ, ㅓ, ㅚ, ㅐ, ㅟ, ㅖ)은 중성해에서 'ㅣ'와 합한 합용자로 다루었음은 어떤 이유에 기인한 것인지를 밝혀야 한다. 당시 해례 편찬자들에게 있어 상향이중모음과 하향이중모음의 인식에 차이가 있었음을 보여주는 것이 아닌가라는 추정을 해 볼 수 있다. 현대 언어학적 입장에서 설명하자면 상향이중모음의 부음과 하향이중모음의 부음의 어떤 차이를 보여주고 있는 것이라는 추정이다.

따라서 혹자(或者)는 상향이중모음의 주음 앞에 붙는 음을 /j/로 인식하고, 하향이중모음의 주음 뒤에 음을 하나의 단위 음소인 /i/로 파악하기도 한다.[22] 이 같은 관점에서 최세화(1976:12-13)는 'ㅛ, ㅑ, ㅠ, ㅕ'의 선행 부음인 'ㅣ'와 'ㅣ相合字'인 'ㆍㅣ, ㅓ, ㅖ, ㅚ…'의 후행 부음 'ㅣ'와는 음성적인 차이가 있다고 보았다. 그것은『訓民正音』해례에서 양자를 구분하여 기술하고 있다는 사실에 바탕을 둔 결과였다. 이로써 /j, w/는 모음 앞에서 실현되는 아주 빠른(짧은) 과도음으로 자음적 성격이 강한 반자음(semiconsonant)으로 본 반면에, 이것의 위치적 변이음인 모음 뒤에서만 실현되는 부음인 [i̯, u̯]은 /j, w/에 비해 느린(긴) 음으로

---

22) 이런 견해는 최세화(1976), 박창원(1988) 등에서 보인다.

모음적 성격이 강한 반모음으로 보고 논의를 진행하고 있다.

과연 『訓民正音』 해례 편찬자들이 음성적 관점에서 'ㅣ'의 위치적 변이음까지를 인식하고 양자를 분리한 것인지 현재로서는 알 수 없다. 다만 이러한 추정은 해례본에서 다른 음들에 대한 기술과 서로 비교해 볼 때, 어딘가 형평성과 균형성을 갖지 못한 것이라는 생각을 갖게 한다. 이중모음의 부음에 대한 상이한 해석이 음운론의 체계적 관점에서 과연 가능한 것인지에 대해서도 좀 더 깊은 논의가 이루어져야 하리라 본다.

2.1.2. 해례본에 보이는 상향이중모음의 기술에서도 몇 가지의 의문점이 발견된다. 그 중 합자해에 보이는 'ㆍㅣ, ㅡㅣ'가 관심을 끈다. 과연 상향이중모음인 /jʌ/와 /ji/가 당시의 국어에 존재했는가의 문제는 이중모음의 체계적 빈칸(case vide)과 밀접하게 관련된 것으로 학계의 논란거리 가운데 하나이다. 'ㆍ, ㅡ, ㅣ, ㅗ, ㅏ, ㅜ, ㅓ'의 7개의 모음 중 /j/가 뒤따를 수 없는 것은 /i/이고, /jʌ/와 /ji/가 존재하지 않음이 우발적인 현상이라고 보는 견해(허웅 : 1968)[23]와 여기서 한 걸음 더 나아가 중세국어 당시에 /jʌ/와 /ji/의 존재 가능성(김완진 : 1964, 이기문 : 1972b), 그리고 현대방언에서의 존재 여부(이익섭 : 1972, 도수희 : 1977) 등 상향이중모음인 /jʌ/와 /ji/의 실체를 파악하려는 많은 연구가 있었다.[24]

---

23) 15세기 국어의 /j/계 이중모음에서는 /ji, ji, jʌ/가 빈자리이며, /w/계 이중모음에서는 /wi, wi, wʌ, wo, wu/가 빈자리인데, /ji/, /wo, wu/는 음소적 조건에 의한 것이고, /ji, jʌ/와 /wi, wʌ/는 우발적 현상에 속하며, /wi/는 하향이중모음 /uj/로 말미암은 것으로 보았다(허웅 1968:5-6).

24) 'ㅛ, ㅑ, ㅠ, ㅕ'와 동일한 '起於ㅣ'이면서 '合用'한다고 기술된 'ㅡ, ㅣ'에 대해서는 해석상의 차이가 있다. 'ㅛ, ㅑ, ㅠ, ㅕ'와 마찬가지로 'ㅡ, ㅣ'가 /ji/, /jʌ/를 나타낸 것이라는 견해(김완진:1964, 이기문:1972b)와 합용자에 나타난 'ㅣ'는 '起於ㅣ'이거나 '與ㅣ相合'이거나 모두 /i/를 나타낸 것이라는 견해(박창원:1988)가 있다.

본고는 여기서 두 가지 문제를 지적하고자 한다. 먼저 '起ㅣ聲'인 'ㅣ, ㅡ'를 '起於ㅣ'한 'ㅛ, ㅑ, ㅠ, ㅕ'와 같이 '再出'로 기술하지 않고, 합자해에서 '當合二字而用'로 기술한 이유를 지적해야 한다. 그것이 제자상의 고충에 의한 것이었는지 아니면 이중모음에 대한 해례 편찬자들의 인식에 일관성이 없었는지, 그것도 아니라면 어떤 다른 이유가 있었는지가 문제로 대두된다.

다음으로는 합자해의 기술(·一起ㅣ 聲 於國語無用 兒童之言 邊野之語 或有之 當合二字而用)에 대한 해석 문제이다. 'ㄱ, ㄱ'와 같은 음들이 국어에 과연 존재했던 것인지는 아직 단정할 수 없다. 국어에서 쓰이지 않는다는 '於國語無用'과 존재할 가능성을 언급한 '或有之'의 상반된 기술은 어떤 이유에 기인한 것인가. 혹 허웅(1968)의 우발적 현상으로 빈칸이 되었다는 견해와 같은 맥락에서, 'ㅣ, ㅡ'가 존재할 가능성이 있음을 말한 것으로, 실제 존재한 것은 아니라고 볼 가능성도 있으나, 이는 해례본의 전반적인 기술 태도로 보아 언뜻 수긍하기 어렵다.

또한 '兒童之言 邊野之語 或有之'式의 표현이 『訓民正音』 해례본 전체를 통해 볼 때, 상당히 이질적인 것이어서 굳이 이런 표현을 쓴 이유가 쉽게 납득되질 않는다. 중성해에서 '二字中聲之與ㅣ相合字'를 설명하면서 'ㅙ, ㅞ, ㅙ, ㅞ' 네 개를 제시했는데 뒤의 두 개, 즉 'ㅙ, ㅞ'는 국어의 실제 표기에는 사용되질 않았고, 더군다나 'ㅞ'는 한자음 표기에까지도 전혀 사용되지 않았으면서도 이에 대한 어떤 기술도 언급되어 있지 않다는 점과 비교해 볼 때, 이는 형평성을 잃은 태도라 하지 않을 수 없다.

원순계 상향성 이중모음에 대한 『訓民正音』 편찬자의 인식에 관해서도 적절한 설명이 있어야 한다. 해례 편찬자들이 j계 이중모음에 대해서는 상당한 관심을 가지고 구체적으로 기술하고 있음에 반해, w계

이중모음에 대해서는 전자에 비해 볼 때, 자세한 언급을 하지 않았다는 사실은 무엇을 말하는 것인가. 이는 /w/가 독립된 하나의 음소로서 기능을 했는가, 아니면 음성적 변이음에 불과했는지를 추정하는 데 중요한 실마리가 된다. 해례본의 기술만으로 판단한다면, 해례본의 편찬자들은 /w/를 위해 따로 문자를 배당하지 않았던 것으로 보인다. 이는 당시에는 /w/가 존재하지 않았다고 보거나, 존재는 했더라도 음성적인 변이음(/o/와 /u/의)이었을 것이라는 추정이 가능하나, 과연 어느 쪽이 타당한 것이었는지는 쉽게 단정할 수 없다.

김완진(1964/1971:55-58)은 이중모음의 음절 부음인 /j/를 인정한다면, 체계적 관점에서 /w/도 인정해야 한다는 견해를 보였고, 이기문(1972b: 127-128)은 'ㅘ, ㅝ'를 /wa, wə/로, 'ㅟ'는 '디뷔(>디위)'의 경우에만 /wi/로 보고, 해례에 기술된 'ㅟ'는 /uj/로 해석한 바 있다.25) 본고 역시 중세 국어의 'ㅟ'에 대해 /uj/와 /wi/ 모두를 인정하는 태도를 취하기로 한다. 이는 /u/와 /w/, 그리고 /i/와 /j/가 전혀 별개의 음이 아니라는 인식에 근거하기 때문이다.

2.1.3. 『訓民正音』 해례를 통하여 본 15세기 당시의 이중모음 체계는 대략 다음과 같았으리라 추정된다. 그 가운데 /jʌ, ji/의 존재에 관한 문제에 대해서는 앞서 언급한 바 있어, 더 이상의 논의는 하지 않는다. 다만 합자해에 'ㅣ, ㅡ'가 언급되어 있어 잠정적으로 이중모음의 체계 속

---

25) 박창원(1988:15-24)에서도 이기문(1972b)의 논의를 받아들여 후기 중세국어에 /w/는 존재했으나, /o/와 /w/, /u/와 /w/를 별개의 음으로 인식하지 않았기에 /w/를 위한 별도의 표기는 마련되지 않았던 것으로 추정하고, 'ㅘ, ㅝ'는 /wa/, /wə/를 나타낸 것으로 보았다. 그러나 상기 논문(1988:17)에서도 지적된 바와 같이 '다와기(訓蒙 上15)>따오기'의 예가 있어 'ㅘ, ㅝ'가 /oa/, /uə/일 가능성도 전혀 배제할 수 없는 것이다.

에 표 *를 붙여 제시해 둔다.

또한 /ji/와 /ij/는 형태음소적 교체를 통해서만 그들의 존재를 확인할 수 있는 것이어서 논란이 있을 수 있다. 전자는 '크-, 슬프-, 깃브-' 등의 어간에 부사형 접미사 '이'가 결합되었을 때, 'ㅡ'가 탈락하는 원인을 '이'가 /ji/이기 때문이라고 보는 것이고(김완진 1972:57-59), 후자는 사동어간 ':디-'에 어미 '-고'가 오면 'ㄱ'이 탈락하여 '디오'가 되는 바, 이는 ':디-'가 /tij/이기에 나타나는 현상으로 해석하는 입장이다(이기문 1972b: 128-129). 여기서의 문제점은 유사한 자질이 중복하는 /ji/와 /ij/를 과연 음성학적 내지는 음운론적으로 인정할 수 있느냐는 것인데,[26] 앞으로 이에 대한 검토가 요망된다. 일단 이들을 인정하는 견해가 있기에 이것 역시 표 *를 붙여 제시하여 둔다. 이상 살펴본 15세기 국어의 이중모음 체계는 대체로 다음과 같았을 것으로 추정한다.

* 15세기 국어의 이중모음
┌─ 상향이중모음 : ㅛ(jo), ㅑ(ja), ㅠ(ju), ㅕ(jə), ㆍ(*jʌ), ㅡ(*ji), (*ji)
│   : ㅘ(ŏa/wa), ㅝ(ŭə/wə), ㅟ(wi)
└─ 하향이중모음 : ㆍㅣ(ʌj), ㅢ(ij), ㅚ(oj), ㅐ(aj), ㅟ(uj), ㅔ(əj), (*ij)

2.2. 하향이중모음의 음절 부음에 대한 음운론적 해석

2.2.1. 앞서 살펴본 서구 언어학의 이중모음에 대한 분류 방식을 참조한다면, 국어의 이중모음 역시 다음과 같이 크게 두 가지 관점에서 논의할 수 있다. 첫째는 각각을 하나의 단일한 음소로 보는 태도와 둘째

---

26) 허웅(1968)에서는 /ji/와 /wo, wu/ 등을 자질의 중복에 의한 구조적 빈칸으로 해석한 바 있다.

는 음소들의 결합으로 보는 태도이다. 다시 후자는 음소들이 결합을 순수한 모음의 결합으로 보느냐, 그렇지 않으면 그 중의 하나를 반모음으로 보느냐에 따라 다시 구분되기도 한다. 따라서 이중모음의 해석은 아래와 같은 세 가지 관점 중에서 어느 하나를 택하여 기술할 수 있다.[27)]

(가) 이중모음을 하나의 음소로 보고, 한 개의 모음이 질이 변한 것으로 보는 태도.
(나) 선행 모음과 후행 모음을 등가적인 음소들의 결합으로 보는 태도(/VV/).
(다) 선행 모음과 후행 모음 중에서 어느 하나를 반모음(음절 부음)으로 보는 태도(/VS, SV/).

(가)의 태도는 언어 현상을 설명함에 있어, 음소의 결합으로 다루는 것보다 기술적인 측면에서 불편하다. 단일 음소로 보는 태도는 음성학적인 측면에서는 좋을지 몰라도 음운론적인 측면에서는 해석의 어려움이 있다.

(나)는 음절형이 하나 더 많아지며(/CVV/), 음절 부음의 구별이 없어 단일 모음의 연속과 혼동되는 단점이 있다. (다)는 /j, w/의 음소 설정으로 음소의 수가 증가하는 것이 단점이기는 하지만, 음절 부음의 구별이 확실하다는 장점을 갖고 있다.

(다)는 /j, w/이라는 반모음의 설정으로 음소의 수가 증가한다는 단점을 제외하고는 그밖에 언어 현상을 설명하는 데에 있어서는, 다른 것보다 용이하다는 측면이 있는 것이 사실이다. 일단 음운론적인 해석의 어려움이 있는 (가)는 논외로 하고 (나)와 (다)의 관점을 자세히 논의해 보기로 한다.

---

27) 김완진(1964), 최세화(1976), 이상억(1987)을 참조.

2.2.2. (나)의 관점은 음절의 부음을 단위 음소인 /i/로 파악하는 태도인데, 이것을 지지하는 쪽[28]에서는 다음과 같은 이유를 그 근거로 제시하고 있다.

> (나-1) 『訓民正音』 해례에 상향이중모음은 제자해에 '起於ㅣ'란 자질로써 '中聲凡十一字'에 포함되어 있으나, 하향이중모음은 제자해에 구체적인 기술이 없이 중성해에 '故合而爲…'로만 설명이 되어 있다. 즉 '中聲凡十一字'에 하향이중모음이 제외된 것은 상향이중모음과 하향이중모음을 구별하여 인식한 것으로, 하향이중모음의 음절 부음을 /i/로 파악했기 때문이라는 추정이다.
>
> (나-2) 崔錫鼎의 『經世訓民正音圖說』에서 'ㅐ ㅔ ㅚ ㅟ ㆎ ㅢ'의 음가를 '阿伊, 於伊, 烏伊, 于伊…' 등으로 기술한 것은 하향이중모음의 성격을 /i/로 파악했기 때문이라고 해석한다.
>
> (나-3) '외(瓜)>오이, 뵈다>보이-, 쐬다>쏘이다, 꾀다>꼬이다(誘), 뫼호다>모이다' 등과 같은 음절의 분리 현상의 예에서 보듯, 음절 부음을 /i/로 보아야 /oi/>/o$i/, /ʌi/>/ʌ$i/가 가능하다고 해석한다.
>
> (나-4) 'ㆎ>ㅣ, ㅓ>ㅣ, ㅚ>ㅣ, ㅟ>ㅣ'의 통시적 변화[29]는 하향이중모음을 음절 부음 /j/가 아닌 순정 모음인 /i/로 보게 한다는 것이다. 즉 /j/로 본다면 음절의 주음이 탈락한 후 음절의 부음이 음절핵으로 남는다는 문제가 야기된다고 본다.
>
> (나-5) 하향이중모음이 포함된 음절에 상성이 놓일 경우, 상성이 평성과 거성의 복합조라는 기존의 연구 결과를 따를 때, /j/에 높은 성조가 놓일 수 없다는 것이다. 따라서 하향이중모음의 음절 부음은 /i/가 되어야 한다고 해석한다.

이 같은 근거 이외에도 하향이중모음의 기저 음가를 /Vi/로 설정할

---

28) 대표적으로 박창원(1988)과 김종규(1989) 등에서 그러한 견해의 일단을 볼 수 있다.
29) '모긔>모기, 견듸->견듸-, 딕희다>지키다, 이긔다>이기다, 골회>고리, 반되블> 반딧불, 뷔틀다>비틀다, 불휘>뿌리' 등의 예가 보인다.

경우, 국어사에서 얻게 되는 설명상의 이점은 당시의 모음체계에서 j계 하향이중모음 체계를 없앨 수 있다는 점이다. 다시 말하면 15세기 국어의 이중모음 체계를 간단하게 만들 수 있다는 장점이 있다는 것이다. 또한 음운론적인 측면에서 음성적으로 /i/가 /j/로 변화하는 규칙이 /j/가 /i/로 변화하는 규칙보다 자연스럽다는 점을 내세우고 있다.

2.2.3. 그러나 본고에서는 다음과 같은 이유를 근거로 (다)의 태도를 따르고자 한나.

　　첫째,『訓民正音』해례본에서 보이는 음절적 표기관
　　둘째, 당시의 음운현상의 해석
　　셋째, 통시적 변화의 양상
　　넷째, 현대 방언 자료의 검토

　우선 앞에서 지적한 (나)의 근거들을 차례로 살펴보기로 한다. 우선 (나-1)의 '中聲凡十一字'에 하향이중모음이 제외된 이유이다. 'ㅛ, ㅑ, ㅠ, ㅕ'가 'ㆍ, ㅡ, ㅣ, ㅗ, ㅏ, ㅜ, ㅓ'와 함께 제자해에서 언급되고 있는 반면에, 'ㅣ, ㅢ, ㅚ, ㅐ, ㅟ, ㅔ'는 따로 중성해에 설명이 보인다. 그렇다면 이런 기술의 태도가 'ㅛ, ㅑ, ㅠ, ㅕ'와 'ㅣ, ㅢ, ㅚ, ㅐ, ㅟ, ㅔ'의 가치를 이질적인 것으로 이해하고 있었음에 말미암은 것으로 볼 수 있는 것인가.

　'中聲凡十一字'에 하향이중모음이 제외된 점과 당시의 음운현상을 근거로 하여 박창원(1988), 김종규(1989) 등은 중세국어의 하향이중모음의 기저 음가가 /Vi/로 다루어질 수 있음을 논의하기도 하였다. 그러나 이는 해례본의 집필자들이 생각했던 음절에 대한 이해와는 상충된 것이었다.『訓民正音』해례의 음절 표기관을 살펴볼 때, 초·중·종성이 하나의 음절을 이룰 경우, 중성자로 사용되는 j계 하향이중모음은 이중

모음이지 단위 모음들의 결합체로 보기는 어렵다. 김영선(1995:25)에서
도 지적된 바와 같이 음가가 없는 'ㅇ'으로 초성을 대신할 수 있게 했던
해례본의 기본적인 음절 표기관을 보더라도 독립된 음가를 가지는 두
개의 모음을 하나의 중성자로 표기하도록 했다고 보기는 힘들다. 만약
모음들의 연결체라면 마땅히 두 개의 음절로 분리 표기되었어야만 했
다. 더구나 제자해의 'ㅛ, ㅑ, ㅠ, ㅕ'에 해당되는 '起於ㅣ 而兼乎人 爲再
出也'의 언급에서 '起於ㅣ'란 음운론적인 측면에서의 기술이며, 중성해
의 '一字中聲之與ㅣ相合字ㅓ ·ㅣ, ㅓ, ㅚ, ㅐ, ㅟ, ㅔ, ㅟ, ㅐ, ㅠ, ㅖ 是也'
는 문자론적인 설명이라는 양자간의 차이점을 이해한다면, 앞서 제시
한 (나-1)은 근거로 제시하기는 어려울 것 같다.

　또한 (나-2)의 지적도 /Vi/로 볼 확실한 증거가 되기 어렵다. 『經世
訓民正音圖說』에서 'ㅐ, ㅖ, ㅚ, ㅟ, ·ㅣ, ㅓ'의 음가를 '阿伊, 於伊, 烏伊,
于伊...'로 기술한 것은 음절 부음의 성격을 /i/로 인식했기 때문으로 볼
수도 있지만, 한편으로는 과도음 /j/에 대한 음성적인 표기로 볼 가능성
도 있기에 /Vi/로 보는 근거로 제시하기는 힘들 것 같다.

　(나-3)에서는 음절의 분리 현상을 들고 있다. '외(瓜)>오이, 뵈다>보
이-, 쐬다>꼬이다'의 예에서 보듯이 음절 부음을 /i/로 보아야 /oi/>
/o$i/, /ʌi/>/ʌ$i/가 가능하다는 것이다. 그러나 이는 음절 부음을 /j/로
보아도 크게 문제될 것이 없다고 생각된다. 왜냐하면 음절의 분리 현상
을 굳이 설명하자면 /j/가 음운상의 안정을 얻기 위해 음절적으로 분리
되는 것으로 파악할 수도 있기 때문이다. 이는 음절 부음 /j/가 순정 모
음인 /i/와 음성학적으로 상당히 밀접한 관계를 가지고 있기 때문에 가
능한 현상으로 여겨진다. 근래에 음절의 구조에 관심을 두고 있는 몇몇
학자들 역시 /j/와 /i/가 동일한 음소의 음성적 반영이 달라진 것일 뿐,
기저 층위에서는 성절적인 고모음과 비성절적인 과도음 사이에 아무

구별이 있을 수 없다는 태도를 취하고 있다.[30] 실제로 Kaye & Lowen
-stamm(1981), Selkirk(1982) 등은 과도음을 기저 층위에 설정하지 않
고, 그것을 음절 구조 속에 위치에 의해 결정되는 고모음의 한 음성적
실현에 지나지 않는다고 보았다.[31]

(나-4)의 지적은 'ㆍㅣ>ㅣ, ㅓㅣ>ㅣ, ㅚ>ㅣ, ㅟ>ㅣ'의 통시적 변화가 하
향이중모음의 음절 부음을 /j/가 아닌 순정 모음인 /i/로 보아야 함을
말하는데, 그렇지 않고 /j/로 본다면 음절의 주음이 탈락한 후 음절의
부음이 음절핵으로 변한다는 문제가 야기된다고 한다.[32] 여기서 앞의
음변화와는 대조적으로 'ㅓㅣ>ㅡ, ㅚㅟ>ㅜ, ㅟ>ㅜ'와 같이 음절 부음
이 탈락하고 주모음이 남는 음운의 역사적 변화 과정이 있음을 염두에
두어야 한다[33]. 더군다나 충남 방언에서는 [oj]나 [uj]를 가지고 있는

---

30) 김완진(1967:130-131)에서도 중세국어에 두 개의 반모음 음소(/w, j/)를 인정할 수
   있음을 언급하면서, 중세국어에 반모음 음소를 인정하는 것은 순전히 음운론적 기술
   의 편의와 체계의 조화를 기한다는 견지에서의 일이지, 불란서어에서와 같은 pays
   /pei/ : paye /pej/ 따위 절대적인 Minimal pair가 발견되는 것도 아니며, 영어에서 발
   견되는 것과 같은 A woman : An eye의 차이도 존재하지 않는다고 하였다. 즉
   [w]=[u̯], [j]=[i̯]는 [u]나 [i]의 위치에 따른 변이에 불과한 것으로, 태도에 따라서는
   /u/, /i/의 이음들로 다루어질 수도 있는 것으로 간주하였다.

31) Kaye & Lowenstamm(1981)와 Selkirk(1982)의 견해는 이상억(1987:100)에서 재인용
   하였다.

32) 다시 말하면 통시적 변화에서 음절 부음 /j/가 음절 주음 /i/로 바뀌는 이유를 설명
   해야 한다는 것이다. 박창원(1988:15)에서는 /i/의 변이음으로 [j]를 도출해 내는 규칙
   이 /j/의 변이음으로 [i]를 도출해 내는 규칙보다 훨씬 자연스럽다고 보고 있다. 그러
   나 'j>i'가 'i>j'보다도 음변화상 더 자연스럽지 못하다는 근거를 갖고 있지 않다. 반
   모음이 음운상의 안정을 취하기 위한 방편으로 순정 모음으로 변화하려는 노력은 음
   운변화의 측면에서 자연스러운 현상이기 때문이다.

33) '바위>바우, 멀위>머루, 방귀>방구, 사회(> 사회)>사우' 등과 같은 예가 경남방언
   (최명옥:1982)과 충북방언(韓國方言資料集, 忠淸北道篇) 등에 보이고, '의리>으리,
   의심>으심, 의원>으원, 귀하다>구하다, 잎사귀>잎사구, 쇠스랑>소시랑, 외삼촌>
   오삼춘' 등이 충청방언(도수희:1977, 韓國方言資料集, 忠淸北道篇)에 보인다.

어사34)들이 얼마간 존재해 있다는 사실도 간과해서는 안 된다. 이러한
측면에서 일부분의 어사가 'ᆞ| > | , ᅴ > | , ᅬ > | , ᅱ > | '로 나타난다
고 해서 음절 부음을 /i/로 보는 것은 일견 무리가 있는 것으로 보인다.
특히 다음과 같은 음운현상을 설명하기 위해서는 음절 부음을 /i/가
아닌 /j/로 보아야 하지 않을까 생각한다. /i/로 본다면 (ㄱ)과 같은 '| '
모음의 음절적 유동성의 이유를 설명하기 어렵고, (ㄴ)과 같이 탈락하
는 경우에는 어느 때는 앞의 주모음이 탈락하고, 어느 때는 뒤에 '| '모
음이 탈락하는지를 규칙화하기가 어렵다.

(ㄱ) ᄇ얌(杜초10:21) ~ 비얌(杜초21:38), 오얏(杜초10:23) ~ 외얏(杜초15:21), 하
야로비(杜초14:3) ~ 해야로비(杜초7:7), 괴오ᄒ다(杜重24:19) ~ 고요ᄒ다(杜重
2:16), 어유아리(朴解上34) ~ 에우아리(朴解上33)

(ㄴ) 골회(救方上53) > 고리, 반되블(百聯5) > 반딧불, 사괴다(杜초8:54) > 사기
다, 불휘(능2:22) > 뿌리, 가마괴(月18:35) > (> 가마귀) > 까마구, 멀위(字會上
12) > 머루

(나-5)는 하향이중모음을 가지는 음절의 성조가 상성일 경우, 상성이
평성과 거성의 복합조라는 기존의 연구 결과를 따를 때, /j/가 상성인
성조를 가질 수 없으므로 음절 부음은 /i/가 되어야 한다는 논리이다.
이것은 하향이중모음의 기저 음가를 /Vj/로 보았을 때 설명해야하는
어려움 가운데 하나이다.35) 음성학적 관점에서 모음 뒤에 오는 과도음
에 높은 성조가 올 수 없는지의 여부는 아직 단정하기에 이르다. 초분
절적 음소인 성조가 분절음 위에 놓이는 것이 아니라 음절 단위에 부가

---

34) 충남방언에서 '외가집[ojgacip], 바위[pauj], 사위[sauj], 바퀴[pakhuj]' 등의 예가 나
타난다고 한다(곽충구 1982:30~37).
35) 경과음적 성질을 가진 과도음 /j/에 '높은' 성조가 놓일 수 없다는 주장으로 박창원
(1988)과 송철의(1995) 등에서 그 논의의 일면을 살펴볼 수 있다.

된다는 사실을 염두에 둔다면, 하향이중모음의 기저 음가를 /Vj/로 보아도 문제가 없으리라 본다.

위에서 제시한 이유 이외에도 하향이중모음을 /Vj/로 보는 근거로, 중세 문헌에서 'ㅐ, ㅚ, ㅟ' 등의 'ㅣ'가 탈락하는 현상을 언급할 수 있다(개여>가여(능4:40), 막대예>막다예(杜중2:6), 홰예>화예(月2:33), 혜여>혀여(法화2:261), 새야도>사야도(金삼4:52) 등). 이에 대한 음운론적인 설명을 j의 중첩에 의한 동음생략으로 본다면 'ㅐ, ㅚ, ㅟ' 등의 'ㅣ'를 /i/로 보는 것보다 /j/로 보는 것이 더 합당하리라 생각한다.

15세기 당시에 'ㄱ'이 탈락하는 음운현상에도 주목하지 않을 수 없다. 어미 '-거늘'에서 선행 자음 'ㄱ'은 /j/와 /l/ 뒤에서는 탈락하지만 /i/ 뒤에서는 소수의 경우[36]를 제외하고는 탈락하지 않는다. 이는 /j/가 /i/와는 음운론적으로 다른 자질을 가지고 있기 때문에 자음과의 결합시 변별성을 보여 주고 있다고 추정할 수 있다(ㄱ→ø / j ___ : ᄃ외어늘, 뷔어시늘, 보내어시놀, ᄀᆞ외어늘, 뷔어ᅀᅡ 등). 따라서 'ㄱ'의 탈락 현상은 15세기 당시에 /i/와는 별개의 음소로 /j/를 설정할 수 있음을 보여주고 있다.

체계적인 측면에서도 하향이중모음의 기저 음가를 /Vj/로 볼 경우 j계 상향이중모음 /jV/와의 설명적 일관성을 가질 수 있다는 장점이 있는 것이다. 김완진(1971:45)에서 지적하였듯이 이중모음의 범주에 속하는 존재들에 대해서 전체적으로 균제된 원칙에 입각한, 다시 말하면 체

---

36) 'i'모음 뒤에서도 'ㄱ'탈락 현상이 일어나는 경우가 있기는 하나 이는 몇 경우로 한정된다. '고기어늘(南明5:30), 나리어시늘(용18), 흐리오(석23:19), 아니어니(능3:32), 업스리어늘(능2:24)' 등의 예가 있는데 이를 형태적으로 분석해 보면 서술격 조사 '-이-'와 상당히 관련이 있는 듯하다(허웅:1965, 김동언:1983). 이기문(1972a:164)은 추측의 선어말어미 '-리-'도 동명사 어미 '-ㄹ'과 서술격 조사 '-이-'의 결합으로 이루어진 것으로 보았다. 이런 경우를 제외하고는 대다수의 'i' 뒤에서는 'ㄱ'탈락이 일어나지 않는다는 사실로 미루어 볼 때, 'i'모음 뒤에서의 'ㄱ'탈락 현상은 순수한 음운론적인 현상만으로 보기에는 어려움이 있다.

계적인 음운론적 해석이 내려져야 한다는 기초적 당위성을 다시 한 번
상기해야 할 것이다.

2.3. 하향이중모음의 표기 양상

2.3.0. 본절에서는 통시적인 관점에서 한자로 국어를 표기한 자료들과
정음 자료를 검토해 봄으로써 하향이중모음 표기의 제 양상을 살펴보
고자 한다.

정음 이전의 문헌 자료는 대부분 한자를 사용한 차자 표기이기 때문
에 당시의 실제 음가를 추정하기에는 상당한 어려움이 있다. 더군다나
이중모음에 있어서 당시 음을 재구하기란 더욱 힘든 것이 사실이다. 그
러나 차자 표기법을 살펴보면 이 역시, 표기법으로서의 문자 체계와 운
용 법칙으로 이루어져 있음을 알 수 있다(남풍현 1981:5-10). 예를 들어
어떤 어사를 한자로 표기함에 있어 '訓主音從'의 기본적인 원칙에 따라
훈독 한자를 먼저 쓰고, 그 다음에 말음 또는 말음절을 나타내는 한자
를 첨기하는 방법은 상당히 보편화된 것이었다(김완진 1980:17-23).

특히 말음 첨기, 즉 훈독자 다음에 부기되는 '乙/ㄹ음, 音/隱', '理/里'등
이 /ㄹ, ㅁ, ㄴ/이라는 말자음과 '이/리' 등의 단음절을 나타내는 것임은
이미 알려진 바와 같다.37) 이와 같이 차자 표기에서 나타나는 말음의
표기 양상은 본래부터 차자 표기가 지니고 있는 표기상의 불완전성에

---

37) 『鄕藥救急方』에 '겨슬/冬乙, 쇠비름/金非陵音, 沙邑菜/삽칙' 등의 예가 보인다. 앞
선 시기의 향가에서도 이러한 표기의 일면을 볼 수 있는데, '心音/ᄆᅀᆞᆷ, 川理/나리,
千隱/즈믄, 道尸/길, 月下伊(ᄃᆞ라리)'등의 밑줄로 표시된 자들은 말음첨기로 앞의 훈
독자가 나타내는 형태소의 끝부분을 보여주고 있다. 김완진(1980:18-19)은 말음 첨
기를 기준으로 표기 양식을 무첨기(無添記), 순정첨기(純正添記), 대체첨기(代替添
記), 부가적첨기(附加的添記), 확인첨기(確認添記) 등으로 구분한 바 있다.

기인한 것으로, 불완전한 표기를 보완하기 위한 배려로 이루어진 것이다. 그러나 연구자의 측면에서 볼 때, 이러한 말음 표기는 오히려 언어학적으로 상당히 가치를 지닌다고 말할 수 있다. 당시의 언어 현실을 반영하고 있는 이런 표기를 통하여, 국어의 하향이중모음이 표기에 어떻게 반영되었는지를 살펴볼 수 있기 때문이다.

여기서 검토할 대상은 정음 자료를 비롯하여 한자를 사용하여 국어를 표기한, 『鷄林類事』와 『朝鮮館譯語』, 『三國史記 地理志』의 고유 명사 표기와 『三國遺事』의 향찰, 『鄕藥救急方』과 『衿陽雜錄』 그리고 구결 자료 등이다. 정음 자료들을 제외한 이들 자료들은 한자를 사용하여 국어를 표기했다는 측면에서는 동일한 가치를 가지나, 『鷄林類事』와 『朝鮮館譯語』는 중국인이 국어를 표기했고, 그 외의 자료는 우리가 한자로써 국어를 표기했다는 점에서 그 성격을 달리 한다고 볼 수 있다.

이 같은 관점에서 볼 때, 『鷄林類事』와 『朝鮮館譯語』는 12세기와 15세기 당시의 한국어를 한자음을 통하여 당시의 국어의 모습을 재구해야 한다는 연구 방법상의 제약이 있기는 하다. 그러나 당시의 언어 현실을 보여줄 수 있는 자료가 턱없이 부족하다는 현실적인 면에서 이 같은 자료들은 중요한 가치를 지닌다. 이러한 자료들의 연구를 통하여 훈민정음이 창제되기 이전의 국어의 모습, 특히 하향이중모음의 모습을 추정하는 데에 기여할 수 있으리라 생각한다.

2.3.1. 정음 이전 문헌

2.3.1.1. 鷄林類事

『鷄林類事』는 송나라의 손목(孫穆)에 의해 12세기 초엽(1103-1104 兩年間)에 편찬된 책이다. 내용은 고려의 풍습, 제도 등을 간단히 소개한

다음 방언이라는 표제 밑에 당시 국어 단어 또는 어구 356항을 한자로 기록하고 있다. 여러 모로 미루어 보아 손목이 고려에 와서 직접 기록한 것으로 보이며, 표기에 대한 전반적인 검토로는 대체로 송대(宋代)의 개봉음(開封音)으로 읽혔으리라 추정하고 있다(이기문 1972a:87). 12세기 송대 추정음에 의해 당시의 국어의 음가를 추정할 수 있는 유일한 자료이다.

『鷄林類事』와 뒤에서 언급될『朝鮮館譯語』에 보이는 한자들의 대응하는 중세어형과 추정음은 강신항(1991/1995)을 따랐다. 부언하자면『鷄林類事』는 12세기 宋代音(皇極經世書聲音唱和圖의 音)으로 平山久雄(1975)이 재구한 추정음이며,『朝鮮館譯語』는 15세기 중국 북방음(韻略易通:1442)으로 陸志韋(1947)가 재구한 추정음임을 밝혀 둔다.

『鷄林類事』에서 보이는 국어의 하향이중모음의 일단을 보이면 다음과 같다. 맨 왼쪽은『鷄林類事』의 원문이고, 오른쪽은 대응하는 중세어형과 거기에 해당하는 추정음이다. 아래의 예에서 보듯이 중세어형에 해당하는 추정음이 모두 /Vi/로 대응하고 있어 이들이 이중모음이었음을 보여주고 있다. 이에 대한 자세한 논의는 다음 3절에서 해당 하향이중모음을 기술할 때 후술하고자 한다.

(鷄林類事 原文)	(中世語形)	(推定音)
(01) 腹曰擺	빈	擺/pai/
(02) 竹曰帶	대	帶/tai/
(03) 四曰洒	네ㅎ	洒/nai/
(04) 布曰背	뵈	背/puai/
(05) 鼠曰觜	쥐	觜/ts(i)uəi/

2.3.1.2. 朝鮮館譯語

『朝鮮館譯語』는 회동관(會同館)에서 편찬한 13관역어(館譯語)의 하나로, 편찬 연대는 명(明) 永樂年間(1403-1424)으로 추정된다. 여기에 수록된 국어 어휘는 596단어로 내용은 천문, 지리, 시령(時令), 화목(花木), 조수(鳥獸), 신체(身體) 등 19문(門)으로 분류되어 있다. 그 체재는 한 단어가 3단으로 구분되어 첫 단에는 한자로 뜻을 표시하고, 다음 단은 국어의 단어를 한자로 표기하고, 끝 단은 첫 단 한자의 한국 한자음(일부는 중국의 자음이 포함)을 표기한 것이다. 15세기 초엽에 편찬되어 그 뒤 약간 수정된 것으로 보이기는 하나, 여기에 실린 국어는 대체로 훈민정음 제정 당시보다 조금 앞선 시기가 아닌가 한다. 『朝鮮館譯語』의 한자는 15세기 중국 북방음으로 추정해야 할 것으로 보이는데(강신항 1995:5-8), 여기서도 『鷄林類事』와 같이 /Vi/로 대응하고 있어 하향이중모음의 부음인 'ㅣ'를 반영하고 있음을 볼 수 있다. 그 중 몇 예만을 제시하고, 이에 관한 자세한 논의는 해당 하향이중모음의 변화를 논의할 3절에서 후술하고자 한다.

(朝鮮館譯語 原文)	(中世語形)	(推定音)
(01) 日 害	히	害/xai/
(02) 天上 哈嫩五會	하놀우희	會/xuei/
(03) 鷲(鷹) 埋	매	埋/mai/
(04) 袍 得盖	덥게	盖/kai/
(05) 種 遂卜	쇠봊	遂/suei/
(06) 耳 貴	귀	貴/kuei/

2.3.1.3. 三國史記 지명 표기와 향찰 표기

『三國史記』(1145)와 『三國遺事』(1285)를 비롯한 사서(史書)에 수록된

지명, 인명, 관직명 등의 고유명사에서 하향이중모음의 흔적을 찾는 것은 그리 쉽지가 않다. 한자를 사용한 음훈차표기에서 이중모음을 찾는 것은 당시 한자의 음과 훈에 관한 폭넓은 이해를 바탕으로 하고 있기에 더욱 그러하다. 중국 한자음의 유입 시기와 과정 그리고 한국 한자음과의 상호 관계가 아직 정립되지 않은 지금의 현실로서는 그 문제에 관한 검토는 시기상조에 속한다고 볼 수 있다. 이러한 형편에도 불구하고 하향이중모음이었을 가능성을 보여주는 예를 군이 찾고자 한다면 『三國史記 地理志』의 다음의 것들이 여기에 속할 것이다.

(01) 鐵城郡 本高句麗鐵圓郡 景德王改名 今東州(三國史記 卷35, 地理 二)[38]
(02) 金壤郡 本高句麗休壤郡 景德王改名 今因之(三國史記 卷35, 地理 二)
　　　休壤郡 一云 金惱(三國史記 卷37, 地理 四)
(03) 牛首(頭)州 一云 首次若(三國史記 卷37, 地理 四)
　　　牛岑郡 一云 牛嶺 一云 首知衣(三國史記 卷37, 地理 四)
　　　首知縣 一云 新知(三國史記 卷37, 地理 四)

(01-02)의 예는 '鐵'과 '東', '金'과 '休'로 대응되는데, 이들은 훈차자로 각기 [쇠/시(새)]와 [쇠/쉬-]를 나타내었던 것으로 보인다. 그렇게 본다면 이 용례들은 하향이중모음 /Vj/를 보여주는 것으로 조심스럽게 추정해 볼 수도 있을 것이다. (03)은 '牛:首'가 대응하고, 다시 '首'와 '新'이 대응하고 있어 '牛:首:新'의 관계를 보여주고 있다. 이때 '牛'는 훈차자로 '쇠'이며 '新'은 '東[새/시], 曙[시-]'와 뿌리를 같이하는 어사로,[39]

---

38) 여기서 제시된 몇몇 예들 가운데는 상지대 김대식 교수께서 사석(私席)에서 필자에게 언급해 주신 것들이 포함되어 있다.(김대식(1998), p.154 참조) 이 자리를 대신하여 감사의 말씀을 전한다. 그러나 이 자료들을 해석하는 데 나타나는 오류가 있다면 그것은 필자만의 것이다.

39) 여기에 관해서는 양주동(1965:390)을 참조.

훈차자로 사용되어 [새/시]로 읽혔던 것으로 추정된다(新村/새말, 新邑/
시벌). 좀더 자세한 검토를 요구하나, (01-02)의 경우와 마찬가지로 당
시에 /Vj/의 존재를 보여주는 예로 제시할 수 있으리라 보인다.

『三國遺事』 소재 향가에서 하향이중모음의 음절 부음의 흔적을 찾는
것은 『三國史記 地理志』에서 찾는 것만큼이나 쉽지 않다. 기존의 연구
(양주동:1960)에서는 부음으로서의 'ㅣ'의 모습이 보인다고 하는데, 김완
진(1980)에서는 이를 인정하지 않고 '이/리' 등의 음절을 표기한 것으로
보고 있다. 여기서 문제가 되는 예들을 대강 열거하면 다음과 같다.

(01) 舊理東尸汀叱(彗星歌)
(02) 倭理叱軍置來叱多(彗星歌)
(03) 月羅理影支古理因淵之叱(怨歌)
(04) 二肹隱誰支下焉古(處容歌)
(05) 命叱使以惡只(兜率歌)
(06) 今日部伊冬衣(稱讚如來歌)
(07) 讚伊白制(稱讚如來歌)
(08) 浮去伊叱等邪(彗星歌)

위에서 밑줄 그은 곳의 '理'와 '支/支'의 해석에서 차이가 난다. 양주
동(1965:562-563)은 彗星歌의 '舊理東尸汀叱'과 '倭理叱軍置來叱多'에서
'理'는 보통 '리'의 음차이나 '舊理'나 '倭理'에서는 'ㅣ'로 「녜」와 「예」의
말음을 첨기하였다고 보았다. 또한 處容歌와 怨歌에서 '影支'와 '誰支'
의 '支/支'字를 각각 '그림제'와 '뉘'의 말음을 첨기한 것으로 보고 있다.
(05)에 보이는 兜率歌의 예 역시 '使以'의 '以'를 동사 '브리-'의 말음
'ㅣ'의 첨기로 이해하고 있다. (06) 稱讚如來歌의 '部伊'에서 '部'는 훈독
되어 '部衆/주비'로, '伊'는 '주비'의 말음 첨기로, (07)의 '讚伊'는 '讚'이
훈독되어 '기리-'로 '伊'는 '기리-'의 말음 첨기로 해석하였다(전게서:703

-715).

　그러나 김완진(1980:20-21)은 'ㅣ'의 표기로 쓰인 '伊, 是, 以' 등을 제쳐 두고 '理'를 쓴다는 것은 아무리 고대의 차자 표기에 있어서라 하더라도 생각하기 어려운 것으로 보았다. 따라서 '舊理'와 '倭理'를 '川理(나리)', '世理(누리)'와 마찬가지로 '-리'로 끝난 명사로 이해하여 '녀리'와 '여리'로 해석하였다. 怨歌의 '影攴'은 '攴'을 지정문자(指定文字)로 보아 '影'을 '그르매/그림제'로 훈독하라는 지시를 하는 표기 기호로 보았으며, 處容歌의 '誰支'는 '누기'의 '기'를 표기한 것으로 설명하였다. 또한 兜率歌의 '使以'를 동사 '브리-'로 보는 한, 문맥이 제대로 통하지 않는다고 하면서 '以'는 '브리-'에서의 '리'의 'ㅣ'를 나타내는 것이 아니라 그 피동형 '브리이-'의 말음 '이'를 적은 것으로 보았다(前揭書:122). (06-07)의 '部伊'와 '讚伊' 역시 말음 첨기의 'ㅣ'로 보지 않고, '주비-이'와 '기리-이'의 단음절의 '이'를 표시한 것으로 보았다.

　(08)의 예도 양주동(1965:599)에서는 '伊'를 음차자로 'ㅣ'를 표기하는 것으로 보아 '뼈갯다라' 즉 '浮去/뼈가, 伊/ㅣ, 叱/ㅅ, 等邪/다라'로 해석하였으나, 김완진(1980:128)에서는 '浮/뼈 去/가, 伊/이, 叱/ㅅ, 等/등, 邪/야'로 보아 '伊'가 단음절인 '이'를 표기한 것으로 해석하였다.

　이상의 논의로 미루어 볼 때, 향가에서 보이는 표기 양태로는 하향이중모음의 부음을 확인하기란 그리 쉽지 않음을 알 수 있다.

　향가에서 하향이중모음의 부음을 분명하게 보여준다고 생각할 수 있는 예는 찾기 힘들어도, 반면에 주격조사, 지시대명사, 계사의 어간 i와 어미 등의 '이'는 그리 어렵지 않게 찾아볼 수 있다.

　(01) 民是愛尸知古如(安民歌)
　(02) 月羅理(讚耆婆郎歌)

(03) 此身遣也置遣(願往生歌)

(05) 此地肹(安民歌)

(06) 以憂音(慕竹旨郎歌)

(07) 皆理音(慕竹旨郎歌)

(08) 生以支所音物生(安民歌)

(09) 道修良待是古如(祭亡妹歌)

(01-02)의 '是/理'는 주격조사를 나타내는 곳에 사용되었고, (03-06)의 '此/以'는 지시대명사를, 그리고 (07-09)는 '理/以/是'가 계사의 어간 i와 어미 등을 보이는 데에 표기되었다.

지금까지 살펴본 바, 향가에서 하향이중모음의 부음을 보여준다고 추정할 수 있는 예가 몇몇 존재는 하나, 해석 여부에 따라서는 달리 해석될 수 있어 부음을 보여주는 직접적인 자료로는 제시하기 힘든 형편이다. 향가의 해독이 온전히 이루어지지 않은 지금으로서는 이 문제에 관한 한, 후일을 기약할 수밖에 없는 것으로 보인다.

2.3.1.4. 鄕藥救急方

『鄕藥救急方』은 고려 대장경을 찍은 대장도감(大藏都監)에서 13세기 중엽에 간행된 의약서로, 내용은 향약으로 위급한 병을 치료하는 방문(方文)을 설명하고 또한 본문 여러 곳에 보이는 70여 동·식물명과 권말 부록 '방중향약목초부'(方中鄕藥目草部)에 열거된 약 180에 달하는 단어에 대해 한자 차자 표기로 고유어를 적어 놓았다.[40] 이들 고유어는 고려판을 복각한 것으로 추정되므로, 13세기 국어의 모습을 살펴보는 데 중요한 자료가 된다.[41] 특히 당시 국어 어휘에 대한 풍부한 자료를

---

40) 『鄕藥救急方』에 대한 자료적 성격과 가치에 대해서는 이기문(1963), 이덕봉(1963), 남풍현(1981) 등을 참조하였다.

제시하고 있어, 당시 국어의 단어와 그 음가에 관한 중요한 사실을 엿
볼 수 있게 한다.

여기서 본고의 관심은 하향이중모음의 표기에 있다. 중세어형과 비
교해 볼 때, 하향이중모음의 부음을 'ㅣ(伊)'로 표기한 것이 주목된다.
먼저 약재명의 향명 표기에 '伊'字가 사용된 예들을 모두 추려 보면 다
음과 같다. 한어 약재명 아래 첫 줄은『鄕藥救急方』본문의 향명 표기
와 부록인 '방중향약목초부'의 향명 표기이며, 그 두 번째 줄은 향명 표
기에 대응하는 15세기 이후의 정음 표기이다.

  (01) 蠮螉(蠮螉)
      影亇伊汝乙伊(上5a)/影良汝乙伊(方中鄕藥目草部 5b)
      그르메너흐리 구(蠮), 수(螉) (訓蒙上22a)
  (02) 茅香
      置伊有根(茅香根, 中28b)/置伊存(茅花, 中29b)
      뛰(茅)(杜8:61), 뗏불휘(簡易方 6:25), 뛰모(茅)(訓蒙上9b)
  (03) 白歛
      犬伊刀叱草(中16b, 方中鄕藥目草部 2b)/犬刀叱草(中20a)/犬刀次草
      (中22a)
      가히톱(村家) 가희톱(東醫 湯3:17a)
  (04) 百合
      犬伊那里根(百合根, 中18a)/犬乃里花(方中鄕藥目草部 2a)
      개나릿불휘(簡易方 2:111a), 개나릿불희(村家)

---

41) 이기문(1963:65)에 의하면 중간본의 내용은 초간본에 매우 충실했던 것으로 보인다
   고 한다.『鄕藥救急方』이 神驗之書로 존중된 사실과 崔自河의 私藏 善本에 의해
   鏤梓되었다는 사실이 이를 말해주는 것으로 보았다. 한편 이 중간본보다 얼마 뒤지
   지 않은 世宗 13년(1431)에 나온『鄕藥採取月令』이나 이보다 2년 뒤에 나온『鄕藥
   集成方』의 내용과 비교할 때,『鄕藥救急方』이 현격한 차이를 보여주고 있는 사실도
   역시 위의 추측을 믿게 한다고 보고 있다. 그러므로 이 중간본은 초간본과 다름없이
   이용되어도 좋을 듯하다.

(05) 蜘蛛

　　居毛伊(上5b)/居毛(方中鄕藥目草部 5b)

　　거믜(簡易方 1:22b, 訓蒙上21a)

(06) 菟絲子

　　鳥伊麻(方中鄕藥目草部 1a)

　　새삼 菟(訓蒙上8b) 새삼 絲(訓蒙上8b)

(07) 附骨疽

　　骨無伊(中21a)

(08) 麥門冬

　　冬乙沙伊(中33b)/冬沙伊(方中鄕藥目草部 1a)

　　겨ᅀᆞ릿불희(村家), 겨으사리불휘(東醫 湯2:40a)

(09) 郁李

　　山叱伊賜羅次(上13a)

　　묏이스랏삐 又名 산미즈(東醫 湯3:40b)

(10) 通草

　　伊乙吾音蔓(中27b)/伊屹烏音(方中鄕藥目草部 2a)

　　이흐름너출(簡易方 2:84a), 으흐름너출(東醫 湯3:3b)

(11) 熨斗

　　多里甫伊(上6b)/多里甫里(中24a)

　　다리우리(簡易方 1:43a, 訓蒙中14b)

(01) '蠷螋'(蠼螋)의 향명 표기인 '影亇伊汝乙伊'로 적힌 '그르메너흐리'에서 '影'은 '그르메'의 훈독 표기이고, '亇'는 '影'의 훈독 말음인 '마'를, '伊'는 'ㅣ' 음을 첨가한 것으로 '影/그르메'의 어말 모음 'ㅣ'를 표기한 것이다. '伊'는 '汝(너)乙(을/홀)伊(이)'에서 보듯 음절 부음이 아닌 음절의 주음 /i/를 표기하는 데에도 사용되었다. 이로써 '伊'字는 음절 부음인 /j/와 음절 주음인 /i/를 아울러 나타내었던 것으로 보인다.

(02) '茅香'은 '置伊有根'로 쓰여 있는데, 각기 '置/두-伊/ㅣ-有/잇-根/불휘'를 표기한 것으로 볼 수 있다. (03-06)의 白薟, 百合, 蜘蛛, 菟絲

子의 향명 표기들도 각기 犬(가히)伊(ㅣ)刀(도)叱(ㅅ)草(플), 犬(가히)伊
(ㅣ)那(나)里(리)根(불휘), 居(거)毛(모/므)伊(ㅣ), 鳥(새)伊(ㅣ)麻(삼/삼)와
같이 대응시켜 볼 수 있을 것이다.

(06) '菟絲子'의 경우는 『鄕藥採取月令』(1431, 九月)과 『鄕藥集成方』
(1433, 78:6a)에는 '伊'가 빠진 '鳥麻'라고만 표기되어 있다는 사실이 흥
미롭다. '鳥'의 훈이 '새'이기에 '鳥麻'만으로도 '새삼(삼)'을 나타내기에
충분한 것인데, 구태여 '伊'字를 첨기한 것은 '새'의 말음인 /j/를 표기한
것으로밖에 볼 수 없는 것이다. 이것으로 보아 당시의 차자 표기에 '伊
(ㅣ)'字는 수의적으로 생략되기도 하는 특징을 가지고 있었던 것으로
보인다.42)

(07) '附骨疽'의 향명 표기인 '骨無伊'는 유감스럽게도 이것과 대응하
는 정음 표기가 보이지 않는다. 다만 한방에서 附骨疽를 '무, 뮈, 미' 등
으로 부르고 있어 '骨'이 훈독되고, '無'는 음독자로, '伊'는 음절의 말음
표기로 보아 각각 '骨/뼈', '無伊/뮈'로 추정할 수 있을 것이다. (01)에서
보았듯이 '伊'가 음절의 부음이 아닌 단음절 '이/리'를 나타내는 곳에도
표기되었는데, (08-11)의 예가 여기에 해당된다. 이외에도 몇몇 예를
여기에 더 포함시킬 수 있는데,43) 차자 표기법에 있어 한 자가 한 음절

---

42) 여기서 제기할 수 있는 또 하나의 문제는 앞에서 보았던 '鳥伊'가 이중모음을 나타
내었던 것이냐 아니면 모음 복합을 나타내었던 것이냐 하는 점이다. 이 점에 관해서
는 15세기 이중모음이 모음 복합에서 발달된 것인지의 여부와 관련되어 있기 때문에
이기문(1963:90)에서도 의문점으로 제시한 바 있다. 필자의 생각으로는 '伊'의 표기가
순정 모음인 /i/ 가 아니라 반모음인 /j/를 나타내는 것으로 본다. 그것은 '伊'의 표기
가 나타날 수 있는 모든 환경에서 보이는 것이 아니라 임의적 내지는 산발적으로 나
타나기 때문이다. 반모음인 /j/의 음성적 특성인 과도와 관련이 있지 않은가라는 추
측을 해볼 수 있다.

43) ① 蒼耳 : 升古ケ伊(上3b)/刀古休伊(方中鄕藥目草部 1b) ; 돗고마리(簡易方 2:94b),
돗고마리(訓蒙 上8b) ② 苴麻子 : 阿叱加伊實(下34a)/阿次加伊(方中鄕藥目草部 3a)
; 아줏가리(東醫 湯3:18b), 비마즈삐(簡易方 1:20b) ③ 薏苡 : 伊乙每(中24b)/伊乙梅

을 표기해 준다는 기본적인 원칙에 따를 때, '伊'字는 본래 단음절의 '이'를 표기하는 데 사용되다가 점차 사용 범위가 확대되어 음절의 부음인 ' ㅣ '를 표기한 데에 쓰여진 것으로 추정된다.

앞서 살펴본 경우와는 달리, 하향이중모음의 부음 'ㅣ(伊)'가 나타나야 할 환경에서 보이지 않고 어떤 이유에서인지 생략된 경우가 있다.

(01) 蚯蚓

居乎(上4b)/居兒乎 一名 土龍 又 地龍(方中鄕藥目草部 5b)

겄위(簡易方 1:104a), 거쉬(訓蒙上21b)

(02) 蒜子(小蒜)

月老(小蒜, 中20b)/月乙老(方中鄕藥目草部 5a)

돌뢰(小蒜)(訓蒙上13a), 月乙賴伊(小蒜, 鄕藥集成方 85:17a)

(03) 燕脂(紅藍花)

你叱花(方中鄕藥目草部 3a)

니읫곶(紅藍花)(簡易方 1:90a), 니싀(紅花)(簡易方 1:113a), 닛(紅藍花)(東醫 湯3:11a)

(04) 蜈蚣

之乃(上4a, 方中鄕藥目草部 5b)

지네(月釋 9:43, 訓蒙上:23a) 진내(村家)

위의 예에서 보듯이 '伊(ㅣ)'표기는 임의적으로 생략이 가능했던 것으로 보인다. (01) '蚯蚓'의 향명 표기는 '居兒乎'인데 각기 '居/거-兒/ㅿ-乎/호'로 대응시킬 수 있으며, '겄후(ㅣ)'로 추정할 수 있다면,44) '乎' 다음에 올 어말의 'ㅣ/伊'는 생략된 것으로 볼 수 있다.

(方中鄕藥目草部 1b) ; 율믜삐(簡易方 2:65a), 율믜(訓蒙上13a) ④ 地膚子 : 唐楄伊 (中31b)/唐楄(方中鄕藥目草部 1b) ; 댓뽀릿삐(簡易方 3:108), 대뽀리여름(東醫 湯 2:48a).

44) 남풍현(1981:45) 참조.

(02) '蒜子(小蒜)'는 '月/둘-老/'로 표기상 대응시킬 수 있는데, 『訓蒙字會』의 '둘뢰'(上13a)와 『鄕藥集成方』의 '月乙賴伊'(85:17a)의 기록으로 보아 어말에 'ㅣ/伊'가 있었을 것이나 여기서는 생략되었다.

(03) '燕脂'는 '你叱花'로 표기된 바, 『救急簡易方』에서는 '니쉿곳(紅藍花, 1:90a)'과 '니싀(紅花, 1:113a)'로, 그리고 『東醫寶鑑』에서는 '닛(紅藍花, 湯3:11a)'으로 나타난다. '닛'의 형태로만 본다면 '叱'이 속격 'ㅅ'을 나타낸다고 볼 수 있으나, '니쉿곳'나 '니싀'로 본다면 '你叱伊花'에서 '伊'가 생략되었다고 볼 수 있다. /ㅿ/의 음운사적 변화 과정을 미루어 볼 때, 남풍현(1981:101)의 지적처럼 '니싀'는 '니시'라는 형태를 상정하지 않고서는 설명하기 어렵기 때문이다.

(04) '蜈蚣'도 '之/지-乃/나'로 대응시킬 수 있으므로 어말의 'ㅣ/伊'가 표기상 생략되었음을 짐작할 수 있다. 이렇듯 하향이중모음의 부음 'ㅣ'가 임의적으로 생략되기도 하고, 표기에 반영되기도 하는 성격으로 미루어 볼 때, 이것이 'ㅣ'의 음성적인 성격의 일면인지 아니면 단순히 차자 표기상의 특징이었는지는 아직 성급하게 결론 내릴 수 없을 듯 하다. 그러나 생략 표기가 음절 부음 'ㅣ'에만 국한하여 나타나는 것이 아니라 속격 표지, 'ㄹ'음 표기, 말음 첨기 등에도 보인다는 사실을 주목할 필요가 있다(浮萍 고기(의)밥 魚矣食/魚食, 枳 기사리 只沙里/只沙伊, 麥門冬 겨슬사리 冬乙沙伊/冬沙伊).

이것에 대해 속격 표지의 수의성은 언어 자체의 일반적인 현상이 표기에 반영된 것으로 보고, 그 외에 보이는 생략 표기는 차자 표기법의 불완전성으로 보는 견해(남풍현 1981:155)도 있으나, 'ㄹ'음 표기의 생략인 경우는 '伊/이'나 'ㅣ'모음을 가진 음절에서만 생략되고 그 밖의 환경에서 생략된 예가 없어 그렇게 보기에는 어려움이 있다. 음운의 생략에 있어 어떤 제약을 가지고 있다는 사실은 이 현상이 표기상의 불완전성

에 말미암아 나타났다는 주장을 선뜻 받아들이지 못하게 한다. 이 같은
관점에서 음절 부음인 'ㅣ'의 생략 역시 전적으로 표기상의 특성이었다
고 설명할 수만은 없을 듯싶다.

2.3.2. 15세기 정음 문헌과 그 이후의 차자표기 문헌

2.3.2.1. 15세기 정음 문헌

지금까지 국어사 연구는 대부분이 후기 중세국어를 중심으로 이루어
졌다 해도 지니친 말이 아니다. 후기 중세국어 이전의 언어 상태를 살
펴볼 수 있는 언어 자료들의 영성함에도 그 이유가 있지만 무엇보다도
우리말을 반영하는 표기 수단 자체의 불비(不備)에 더 큰 이유가 있는
듯하다. 한자를 사용한 차자 표기를 바탕으로 당시의 언어를 추정할 수
있기는 하나, 이 역시 중국어라는 음운체계를 거친 간접적인 표기 수단
으로, 자료로서 전부를 인정하기에는 한계가 있는 것이다.

따라서 국어를 우리의 문자로 실제 표기에 반영하게 된 훈민정음의
창제 이후부터 활발한 국어사의 논의가 시작되었던 것은 그리 이상할
것이 없다. 국어사에 있어 이중모음의 연구도 앞에서 언급한 바와 같이
고대국어 자료의 빈약함과 표기 수단의 불비에 따른 한자에 의한 차자
표기를 통한 검토라는 자료적 제한과 부담을 안고 시작할 수밖에 없다.

본절에서는 15세기에 정음으로 간행된 문헌을 중심으로 하여 그 곳
에서 보이는 하향이중모음들의 모습을 살펴보기로 한다. 15세기에 간
행된 언해본들을 대상으로 『李朝語辭典』(유창돈, 1964)에 등재된 해당
어사들을 추출했으며 아울러 『우리말큰사전』(한글학회, 1992)도 참조했
음을 언급해 둔다. 해당 어사들이 출현한 문헌명의 약호는 『李朝語辭
典』을 따랐다. 여기서는 15세기의 정음 문헌 중에서 가장 이른 시기에

간행된 『訓民正音解例』(1446), 『龍飛御天歌』(1447), 『訓民正音諺解』(세조초), 『釋譜詳節』(1447), 『月印千江之曲』(1449) 등에 보이는 하향이중모음의 용례를 살펴보기로 한다.

2.3.2.1.1. ㅣ

〈명사류〉

가시	가시(석11:35)	가온디	가운데(曲70)
나비	나비<蝶>(석11:35)	노피	높이(용48)
모기	모기(석9:9)	비	배<腹>(석11:41)
비	배<舟>(용20)	비애	배개(용3:13)
뒷심꼴	北泉洞(용2:31)	싸히	사내<男>(석19:14)
심	샘(용2)	션비	선비(용80)
즁싱	짐승, 衆生(석11:42)	죠히	종이(解例用字)
히	해<太陽>(용50)	힝뎍	行蹟, 道를 닦음(석6:2)

〈동사류〉

굴히다	가리다(용8)	씨다	깨다(석9:31)
드뵈다	되다(용98)	밍굴다	만들다(용40)
미다	매다<結>(曲76)	미이다	매이다(석9:8)
비다	아기 배다(석13:10)	얽미다	얽어 매다(석9:8)
틱오다	태우다(석11:29)	픠다	파이다<掘>(석11:43)

〈형용사류〉

가비얍다	가볍다(訓諺)	언극드뵈다	궁하다(석13:56)
밉다	맵다,사납다(석6:30)	비브르다	배부르다(석9:9)
겨르르뵈다	한가롭다(석19:1)	히다	희다(용50)

〈부사류〉

굴히내	가리어 내어(석19:8)	모디	반드시(용88)
순지	오히려(석6:7)	이럴씨	이런고로(석9:11)
히여	-하게하여(訓諺)	혼디	함께(석9:1)

2.3.2.1.2. ㅢ

〈명사류〉

긔걸	명령(석6:23)	저희	저이들(석11:36)
쉰믈	地名〈酸水〉(용5:4)	킈	키〈丈〉(석6:44)
어듸	何處(용47)	드뵈	뒤웅박(解例用字)
율믜	율무(解例用字)		

〈동사류〉

씌다	띠다〈帶〉(용112)	믜다	미워하다(석13:56)
우의다	우이다(석11:21)	이긔다	이기다(석6:22)
딕희오다	지키게하다(석11.40)	딕희다	지키다(석9:12) .

〈형용사류〉

무듸다	무디다(석11:6)	므의엽다	무섭다(석9:24)
뮙다	밉다(석9:17)	성긔다	성기다(석19:7)
싀다	시다(용5:4)	싀틋ᄒ다	시틋하다(석9:7)

〈부사류〉

거싀	거의(석11:10)	구틔여	구태여(曲145)
믈읫	무릇(訓諺)	스싀로	스스로(석11:40)
싁싁기	엄숙하게(석13:24)	이어긔	여기(석19:17)

2.3.2.1.3. ㅐ

〈명사류〉

고개	고개(용1:44)	그듸내	그대들(석11:19)
디새	기와(석13:51)	내	내〈나의→내〉(석11:7)
몰애	모래〈砂〉(용9:49)	고개	목의 뒤쪽(曲57)
새	새〈鳥〉(용7)	새	새 것(訓諺)
새옴	새암(曲108)	새별	샛별(용101)
아래	아래〈下〉(訓諺)	아흐래	아흐레(석9:31)
약대	약대(석9:15)	오랑캐	오랑캐(용1:7)

재	재, 언덕(용1:50)	잠개	쟁기, 兵器(曲69)
져재	저자(용6)	아래	前(용76)

〈동사류〉

내다	내다(용8)	내돋다	내닫다(석6:33)
달애다	달래다(용46)	닫내다	달리하다, 따로내다(석序4)
배다	滅하다, 亡하다(용90)	벗겨내다	벗기어내다(석11:8)
보내다	보내다(용26)	보채다	보챔을 받다(석9:29)
새다	새다<曙>(석6:19)	새오다	새우다<妬>(석11:18)
애돌다	애달다(석11:29)	재다	재우다(석6:16)

〈형용사류〉

재다	能하다(曲157)	애닳다	애달프다(金삼3:55)

〈부사류〉

궁희내	가리어 내어(석19:8)	몯내	끝까지는 못하여(석6:20)
ᄆᆞ춤내	마침내(訓諺)	해	많이(용11)
맛내	맛나게, 맛있게(曲118)	모로매	모름지기(訓諺)
새로	새로(訓諺)	간고대	아무데나(용95)
배	아주(석19:17)	오래	오래(석6:44)
고대	즉시(曲145)	채	채, 다(曲153)

2.3.2.1.4. ㅔ

〈명사류〉

번게	번개(용30)	벌에	벌레(석9:9)
네ᅙ	四(석6:40)	즘게	三十四里의 距離(曲153)
엇게	어깨(석6:30)	어제	어제(석6:9)
언제	언제(석6:19)	울에	우뢰(석6:32)
제여곰	제각기(석13:39)	제간	제분수(曲40)
우케	벼알(解例用字)	서에	성에(解例用字)

〈동사류〉

네발투다	네발달리게 태어나다(석19:3)	에흐다	둘러싸다(석9:29)
뻬혀주다	떼어주다(曲90)	메다	메다<駕>(曲119)
메밧다	어깨를 벗다<袒>(석9:29)	업데다	엎데다(석11:3)

〈형용사류〉

세다	强하다(曲40)	게으르다	게으르다(석11:15)
게을다	게으르다(석6:11)	엥옳다	과연 옳다(석13:47)
에굳다	매우 굳다(석11:4)	게엽다	雄健하다(석9:3)

〈부사류〉

게을이	게을리(석6:36)	제여곰	제각기(석6:34)

2.3.2.1.5. ㅚ

〈명사류〉

외셤	孤島(용5:42)	괴외	고요(석6:28)
가마괴	까마귀(용86)	뫼	꾀(용19)
뫼ㅎ	메, 산(용7:9)	바회	바위(용1:46)
반되	반디(解例用字)	발자쳐	발자취, 발자국(曲4)
뵈	베(용3:13)	사회	사위(석6:16)
자최	자취<跡>(석11:26)	쥐엽쇠	작은 鉦(석13:53)

〈동사류〉

궐외다	가래다, 行惡하다(용4)	외야가다	그릇돼 가다(曲163)
되다	되다, 재다(석6:35)	드외다	되다(석19:8)
뫼호다	모으다(석9:12)	외오다	벗어나게 하다(용68)
뵈다	보이다<使見>(용36)	뵈다	보이다<被見>(석13:24)
죄주다	죄주다, 벌하다(석9:38)	할쾨다	할퀴다(曲2)

〈형용사류〉

외다	그르다(용107)	뵈다	배다, 꽉차다(용98)
외롭다	외롭다(석6:5)		

〈부사류〉

| 외오 | 그릇(용106) | 느외야 | 다시(석9:31) |

2.3.2.1.6. ㅟ

〈명사류〉

그위	官廳(석6:24)	귀	귀(용6:40)
라귀	나귀, 당나귀(석9:15)	돗귀	도끼(曲106)
뒤ㅎ	뒤(용28)	뒤	띠(解例用字)
무뤼	무리, 우박(曲188)	디위	번(석9:32)
불휘	뿌리(용2)	뉘	세상, 적, 때(용86)
술위	수레(용5:33)	술위띠	수레바퀴(석9:32)
치뷔	추위(석9:9)	프성귀	푸성귀(석6:28)

〈동사류〉

뉘웇다	뉘우치다(석6:19)	뒷다	두어있다(석9:11)
뒤돌다	뒤로 돌다(석11:29)	위왇다	떠받들다(석11:43)
뷔틀다	비틀다(석19:7)	뮈우다	움직이게 하다(용102)
뮈다	움직이다, 흔들리다(석11:15)	위ㅎ다	爲하다(석6:7)
쥐주다	쥐어주다, 供與하다(석6:13)	퓌우다	피우다(석9:35)

〈형용사류〉

| 뉘웃브다 | 뉘우쁘다(석6:8) | 뷔다 | 비다<空>(용67) |
| 쉽다 | 쉽다<易>(訓諺) | | |

정음 문헌은 표기상 나타나는 이중모음에 대하여 실제 발화형을 적극적으로 증거해 주는 데 한계가 있다. 그러나 『龍飛御天歌』에 나타난 북방 종족명에서 적어도 'ㅐ'가 이중모음이었음을 보여주는 용례를 찾을 수 있다. '兀良哈 오랑캐(1:7), 詞郎哈 하랑캐(7:22), 禿成改 투청개(7:24)' 등이 바로 그것인데, 종족 명칭으로 미루어 보건대, '哈'字는 이중모음인 'ㅐ(aj)'를 나타내었던 것으로 보인다.

兀良哈 오랑캐 : <女眞語> Uriyangxai <蒙古語> Uriyangqai
詞郎哈 하랑캐 : <蒙古語> Hurangqai(Uriyangqai)
禿成改 투칭개 : <女眞語> Tucinggai[45]

2.3.2.2. 衿陽雜錄과 구결 자료

『鄕藥救急方』과 함께 관심을 끄는 자료는 『衿陽雜錄』이라는 농서
(農書)다. 강희맹(1424-1483)이 성종대(15세기 말엽)에 편찬한 농업 관계
의 저서로 農家, 農談, 農者對, 諸風辨, 種穀宜, 選農記 6장으로 나누어
져 있다.[46] 특히 농가는 곡품(穀品)에 관한 요록인데, 대부분의 곡명(穀
名)이 한자 차자 표기와 정음 표기를 아울러 갖고 있어서 국어의 차자
표기 연구에 도움을 주고 있다(이기문 1975:99). 여기서도 음절 부음의
'ㅣ/伊'의 모습을 살펴볼 수 있다.

(01) 於伊仇智 에우디(次早稻의 一種)
(02) 高沙伊沙老里 고새사노리(晚稻의 一種)
(03) 高沙伊眼檢伊 고새눈거미
(04) 所伊老里 쇠노리(晚稻의 一種)
(05) 所伊老粘 쇠노출
(06) 升伊應同小豆 싱동팟

(01-03)의 예는 於(어)伊(ㅣ)仇(구>우)智(디), 高(고)沙(사)伊(ㅣ)沙(사)
老(노)里(리), 高(고)沙(사)伊(ㅣ)眼(눈)檢(검)伊(이)에서 보듯 'ㅔ'와 'ㅐ'
의 음절 부음 'ㅣ'를 보여 주고 있고, (04-05)의 예는 所(소)伊(ㅣ)老(노)

45) 여기에서 제시한 용례와 북방 종족명에 관해서는 송기중(1989:112-118)을 참조하였다.
46) 본고에서 사용한 『衿陽雜錄』은 아세아문화사에서 영인(1981)한 『(農書1) 農事直
　　說 外 4種』를 저본으로 하였음을 밝혀둔다. 여기서 『衿陽雜錄』에 관한 서지적 사항
　　을 살펴볼 수 있다(金容燮, pp.7-8).

里(리), 所(소)伊(ㅣ)老(노)粘(출)에서 나타나듯 'ㅚ'의 'ㅣ'를 표기하고 있
다. 이들을 '沙老里/사노리', '黑沙老里/거믄사노리'와 비교할 때, '所伊
老里/쇠노리'와 '高沙伊沙老里/고새사노리'의 '伊'字가 'ㅣ'를 나타낸다
고 하는 점에는 의문의 여지가 없는 것으로 보인다. (06)은 '升伊應'이
란 三字가 '싱(升/승, 伊/ㅣ, 應/ㅇ)'이란 단음절의 어사를 보여주고 있는
것이 특히 주목을 끈다.

　한편 다음의 예들은 음절 부음 'ㅣ'와 관련하여 주목을 끄는 예들이다.

(01) 所老狄所里 쇠노되소리
(02) 達乙伊黍 달이기장
(03) 漸勿日伊粟 져므시리조
(04) 漸勿日伊粘粟 져므시리츠조

　(01)의 '所老狄所里/쇠노되소리'에서는 '伊'字가 빠진 모습을 보이고
있으나, '所伊老里/쇠노리, 所伊老粘/쇠노출' 등의 예와 비교해 볼 때,
이는 『鄕藥救急方』에서 본 바와 같이 '伊/ㅣ'의 생략으로 볼 수 있다.
　(02-04)는 '伊'字가 단음절의 '이'로도 사용되었음을 보여주고 있다.
이는 『鄕藥救急方』의 향명 표기에서도 볼 수 있었던 것으로, 즉 '達/달
乙/ㄹ 伊/이 黍/기장', '漸/졈 勿/믈 日/실 伊/이 粟조', '漸/졈 勿/믈 日/
실 伊/이 粘/출 粟/조'와 같이 음절 부음인 'ㅣ'뿐만이 아니라 단음절의
'이'를 표기했던 것이다.
　하향이중모음의 부음의 모습을 보여 주는 또 다른 자료로 구결을 주
목할 수 있다. 구결이란 한문을 읽을 때에 문법적 관계를 분명히 하기
위해 구절마다 국어의 조사, 계사 이-(是), 동사 ᄒᆞ-(爲) 등의 기능어를
삽입하는 표기 체계를 지칭한다. 구결 표기의 차자 체계는 대체로 음절
과 차자가 일대일의 대응 관계를 가지나, 국어의 음절 구조가 한자의

자음 구조보다 복잡하기 때문에 둘, 또는 세 차자로 하나의 음절을 표기하기도 하였다(爲隱/흔, 羅叱/랏, 巨伊/게, 乙士伊/ㄹ시 등). 그러나 연구자의 처지에서 보면 원칙에서 벗어난 차자들, 즉 스스로 음절을 표기하지 못하고 음소를 표기한 차자들이 자료로서 지니는 가치는 더 크다 말할 수 있다.

　하향이중모음의 존재를 확인시켜 주는 구결의 용례를 제시해 보면 다음과 같다. 아래의 용례는 안병희(1977)에서 재인용한 것들로, 약호 및 자세한 서지적인 사항은 그 곳을 참조했음을 밝혀둔다.47)

　(01) 百年於伊(處格의 「에」, 書頭下 50b)
　(02) 朝夕於是(處格의 「에」, 書大上54a)
　(03) 萬世亦是(處格의 「예」 書大上41a)
　(04) 口齊爲也刀(語尾 「-고져」, 地藏下16b)
　(05) 爲時乙士是(語尾 「-ㄹ시」, 書大上12b)
　(06) 爲乙士伊(語尾 「-ㄹ시」, 地藏上4b)
　(07) 巨是乎里羅(語尾 「-게」, 書大上41a)
　(08) 巨伊乎里尼(語尾 「-게」, 書大上8a)
　(09) 去伊爲小西(語尾 「-게」, 地藏中3a)

　(01-03)에서 보듯 처격 조사인 「에」와 「예」가 ‘於伊/於是’, ‘亦是’로 표기되었다. 여기서 ‘伊/是’가 음절 부음인 /j/를 나타내려고 한 것에는 이의가 있을 수 없다. 그러나 /j/의 표기가 생략되는 경우가 심심치 않게 보인다(於沙:童先6b, 於阿:周大下4b).

　(04)의 ‘口齊’는 「-고져」의 표기인데, 「져」가 ‘齊’로 나타나는 것은 불

---

47) 본고에서 인용한 자료와 약호는 다음과 같다(안병희 1977:35-46). 書傳大文乙亥字本(16세기 중엽):書大, 地藏菩薩本願經(1558):地藏, 書傳大文頭註本(16세기 말):書頭, 童蒙先習(1587):童先, 周易大文(16세기):周大.

안정한 표기로, 부음인 /j/가 더 있는 것으로 볼 수 있다.[48]

(06)의 '乙士是/乙士伊'는 어미 「-ㄹ시」의 표기로, (07-09)의 '巨是/巨伊/去伊'는 어미 「-게」의 차자 표기로 설명할 수 있다. 이 표기들 역시 '是/伊'를 수의적으로 생략하는 경우가 많으며,[49] '去伊'의 경우 지장(地藏)에서는 생략된 표기가 더 많음이 흥미롭다(爲乙士:地藏上7a, 爲時乙士:書大上28b, 去爲羅:地藏上24a, 去乎代:地藏上12b, 去乎尼:地藏中21b).

기존의 연구에서는 차자 표기의 불완전성을 말할 때면, 일반적으로 음절의 부음인 /j/의 표기가 유동적인 것을 예로 제시하곤 하였다. 그러나 앞서 언급한 바와 같이, 이 현상이 미진한 차자 표기법에 전적으로 기인했다고 보는 것은 충분치 않다. 아직 결론을 내리기에는 어려움이 있으나, /j/ 표기의 유동성은 /j/의 음성적 내지는 음운적 특질에도 상당한 영향이 있었던 것으로 생각된다.

지금까지 통시적인 관점에서『鷄林類事』와『朝鮮館譯語』, 그리고『三國史記 地理志』의 지명 표기,『三國遺事』 소재 향찰 표기,『鄕藥救急方』, 15세기 정음 자료,『衿陽雜錄』, 구결 자료 등에 보이는 하향이중모음의 표기 양상을 몇 부분으로 나누어 검토해 보았다. 본절에서는 정음 표기와 한자로 표기된 국어의 하향이중모음의 모습을 찾아보고, 그것이 어떻게 표기에 반영되었는지를 검토해 보려는 데에 목적이 있었던 바, 이들 자료들의 검토를 통하여 하향이중모음의 모습을 접할 수 있었고, 특히 하향이중모음의 부음을 표기에 반영한 적지 않은 예들을 찾을 수 있었다. 이로써 국어사의 맥락에서 하향이중모음의 존재가 그리 일천(日淺)하지 않다는 사실을 확인할 수 있었다.

---

48) 안병희(1977:79)에서 이러한 지적이 보인다.

49) 아주 예외적이기는 하나, 이와는 대조적으로 周易大文에는 '厓是隱(上25b)'과 같이 '是'가 덧붙여진 표기도 보인다.

3. 하향이중모음의 변화

3.0. 본절에서는 국어의 하향이중모음 'ㆎ, ㅢ, ㅐ, ㅔ, ㅚ, ㅟ'의 변화의 양상 및 그 과정을 음운론적인 차원에서 검토한다. 변화의 제 양상 및 과정을 검토하기 위해서는, 먼저 하향이중모음이 포함되어 있는 어사들의 변화 양상을 통시적 관점에서 관찰해 보는 것이 타당할 듯하다. 개별 어사의 변화 과정을 살펴보기 위해서는 해당 어사의 선대형(先代形)을 먼저 파악하고, 그 어형이 어떤 변화의 모습을 보이는지를 살펴보아야 한다. 여기서의 문제는 어느 시기의 어형을 기원형으로 추정할 것인가라는 점이다. 우선 한자가 아닌 정음으로 국어의 음소를 표기에 반영한, 15세기 정음 문헌들에 쓰인 형태를 기원형으로 추정한다. 따라서 15세기 정음 문헌에서 쓰인 어사들을 중심으로 본절의 논의는 진행될 것이다. 『三國史記』, 『三國遺事』, 『鄕藥救急方』 등의 15세기 정음 이전의 자료들도 있기는 하나, 이는 한자를 이용한 차자 표기라는 점과 함께, 이 자료들을 해석함에 있어서 대부분이 15세기 정음 문헌에 표기된 어사들을 근거로 하여 재구되었기 때문이다.

그러나 본고에서는 정음으로 된 자료 이외에도 중국인들이 국어를 표기한 『鷄林類事』, 『朝鮮館譯語』 등과 그 밖의 차자표기 자료들도 함께 다루고자 한다. 이는 앞서 언급한 바 있지만, 외국인들의 자료를 통하여 당시 국어의 모습을 엿볼 수 있다는 점을 고려했기 때문이다.

한편 해례본 중성해에서는 'ㆎ, ㅢ, ㅚ, ㅐ, ㅟ, ㅔ'의 순서로 기술되어 있으나, 이 음들의 변화의 제 양상과 과정, 그리고 이들의 단모음화 시기 등을 고려할 때, 'ㆎ/ㅢ'와 'ㅐ/ㅔ' 그리고 'ㅚ/ㅟ' 등이 서로 긴밀한 관계를 가지고 있기에, 본고에서는 논의의 편의상 'ㆎ, ㅢ, ㅐ, ㅔ, ㅚ, ㅟ' 등의 순서로 기술하겠다.

3.1. ᆡ

3.1.1. 중세국어에서 하향이중모음은 현대국어와는 달리 다양하게 분포되어 있었으며 체계적으로도 상당히 안정적이었던 것으로 알려져 있다. 주지하다시피 'ᆡ, ㅢ, ㅐ, ㅔ, ㅚ, ㅟ'가 중세국어의 하향이중모음이었던 바, 음성적으로는 다음과 같이 [ʌj, ij, aj, əj, oj, uj]로 실현되었을 것으로 추정된다.

『鷄林類事』와 『朝鮮館譯語』에 보이는 'ᆡ'의 모습은 /ʌj/ : /ai/의 대응 관계를 잘 보여 주고 있다. 'ᆞ'에 관해서는 쉽게 단정을 내릴 수는 없지만, 『鷄林類事』와 『朝鮮館譯語』에 표음된 자료만을 대상으로 할 때는 적어도 /a/에 가까운 위치에서 발음되었음을 추정할 수 있다. 이와 함께 하향이중모음의 음절 부음인 /j/ 역시 /i/로 표음된 예가 있는 것으로 미루어, 당시의 'ᆡ'의 부음인 'ㅣ'가 실현되었음을 알 수 있다. 『朝鮮館譯語』 역시 'ᆡ'는 /ə/와 /ai/를 운복음으로 갖는 한자들과 대응 관계를 가지고 있다. 대부분의 'ᆡ'가 /ai/와 대응되는 것으로 보아 하향이중모음의 부음인 'ㅣ'를 인식하고 있었음을 엿볼 수 있다.

(鷄林類事 原文)	(對應하는 中世語形)	(推定音)
(01) 腹曰擺	비	擺/pai/
(02) 梨曰敗	비	敗/pai/
(03) 帶曰腰帶	요디	帶/tai/
(04) 午曰捻宰	낮이>나지	宰/tsai/
(05) 不善飮曰本道安理麻蛇	본디아니마셔	道/tau/
(06) 白米曰漢菩薩	흰뽈	漢/han/(강신항:1991)[50]

---

50) 『鷄林類事』와 『朝鮮館譯語』의 추정음과 이에 대응하는 15세기 국어 대응형은 강신항(1991/1995)에서 인용하였다.

　(05)의 效攝字 皓韻의 道(tau)字와 (06)의 山攝字 翰韻의 漢(han)字를 제외하고는 /ʌj/ : /ai/의 대응 관계를 잘 보여 주고 있다. '힌'과 대응하는 '漢'은 /han/으로 재구되는 바, 음절말의 자음 n의 영향으로 /aj/의 /j/가 생략되었거나, 또는 중국인인 손목(孫穆)에게 부음 /j/가 희미하게 들려 단모음인 /a/로 인식했던 것으로 보인다. '·' 음가에 관해서는 아직 단정을 내릴 수는 없지만, 『鷄林類事』에서 표음된 자료만을 대상으로 할 때, 적어도 /a/ 모음에 가까운 위치에서 발음되었을 것이라는 점을 추정할 수 있을 뿐이다(강신항 1991:171을 참조). 따라서 /ʌj/:/ai/의 내응관게는 '·'와 'ㅣ'기 음성적으로 유사했기에 가능했던 것으로 추정된다.

　여기서의 관심은 하향이중모음의 음절 부음인 'ㅣ(j)'의 표기에 있기에 '·ㅣ'와 대응되는 용례들을 먼저 살펴보면 위의 예에서 보듯, '히, 비, 디, 미' 등과 대응하는 자는 '害, 擺, 拜, 大, 埋'로 이들은 각기 /xai/, /pai/, /tai/, /mai/로 재구될 수 있는 것들이다. 이와 같이 '·ㅣ'가 /ai/로 대응하는 표음 관계로 미루어 당시의 /·ㅣ/의 부음인 'ㅣ(j)'가 실현되었음을 추정할 수 있다.

(朝鮮館譯語 原文)	(對應하는 中世語形)	(推定音)
(01) 日 害	히	害/xai/
(02) 梨 擺	비	擺/pai/
(03) 答 大打	디답	大/tai/
(04) 腹 拜	비	拜/pai/
(05) 馬駒 墨埋亞直	몰미야지	埋/mai/
(06) 明朝 餒直阿怎	니실아춤	餒/nuei/
(07) 山前 磨阿迫	뫼알펴	迫/pə/
(08) 江心 把剌憂噴得	바를가ᄫᆞᆫ더	得/tə/
(09) 聖節 臨貢省直	님금셩실	省/ʂəŋ/

(10) 讀書 根白昏大   글비혼다   白/pə/ (강신항:1995)

'·ㅣ'의 표음을 살펴보기 위해서는 먼저 '·'가 어떤 한자로 표음되었는지를 먼저 검토할 필요가 있다. 『朝鮮館譯語』에서 '·'를 표기하는데에는 다양한 한자가 쓰이었지만, 주로 /ə, u(ə), a, ɑ/ 등이 쓰인 것은 이 음의 중설모음(中舌母音)적인 성격과 함께 이 음의 청각 인상이 뚜렷하지 않은 것을 반영하고 있다고 할 수 있다(강신항 1995:18). 따라서 '·'의 음가를 후설모음인 /ʌ/보다도 중설모음인 /ɐ/로 추정할 수 있는 가능성이 더 큰 것이다.

이 같은 측면에서 '·ㅣ'는 예상한 바대로 /ai/와 /ə/를 운복음으로 갖는 한자들과 대응 관계를 갖고 있음을 볼 수 있으며, 여기서 경청부(庚青部)에 속하는 자는 특이하게도 '·ㅣ'의 /·/만을 운복의 ə로 표기하고 있는 경우가 있다(예, 07-10). 이와 같이 이중모음의 주음만을 표음한 경우가 『朝鮮館譯語』에서는 자주 나타나고 있다.51) 이것을 제외하고는 그 밖의 대부분의 '·ㅣ'가 /ai/로 표기된 것으로 보아 하향이중모음의 부음인 'ㅣ'를 보여주고 있다고 해도 큰 무리가 없을 듯 하다.

3.1.2. 15세기의 '·ㅣ'는 『訓民正音』 해례본의 기술에서 살펴볼 수 있듯이 이중모음으로서 분명한 음운적 지위를 가지고 있었던 것으로 보인다.

　一字中聲之與 ㅣ 相合字十 ·ㅣ …… 是也 (中聲解)
　빗곶爲梨花 (終聲解)　죠ᄒᆡ爲紙　호ᄆᆡ爲鉏　ᄉᆡㅁ爲泉 (用字例)

'·ㅣ'의 변화 과정을 설명하기 위해서는 먼저 '·'의 비음운화 과정에 대한 이해가 전제되어야 한다. 이는 '·'가 '·ㅣ'의 주모음으로 변화의 주

---

51) 강신항(1995:153)에서도 이 같은 현상을 지적한 바 있다.

성분으로 작용하고 있고, 단모음화 과정에 있어서도 '·l[ʌj]'는 직접 'ㅐ[ɛ]'로 변한 것이 아니라 '·'가 'ㅏ[a]'로 음운론적으로 합류가 되고 그 이후에 'ㅏ'와 'ㅣ'가 음운의 변화를 겪어 단모음화했기 때문이다. 따라서 '·l'의 변화 양상을 검토하기 위해서는 먼저 '·'가 비음운화하는 과정을 검토하는 것이 선행되어야 한다고 생각한다.

'·'의 변화의 조짐은 15세기경부터 보이기 시작하는데, 대부분 비어두음절에서 주모음 '·'와 'ㅡ'가 대립을 이루는 예들을 많이 접할 수 있다. 기존의 논의에서는 이런 경우를 '·'의 제1단계 변화라 하여 후대에 보이는 '·>ㅏ'의 제2단계 변화와 구분하여 설명하고 있다.

기존의 논의에서 '·'의 제1단계 변화라고 일컬어왔던 'ㅡ'로의 변화는 체계상 '·'와 'ㅡ'가 중화적 대립 관계를 유지하고 있었음을 보여준다고 한다(이기문:1972a). 국어사에서 볼 때, '·'는 음운의 다양한 변화 모습을 보이면서 18세기 중엽 경부터 국어의 음운체계 내에서 비음운화의 길을 겪게 됨은 이미 널리 알려진 사실이다. 기존의 논의는 대부분 '·'의 비음운화 과정을 설명함에 있어 비어두음절에서 제1단계 변화(·>ㅡ)가 먼저 이루어지고, 대략 200년 후에 어두음절에서 제2단계 변화(·>ㅏ)가 이루어졌다고 보고 있다.52) 또한 한 음소가 시기를 달리하는 두 단계의 변화를 겪었음을 가정했기 때문에 필연적으로 국어의 모음추이를 인정해야하는 결론에 이르게 되었던 것이다.53)

---

52) 대표적으로 이기문(1959/1972a,b), 전광현(1967), 곽충구(1980), 송민(1986) 등이 이러한 '·'의 두 단계 변화를 설정하고 있다.

53) 김완진(1963, 1978), 이기문(1959, 1972a,b, 1979) 등이 대표적인 경우라 할 수 있다. 그러나 최근에 김주원(1991:187-191)은 국어의 모음추이가 지니고 있는 문제점을 지적하면서 14세기에 한국어가 경험한 변화는 언어사상(言語史上) 존재할 가능성이 거의 없는 유형의 변화로 보았다. 이런 태도는 아직 국어의 모음추이를 전적으로 부정할 확실한 증거를 제시하지 못했다는 점에서 재론의 여지가 있으나, 국어의 모음추이를 보여주는 증거 역시 미흡하다는 측면에서 그러한 가능성을 전혀 배제하지는

어떤 이유로 ‘·’는 두 단계의 변화를 가지며 그것도 상이한 두 음소인 /ㅡ/와 /ㅏ/로 음운변화를 거쳐야했는지는 문제가 아닐 수 없다. 이 같은 문제점은 다음과 같은 세 가지의 근거에 기인한다.

첫째, 음운변화(Phonological change)는 일반적으로 일정한 한 방향(/A/→/B/)으로 진행된다. 그 역으로의 변화(/B/→/A/)는 존재하더라도 소수에 불과하다.

둘째, 음운변화는 그 음운의 변화가 일어나는 환경에 크게 구애 받음 없이 나타나는 것이 일반적이다(예를 들면 어두·비어두 등의 환경을 가리며 나타나지 않는다).

셋째, 음운변화는 통시적인 측면에서 볼 때 변화된 음소가 속해있는 체계의 변동을 가져오는 것이 일반적이다(예를 들면 18세기 중엽에 ‘·’의 비음운화로 인한 국어 모음체계의 변동이 일어났다).54)

이러한 측면에서 ‘·’의 두 단계의 변화(·>ㅡ, ·>ㅏ)에 대한 의문점을 풀기 위해 15세기 당시에 ‘·’로 쓰였던 어사들을 살펴보고 그 어사의 변화형들을 검토하는 과정이 선행되어야 한다고 본다. 이러한 과정을 통하여 ‘·’의 음운적 성격, 즉 국어 음운체계 내에서의 음운적 지위를 보다 분명하게 볼 수 있기 때문이다.

‘·’를 기원적55)으로 가지고 있었던 어사들을 우선 추려보면, ‘·>ㅏ’

못할 것으로 보인다.

54) Jeffors and Lehiste(1979)는 음운의 변화를 논하면서 음운의 무조건적인 합류는 항상 음운체계의 변동를 수반한다고 보았다. 이 때의 무조건적인 합류는 ‘·’가 ‘ㅏ’와 대립적인 음운으로 존재하다가 어느 시기부터 ‘ㅏ’로 합류하는 ‘·’의 제2단계 변화와 그 맥을 같이 한다.

  "An unconditioned merger always result in a change in the phonological system, and that change is assumed to be irreversible."(1979:187-191)

의 음운변화가 나타나기 전까지 '·'로 혼기된 예들이 수없이 많이 보인다. 기존의 연구에서는 이러한 예들을 '·>ㅡ'의 음운변화 공식 속에 넣어 '·'의 제1단계 변화라고 해석했던 것이다.

그러나 이런 예들도 다음과 같이 자세히 분류해 볼 수 있다. 첫째, 15세기 당시에 '·'와 'ㅡ'가 동일한 문헌에서 혼기 되어 쓰이는 경우, 둘째, 15세기의 어형이 '·'로 쓰였던 것이 후대로 오면서 'ㅡ'로 표기되는 경우, 셋째, 15세기 어형이 'ㅡ'로 쓰였던 것이 후대에 '·'로 표기되는 경우의 어사들로 나눌 수 있다. 이렇게 분류해 봄으로써 '·'와 'ㅡ'와의 관계가 '· > ㅡ'라는 음운변화로 간단히 설명할 수 없다는 사실과 위의 세 가지의 양상을 통하여 '·'와 'ㅡ'의 '음운적 상관관계'의 본질을 파악할 수 있는 것이다. 그러면 세 가지 부류의 어사들의 예를 차례로 살펴보기로 한다.

(가)는 15세기에 간행된 동일한 문헌에서 '·'와 'ㅡ'가 혼기되어 쓰이는 어사이고, (나)는 15세기의 '·'가 후대로 오면서 'ㅡ'로 표기되는 어사, (다)는 15세기의 'ㅡ'가 후대로 오면서 '·'로 표기되는 어사들이다.

(가) 다ᄋ다(능10:87)/다으다(능1:4), 더으다(杜초15:39)/더ᄋ다(杜초8:46), 서늘ᄒ다(杜초7:16)/서늘ᄒ다(杜초9:27), 니르다(月7:77)/니ᄅ다(月17:41), 이르다(杜초15:17)/이ᄅ다(杜초23:33), 기르다(杜초8:33)/기ᄅ다(杜초8:67), 뎌르다(法화2:167)/뎌ᄅ다(法화2:168), 겨르ᄅ외다(金삼5:34)/겨ᄅᄅ외다(金삼5:32), 흐르다(杜초8:37)/흐ᄅ다(杜초7:25)

(나) ① 16세기 : 가풀(杜초16:54)/가플(字會中18), 낟ᄇ다(석9:6)/낟브다(朴초上21), 도죽(용33)/도즉(朴초上35), 모돈(曲91)/모든(小언1:3), 다솜어미(三강孝1)/다슴어미(번小9:24), 마술(杜초20:10)/마슬(번小9:49), 아독ᄒ다(杜

<hr>

55) 여기서 말하는 '·'를 기원적으로 가지고 있었다는 것은, 앞서 언급한 바 있듯이 15세기 당시부터 본래 '·'로 표기되었다는 것을 의미한다. 이 점에 관해서는 이숭녕(1959/1988 재수록:408-416)이 참고가 된다.

초16:32)/아득ᄒ다(石千26), 사룸(석6:5)/사름(正俗4), 하눌(月7:14)/하늘
(正俗1), 흙(解例合字解)/흙(小언6:122)

② 17세기 : 바눌(용52)/바늘(樂軌處容)/ᄀ독ᄒ다(용41)/ᄀ득ᄒ다(신속
孝3:82), 알프다(曲119)/아프다(辟新4), 골프다(月8:100)/골프다(老上39),
남죽ᄒ다(月1:6)/남즉ᄒ다(老上54)

③ 18세기 : 아둘(용25)/아들(倭上12), 아ᄆ라타(金삼2:21)/아므라타(三譯
3:23) 가슴(月2:41)/가슴(靑p.114), ᄆᄅ다(능8:118)/모르다(倭下30), ᄆ슴
(月23:73)/ᄆ음(十九1:15), 다ᄉ리다(金삼2:6)/다스리다(海東p.65), ᄇᄅ다
(석6:38)/ᄇᄅ다(同文上36), ᄀ죽ᄒ다(月2:41)/ᄀ즉ᄒ다(漢356d), 다듬다
(능9:16)/다듬다(譯補14)

(다) ① 16세기 : 여듧(法화3:133)/여듧(朴초上11), 너르다(능2:7)/너ᄅ다(번小
10:29), 여슷(용86)/여슷(속三孝10), 서르(訓諺)/서ᄅ(恩重13), 시르(救方上
71)/시ᄅ(分온21), 거즛(月2:72)/거즛(類合下10), 기드리다(용19)/기ᄃ리다
(신속孝1:62), 구슬(月1:15)/구술(石千3), 비브르다(석9:9)/비브ᄅ다(石千
34), 이슬(曲42)/이술(石千2), 거츨다(杜초23:20)/거츨다(小언6:20), 니르다
(석19:38)/니ᄅ다(小언5:9)

② 17세기 : 시름(용102)/시름(杜重25:2), 더느다(字會下19)/더ᄂ다(朴重
上22), 더듸다(능4:100)/더더다(杜重7:39), 번드시(능3:86)/번ᄃ시(老上27),
ᄆ르다(능8:103)/므ᄅ다(朴重中48)

(나)항은 기존의 연구에서 비어두음절의 ' · > ― '의 음운변화로 파악
한 것은 이미 잘 알려진 사실이다. 그렇다면 (가)항, 즉 15세기 당시부
터 ' · '와 ' ― '가 서로 구별 없이 쓰였던 사실은 어떻게 설명해야 하는
가? 만약 (가)항을 ' · > ― '의 음운변화로 본다면 당시의 음소적 표기법
과 문자의 보수성에 미루어 볼 때 ' · '는 15세기 당시부터 음소로서 상
당히 불안정적이었고 국어 모음체계 내에서도 안정적이지 못한 요소였
다고 보아야 하는 것이다. 이것은 『訓民正音』 제자해 모음조(母音條)에
서 기본자의 하나로 ' · '를 설정한 것과도 상반되는 것으로 15세기 당

시부터 '·'가 불안정적이었다면 이런 음소를 기본자에 포함시키지 않았을 것임은 미루어 짐작하기에 어렵지 않다. 더구나 (다)항의 예들은 '·>ㅡ'의 음운변화에 따른 역표기로 볼 가능성도 배제할 수 없으나, 유추에 의한 역표기로 보기에는 상당한 수의 예들이 존재한다는 데 문제가 있다.56) 따라서 비어두음절의 'ㅡ>·'의 변화에 관해서는 통시적인 음운변화의 관점에서 자세한 검토가 요구된다.57)

'·'와 'ㅡ'가 15세기 당시부터 서로 혼동을 보일 뿐만 아니라, 'ㅡ>·'로 표기되는 많은 예들이 보인다는 점, '·>ㅡ'의 모습이 1586년(선조19) 『小學諺解』의 유일한 예인 '흙(6:122)'58)을 제외하고는 오로지 비어두음절에만 국한하여 나타난다는 사실, 그리고 '·>ㅡ'가 모음체계의 변동을 가지고 오지 않았다는 점은 '·'의 제2단계 변화라고 알려져 왔던 '·>ㅏ' 변화의 결과와 다소 이질적인 면을 보여주고 있다.59)

---

56) 이러한 측면에서 백두현(1988:194)은 15세기말(확대해서 본다면 16세기 초)에 'ㅡ'를 '·'로 역표기한 것은 단순한 역표기가 아닐 수도 있으며, 이 때에 나타난 'ㅗ:ㅜ'와 함께 고저 대립의 동요를 반영한 것일 수도 있다는 가능성을 제시하였다.

57) 통시음운론적인 관점에서 볼 때 '·'는 비음운화 과정을 거쳐 'ㅏ'로 합류하게 된 것이고, 그 이전에 보였던 'ㅡ'로의 변화는 두 음소, 즉 '·/ㅡ'가 대립적인 음소로 당시의 모음체계 속에서 '수의적인 교체'(Free Alternation)를 보인 것으로 볼 수도 있다.

58) 어두 음절에서의 유일한 예인 '흙(小언 6:122 < 흙)'도 이것이 단음절어이기 때문에 어두 음절이라고 보기에는 다소의 무리가 있는 것이 사실이다.

59) 제1단계 변화인 '·>ㅡ'와 제2단계 변화인 '·>ㅏ'의 차이를 보이면 다음과 같이 정리될 수 있을 듯하다.

·>ㅡ	·>ㅏ
변화 방향이 쌍방향이다. (·>ㅡ, ㅡ>·)	변화가 한 방향으로만 진행된다. (·>ㅏ)
역표기로 볼 수 없다.	역표기(ㅏ>·)가 존재한다.
비어두음절에 국한하여 나타난다.	어두, 비어두음절, 즉 환경을 가리지 않고 나타난다.
모음체계의 변천을 가지고 오지 않았다.	모음체계의 변천을 가지고 왔다. (7모음체계에서 6모음체계로)

'·'의 제2단계 변화로 알려진 '·>ㅏ'의 변화 예들인 (라)를 시기별
로 살펴보면 다음과 같다.

(라) ① 16세기 : ᄀ마니(月10:28)/가마니(正俗26), ᄇ롬(月7:32)/ᄇ람(恩重6),
   둘다(능8:9)/달다(七大14), 아득ᄒ다(석6:3)/아닥ᄒ다(光千27), 바ᄅ(杜초
   15:52)/바라(誠初9)

   ② 17세기 : 다문(석13:48)/다만(老上4), ᄒ야디-(杜초7:15)/하야디-(新語
   2:11), ᄒ야ᄇ리-(月18:48)/하야ᄇ리-(朴重下54), ᄀ애(朴초上39)/가이(譯
   下15), ᄎ다(杜초20:22)/차다(譯上59)

   ③ 18세기 : 다ᄉ마(老下34)/다사마(靑p.10), ᄐᆨ(解例用字例)/탁(海東
   p.116), 아ᄎᆷ(석6:3)/아참(五倫18), 여ᄃᆲ(朴초上11)/여덟(五倫64), 여ᄉᆺ(속三孝
   10)/여삿(五倫61) 외 다수

위에서 제시한 자료는 기원적으로 '·'이었던 것이 후대로 오면서
'ㅏ'로 표기되는 것들이다. '·'는 18세기 중엽 이후 국어의 모음체계에
서 비음운화의 과정을 겪게 되어 대부분의 '·'가 'ㅏ'로 합류하게 된다.
이러한 과정은 앞에서 살펴보았던 '·'의 제1단계 변화와는 다소 차이
가 있는데, 즉 '·>ㅏ'의 변화는 한 방향(·>ㅏ)으로 변화가 진행되었으
며, 그것에 따른 역표기(ㅏ>·)의 예가 '·>ㅏ'의 변화 예보다 훨씬 적
었다는 점, 어두와 비어두음절을 가리지 않고 폭넓게 확산된다는 점,
그리고 '·>ㅏ'의 변화로 국어 모음체계의 변동을 가지고 왔다는 점 등
은 '·>ㅏ'를 통시적인 음운변화로 파악하게 한다.

3.1.3. 15세기 국어에서 비어두음절에서 '·'와 'ㅡ'가 혼기되었다면,
왜 하필 '·'가 다른 모음이 아닌 'ㅡ'와 관계를 맺게 되었을까 하는 점
이 문제로 대두될 수 있다. 당시의 국어에서 '·'와 'ㅡ'가 비어두음절에
서 빈번히 혼동되어 쓰였다는 사실은 이 두 음이 음운론적으로 서로 밀

접한 관계에 있었음을 보여주는 것이다. 과연 그들의 관계는 당시 언중
들에게 어떻게 인식되고 있었을까? 이 같은 'ㆍ'와 'ㅡ'의 관계를 해명
하는 열쇠를 『訓民正音』 해례에서 찾을 수 있다. 결론부터 말하면 'ㆍ'
와 'ㅡ'를 대립쌍으로 파악하는 것은 『訓民正音』 해례의 제자해 모음조
에 관한 기술에 근거한다.

ㆍ 舌縮而聲深	ㅗ 與 ㆍ同而口蹙
ㅡ 舌小縮而聲不深不淺	ㅏ 與 ㆍ同而口張
ㅣ 舌不縮而聲淺	ㅜ 與 ㅡ同而口蹙
	ㅓ 與 ㅡ同而口張

『訓民正音』 해례의 제자해에서 모음에 관한 기록을 살펴보면, 당시
국어 모음의 기본자를 'ㆍ, ㅡ, ㅣ'로 보고 이 기본 모음으로부터 모든
모음이 출발한다고 설명하고 있다. 모음의 기본자(ㆍ, ㅡ, ㅣ)에 대해서
는 舌의 縮과 聲의 深淺을 기준으로 그 음가를 기술하고 있고, 초출자
(ㅗ, ㅏ, ㅜ, ㅓ)에 대해서는 '蹙'과 '張'이라는 기준을 하나 더 적용하고
있음을 볼 수 있다.

따라서 'ㆍ, ㅗ, ㅏ'를 음성적인 한 부류로 'ㅡ, ㅜ, ㅓ'를 또 다른 한
부류로 나누고 있다. 또한 'ㆍ'와 'ㅗ'를 비교 개념으로 파악하여 그 차
이점을 '蹙'이란 자질로 나타내었고, 'ㆍ'와 'ㅏ'의 차이점은 '張'이란 자
질로 파악한 것이다. 이와 마찬가지로 'ㅡ'와 'ㅜ'의 차이는 '蹙'이고, 'ㅡ'
와 'ㅓ'의 차이는 '張'인 것임을 알 수 있다.

즉 'ㆍ'와 'ㅡ'를 기본 축으로 하여 'ㅏ, ㅓ'와 'ㅗ, ㅜ'가 각각 '張'과
'蹙'의 자질에 따라 대립적인 관계에 있었고, '縮'과 '小縮'이란 자질에
의해 각기 'ㆍ:ㅡ, ㅏ:ㅓ, ㅗ:ㅜ'가 대립적인 관계를 유지하고 있었던 것
으로 보인다. 여기서 기본자에 속하는 'ㆍ'와 'ㅡ'는 '張', '蹙'의 어디에

도 속하지 않는 모음으로 '口張'(ㅏ, ㅓ)과 '口蹙'(ㅗ, ㅜ)에 대한 기본축
이란 점이 주목된다.[60] 반면에 'ㅣ'는 舌不縮으로 舌縮, 舌小縮 자질들
과는 연관이 없는 무관적(無關的) 대립에 해당한다.

이러한 사실에 의해서 당시 국어의 모음은 'ㆍ' 모음계와 'ㅡ' 모음계
로 양분되며 이지적(二肢的) 상관관계에 의해 다음과 같이 분류된다.

```
┌ 양성모음(舌縮)   : ㆍ, ㅗ, ㅏ ('ㆍ'음계 - 3모음)
├ 음성모음(舌小縮) : ㅡ, ㅜ, ㅓ ('ㅡ'음계 - 3모음)
└ 중성모음(舌不縮) : ㅣ        (무관적 대립에 해당)
```

위와 같은 관계를 알기 쉽게 도표로 나타내 보면 그들 간의 관계가
더욱 명확해 진다. 기본적으로 15세기 당시의 국어 모음은 '縮, 張, 蹙'
의 세 자질에 의해 크게 나누어진다고 할 수 있다.

舌＼口	張	基本軸	蹙
不縮		ㅣ	
小縮	ㅓ	ㅡ	ㅜ
縮	ㅏ	ㆍ	ㅗ

따라서 당시의 'ㆍ'와 'ㅡ'는 각기 음운론적인 대립쌍으로 존재해 있었
고, 이것이 'ㆍ'와 'ㅡ'의 빈번한 혼기를 유발했던 것으로 추정할 수 있
다. 당시 'ㆍ'와 'ㅡ'의 관계는 'ㅗ : ㅜ', 'ㅏ : ㅓ'의 관계와 동일한 맥락, 즉
'舌縮'과 '舌小縮'의 대립으로 이해되어야 함을 말해 준다.

---

60) '張'과 '蹙'이 당시에 어떤 자질이었는가 하는 점에 대해서는 많은 이설이 있다. 강
    신항(1990:73)은 '口張'과 '口蹙'의 개념을 따를 때, 'ㅓ, ㅏ'는 개구도가 큰 비원순모
    음이며, 'ㅜ, ㅗ'는 개구도가 작은 원순모음이었던 것으로 보고 있다.

3.1.4. 앞서 살펴본 'ㆍ'와 'ㅡ'의 양상은 'ㆎ'의 변화에도 밀접하게 작용하고 있다. 'ㆎ'는 15세기부터 'ㅢ'로의 변화를 겪고 있는데, 이는 주모음인 'ㆍ/ㅡ'의 대립과 그 맥락을 같이하고 있는 것이다. 이 같은 사실은 당시의 언중들이 'ㆎ'와 'ㅢ'가 단모음이 아닌 이중모음으로 인식하고 있었다는 증거가 될 수 있다는 점에서 주목할 수 있다.

(마) ① 칙칙ᄒᆞ다(杜초7:7)/측측ᄒᆞ다(杜초22:4), 희다(용50)(杜초6:9)/희다(杜초25:2), 싀다(능10:79)/싀다(능5:37)

② 그듸(杜초7:17)/그듸(杜초8:24), 션븨(용80)(杜초8:8)/션븨(杜초21:10), 견듸다(杜초6:16)/견듸다(杜초8:21), 설픠다(杜조7:39)/설의다(杜조8:42), 기릐(杜초15:3)/기릐(杜초17:26), 어듸(杜초7:7)/어듸(杜초6:33)

위의 (마)의 예에서 ①의 예는 어두의 'ㆍ/ㅡ'의 예61)이고, ②는 비어두에 나타난 'ㆍ/ㅡ'의 예이다. 이 같은 ①, ②의 예들은 'ㆎ'와 'ㅢ'의 관계가 이중모음의 주음인 'ㆍ'와 'ㅡ'의 대립의 결과로 설명되어야 함을 말해 준다.

'ㆍ'의 제2단계 변화라고 알려져 왔던 'ㆍ > ㅏ'가 17세기경에 시작되어 18세기 중엽에 완성되었다고 볼 때, 예외적으로 15세기부터 'ㆍ'와 'ㅏ'가 혼기되어 쓰이는 예들이 발견된다. 다음 (바)의 예에서 보듯 단모음뿐만 아니라, 이중모음 중에서 하향이중모음인 'ㆎ'에 그러한 현상이 나타난다는 점이 흥미롭다.

(바) ① ᄎᆞ리다(월10:25)(능1:16)/차리다(석13:46), ᄂᆞᆫ호다(월1:45)(석19:6)/난호

---

61) Ablaut는 모음 음색의 차이, 또는 의미의 차이를 수반하는 것으로 사적(史的) 현상으로도 가능하나 보통 공시적으로 나타나는 현상을 말한다. 이숭녕(1959/1988에 재수록:483-485)에서도 Ablaut와, 통시적 현상으로 아무런 의미의 차이를 수반하지 않는 음운변화를 서로 구별하여 기술하고 있다.

다(석13:27)

② 디(용62)(月1:26)/대(法화3:41), 삐다(석9:31)(月13:48)/쌔다(南明下1), 가온디(석6:31)(杜초25:19)/가온대(杜초16:42)[62]

(바-②)에서 보듯, 'ㅣ>ㅐ'의 변화는 15세기부터 산발적으로 나타나기 시작하나, 이 때에 'ㅣ>ㅐ'는 18세기 중엽 이후부터 보이기 시작하는 'ㆎ>ㅐ'와는 성격을 달리하는 것으로 보인다. 전자의 변화는 'ㆎ'(/ʌj/), 'ㅐ'(/aj/)의 /ʌ/와 /a/의 음성적 영역의 유사성에 말미암은 것으로 보는 것이 타당할 듯하다. 따라서 후자의 경우와는 차이가 있다고 할 수 있다. 후자는 'ㆍ'의 비음운화에 따른 'ㆍ>ㅏ'의 합류였던 것이다.

'ㆍ'의 비음운화는 'ㅏ'로의 합류로 마무리된다. 소위 'ㆍ'의 제2단계 변화라 하는 이 과정을 통해 'ㆍ'는 국어의 모음체계에서 완전히 그 모습을 감추게 된다. 얼마간의 견해 차이는 있으나, 보통 18세기 말엽 이후에는 'ㆍ'는 완전히 소실된다고 본다.[63] 이런 사실은 『訓民正音』해례본에서 'ㆍ'가 차지하고 있는 지위에 비해 볼 때, 상당히 이례적이라 할 수 있다. 제자 과정에 있어 기본자 중의 하나인 'ㆍ'가 어떤 이유로 다른 자(字)보다 먼저 유동적인 모습을 보이면서 소실되었는지는 해례본의 해석의 문제와 함께 당시의 모음체계의 관점에서도 상당히 의문스러운 점이다. 하여튼 'ㆍ'가 비음운화되면서 'ㆎ'도 'ㅐ'로의 변화 과정을 자연스럽게 겪게 된다.

---

62) 송민(1986:94-95)에서는 15세기의 'ㆍ'는 'ㅡ'와 대립을 보인 모음이었으므로 'ㆍ'가 변화를 겪는다면 'ㅡ'로 중화되는 것이 자연스럽지 'ㅏ'로 중화되는 것은 그 이유를 자연스럽게 설명할 수 없다고 하면서, 15세기에 보이는 이와 같은 예들을 예외적인 것으로 간주하고 있으나, 우발적인 것으로 보기에는 자못 여러 예들이 존재하며 다음과 같은 역표기인 듯이 보이는 예들이 보인다는 점에서 언뜻 수긍하기 어렵다.

가지다(持) <月序2> <능9:73> / ᄀᆞ지다 <上院牒> <法語7>

ᄀᆞ마니(漠) <석6:30> <月10:28>/ᄀᆞᄆᆞ니 <法화2:206> <능4:17>

63) 김완진(1967:150), 이기문(1972:200-201), 허웅(1985:480-482)을 참조.

　　그러나 'ㆍ'의 음소로서의 생명은 18세기 말엽까지이나, 그 표기는 20
세기 초엽까지 생명력을 유지하고 있었기 때문에 'ㆎ' 역시 20세기 초
엽까지는 사용되어 문자의 보수성을 보여주고 있다. 20세기 초엽 'ㆎ'가
문자로써 완전히 사라질 때까지, 'ㆎ'로 쓰일 곳에 'ㅐ'가 쓰인다든지,
그 반대로 'ㅐ'가 쓰일 곳에 'ㆎ'가 쓰인다든지 하는 일관성 없는 혼란스
러운 표기를 보이다가, 19세기 말엽부터 20세기 초엽의 문헌에는 'ㅐ'로
표기될 곳에 'ㆎ'가 쓰이는 현상이 광범위하게 나타난다(이에 관해서는
후술될 3.3.4 용례 (마ㆍ바)를 참조). 따라서 19세기 무렵의 'ㅐ, ㆎ'의 표기
에 있어서는 주의를 요한다. 당시 'ㅐ'로 표기될 곳에 상당수가 'ㆎ'로
쓰이는 경우를 볼 수 있는데(고개(頸)>고긔, 아래(下)>아릐, 새(鳥)>싀
등), 이 때에 'ㆎ'는 /ʌj/가 아닌 단모음인 /ɛ/로 실현된 것으로 보인다.
그것은 아마 단모음화된 이후에도 언중들은 표기의 보수성으로 인해
그 이전까지 /aj/를 담당했던 'ㅐ'의 표기를 회피하고 'ㆎ'를 사용했던
것으로 추정된다.

　　다음의 (사)는 國漢會語(1895, 약칭:國漢)와 독립신문(1899, 약칭:독립)
에 나타나는 'ㆎ'의 용례들이고, (아)는 新小說에 나타나는 예들이다.[64]

(사) 긔얌(國漢 坤), 압졍긩이(前脛, 國漢 坤), 흽쌀(國漢 坤), 힛것(國漢 坤),
　　 히오라비(國漢 坤), 믜우(독립 11.27), 죠션 틱싱으로셔(독립 11.30), 믿ᄃᆞᆫ
　　 법을(독립 12.1), 날곳 싀면(독립 11.27), 즘싱이라도 꾸짓지 아니하야(독립
　　 12.2), 나무 밋히셔(독립 12.4), 션븨더니(독립 12.4), 비가 주린것은(독립
　　 11.27), 굴ᄋᆞ샤디(독립 11.27), 의론이 오릐미(독립 12.1), 고요흔디(독립 12.1),
　　 치운 슈레의게(독립 12.2), 믹양(독립 12.2), 짐을 믜여(독립 12.2)

---

64) 여기에서 제시한 신소설은 아세아문화사(1978)에서 간행한 『韓國開化期文學叢書』
　　가운데 新小說·飜案(譯)小說 1~10을 저본으로 하였다.

(아) 고기을 살작숙이더니(鬼의 聲:76), 안생 아리싼 운묵에(鬼의 聲:77), 쉴시
업시 우는데(馬上淚:84), 깜작 놀나 찌니(馬上淚:88), 더가리를 싸고(再逢
春:22), 봄닉인 것을(再逢春:1), 밤 식기를 기다리는디(花의 血:79), 둘ㅅ지
아돌……셋지 아돌의(花의 血:82), 황송히도 고기를 푹슉이고(花의 血:98),
고집이 싱겻는디(花의 血:85), 여상히 지닉다가(花의 血:83), 바롬소리에 놀
나 칙을 덥고(話中話:1), 졔비싯기 쥬인차져(話中話:8), 버들우에 꾀꼴식는
벗을 불너(話中話:8), 아니쩌인 굴둑에 연긔가 나랴(話中話:28), 옷소미를
꽉 붓들고(顯微鏡:138)

독립신문과 신소설에 보이는 'ㆎ'의 표기를 검토해 보면, 고유어와 한
자어를 가리지 않고 많은 어사에서 쓰이고 있음을 알 수 있다. 이는
'ㆍ'의 비음운화로 'ㆍ'는 그 본래의 음운적 지위를 상실하고, 'ㆎ'는 /ɛ/
로 단모음화하였으나, 표기상 그대로 쓰이고 있어 문자로서의 생명력
만을 그대로 유지하고 있는 것으로 해석해야 할 것이다.

이에 대해 1874년에 간행된 Dallet의 *Histoire de l'eglise de Corée*(朝
鮮敎會史序論)에도 'ㆎ'의 음가를 'ㅐ'와 동일한 단모음인 è로 기술하고
있고, Ross(1877)의 *Corean Primer*도 'ㅐ, ㆎ'의 표음을 모음의 자형에
이끌려 /ai/로 표기한 경우가 간혹 보이기는 하나, 대부분의 경우 'ㆎ'를
단모음인 /e/로 표기[65]하고 있어 이를 확인시켜 주고 있다.

음운적으로 'ㆍ'가 'ㅏ'로 합류된다는 사실은 'ㆎ' 역시 'ㅏ, ㅣ'로 재해
석될 수 있음을 보여 준다. 'ㆎ'가 직접 단모음화하지 못하고 'ㅏ, ㅣ'/aj/
를 거쳐 'ㅐ'/ɛ/로 단모음화했던 것인데, 이는 'ㆍ'와 'ㅣ'가 음운론적으로
단모음화 과정을 겪지 못했던 것이 아니라 'ㆍ'의 소실과 'ㆍ>ㅏ'로의
변화가 있은 후에 단모음화가 이루어졌기 때문이다. 'ㆍ'의 소실 이전에

---

65) '빅개니(beggeni:74-2), 회식(hoeseg:86-4), 기를(gerul:83-5), 더국(deghoog:7-1), 몃
긔(miugge:27-8), 판칙이(pantsegi:9-1)' 등과 같은 다수의 예가 보인다.

만약 단모음화가 이루어졌다면 'ㆎ'도 단모음화하지 못할 이유가 없다고 본다. 이와 같은 상대적 연대순의 관점에서 이중모음이 단모음화된 증거로 움라우트 현상을 들었던 것을 다시 한 번 상기할 수 있다.[66)]

따라서 'ㆎ'의 주된 변화의 축은 'ㆎ>ㅓ'와 'ㆎ>ㅐ'의 두 가지 양상으로 전개되었다고 말할 수 있다. 즉 'ㆎ'는 먼저 'ㆎ/ʌj/>ㅓ/ij/'의 모습을 보였고, 'ㆍ'의 비음운화 이후에는 'ㆎ/ʌj/>ㅐ/aj/'의 변화를 겪었다고 할 수 있다.

여기서 흥미있는 양상의 하나로 'ㆎ>ㅣ'의 변화를 언급할 수 있다. 언뜻 보기에는 'ㆎ/ʌj/'에서 주모음 'ㆍ'가 탈락하여 직접 'ㅣ'로 변하는 과정을 밟고 있는 듯이 보이나, 이 변화는 'ㆎ'가 직접 'ㅣ'로 변화하는 과정을 밟았던 것이 아니다. 그 중간 단계로 'ㅓ'를 설정할 수 있으며, 'ㆎ>ㅓ>ㅣ'라는 두 단계의 과정을 거친 변화로 보아야 한다.

(자) 가싀(석11:35)>가시, 나비(석11:35)>나비, 노픠(용48)>노피, 동ᄒᆡ(救간1:112)>동이, 말ᄆᆡ(석6:15)>말미, 모긔(석9:9)>모기, 소릐(月1:33)>소리, 일희(救方下64)>이리, 아ᄒᆡ(석6:9)>아이, 션븨(용80)>선비, 시다(능10:79)>시다, ᄆᆞ듸(석9:8)>마디, 호믜(解例用字例)>호미, 둥긔다(능5:24)>당기다, 귤희다(용8)>가리다

(자)의 용례 가운데 '가싀[kasʌj]'와 '나비[nabʌj]'는 '가싀[kasij]', '나븨[nabij]'라는 중간 과정을 거쳐 현대국어의 '가시[kasi]', '나비[nabi]'형이 도출된 것이다. '션비>션븨>선비', '말ᄆᆡ>말믜>말미', '딍기다>둥긔다>당기다' 등의 /ʌj/도 이와 같은 동일한 과정을 거쳐 /i/로 변화된 것임을 알 수 있다. 이는 중간 단계의 어형인 '가싀(同文上63), 나븨(痘上49), 션븨(朴초21:10), 말믜(朴重10:19), 둥긔다(小언5:70)' 등이 문증됨으로 확인

---

66) 김완진(1963/1971:16-21), 이기문(1972:201-202)을 참조.

할 수 있다.

이로써 'ㆍㅣ'에서 음절의 주음인 'ㆍ'가 탈락하여 'ㅣ'로 된 것이 아니라, 'ㆍㅣ(/ʌj/)'가 'ㅢ(/ɨj/)'로의 변화를 겪은 후에 다시 'ㅢ'가 단모음화하여 'ㅣ(/i/)'로 변화한 것으로 볼 수 있는 것이다('ㅢ>ㅣ'에 대해서는 3.2에서 후술).

지금까지 살펴본 바와 같이 'ㆍㅣ'의 변화는 먼저 주모음인 'ㆍ/ㅡ'의 대립으로 말미암은 'ㆍㅣ>ㅢ'의 변화가 있었고, 18세기 중엽 'ㆍ'의 비음운화 이후에는 'ㆍ>ㅏ' 합류의 영향으로 인한 'ㆍㅣ(/ʌj/)>ㅐ(/aj/)'의 변화를 겪었음을 알 수 있다. 한편 'ㆍㅣ>ㅣ'의 변화는 'ㆍㅣ'에서 'ㅣ'로의 직접적인 변화가 아니라, 주모음인 'ㆍ>ㅡ'의 변화를 겪은 뒤, 다시 'ㅢ'가 단모음화를 겪어 'ㅣ'로 변한 것으로 보아야 함을 지적할 수 있었다.

3.2. ㅢ

3.2.1. 국어사에서 'ㅢ'는 다른 하향이중모음이었던 'ㆎ, ㅐ, ㅔ, ㅚ, ㅟ' 들과 비교해 볼 때, 17세기경에 몇몇 어사를 중심으로 가장 먼저 [i]로 의 단모음화를 보이기 시작한다고 알려져 있다.[67] 현대국어에 보이는 'ㅢ' 역시 음성적으로 상당히 유동적이어서 방언에 따라 음소로서의 지 위가 흔들리고 있는 형편이나, 다른 하향이중모음이 사라진 것과는 다 르게 유독 현재까지 존재하여 현대국어에서 이중모음으로서의 역할을 유지하고 있다.

본절에서는 'ㅢ'를 통시적인 관점에서 변화의 모습을 살펴봄으로써 그 음성적 성격과 국어 음운체계 안에서 음소로서의 지위를 확인하고 자 한다. 따라서 다음과 같은 몇 가지 측면에 우선 관심을 갖고 논의를 진행하려 한다. 먼저 'ㅢ'의 음성적 성격과 변화의 제 양상을 다루고, 다 음으로 음절 부음 'ㅣ'의 음운론적 해석의 문제와 'ㅢ'의 단모음화 과정 에 관련된 문제점들을 논의하도록 하겠다.

우선 'ㅢ'의 음성적 성격을 통시적 관점에서 살펴보고자 한다.『鷄林 類事』,『朝鮮館譯語』,『鄕藥救急方』,『訓民正音』 解例本 등에 나타난 'ㅢ'의 성격과 현대방언에서 보이는 음성 실현형들을 검토한다. 다음으 로 'ㅢ'의 표기의 통시적 변화 양상을 고려하여 실제 음성적 변화의 모 습을 추정하고, 음절 부음의 성격과 깊은 관련성이 있는 'ㅢ'의 음운론 적인 해석을 시도한다. 마지막으로 'ㅢ'의 단모음화와 관련된 기존 견해 에 대한 해석상의 문제점을 살펴보고, 모음체계의 관점에서 그 변화의

---

67) 전광현(1967:85)은 이미 17세기에 'ㅢ'가 [i]로의 단모음화가 부분적으로 실현되었음 을 지적하고, 그 예로 '디킈여(家禮1:7)~디키여(家禮2:1), 희고히여셔(痘瘡上53)'와 같은 용례를 제시하고 있다. 한편 'ㅢ'가 단모음화된 시기는 19세기말 내지 20세기초 로 추정하였다(전광현:1978).

모습을 해석하고자 한다.

3.2.2. 먼저 훈민정음 창제 이전의 중세 문헌인 『鷄林類事』와 『朝鮮館
譯語』에 'ㅢ'라는 모음이 어떻게 반영되었는지를 살펴보기로 한다. 『鷄
林類事』에 보이는 'ㅢ'는 일단 그 예가 극히 적어 음가를 추정하기에는
상당한 어려움이 따른다.

(鷄林類事 原文)	(對應하는 中世語形)	(推定音)
(01) 相別曰羅戲少時	여희쇼셔	戲/hii/
(02) 女子勒帛曰實帶	실띄	帶/tai/ (강신항:1991)

예가 겨우 둘뿐이어서 그 대응 관계를 추정하기가 어렵다. (01)의 戲
/hii/는 음성적으로는 /hi/로 실현된 듯하며(강신항 1991:166), (02)의 '실
띄'는 후기 문헌의 것[68]으로 정확한 해독이 먼저 선행되어야 할 것으로
보인다.[69]
   『朝鮮館譯語』에서 보이는 'ㅢ'의 표기에는 '會/xuei, 吉/ki, 位/uei, 色
/sə/ʃii, 必/pi, 數/su' 등의 한자가 쓰이었는데 'ㆍ'의 경우와는 대조적으
로 이중모음의 부음인 /j/만이 사음(寫音)된 경우가 많았다.

(朝鮮館譯語 原文)	(對應하는 中世語形)	(推定音)
(01) 天上 哈嫩五會	하ᄂᆞᆯ우희	會/xuei/
(02) 郊外 得勒把吉	드르밧긔	吉/ki/
(03) 椅 角位	교의	位/uei/
(04) 翁 色阿必	싀아비	色/ʃii/[70]

---

68) '너른 실띄 …… 좁은 실띄'(漢淸文鑑 11:10)
69) 진태하(1974:498)에서도 '실띄'와 대응되는 것으로 보고, 현대국어에서 '술띠'형으로
   나타난다고 보았다.

(05) 妹 餒必   누의(비)   必/pi/
(06) 嫩口 以卜數耶   입부쇠여   數/ʂu/ (강신항:1995)

'一'의 표기도 '·'와 같이 대개 眞文韻部(韻腹音 -ə)에 속하는 한자가 쓰이고 있는데, '·l'가 주로 '·'만이 운복음 ə로 표음된 데 반하여, 'ㅢ'의 경우에는 그와는 대조적으로 이중모음의 부음인 /j/만이 표음된 경우가 많다. 이는 당시의 한어의 음운체계에 /ij/가 존재하지 않았기 때문에 어쩔 수 없이 나타나는 현상으로 보인다.

이런 이유로 음절의 주음과 부음 중에서 어느 하나를 선택할 수밖에 없었는데, 표음된 양상을 살펴보면 주음인 '一'(대부분이 /ə/음을 가진 한자로 표기됨)는 사음되지 않고 음절의 부음인 'ㅣ'만이 사음되었음을 볼 수 있다. 일반적으로 볼 때 음운론적인 관점에서는 음절의 주음이 부음보다 음운적인 지위가 더 확고하지만, 'ㅢ'의 경우에 있어서는 '一'의 약모음적 성격과 더불어 'ㅢ'의 불완전한 음성적 성격의 일면, 즉 과도의 거리가 매우 짧기 때문에 과도가 잘 드러나지 않음으로 인하여 오히려 부음인 'ㅣ'가 남은 것으로 추정된다.

현대국어에서 비록 방언의 차이는 있으나 'ㅢ'가 음운론적인 지위가 흔들려, 'ɨ, i, e' 등으로 실현되고 있음은 널리 알려진 사실이다. 그렇다면 과연 국어의 'ㅢ'가 언제부터 이러한 과정을 겪게 되었는지가 의문이 아닐 수 없다. 먼저 『訓民正音』의 기술을 살펴보기로 한다. 『訓民正音』 해례본에 나타나는 'ㅢ'에 관한 기술과 그 용례는 중성해(中聲解)와 종성해(終聲解), 용자례(用字例) 등에 보인다.

---

70) 陸志韋(1947/1948)가 재구한 『韻略易通』(1442)과 『韻略匯通』(1642)의 音系로는 '色'은 'ʂə'이나 음성상 거리가 멀어, 강신항(1995:47)과 마찬가지로 『四聲通解』의 'ʃ ïï'를 택했다.

中聲解   一字中聲之與ㅣ相合字ㅚ ·ㅣ ㅓ ㅚ ㅐ ㅟ ㅖ ㅛ ㅒ ㅠ ㅖ 是也
終聲解   엿의갗
用字例   드뵈(瓠), 율믜(薏苡)

중성해의 기술은 'ㅢ'가 분명히 'ㅡ'와 'ㅣ'의 합자로 '·ㅣ, ㅐ, ㅔ, ㅚ, ㅟ' 등과 마찬가지로 단일음이 아님을 보여 주고 있다. 또한 종성해나 용자례의 '엿의갗, 드뵈, 율믜' 등의 용례에서 'ㅢ'의 존재를 분명하게 기술하고 있어, 당시의 실제 표기로도 사용되었음을 확인시켜 준다. 15세기 정음 문헌에도 'ㅢ'의 표기가 현대국어와 비교해 볼 때, 양적으로 풍부하여 당시의 'ㅢ'는 이중모음으로서 분명한 지위를 차지하고 있었음을 추정할 수 있다. 또한 13세기 중엽에 간행된 『鄕藥救急方』에서도 'ㅢ'는 분명히 이중모음으로 표기되어 있음을 확인 할 수 있다.

蜘蛛   居毛伊 (鄕藥救急方 上5)   거믜(簡易方1:22b, 訓蒙上:21a)
升伊應同小豆 숭동폿 (衿陽雜錄)

'蜘蛛'의 향명 표기는 居(거)毛(모/므)伊(ㅣ)와 같이 대응시켜 볼 수 있을 것이고, 15세기 말엽에 간행된 『衿陽雜錄』에도 '숭동폿'의 표기였던 '升伊應同小豆'가 각기 '升(숭)伊(ㅣ)應(ㅇ)同(동)小豆(폿)'과 대응하고 있다. 여기서 '伊'字 역시 음절의 부음인 'ㅣ'를 나타낸다고 하는 점에는 의문의 여지가 없다.

3.2.3. 'ㅢ'는 현대 방언에서 아직도 이중모음의 음가를 유지하고 있는데, 충청도, 황해도, 평안도의 일부 방언에서 'ㅐ, ㅔ, ㅚ, ㅟ'가 몇몇 어사에 하향적 이중모음을 유지하고 있는 것을 제외하고는 현재에 남아 있는 거의 유일한 하향이중모음에 속한다.[71]

특히 영남과 호남 방언에서는 'ㅢ'를 이중모음으로 정확히 발음하지 못하기 때문에 이 방언권에서는 하향이중모음이 전혀 존재하지 않는 것으로 알려져 있다(예를 들면 '의사(醫師)'를 호남 방언에서는 '으사'로 영남방언에서는 '이사'로 발음한다). 따라서 영남 방언에서는 '조국으/에 사랑, 희망으/에 아침' 등과 같이 조사 'ㅢ' 역시도 'ㅡ' 또는 'ㅔ'로 발음하고 있음을 볼 수 있다.

충청 방언에서는 상당수의 어사가 '의복→이북, 의붓자식→이붓자식, 의의→으이' 등은 ij→ㅣ로 실현되며 '의리→으리, 의심→으심'과 같은 어사들은 ij→ㅣ로 나타난다고 하나(도수희 1977:99), '의젓하다, 의자, 의원, 의아, 희망, 예의' 등과 같은 소수의 한자 어사에는 이중모음이 부분적으로 실현되고 있다고 한다(곽충구 1982:33, 류구상 1996:36).

또한 제주 방언에서는 'ㅢ'가 [i]로 발음되는 경우가 많지만 '늬(齒), 늬(風), 늿(四), 의:똘(母女), 의:새끼(母子), 듸:다(일어나는 일이 드물다)' 등의 어사는 분명 하향이중모음으로 발음된다고 한다(현평효 1986:89).

과거 서울 방언에서도 많은 어사에서 'ㅢ'가 하향이중모음인 /ij/로 발음되었던 듯하나,[72] 현대국어에서는 몇몇 어사에서 보이는 흔적을 제외하고는 쉽게 찾아보기가 어렵다. 이는 현대 방언에서 'ㅢ'의 음운론적인 지위가 흔들리고 있음을 보여주는 것으로 방언에 따라 차이는 있

---

71) 충남, 황해, 평안도 방언에 'ㅐ, ㅔ, ㅚ, ㅟ'가 몇몇 어사에서 하향이중모음으로 실현되고 있음이 보고 되어 있다(김영배:1984, 곽충구:1982). 그러나 이는 일반적인 현상이라기보다 사라져 가는 고형(古形)의 몇 되지 않은 잔형인 것으로 보인다.

72) 경기도 태생이신 이희승 선생도 국어의 'ㅢ'를 'ㅡ'가 선행하는 이중(二重)의 복모음(複母音)으로 규정하고 있고(1978:91), 60년대 강의에서는 중부 방언에서 보이는 'ㅢ'가 이중모음으로 흔하게 발음되었다고 하는 증언을 하신 바 있다고 한다(최윤현, 1989:58, 각주12). 「서울 地域語 구술자료(1)」, 『성균어문연구』 제32집을 살펴보더라도 'ㅢ'가 이중모음인 [ij]로 실현되고 있음을 볼 수 있다. '점믜, 강의허먼, 의시겐' 등의 예가 여기에 속한다.

으나 보편적으로 어두에서는 [i] 또는 [ɨ]로, 비어두에서는 [i]로 발음되는 경우가 흔하게 보인다.

이등룡(1990:24 각주9)에 따르면 서울 도성 안 동부(東部) 낙산하(駱山下), 즉 지금의 효제동 근처를 어의동(於義洞)이라 하였는데 서울 사람들은 이 동네를 '느리골'이라 불렀다 한다. 이 때에 '느리골'은 서울 말투로는 '늬리굴'이라 발음하였다고 하는데, 이는 '늬-'의 'ㅢ'가 음절 부음이 약화되어 거의 단모음에 가까운 이중모음으로 실현되었음을 지적하고 있다. 김완진(1971:133 각주)에서도 아직도 자음 뒤에서의 '이'와 '의' 사이의 구별을 놀랄 만큼 잘 유지하고 있는 노년층의 인사(人士)를 관찰한 일이 있으며, 조심스런 한자어 발음에서는 선행 한자의 말자음과 결합된 '의'(合議)를 듣는 일이 있다고 한다. 최명옥(1997:380 각주10)도 '의사(醫師), 의자(椅子), 의복(衣服)' 등 초성으로 자음을 가지지 않은 '의'는 지역과 시대에 따라 아직 이중모음으로 발화되고 있다고 하였다.

현대 방언에 있어 'ㅢ'의 존재를 부정하는 견해도 있기는 하나,73) 이는 서울 토박이들의 급속한 감소와 함께 많은 타 방언들의 유입으로 서울 방언이 이제는 그 명맥을 잃어가고 있기 때문인 것으로 해석할 수 있다.

현대 정서법에서도 이런 상황이 그대로 반영되어 있음을 확인할 수 있다. 1988년 1월 19일 문교부 고시 제 88-2호로 공포된 표준어 규정안에 있는 표준어 발음법에 의하면 'ㅢ'의 발음에 상당히 고심한 흔적이

---

73) 이기문(1972:229)에서 그러한 견해를 볼 수 있다. 'ㅢ'는 현대국어의 실제 발음에서는 어느 것도 존재하지 않으며, 어두에서는 [ɨ](또는 [i]로), 비어두에서는 [i]로 발음되며 속격 어미에서는 [e]로 발음된다고 보았다. 다만 '보늬', '무늬'(紋) 등 數例에서 'ㅢ'는 그 앞의 'ㄴ'이 구개화되지 않은 [n]임을 보인 것으로, 이는 '늬'가 구개화된 [ɲi]를 표시하는 것과 구별하기 위한 것으로 파악하고 있다.

보인다. 이 규정에 따르면 'ㅢ'는 세 가지 발음 [ij, i, e]가 가능하다. 즉 자음을 첫소리로 가지고 있는 음절의 'ㅢ'는 [ㅣ]로 발음해야 하고[74], 자음을 첫소리로 가지고 있지 아니한 'ㅢ'는 제 음가대로 발음해야 한다고 한다. 또한 단어의 첫 음절 이외의 'ㅢ'는 [ㅣ]로, 조사 'ㅢ'는 [ㅔ]로 발음함도 허용한다고 규정하고 있다.[75]

이 규정에 대한 여러 측면의 논란은 접어두고라도 왜 이렇게 'ㅢ'라는 이중모음이 유동적인 모습을 보이고 있는가라는 점은 상당히 흥미로운 사실이다. 여기에는 여러 가지 원인이 잠재되어 있겠으나, 그 중에서도 'ㅢ'리는 하향이중모음의 음성적 성격에 큰 원인이 있는 것으로 추정된다. 음절 주음인 'ㅡ'의 약모음적 성격과 함께 과도음의 성격을 지니는 반모음 'ㅣ'와 결합되었을 때의 음성 실현이 분명하지 않은 것에 문제가 있다고 본다. 여기에는 'ㅢ'라는 이중모음의 음절의 주음과 부음의 음운론적 해석의 문제가 결부되어 있어 좀더 자세한 논의가 요구된다 하겠다. 이 점에 관해서는 다음 절에서 자세히 다루어 보도록 한다.

3.2.4. 이중모음인 'ㅢ'에서 보이는 음절의 주음과 부음의 문제는 음운론적으로 'ㅢ'를 어떻게 파악하느냐 하는 것에서 논의가 시작된다. 여기에는 두 가지 해석이 가능한데, 하나는 /ɨi/(반모음+주모음)로 해석하여 yo(요), wa(와) 등과 같이 상향이중모음으로 보는 것이고, 다른 하나는

---

74) 표준 발음법 제5항에 다만 3에는 다음의 'ㅢ'는 [ㅣ]로 발음한다고 적고 있다. '늴리리, 닁큼, 무늬, 띄어쓰기, 씌어, 틔어, 희어, 희떱다, 희망, 유희'

75) '주의[주의/주이] 협의[혀븨/혀비] 우리의[우리의/우리에] 강의의[강ː의의/강ː이에] (민주)주의의 의의[주이의 의이/주이에 의이]'에서 보듯이 두 가지 발음을 모두 허용하고 있다. 그러나 조사 'ㅢ'의 발음에 있어 'ㅔ' 모음에 해당하는 [e]를 허용한 것은 음소와 표기에 따른 표기법의 특성상 상당한 무리가 있어 보인다.

/ij/(주모음+반모음)로 해석하여 국어 하향이중모음의 마지막 잔재로 보는 것이다.

전자의 해석 방법은 앞에 오는 /i/를 음절 부음으로 뒤에 오는 /i/를 주음으로 보는 방법으로, 반모음 /i/를 새로이 국어의 음운체계에 포함시키는 것이다. 이는 현대국어에서 'ㅢ'를 상향이중모음에 포함시켜 유일한 j계 하향이중모음인 'ㅢ'를 삭제함으로 국어의 이중모음의 체계를 간략하게 할 수 있다는 점에서는 긍정적인 방안이라 할 수 있다.

이런 이유로 허웅(1985:140)에서는 이 방안을 택하고 있다. 그러나 /i/를 반모음으로 설정하는 데에는 국어의 반모음 /j, w/와는 달리 /i/ 모음 앞에만 올 수 있다는 음운적 제약을 첨가해야 하는 부담이 따른다는 점에서 문제가 된다. 이러한 음소로서의 분포상의 특이성은 음소 설정의 경제성이라는 측면에서 볼 때에도 그리 바람직한 태도라 할 수 없다. 따라서 전자의 해석 방안은 재고의 여지가 있는 것이다.

'ㅢ'에 대한 또 다른 음운론적 해석은 'ㅢ'를 주모음(i)과 반모음(j)으로 해석하여 국어 하향이중모음의 마지막 잔재로 보는 것이다. 이 방안은 현대국어에서 대부분의 이중모음이 상향이중모음인 데 반해 하향이중모음으로 'ㅢ' 하나만을 설정해야 한다는 체계상의 불균형이 문제로 대두된다. 그러나 본고에서는 다음과 같은 몇 가지 이유로 국어의 'ㅢ'를 후자의 태도, 즉 하향이중모음에 포함시키려 한다.

첫째, 현대국어 방언의 검토
둘째, 통시적 변화에서 보이는 음운현상
셋째, 이중모음의 체계상의 균형성

먼저 현대국어의 방언형에서 부분적으로나마 이중모음인 'ㅐ[aj], ㅔ

[əj], ㅚ[oj], ㅟ[uj]'를 보이고 있는 어사가 존재한다는 사실이다. 우선 충청 방언에 '바위[pauj], 사위[sauj], 귀[kuj], 바퀴[pakhuj], 외가집[ojgacip]' 등의 어사가 존재하고 있다는 사실[76]과 평안 방언과 황해도 방언에서 '개(犬)[kaj], 새(鳥)[saj], 게(蟹)[kəj], 셋(三)[səj], 괴다(撐)[koj-], 외다(誦)[oj-]' 등이 이중모음으로 발음된다는 사실[77]은 'ㅚ'가 유일한 하향이중모음이 아님을 보여 준다. 이것은 현대국어 방언에 하향이중모음으로 'ㅚ' 이외에 소수이기는 하지만 'ㅐ, ㅔ, ㅟ, ㅚ' 등이 존재하고 있음을 보여 주는 것으로 현대국어에 j계 하향이중모음을 설정하는 데 큰 무리가 없음을 보여 준다고 할 수 있겠다.

　다음으로 하향이중모음의 통시적 발달 과정에 있어서의 음운현상을 언급할 수 있다. 앞서 2.2.3에서 지적한 바와 같이 'ㅣ'의 음절적 유동성과 부음 'ㅣ'의 탈락, 그리고 'ㅣ' 뒤에서의 'ㄱ'의 탈락 등의 현상은 'ㆎ, ㅢ, ㅚ, ㅟ' 등의 기저 음가를 /Vi/가 아닌 /Vj/로 파악하게 한다. 마지막으로는 체계상의 균형성을 지적할 수 있다. 이중모음의 체계적인 측면에서 하향이중모음의 기저 음가를 /Vj/로 볼 경우 j계 상향이중모음 /jV/와의 설명적인 일관성을 가질 수 있다는 점이 후자의 태도를 지지해 준다고 본다.

3.2.5. 국어의 이중모음 'ㅢ'는 중세국어의 단계부터 여러 가지 원인으로 보이는 표기상의 여러 이형태를 보이고 있다. 중세국어의 표기가 음성과 일대일의 밀접한 대응 관계를 지니고 있었다는 사실과 하향이중모음에 관한 기존의 연구 결과에 따르면 중세국어의 'ㅢ'는 현대국어의

---

76) 곽충구(1982:30-37)를 참조.
77) 김영배(1984)를 참조.

그것보다 이중모음으로서의 분명한 지위를 지녔을 것이라 짐작할 수 있다. 이와 같은 사실은 'ㅢ'의 통시적 변화 양상을 살펴봄으로써 보다 분명해질 수 있으리라 본다.

이중모음 'ㅢ'는 어디에서 연원했는가에 따라 ① 중세국어부터 보이는 기원적인 'ㅢ' ② 'ㅣ'가 'ㆍ'의 제1단계 변화로 결과된 'ㅢ'(션븨(儒)> 션븨, 가온디(中)>가온듸) ③ 기원적인 'ㅟ'가 비원순화된 'ㅢ'(불휘(根)>불희, 뷔-(空)>븨-, 퓌-(發)>픠-) ④ 음운의 통합 과정(i-umlaut)에 의해 형성된 'ㅢ'(그려기(雁)>긔려기, 드리다>듸리다, 다듬이>다듸미)로 크게 네 부류로 나눌 수 있는데,[78] 이 글의 주된 관심은 중세국어부터 보이는 기원적인 'ㅢ'의 변화에 있으므로 여기에 국한하여 그 변화 양상을 검토하고자 한다.

'ㅢ'는 15세기부터 'ㆍㅣ'와 혼기 양상을 보이고 있는 바(전술한 3.1.2~3.1.3을 참조), 이는 음운의 통시적 변화인 'ㅢ>ㆍㅣ'가 아니라 'ㅏ/ㅓ', 'ㅗ/ㅜ'의 음운론적인 상호 대립과 그 궤를 같이 하는, 주모음인 'ㅡ'와 'ㆍ'의 교체의 결과이다.

ㄱ. 싀다<酸>(용5:4)/시다(능10:79) 희다<白>(용50)(杜초6:9)/희다(杜초25:2)
ㄴ. 그듸<君>(석6:6)(杜초15:31)/그디(杜초8:24) 견듸다<忍>(杜초8:21)/견디다(杜초6:16) 기릐<長>(杜초15:3)/기리(杜초17:26), 설픠다<疎>(杜초7:39)/설픠다(杜초8:42), 션븨<儒>(杜초20:11)/션비(杜초20:21), 어듸<何處>(杜초7:7)/어디(杜초6:33)

---

78) 이 같은 분류 방식은 최전승(1986:217)에서 이미 언급된 바 있다. 즉 근대국어에 보이는 /ij/는 각기 다양한 기원을 갖고 있다고 보고, 다음과 같이 5가지로 분류하고 있다. ① 중세국어에서 넘어오는 기원적 이중모음, ② 제2음절 이하의 위치에서 'ㆍ'의 제1단계 변화를 거친 -ij, ③ 비어두음절의 /uj/가 원순성 자질의 중화로 결과된 ij, ④ 순자음 아래에서 원순성 자질의 이화작용에 의한 비원순화, ⑤ 통합적 과정에서 새로 형성된 i>ij 등.

(ㄱ)은 어두에서의 'ㅡ'와 'ㆍ'의 혼기의 예이고, (ㄴ)은 비어두에서의 혼기의 예로 이는 'ㅢ'가 'ㆎ'와 더불어 단모음이 아닌 이중모음으로 실현되었음을 보여주는 증거의 하나이다.[79] 'ㅢ'는 이 이외에 별 다른 표기상의 변화를 보이지 않다가 17세기 전기부터 자음 아래의 환경에서 'ㅢ'가 'ㅣ'로 표기되는 변화의 조짐을 보이기 시작하여 18세기 후반까지 산발적으로 부분적인 동요가 나타난다. 다음 (ㄷ)의 예들은 이러한 변화의 조짐을 추정하게 해 준다(전광현 1967:85, 곽충구 1980:93, 백두현 1989:74).

ㄷ. 여히놋다(<여희-, 杜중17:19), 사룸이게(<-의게, 經書 大學2), 디키여(<디킈여, 家언2:1), 희고히여서(痘經上:53), 박핑이(<박픵이, 朴重上:16), 빌미(<빌믜, 漢255d), 피다(<픠다, 漢293d), 슬미다(<슬믜다, 漢238a)

19세기에 들어오면서 'ㅢ'는 방언에 따라 'ㅣ, ㅡ, ㅔ' 등의 다양한 모습을 보이고 있어 이때부터 본격적으로 단모음화의 길을 걷기 시작한 것으로 보인다. 당시의 언어를 반영한 여러 문헌에서 이런 변화의 양상을 어렵지 않게 접할 수가 있다.

(가) ㅢ > ㅣ
ㄱ. 씨(<씌, 묵1:13) 헌디(<헌듸, 묵16:13) 시어맘(<싀어미, 맛10:35) 디디여(<드듸여, 요19:17) 티(<틔, 피후2:13) 하나님이게(고전9:21) 과부이게(고전7:8)
ㄴ. 모기 문(蚊, 正蒙 7b) 어기지 말라(女士 2b) 힌 빅(白, 歷代 15a) 이원(醫員, 嶺三 4:12a) 이논 정(訂, 歷代 22b) 시골(<싀골, 경민편 천주권효문)
ㄷ. 히식(喜色, 조웅3. 20b) 기갈(飢渴, 조웅1. 4a) 눈치(심청 上, 23a) 구비구비(丙午, 春, 8b) 이상(衣裳, 成烈, 204)[80]

---

79) 순음 아래에서 i가 u로 변하는 원순모음화에 의해 'ㅢ'가 'ㅟ'로 실현되는 예들이 18세기경에는 제법 많이 보인다(아븨>아뷔, 믜워>뮈워, 구븨>구뷔 등). 이들 역시 'ㅢ'와 'ㅟ'가 이중모음으로 발음되었음을 보여주는 증거라 여겨진다.
80) 여기서 제시된 ㄱ)은 서북방언(최임식:1984), ㄴ)은 영남방언(백두현:1989, 김주

(나) ㅓ>ㅡ

ㄱ. 스우고(<싀우고, 말15:17) 향글라온(香氣, 누7:46) 사람으게(뎨18:27) 유더인
으게(고전9:19)

ㄴ. 범으 물이간 비 된지라(嶺三 1,6a) 모으 졔(母祭, 嶺三 1, 13a) 안식으 실품
(嶺三 3, 1b) 아달으 도(子道, 嶺三 9, 20a) 흐농을(<회롱-, 경민편 천주권효문)

ㄷ. 으심(疑心, 초한 上, 15a) 분으(分義, 수절가 上, 24) 여그저그(심쳥 下, 15b)
부드치며(심쳥 下, 8a)

(다) ㅓ>ㅔ

ㄱ. 구신에(<의, 티젼4:1) 동셩에(<의, 비1:14) 입에(<의, 힙13:15)

ㄴ. 밤에(<의) 쯰를(경민편 천주권효문) 집에(<의) 이스며(경민편 천주권효문)

ㄷ. 젼데닐가(<견듸, 수절가 上, 40) 함게(<홈믜, 화룡93a) 그졔게(그젹긔, 成烈
201)

그러나 20세기에 들어와서도 상당수의 'ㅓ'는 표기상의 변화를 보이
지 않고 있어 부분적으로는 음성적으로 동요가 있었으나, 이중모음으
로서의 [ij]의 음가는 한편으로 그대로 유지되었던 것으로 추정된다. 다
음에 보이는 (라)는 1899년에 간행된 독립신문과 20세기 초엽에 간행
된 신소설 등에 나타나는 'ㅓ'의 용례들이다.

(라) 더된디(독립 1899.11.27) 즈긔의(독립 1899.11.28) 옹긔가 돌을 치던지(독립
1899.11.29) 갈희여 쓴다 함은(독립 1899.11.29) 스졍을 럭력히 긔지ᄒ야(독
립 1899.11.30) 죠흔 긔회더라(독립 1899.12.1) 어졋긔 학부에 뎐보ᄒ얏드더
릭(독립 1899.12.2), 이 눈도 부븨고(鬼의 聲:76) 거긔 셔셔 그리ᄒ지 말고(鬼
의 聲:77) 화약 연긔(馬上淚:1) 위인이 긔걸ᄒ야(馬上淚:88) 그 싀아비 모
양으로(鬢上雪:102) 걱졍에 못니긔여(再逢春:57) 긔가 막히어(再逢春:62)
쳐죽엿답듸다(顯微鏡:94) 시골틔가 쑥쑥드는(顯微鏡:106) ᄯᅩ 싀집ᄭᅳ지 갓
스니(顯微鏡:118) 어듸갓소(話中話:24)

필:1996), ㄷ)은 호남방언(최전승:1986)의 용례이며 출전 약호도 그대로 인용하였다.

Histoire de l'eglise de Corée(朝鮮敎會史序論, 1874)에서는 '의'가 eué로 실현된다고 보았으며, *Corean Primer*(Ross, 1877)는 '긔별(guibiul:77-5), 의복(uibog:86-1)' 등의 예에서 보듯 '의'를 이중모음인 ui로 파악하고 있음을 볼 수 있다. *Grammaire Coréenne*(Ridel, 1881)에서는 '의'가 eué, ué, eui, é 등과 같은 여러 音으로 나타난다고 기술하고 있다.[81]

한편 J. Scott(1893:16)는 *A Corean Manual or Phrase book*에서 '의'가 두 모음이 뚜렷하게 축약되는 것이 아니기에 진정한 의미의 이중모음으로 간주하기 어렵다고 하면서, 개음절일 때에는 짧은 ŭ와 i로 실현되며, 자음이 선행할 때에는 ŭ가 탈락하고 i 모음으로만 나타난다고 하였다.[82]

『朝鮮語方言の硏究』(小倉進平:1944)에서는 '누의(姉妹)'가 [nu-ŭi], '견듸다(耐)'가 [kjɔn-dŭin-da], '연긔(煙)'가 [jɔn-gŭi]로 나타나고 있어 '의'가 하향이중모음이었음을 보여 주고 있다. 小倉進平(1944:13)의 전사 체계를 따르면 [ŭ]는 중설(中舌)의 [i]를 말한다. 이것으로 보아 당시 '의'의 음운론적인 지위는 지금과 비교해 볼 때 크게 다르지 않았던 것으로 추정된다.

3.2.6. '의'의 통시적 변화에 있어 주목을 끄는 것 중의 하나는 '의>ㅣ'로의 변화이다. 그 이유는 '의>ㅡ'의 변화가 하향이중모음의 음절 부음인 'ㅣ'가 탈락하고 음절 주음인 'ㅡ'가 남는다는 점에서 음운론적으로

---

81) 의 EUI répond à peu près à eué, ué, eui, é. EX: 의심 EUÉ-sim, EUI-sim, doute ; 씌 ttEUI(presque tti), ceinture ; 둙의 알 tălk-E-al, œuf de poule(p. XII).

82) 의 eui. This sound is one of considerable difficulty to explain, for, as the two vowels do not distinctly coalesce, it cannot be regarded as a diphthong proper. In open syllables it may be defined as a short ŭ (중간 생략) joined to the vowel i. But when preceded by a consonant, the ŭ sound tends to disappear, leaving only the vowel i to be clearly enunciated, with a sound much like that of i in wick : Compare 의심 euisim－ŭisim, doubt, with 긔호 keuiho－kiho, flag.

자연스러운 과정임에 반해, 'ᅴ>ㅣ'의 변화는 음절 주음이 탈락하고 부음이 남는다는 다소 이례적인 결과를 가져 왔기 때문이다.

　기존의 논의에서는 전자는 'j'의 탈락으로, 후자에 대해서는 보통 '축약(contraction)'이란 현상에 의한 것으로 설명해 왔다.[83] 후자를 '축약'으로 보는 이유는 앞서 언급된 바와 같이 음절 주음이 탈락하고 부음이 남는다는 결과 때문이다. 그러나 음성학적인 관점에서 볼 때 순정 모음 [i]와 부음 [j]는 비원순 연구개음으로 거의 동일한 음가를 가진다. 굳이 차이를 찾는다면 [j]가 [i]보다 발화의 지속 시간이 좀 짧을 뿐이다. 이 같은 측면에서 본다면 /Vj/에서 주모음이 탈락하는 경우 부음인 [j]가 돋들림(prominence)을 받게 되고 이에 발화의 지속 시간을 늘려 [i]로 변화하는 것은 그리 이상할 것이 없다고 본다.

　음성적인 관점에서 '축약'이란 현상은 연속된 두 음을 각각 발음할 때 드는 노력을 줄이고 말의 속도를 빠르게 하기 위해서 한 음절로 줄이거나, 소위 그 간음(間音)으로 발음하는 것을 말한다. 이런 현상은 국어에서 공시적인 것(그리+어→그려, 보아+라→봐라 등)뿐 아니라 통시적으로도(가히>개, 자히->재-, 버히->베- 등) 나타난다.[84] 이런 사실로 미루어 볼 때 'ᅴ'가 'ㅣ'로 변화한 것을 과연 '축약'으로 설명할 수 있을지는 좀더 두고 볼 일이다.

　한편 하향이중모음의 단모음화에 있어 우리의 주목을 끄는 것이 있다. 그것은 'ᅴ'가 단모음화한 과정과 결과가 다른 하향이중모음인 'ㅐ, ㅔ, ㅚ, ㅟ' 등이 단모음화한 그것과 비교할 때 서로 다르다는 점이다. 국어사의 측면에서 볼 때, 어느 시기엔가 'ㅓ'와 'ㅣ', 'ㅏ'와 'ㅣ', 'ㅗ'와 'ㅣ', 'ㅜ'와 'ㅣ'의 결합으로 새로운 전모음 계열의 단모음을 형성하였음

---

83) 최전승(1986:217-229), 백두현(1989:74)에서 그런 견해가 보인다.
84) 허웅(1965:476), 『國語音韻論』(1984:84)을 참조

은 잘 알려진 사실이다. 이 때 새로이 생성된 'ɛ, e, ø, y' 등의 단모음은 모음체계상의 측면에서 볼 때, 앞선 시기에 비어 있던 전모음 계열의 빈칸을 메꾸어 모음체계상의 안정화를 추구하였던 것이다. 여기서 'ㅢ >ㅣ'의 단모음화가 'ㅐ, ㅔ, ㅚ, ㅟ'의 그것과 동질적인 것으로 설명하려는 태도가 적절치 않음이 드러난다.

국어 음운사에서 볼 때 같은 하향이중모음인 'ㅐ, ㅔ, ㅚ, ㅟ' 등은 단모음화라는 음변화를 거쳐 'ɛ, e, ø, y'라는 새로운 음으로 변화를 겪었음에 반하여, 'ㅢ'는 그러한 변화의 모습을 보이지 않았다. 또한 국어 모음체계의 측면에서 'ㅡ'와 'ㅣ'가 '축약'이라는 음운현상을 기저 새로운 제3의 음소를 생성하기 위해서는 새로이 생성될 음의 빈자리가 요구되는데, 'ɛ, e, ø, y'가 전모음 계열에 들어선 근대국어 이후 당시의 모음체계에서는 빈칸이 존재하지 않았던 것이다. 즉 국어사의 측면에서 'ㅢ'의 변화는 다른 하향이중모음이 겪었던 단모음화 현상과 동질적인 과정이나 결과를 겪지 않았다는 점이 주목된다. 다른 하향이중모음(ㅐ, ㅔ, ㅚ, ㅟ)들은 음변화를 거쳐 이전에는 존재하지 않았던 새로운 음(ɛ, e, ø, y)으로 변하여 모음체계에 자리 잡고 있음에 반하여 'ㅢ'는 그러한 변화의 모습을 보이지 않는다는 사실이다.

국어의 단모음 체계의 변천 과정을 개괄적으로 살펴보면, 중세국어 시기에는 비어 있던 전모음 계열에 근대국어 시기에 와서 'ㅐ/aj/, ㅔ/əj/'와 'ㅚ/oj/, ㅟ/uj/' 등이 단모음화되어 그 동안 공백으로 남아 있던 전모음 계열의 빈칸을 메꾸었다. 따라서 'ㅢ'는 모음체계상 단모음화하여 들어갈 자리가 없었고, 그런 이유로 'ㅢ'는 다른 하향이중모음들과는 달리 현대국어에까지 그 생명력을 유지할 수 있었던 것으로 추정된다. 즉 'ㅔ, ㅐ'의 단모음화 이후 'ㅚ, ㅟ' 등이 다시 단모음으로 변하고 'ㆍ'가 소멸되자 'ㅢ'는 유일한 하향이중모음으로 고립되기에 이른 것이다. 이러한 체계상의 고립은 현대국어에서 'ㅢ'가 'ㅡ, ㅣ, ㅔ' 등의 단모음으로 실현하는 데에 일조를 한 것으로 보인다.

현대국어에서 보이는 'ㅢ'>'ㅡ, ㅣ, ㅔ'로의 변화는 앞서 보았던 체계적인 측면 이외에도 'ㅢ'의 음성적 성격에 그 원인이 있었던 것으로 보인다. 음성적인 관점에서 볼 때 주모음 'ㅡ'와 부음 'ㅣ'가 결합된 'ㅢ'는 음성적으로 안정되지 못한 모습[85]을 가지고 있다. 이런 음성적 불안정성을 극복하고자 앞뒤에 있는 음 가운데 하나를 탈락시킨 것으로 추정할 수 있다. 방언에 따라 음절 부음이 탈락하여 'ㅡ'가 유지되기도 하고, 반대로 주모음이 탈락하여 'ㅣ'가 유지되기도 하는데, 후자의 경우는 i 모음과 밀접하게 관련 있는 j의 음성적 내지는 음운적 성격에 말미암은 것으로 보인다.

한편 근대국어 시기부터 산발적으로 표기에 나타나기 시작하는 것으로, 속격의 'ㅢ'가 e로 실현되는 현상이 주목을 끈다. 예를 들면 '눈의티' (骨眼, 柳物一毛), '눈에치'(漢440b)와 같은 혼기가 나타난다. 이에 대해서는 'ㅢ'의 대립짝인 'ㆎ'가 이중모음으로서의 'ㅔ'를 거쳐, 또는 'ㆎ' 그 자체가 독자적인 단모음화를 거쳐 'ㅔ'에 합류한 것으로 해석하기도 한다 (김완진, 1978/1996:93). 아마도 e로 변화하게 된 단초는 'ㅢ'가 지니고 있는 음성적인 불안정성이었던 것 같다. 현대국어의 남부 방언에서 보이는 [ɨ]와 [ə]의 음성적인 중화와 속격 'ㅢ'와 처격 'ㅔ'의 문법적인 중화와도 무관하지 않은 것으로 추정되나, 이는 앞으로의 연구 과제로 남긴다.

---

85) 허웅(1965:438)에서는 혀의 이동(ㅡ→ㅣ)의 거리가 너무 가깝기 때문에 'ㅢ'의 중모음적(重母音的)인 성격이 잘 두드러지지 않는다고 보았다. 그러나 이는 혀의 이동 거리에만 문제가 있는 것이 아니라 모음 [ɨ]의 약모음적인 성격에 더 큰 이유가 있는 것으로 보인다.

3.3. ㅐ

3.3.1. 지금까지의 연구에서는 일반적으로 'ㅐ'는 'ㅔ'의 변화와 함께 다루었다. 그 이유는 주모음인 'ㅏ /ㅓ'가 중세국어 당시에 'ㆍ/ㅡ', 'ㅗ/ㅜ' 등과 함께 음운론적 대립의 쌍을 이루었고, 이들 모음들이 단모음화된 시기도 비슷하여, 다른 이중모음들에 비해 이들의 관계가 상당히 밀접했기 때문이다. 이런 태도는 체계적인 관점에서 타당했던 것으로 판단되며, 본고도 이러한 태도를 취하여 논의를 진행하고자 한다.

15세기 당시의 정음 문헌에서 이중모음으로서의 분명한 지위를 가지고 있었던 'ㅐ'는 다른 하향이중모음들에 비해 비교적 안정적인 모습을 보여 왔다. 근대국어에 오면서 'ㅐ'는 'ㅔ'와 부분적인 혼동을 가지고 왔고, [ɛ]로의 단모음화가 이루어진 뒤, 19세기말에 이르러서는 'ㅣ'와 혼기를 보이기도 하였다. 현대국어에 와서는 전설의 저모음으로 자리 잡고 있기는 하나, 그보다 고모음인 'ㅔ'로 점차 합류되는 경향이 있어, 젊은 세대에서는 상당히 유동적인 모음이라 할 수 있다.

본절에서는 우선 'ㅐ'의 변화의 모습을 통시적으로 살펴보기로 한다. 먼저 『鷄林類事』, 『朝鮮館譯語』, 『鄕藥救急方』 등을 비롯한 정음 이전 문헌에 나타난 'ㅐ'의 모습을 관찰해 보고, 현대국어까지의 사적인 변화 양상과 표기상의 변동 및 음가 등을 검토해 보기로 한다.

3.3.2. 먼저 훈민정음 창제 이전의 문헌인 『鷄林類事』, 『朝鮮館譯語』 에서 'ㅐ'가 어떻게 반영되었는지를 살펴보기로 한다.

(鷄林類事 原文)	(對應하는 中世語形)	(推定音)
(01) 胡桃曰渴來	ᄀᆞ래	來/lai/

(02) 扇曰孛朵	부채	朵/ts'ai/
(03) 裩曰安海珂背	안해ㄱ뷔	海/hai/
(04) 竹曰帶	대	帶/tai/
(05) 盂曰大耶	대야	大/tai/
(06) 剪刀曰割子蓋	ㄱ개	蓋/kai/
(07) 雀曰賽	새	賽/sai/ (강신항:1991)

『鷄林類事』에서 'ㅐ'의 경우는 앞의 자음이나 어두, 비어두 위치를 가리지 않고 모두 /ai/와 밀접한 대응 관계를 보인다. 'ㅐ'는 '來, 朵, 海, 帶, 大, 蓋, 賽' 등의 자와 대응되며, 이들은 해섭자(蟹攝字)의 海韻, 泰韻, 代韻에 속하는 자들로 모두 /ai/를 운모로 취하고 있다. 예외가 없이 /aj/ : /ai/의 대응을 보여 주고 있어 'ㅐ'가 이중모음의 음성적 성격을 지니고 있었음을 보여주고 있다.

(朝鮮館譯語 原文)	(對應하는 中世語形)	(推定音)
(01) 霧 按蓋	안개	蓋/kai/
(02) 天下 哈嫩阿賴	하늘아래	賴/lai/
(03) 村裏 呑阿奈	툰안해	奈/nai/
(04) 新橋 賽得屢	새ㄷ리	賽/sai/
(05) 棗 大左	대초	大/tai/
(06) 榛子 改㨤	개얌	改/kai/
(07) 鷹(鷹) 埋	매	埋/mai/
(08) 街市 哲在	져재	在/tsai/
(09) 馬黏 得盖	둘애(개)	盖/kai/ (강신항:1995)

한편 『朝鮮館譯語』에서 'ㅐ'는 'ㅏ'가 주로 중설모음인 ɑ(a, ɐ)를 운복으로 가지는 한자와 대응을 가지는 것과 대조적으로, 대개 개래운부(皆來韻部)의 /ai/와 예외 없는 치밀한 대응 관계를 보여주고 있어 이중모

음의 부음의 모습을 잘 보여주고 있다. 그밖에 차자표기 자료인『鄕藥
救急方』과 『衿陽雜錄』에서도 'ㅐ'는 이중모음인 /aj/로 실현되었음을
확인할 수 있다.[86]

3.3.3. 훈민정음 창제 당시에도 'ㅐ'가 이중모음으로 분명한 음운적 지
위를 가지고 있었음은 다음과 같은 해례본의 중성해(一字中聲之與ㅣ相
合字十 …… ㅐ …… 是也)와 합자해(뒷빼爲酉時), 용자례(채爲鞭, ㄱ래爲楸)
의 기술에서 나타난다. 또한 당시의 정음 문헌으로 미루어 볼 때도 재
론의 여지가 없는 것으로 보인다.

　　15세기 문헌 표기를 통해서 본 'ㅐ'는 다른 하향이중모음에 비해 상
당히 안정적인 모습을 보이고 있어, 변화형은 쉽게 발견하기 어렵다.
그러나 다음과 같은 용례들이 간혹 눈에 띈다.

　　가) 아래(前, 月12:20)/아리(法화2:52), -던댄(法화2:231)/-던딘(法화2:226), 새
　　　　다(曙, 석6:19)/시다(字會上1)

　　나) 건내뛰다(능9:2)/건네뛰다(능8:71), 걷내다(능1:24)/건네다(圓下二之二15),
　　　　-건댄(석13:40)/-건덴(석6:6), 부채(杜초25:24)/부체(杜초24:17), 져재(市, 內
　　　　3:17)/져제(內3:13)

　　가)의 예 가운데 '아래/아리, -던댄/-던딘'는 15세기에 보이는 'ㅐ'와
'ㆍㅣ'의 혼기의 용례 가운데 하나이다. 'ㆍㅣ'가 쓰일 곳에 'ㅐ'가 쓰인 경우

---

86) 『鄕藥救急方』의 '百合'(개나릿불휘) : 犬(가히)伊(ㅣ)那(나)里(리)根(불휘)(中,二),
　　'菟絲子'(새삼) : 鳥(새)伊(ㅣ)麻(삼/삼)(1)에서 볼 수 있듯이 '伊' 字가 이중모음의
　　'ㅣ'를 표기한 것으로 밖에 볼 수 없다. 『衿陽雜錄』에서도 '고새사노리'와 '고새눈거
　　미'를 '高沙伊沙老里', '高沙伊眼檢伊'로 차자 표기함으로써 '새'의 'ㅣ'를 '伊'로 나타
　　내려고 한 의도를 엿볼 수 있게 한다(자세한 내용은 2.3을 참조).

는 '디(處) / 대(法화3:41), 씨다(醒) / 째다(南明下1), 가온디(中) / 가온대
(杜초16:42)' 등의 몇 예가 나타나나, 그 반대의 경우는 흔치않은 것이었
다. 이는 'ㆍ'와 'ㅏ'의 합류의 시초로 보기보다는 두 모음의 음성적인
유사성에 말미암은 것으로 보인다.

　나)의 예는 /a/와 /ə/의 음운론적 대립에 따른 것으로 'ㅐ'와 'ㅔ'의
표기상 혼동되는 경우이다. 'ㅐ'와 'ㅔ'의 혼기는 15세기부터 한 두 예가
보이기 시작하여 16-17세기에는 간헐적으로 보이다가, 18세기 말엽에
들어와 다수가 나타난다. 본고에서는 15세기 정음 문헌 당시에 비교적
많이 보이는 형태를 선대형으로 삼는다고 할 때,[87) 위의 나)의 예들은
기원적인 'ㅐ/aj/'가 'ㅔ/əj/'로 변화하는 용례에 포함될 수 있으리라 여
겨진다. 물론 15세기에 보이는 'ㅐ'와 'ㅔ'의 혼기는 'ㅏ /ㅓ'의 음운론적
대립에 따른 것으로, 'ㅐ/aj/'와 'ㅔ/əj/'가 각각 /ɛ/와 /e/로 단모음화한
이후에 보이는 'ㅐ'와 'ㅔ'와는 그 성격을 달리하는 것으로 보인다.[88) 다
만 여기서의 문제는 'ㅐ /ㅔ'의 단모음화 시기로, 이것에 따라 'ㅐ'와 'ㅔ'
의 혼기의 양상이 서로 다른 음운론적 기재로 설명될 수 있다는 점이
다. 다시 말하면 단모음화의 시기가 논의의 관건이라 할 수 있는데, 'ㅐ,
ㅔ'의 혼기 안에 감추어진 음운론적 기재가 모음조화(ㅏ /ㅓ)에 의한 것
인지, 아니면 /ɛ/와 /e/의 음성적인 중화에 의한 것인지의 구별이 쉽지
않다는 것이다.

---

87) 예를 들어 '건내뛰다'와 '건네뛰다'형 가운데 어느 것이 더 선대형인가를 구별하는
　 것은 쉽지 않다. 모음조화에 따르면 '건네뛰다'가 더 고형(古形)인 것 같으나, '건내뛰
　 다'형이『月印釋譜』(9:19),『楞嚴經諺解』(1:26),『金剛經三家解』(2:13),『南明集諺解』
　 (上:19) 등에 나타나는 것으로 보아 '건(<건)내뛰다' 형태를 선대형으로 삼았다.

88) 기존의 연구에서는 'ㅐ'와 'ㅔ'가 단모음화한 것으로 보이는 18세기 말엽을 정점으
　 로 하여 앞 시기의 'ㅐ/ㅔ'는 모음조화(ㅏ/ㅓ)에 의한 것으로 보고, 18세기 말엽 이
　 후에 보이는 'ㅐ/ㅔ'는 /ɛ/와 /e/의 음성적인 중화에 의한 것으로 이해했던 것이 보통
　 이었다.

다) ① 16세기~17세기 : 즉재(法화1:90)/즉제(石千31), 그림제(月2:55)/그림재(誠初9), 빙애(崖, 杜초7:11)/빙에(杜중13:7), 새배(曉, 杜초7:14)/새볘(杜중3:25), 그르메(杜초8:41)/그르매(杜중2:28), 쓸게(字會上27)/쓸개(馬언下66), 그리메(杜초16:41)/그리매(譯下36), 빙애(杜초7:11)/빙에(杜중13:7), 가래(字會中17)/가레(譯下8), 어제(杜초16:74)/어재(新語8:20), 족집개(救方下6)/족집게(朴重上40)

② 18세기 : 새배(字會上1)/싀베(女四2:13), 성에(譯上7)/성애(倭上10), 쓸게(同文上17)/쓸개(漢150c), 아질게물(字會上19)/아질개물(譯下28), 어드메(杜초8:37)/어드매(松江 星山別曲), 번게(曲161)/번개(十九 1:5), 엇게(類合上21)/엇개(續明義1:6)

다)의 예에서 보이는, 혼기 양상은 크게 두 부류로 나눌 수 있다. 다시 말해 'ㅐ'와 'ㅔ'가 단모음화하기 이전의 것과 이후의 것으로 그 성격을 각기 구분할 수 있는 것이다. 단모음화하기 이전의 'ㅐ'(/aj/)와 'ㅔ'(/əj/)의 표기가 혼동되었다는 사실은 주모음인 'ㅏ'(/a/)와 'ㅓ'(/ə/)가 대립하였음을 보여 주며, 이것은 중세국어 당시 'ㆍ'와 'ㅡ', 'ㅗ'와 'ㅜ'의 음운적 대립과 궤를 같이 하고 있는 것이라 설명할 수 있다. 이에 반해 단모음화를 겪은 이후에 보이는 'ㅐ/ㅔ'는 단모음인 /ɛ/와 /e/가 음성적인 중화를 일으킨 것으로 보아야 한다. 이는 음역(音域)의 유사성에 따른 것으로 현대국어에서도 이 두 음소는 언중들(특히 남부 방언이나 젊은층)에게 있어 상당히 혼란된 모습으로 실현되고 있음은 주지하는 바와 같다.[89)]

표기의 양상만을 가지고 그것이 주모음의 교체인지, 혹은 /ɛ/와 /e/의

---

89) 현대국어에서 /ɛ/와 /e/의 음성적 중화는 상당히 일반화되어 있다. 젊은층에 있어서, 특히 다음절에 나타나는 'ㅐ, ㅔ'인 경우에는 더욱 두드러진다. 단음절의 경우에도 요즘 /nɛ/(我)와 /ne/(汝)의 구별이 어려워지자, 같은 전모음(前母音) 계열인 /i/가 /e/와 교체하여, /ne/ 대신 /ni/로 발화하는 경향까지 보인다.

중화인지를 가려내는 것은 사실상 쉽지 않다. 이 두 양상이 똑같은 자소인 'ㅐ'와 'ㅔ'로 나타나기 때문이다. 여기에 당시 언어 현실의 실상을 파악하는 데 어려운 점이 있는 것이다. 근대국어 시기의 연구에 있어서 'ㆍ'의 비음운화와 함께 'ㅐ'와 'ㅔ'의 단모음화 시기[90]에 논란이 많은 것은 바로 이러한 이유에서이다. 이들의 단모음화 시기를 언제로 잡느냐에 따라 다)에서 보이는 혼기의 음운론적 해석이 달라지는 것이다. 'ㅐ'와 'ㅔ'의 단모음화 시기를 어떻게 보느냐에 따라, 단모음화 시기를 기점으로 이전의 용례는 주모음의 교체로 보아야 하고, 이후의 용례는 /ɛ/~/e/의 중화를 보여주는 것으로 설명해야 한다. 『譯語類解』(1690)와 『漢淸文鑑』(英祖末)에서 '발쏘개, 발쏘개'로 표기된 것이 정조(正祖) 2년(1778)에 洪命福 등이 편찬한 『方言類釋』에는 '발쏘게'로 나타나며, 또한 '쓸개(<쓸게, 方言類釋1:17)'의 용례도 보인다. 과연 이 경우의 'ㅐ/ㅔ'의 혼기의 정체가 무엇인지를 파악하기에는 상당한 어려움이 있다는 사실이다.

아울러 'ㅐ, ㅔ'의 단모음화 과정과 시기도 획일적으로 적용된 것이 아니라, 방언에 따라 또는 해당 어사에 따라 상이하게 실현되었을 것임을 생각한다면 문제는 그리 간단치 않은 것으로 보인다. 단순히 'ㅐ'와 'ㅔ'의 혼기만으로 이들 모음의 단모음화를 추정하는 것은 상당히 위험스런 것으로 보인다.

3.3.4.

근대국어의 'ㅐ'는 별다른 표기상의 변화를 보이지 않다가, 18

---

90) 'ㅐ'와 'ㅔ'의 단모음화 시기에 관해서는 의견이 분분하다. 이숭녕(1954)은 18세기 무렵, 허웅(1965)은 19세기 초엽, 김완진(1967)은 18세기 초엽, 이기문(1972)은 18세기 말엽으로 파악하고 있다. 빠르게는 18세기 초엽에서 늦게는 19세기 초엽에 걸쳐 이들의 단모음화가 완성된 것으로 보고 있는 것 같다. 후술될 4.3을 참조.

세기 중엽 이후부터 흥미로운 모습을 보이고 있다. 즉 'ㅐ'가 표기될 곳
에, 'ㆍ'의 비음운화로 인해 당시에는 음소로 존재하지 않던 'ㆎ'를 표기
에 사용한 경우가 바로 그것이다. 이는 상당히 광범위한 현상으로 18세
기 후반기의 문헌에서 다수가 발견된다.

라) 가재<螯>(漢14:43)/가지(漢12:33), 고래(同文下41)/고리(柳物二鱗), 다래
거눌(五倫 忠:45)/다리거눌(五倫 烈:17), 마춤내(太上感應篇1:44)/마춤니(太
上感應篇1:16), 막대(類合上24)/막디(靑大p.20), 보라매(漢13:50)/보라미(靑
大p.68), 보죠개(漢5:49)/보죠기(海東p.96), 새벽(同文上3)/싀벽(閑中p.84), 안
해(小언6:116)/안히(漢5:37), 오래(五倫 忠:35)/오리(五倫 忠:2a), 조개(蒙喩
篇17)/가막조기(蒙喩篇17) 말십조기(蒙喩篇17), 프리채(同文下13)/프리치
(柳物二昆)

앞의 라)에서 보여 주고 있는 예들은 많은 것을 시사해 주고 있다.
중세국어 당시 'ㅐ'는 지금의 단모음과는 달리 이중모음 /aj/였다는 점
은 이미 널리 알려진 사실이다. 이중모음이었던 'ㅐ'에 어떠한 동인이
작용했는지 밝혀지지는 않았으나,[91] 하여튼 후대에 단모음화한다. 이
단모음화로 인하여 'ㅐ'는 어쩔 수 없이 /aj/와 /ɛ/라는 두 음소를 나타
내는 자소로 기능하게 된 것이다. 이것은 이 문자를 사용하는 언중들에
게 있어서는 무척이나 고통스러운 것이었으리라 추정된다. 이런 이유
에서 새로운 음을 표기하기 위한 새로운 문자의 필요성이 대두되었으
리라는 점은 미루어 짐작하기 어렵지 않다. 그러나 유감스럽게도 당시

---

91) 지금까지 이중모음인 'ㅐ'의 단모음화는 'ㅔ'의 단모음화와 더불어 논의되어 왔다.
그것은 단모음화 하는 시기가 거의 비슷하고, 그 결과로 국어의 음운체계에 새로운
전설계 단모음이 나타났다는 데에 그 공통점이 있기 때문이었다. 이 두 음소의 생성
은 그 뒤에 단모음화하였다고 추정하는 'ㅟ'/y/와 'ㅚ'/ø/의 생성과도 깊은 관련성이
있다고 추정된다. 국어사의 관점에서 거의 비슷한 시기에 4개의 전설모음의 등장을
어떻게 설명해야 하는가의 문제는 음운론적인 측면에서 많은 논의를 요구하고 있으
나, 아직 만족할 만한 성과에는 도달하지 못한 듯하다.

의 전모음(前母音)을 나타내는 문자는 'ㅣ' 밖에 없었기 때문에 언중들은 이미 음소로서 생명력이 다한 'ㆍㅣ'를 채택하여 표기함으로 /ɛ/를 나타내려고 하였던 것이다.

따라서 언중들은 'ㅐ'는 전통적으로 쓰여 왔던 대로, /aj/라는 이중모음을 나타내는 것으로 계속해서 사용했고, 한편으로는 새롭게 나타난 전설모음인 /ɛ/를 표기하는 문자로 'ㆍㅣ'를 사용하게 된 것이라 할 수 있다. 18세기 중엽 이후 활발해지는 'ㆍㅣ /ㅐ'의 혼기는 이와 같은 인식의 바탕 위에서 이해해야 하며, 15세기에 보이는 'ㆍㅣ /ㅐ'의 표기와는 구별되어야 하는 것이다. 다음의 마)에서 보듯 19세기 말엽 『南宮桂籍』(1876, 고종13년), 『三聖訓經』(1880, 고종17년), 『竈君靈蹟誌』(1881, 고종18년) 등의 다수의 문헌에서 'ㅐ'(/ɛ/)를 표기하는 자소로 'ㆍㅣ'를 사용한 것은 이상의 논의를 비추어 볼 때, 그리 이상한 것이 아님을 알 수 있다. 또한 20세기 초엽에 간행된 신소설에서도 이러한 예는 어렵지 않게 발견된다(용례 바)를 참조).

마) 기아미(南宮桂籍:6) 인긱ᄒ고ᄌ(南宮桂籍:17) 디기(南宮桂籍:2) 근리(南宮桂籍:2) 싱각(南宮桂籍:1) 칙망ᄒ며(南宮桂籍:7) 위티ᄒ니(南宮桂籍:15) 씨닷지(南宮桂籍:11) 쇼와 기를(三聖訓經:6) 니가(三聖訓經:7) 본리(三聖訓經:7) 안히와(三聖訓經:5) 힝실의(三聖訓經:19) 씨로(三聖訓經:23) 니집(竈君靈蹟誌:17) 드러가미(竈君靈蹟誌:17) 소와 기(竈君靈蹟誌:20) 디기(竈君靈蹟誌:18) 솔기(竈君靈蹟誌:37) 기고기을(竈君靈蹟誌:7) 벼기에(竈君靈蹟誌:26) 노리ᄒ고(竈君靈蹟誌:17)

바) 기쏭아버지(銀世界:44) 니말좀드러라(銀世界:44) 시가올나안진것(銀世界:78) 샐니는(샐내를, 紅挑花:2) 지닛거니와(紅挑花:34) 사니더쟝부ᄊ니(紅挑花:46) 고기를 쓰덕이며(鐵世界:26) 눈쎄고 귀막은듯(鐵世界:40) 몹실 닙시가(鐵世界:63)

본고는 위의 예들이 'ㅐ(/aj/)＞·ㅣ(/ʌj/)'의 음운론적 차원의 변화라고는 생각하지 않으며, 단모음화한 'ㅐ(/ɛ/)'를 표기하기 위한 표기법상의 문제와 연관되어 있다고 추정한다. 다시 말하자면, '·ㅣ'의 표기를 단모음인 [ɛ]를 나타내기 위한 것으로 보는 것이다. 이 같은 사실은 19세기말에 간행된 Dallet(1874)의 *Histoire de l'eglise de Corée*와 Ross(1877)의 *Corean Primer*에서 '·ㅣ'의 음가를 각각 è와 e로 기술한 데서도 확인할 수 있다.

3.3.5. 20세기 중엽에 간행된 『朝鮮語方言の硏究』(小倉進平, 1944)에서는 'ㅐ'는 '·ㅣ'와 마찬가지로 [ɛ]로 실현되고 있음이 보고된 바 있다. 그러나 현대국어에 들어오면서 'ㅐ'는 불안정한 모습을 가지게 된다. 이는 전설계의 저모음에 속하는 'ㅐ[ɛ]'가 폐모음(close vowel)쪽으로 상승하는 일종의 고모음화[92]로 인하여 'ㅔ[e]'에 합류(merger)되는 경향이 짙기 때문이다.

서울, 경기 등 중부권의 젊은층들의 발음에서 '개(犬)'와 '게(蟹)', '배(梨)'와 '베(布)'를 분명히 구별하지 못하는 것은 모음 /ㅐ/가 /ㅔ/로 상승하는 현상이라고 설명하고 있다(이현복, 1971:39). 이 고모음화 현상은 서울뿐만이 아니라 전국적인 공통적 현상이라고 여겨진다. 더군다나 북한의 평양 태생의 젊은층에서도 마찬가지로 /매/를 /메/로 발음한다는 보고(강순경, 1996:5)로 미루어 보아 /ㅐ/가 /ㅔ/로 합류되는 현상은 상당히 보편적인 추세인 것 같다.

---

92) 김진우(1971:87-94)와 전상범(1976:66-67)은 /ㅐ/이외의 모음에서도 상승화 추세가 있어 모음의 변화를 가지고 온다고 하였다. 서울 지역어에서의 모음의 상승을 아래와 같이 제시하면서 이같이 모음을 한 칸씩 올리는 것은 결코 우연한 발전이 아니라, 閉口調音 원칙으로 인해 발생한 현상으로 보았다. e→i : 베다/peta/ → 비다/pita/, ɛ →e : 배다/pɛta/ → 베다/peta/, ə→i : 없다/əpta/ → 읍다/ipta/, a→ɔ : 하고/hako/ → 허구/hɔgu/, o→u : 돈/ton/ → 둔/tun/

이러한 측면에서 본다면 본래 하향이중모음이었던 'ㅐ/aj/'는 /ɛ/로 단모음화를 겪어, 현대국어의 모음체계에서 전설계의 저모음으로 자리 잡았다고 할 수 있다. 젊은층에서 /e/와 중화되는 불안정한 모습을 보이고는 있으나,[93] 음소로서의 지위는 비교적 분명하다고 할 수 있다.

---

93) 이 문제에 관해서 김완진 교수는 젊은층에서도 그 의미에 혼란이 없는 다음절일 경우에만 그 혼동이 보이고(하신대요/하신데요, 대한민국/데한민국 등), 최소 변별쌍으로 작용하는 단음절일 경우(개(犬)/게(蟹) 등)에는 그 차이를 분명히 인식하고 있다고 지적해 주셨다. 이 자리를 대신해 감사드린다.

3.4. ㅔ

3.4.1. 'ㅔ'의 변화 과정은 'ㅐ'의 변화보다는 좀 복잡다기한 양상을 보이고 있다. 먼저 정음 이전 문헌에 보이는 자료부터 검토해 보기로 한다. 『鷄林類事』에 보이는 'ㅔ(/əj/)'는 대부분이 /əj/ : /ai/의 일치된 대응 관계를 보여주고 있다. /əj/가 /ai/로 대응되는 것은 아마도 이를 표음할 중국 자음 가운데 그 운모음이 -əi인 것이 없어서 비교적 가까운 -ai로 표음한 것으로 보는 것이 타당할 듯하다. 『朝鮮館譯語』도 'ㅔ'의 표음으로 주음의 /ə/만이 표음되거나, /ai/를 운복음으로 가지는 한자로 표음되었다. /ai/로 표음된 것은 『鷄林類事』에서 보았던 것처럼 당시 중국 자음에 /əi/가 존재하지 않아 이와 유사한 /aj/로 반영된 것으로 추정된다. 차자표기 자료인 『鄕藥救急方』와 『衿陽雜錄』에서도 'ㅔ'의 음절 부음인 /j/의 모습을 확인할 수 있다.[94]

(鷄林類事 原文)	(對應하는 中世語形)	(推定音)
(01) 四日酒	네ㅎ	酒/nai/
(02) 前日記載	그제	載/tsai/
(03) 螺日蓋慨	게케	蓋/kai/
(04) 蟹日慨	게	慨/kʻai/
(05) 三日酒	세ㅎ	酒/ṣa/ (강신항:1991)

(05)의 예를 제외하고 그 나머지는 /əj/ : /ai/의 대응 관계를 보여 주고 있다. 강신항(1980;169)에서는 /əj/ : /ai/로 대응되는 것이 중세국어의

---

94) 『鄕藥救急方』에서 보이는 '蠷螋'(蠼螋)의 향명 표기인 '影亇伊汝乙伊(上,五)'는 '그르메너흐리'의 표기인데, '影'은 '그르메'의 훈독 표기이고, '亇'는 '影'의 훈독 말음인 '마/머'를, '伊'는 '影/그르메'의 어말모음 'ㅣ'를 표기하였다. 『衿陽雜錄』에서도 'ㅔ'를 표기한 예가 보인다. '於伊仇智'란 용례인데, 이는 '에우디'의 차자 표기이다. 즉 於(어)伊(ㅣ)仇(우)智(디)를 나타내었던 것이다(자세한 내용은 2.3을 참조).

/ə/모음이 비교적 개구도가 컸었다는 데에도 원인이 있고, 또한 이를 표음할 자음 가운데 그 운모음이 /-əi/인 것이 없어서 비교적 그와 가까운 /-ai/로 표음한 것으로 보고 있다. 하여튼 국어의 'ㅔ'가 /ai/로 재구되는 '洒, 載, 蓋, 慨' 등으로 표기되어 있다는 사실과 함께, 한편으로는 음절 부음인 /j/의 모습을 보여주고 있다는 점에서 'ㅔ'가 이중모음이었다는 사실을 짐작할 수 있다.

(朝鮮館譯語 原文)	(對應하는 中世語形)	(推定音)		
(01) 山岩 磨必賴	뫼비레	賴/lai/		
(02) 今 耶在	이제	在/tsai/		
(03) 兒馬 阿直盖墨二	아질게물	盖/kai/		
(04) 蝦蟹 洒必格以	사비게	格/kə/	以/i/	
(05) 扇 卜冊	부체	冊/tʃʻai/		
(06) 三 色一	세ㅎ	色/ṣə/	一/i/	
(07) 四 餒一	네ㅎ	餒/nuei/	一/i/	

(강신항:1995)

중세국어의 'ㅓ'는 대부분 /ə/로 표음되었으며, 'ㅔ'의 경우에는 주음의 /ə/만이 표음되거나, /ai/를 운복음으로 가지는 한자로 표음되었다. 'ㅔ'가 여러 예에서 /ai/로 반영된 것을 보면 /əi/에 유사한 음성적 성격 때문으로 여겨진다. 이러한 사실과 관련하여 『朝鮮館譯語』에서는 당시 국어의 /·, ㅡ, ㅓ/ 모음에 대하여 대개 /ə/로 표음하고 있음을 볼 수 있다. 이는 당시 이들의 음성적 영역이 그리 다르지 않았다는 사실을 추정할 수 있게 해 준다는 점에서 관심을 끈다.

(04)의 '蝦蟹/洒必格以'와 (06-07)의 '三/色一', '四/餒一'는 다른 용례들과는 달리 이중모음의 음절 부음을 분명하게 표기로 보여 주고 있는데, 이는 상당히 흥미로운 사실이다. 전자는 洒(사)必(비)格(거)로 표음

한 뒤 여기에 '以(ㅣ)'로 음절 부음을 첨기하였으며, 후자인 '三'과 '四'는 色/sə/와 餕/nuei/로 적은 뒤에 여기에 '一'字를 덧붙여 써서 /ㅣ/를 표음했던 것이다. 이 같은 표기 형태는 당시 『朝鮮館譯語』를 편찬했던 사람들이 상당한 수준의 언어학적인 지식을 가지고 있었음을 추정케 해 준다는 점에서 볼 때 가치 있는 자료라 할 수 있다.

3.4.2. 『訓民正音』해례에 보이는 'ㅖ'는 中聲解(一字中聲之與ㅣ相合字 ㅓ……ㅖ…… 是也)와 用字例(우케爲未舂稻, 서에爲流澌, 드레爲汲器, 누에爲蚕) 등에서 보듯 이숭모음으로서의 확고한 지위를 보여주고 있다. 그러나 'ㅖ'는 앞서 언급했듯이 표기상 비교적 안정적인 모습을 보였던 'ㅐ'와는 달리, 좀 다양한 표기상의 변화를 보이고 있다(ㅖ/ㅒ, ㅖ/ㅖ, ㅖ/ㅣ, ㅖ/·ㅣ 등). 우선 선대형이 'ㅖ'였던 것이 'ㅐ'로 나타나는 현상이 15세기부터 보이기 시작('부체'(扇) > '부채'95))하여, 18세기 문헌으로 오면서부터 이 용례는 더욱 많아진다(셩애<澌>(<서에, 倭上10), 부래<鰾>(<부레, 漢361c) 등).96)

여기서의 문제는 앞서 'ㅐ/ㅖ'의 표기에서도 드러난 문제로 'ㅖ/ㅐ'의 혼기의 양상을 어느 시기부터 [ɛ]와 [e]의 음성적인 중화로 볼 수 있는지의 여부이다. 표기상의 'ㅐ/ㅖ'의 혼기만으로는 이것이 주음의 교체에 의한 것인지 아니면, 단모음의 음성적 중화에 의한 것인지 판단하기 어렵기 때문이다. 이 역시 단모음화 시기와 긴밀히 관련되어 있음은 부언할 필요가 없다.

---

95) '부체'와 '부채'형은 두 형이 모두 『杜詩諺解』(初刊本 15:33, 24:17/25:24)에 나타난다. '부채(25:24)'형은 『杜詩諺解』에 한 번만 등장하는 반면, '부체'형은 『三綱行實圖』나 『訓蒙字會』, 『新增類合』에 여러 번 등장하고, '부체살(漢343d)'이나 '부체질(小言 2:64)'이라는 형태가 나타나는 것을 근거로 여기서는 '부체'형을 선대형으로 보았다.

96) 앞서 기술한 3.3.3의 다)를 참조할 것.

가) 비레(崖, 杜초9:38)/비례(杜중6:46), 그제(痕, 杜초8:7)/그졔(杜중2:20), 에엿브
　　다(矜, 朴초上21)/예엿브다(字會下33), 굳세다(救간1:18)/굿세다(三略 上6)

나) 몬졔(석19:36)/몬제(능1:98), 졍졔(整齊, 번小8:5)/정졔(老下34), 계우(四解
　　下34)/게우(속三烈17), 졔발(海東p.117)/제발(歌曲p.117)

　　가)의 예는 'ㅖ'가 동일한 어사에서 'ㅔ'로 표기되는 경우이고 나)는
반대로 'ㅔ'가 'ㅖ'로 표기되는 것들이다. 한편 'ㅔ'가 'ㅖ'로 표기된 것은
18세기 이전의 문헌에서는 보기 힘들며, 18세기 후기 문헌에 상당수가
보인다고 하면서, 이것은 'ㅔ'가 단모음으로 실현되었음을 보여준다고
한 견해(백두현 1989:58)도 있다. 즉, 'ㅔ'와 'ㅖ'가 각각 [e]와 [je]로 실현
되었음을 전제로 해야만 이러한 양상이 설명된다고 보고 있다. 이 견해
는 나름대로의 타당성을 가지고 있다고 할 수 있다.

　　그러나 위의 가)의 예에서 보듯 이런 변화의 양상(ㅖ>ㅔ)은 18세기
보다 훨씬 이전의 문헌인『訓蒙字會』(1527)와『杜詩諺解』중간본(1632)
부터 보이기 시작하고, 나)의 'ㅔ>ㅖ'도 이른 시기부터 보이고 있어, 이
에 대해서는 좀 더 다각적인 검토가 요구된다. 20세기 초에 간행된 신
소설에서도 'ㅔ'가 'ㅖ'로 표기된 예는 쉽게 발견된다.[97]

　　다) 메유기(鮎, 朴초上17)/미여기(詩언物名:15) 엇게(肩, 석6:30)/엇기(馬언下102)

　　다)는 비록 두 예에 불과하나, 'ㅔ'의 변화로서 간과할 수 없어 일단
제시하고자 한다. 'ㅔ'가 'ㅣ'로의 변화를 보이는 것은 'ㅔ'가 단모음인
[e]로 실현되지 않고서는 나타날 수 없는 현상이기 때문이다. 현대국어
에서 '게집/기집, 네가/니가, 베다/비다' 등과 같이 전설계의 모음인 /e/

---

97) '제 손(<제, 紅挑花:72), 셰월(紅挑花:60), 시셰를 모로고(紅挑花:45), 졔 셩질녀(紅
　　挑花:45), 사롬 셋식넷식을(鐵世界:44)' 등의 다수의 예가 보인다.

와 /i/가 고저 대립의 모습을 띠고 있음은 널리 알려진 사실이다.[98] 이렇게 본다면 다)의 예는 'ㅔ'가 단모음으로 실현되었음을 보여주는 것으로 간주될 수도 있으나, 용례가 너무 적고, 오각의 가능성도 전혀 배제할 수 없어 일단 참고로 제시해 둔다.

17-18세기에 이르면 다음의 라)의 예에서 볼 수 있듯이 주로 비어두음절에서 'ㅔ'가 'ㅣ'로 표기되는 경우가 나타나기 시작한다.

라) ① 17세기 : 벌에<蟲>(석9:9)/댝졍버리(朴重下21), 굴레(朴重中51)/굴리(譯上23), 인제(杜초9:24)/언지(譯上5), 우레(雷, 恩重23)/우리(譯上2)

② 18세기 : 겨레<族>(小언6:75)/겨리(同文上11), 결레(太平1:1)/결리(太平1:24), 두르미다(癸丑p.38)/두러메다(靑p.22), 믈레(同文下17)/문리(柳物三草), 범부체(射刊, 東醫湯液3:16)/범부치(柳物三草), 부체(扇, 三강孝7)/부치(物譜 服飾), 쓸게(膽, 金삼2:60)/쓸기(倭上18), 엇게(肩, 月8:84)/엇기(武藝38, 物譜 形體), 얼에빗(木梳, 救간6:60)/어리빗(同文上54), 이제(今, 능10:19)/이지(倭下34)/인지(普勸58), 건네(恒常, 同文下52)/건니(朴新1:24), 어제(類合上3)/어지(朴新1:29)

'ㅔ'가 'ㅣ'로 표기되는 것은 앞서 보았듯이,[99] 'ㅔ'의 단모음화에 따른 어쩔 수 없는 표기상의 고충으로 나타난 것이었으나, 'ㅔ>ㅣ'의 경우는 그 성격이 좀 다르다고 할 수 있다. 단순히 주음인 'ㅓ'의 변화로 나타난 현상으로 보아야 하는지 아니면 다른 음운적 내지는 표기적인 차원에 말미암은 것인지를 파악해야 한다.

기존의 연구에서는 'ㆍ'가 'ㅓ'로 변화하는 시기의 출발점을 보통 18세기경으로 잡고 있다. 이 현상은 국어 모음체계의 변천을 설명함에 있

---

98) 경북의 동남 방언권에서도 이 현상이 활발히 실현되고 있음이 지적된 바 있다(최명옥:1982, 박명순:1986/1995).

99) 앞서 기술한 3.3.4를 참조.

어 반드시 논의되어어야할 것 가운데 하나인데, 한편에서는 이것이 모음
체계상에서 'ㅓ'가 후설화하면서 'ㆍ'의 영역에 들어감으로써 'ㆍ'를 흡
수한 것으로 이해하고 있기도 하다(김완진, 1978/1996:93). 그러나 이 역
시 'ㆍ'의 음가 및 모음체계상에서의 음운적 지위가 아직 불분명한 현
재로서는 하나의 추정에 불과하다. 'ㆍ>ㅓ'에 대한 올바른 해석이 선행
되어야 'ㅔ>ㅣ'의 실체가 규명될 수 있으리라 생각한다. 여기서 'ㅔ>
ㅣ'의 변화에 대한 해석을 해야 한다면, 주음인 'ㅓ'와 'ㆍ'의 관계에서
말미암은 현상은 아닐 것 같다는 것이 지금의 생각이다. 이 같은 태도
의 근거에 대해서 살펴보도록 하겠다.

3.4.3. 앞서 지적한 바와 같이 'ㅣ/ㅐ'와 'ㅐ/ㅔ'와 더불어 관심을 끄
는 것은 다름 아닌 'ㅣ/ㅔ'의 혼기 양상이다. 'ㅣ'와 'ㅔ'의 혼기에 대해
서는 그다지 주목하지 않았는데, 그것은 아마도 주음인 'ㆍ'와 'ㅓ'가 관
련된 현상으로 파악했기 때문으로 생각된다. 'ㆍ>ㅓ'의 변화에 대해서
는 일찍이 이숭녕(1940/1988:98-99)에서 간략하게 언급된 바 있고(불>벌,
볼써>벌서, ㅂ리다>버리다, 다삿>다섯, 톡>턱 등), 김완진(1978/1996:90-93)
에서 이 변화에 대한 새로운 음운론적 해석이 이루어졌다. 전자가 'ㆍ/
ㅓ'음이 음성적으로 가깝기 때문인 것으로 본 반면, 후자에서는 'ㆍ>ㅓ'
의 변화가 모음체계에서 'ㅓ'가 후설화하면서 'ㆍ'의 영역에 들어감으로
써 'ㆍ'를 흡수한 것으로 보았다. 즉 'ㆍ>ㅓ'는 'ㆍ' 소멸의 말기적 증상
과 관계 깊은 것으로 이해했던 것이다.[100]

　주지하듯이 'ㆍ>ㅓ'의 예는 '다삿(석6:8)>다섯(恩重8), 도죽(용19)>도적

---

100) 곽충구(1980:81-84)와 백두현(1989:51-55)도 이를 받아들여 18세기 모음체계 내의
　　유기적인 관련 속에서 'ㆍ>ㅓ'의 변화를 논하였다.

(小언6:18), -돗(杜초17:3)>-덧(杜중17:3), 볼(朴초上15)>벌(新硝2)' 등의 이른 시기에 산발적으로 보이기 시작하여, 18세기 말엽에 이르러서는 다수의 어사에서 나타난다.[101] 여기서의 문제는 'ㆎ, ㅔ'의 혼기를 앞서 살펴보았던 'ㆍ>ㅓ' 변화의 측면으로 해석해야 하는지의 여부이다.

이에 대해 본고는 다음과 같은 사실들을 우선 지적해 두고자 한다. 먼저 'ㆍ>ㅓ'가 극소수이기는 하나 16세기부터 보이는 데 반해, 'ㆎ'와 'ㅔ'의 표기상의 혼동은 17세기 후반 무렵부터 발단의 시초가 보이기 시작한다는 점에 차이가 있다. 환경에 있어서도 'ㆍ>ㅓ'가 어두, 비어두에 관계없이 나타나나, 'ㆎ/ㅔ'의 혼기는 대부분 비어두 음절에서만 이루어졌다. 또한 'ㆍ'가 소멸된 이후에 보이는 'ㅓ'로의 변화에 대한 해석의 문제로서, 'ㆍ'가 비음운화를 겪어 'ㅏ'로 합류되는 것이 보편적이고 일반적인 현상이기 때문이다. 더구나 'ㅔ'가 'ㆎ'로 표기되는 현상은 'ㅓ>ㆍ'의 변화로는 볼 수가 없다고 본다.

이러한 이유를 근거로 본고에서는 'ㆎ'와 'ㅔ'가 각기 이중모음 /ʌj/에서 /aj/를 거쳐 /ɛ/로, /əj/에서 /e/로 변화를 겪은 이후에 보이는 현상으로 파악하려 한다. 즉 'ㅔ'가 /e/로 단모음화하고 'ㆎ'가 /ɛ/로 단모음화한 후에 음성적 영역의 유사성으로 인하여 나타날 수 있는 현상으로 설명하는 것이다. 마)의 예는 동일한 문헌에서 발견되는 'ㅔ/ㆎ'의 혼기의 용례이다.

마) 언메나(語錄6)/언믹나(語錄18), 자네(新語7:11)/자닉(新語1:19, 7:16), 안혜눈(新語6:11)/안희눈(新語1:1), 이제(隣語10:10)/이직(隣語3:5), 결레(太平1:1)/결릭(太平1:24), 더글데글(癸丑p.41)

---

101) 이숭녕(1940/1988:98-99), 김완진(1978/1996:90-93)을 참조.

앞서 본 'ㅣ'와 'ㅔ'의 혼기 양상을 /ɛ/와 /e/의 중화[102]로 설명하는 태도는 'ㅣ'가 /ɛ/를 나타내는 자소로 사용되었다는 것을 전제로 한다. 여기서 'ㅣ'(/ʌj/)는 /aj/를 거쳐 /ɛ/로 단모음화를 겪은 이후에 역시 단모음화를 겪은 'ㅔ'(/e/)와 음성적인 중화를 빚어 'ㅣ'와 'ㅔ'의 혼기가 나타난다고 보아야 한다.

그러나 마)의 예는 17세기 후반부터 이들의 혼기가 보이기 시작하여,[103] 18세기 중엽 무렵에는 다수의 예가 존재함을 보여주고 있다 (3.4.2의 예문 라)를 참조). 17세기 후반부터 보이는 이러한 'ㅣ'와 'ㅔ'의 혼기의 예는 비록 비어두음절에 보이는 몇 예에 불과하지만, 이것이 /ɛ/와 /e/의 중화를 전제로 한다는 앞에서의 논의를 통해 볼 때, 흥미를 끌기에 충분하다. 음운론적 중화라는 현상은 대상 음소들의 존재를 전제로 하기에, 존재하지도 않는 음소들이 어떤 환경에서 또는 모든 환경에서 그 변별력을 잃는다는 것은 어불성설이기 때문이다.

따라서 이 예들을 적절히 설명하기 위해서 'ㅔ'와 'ㅐ'의 단모음화 시기를, 재조정해야 한다는 필요성을 갖게 된다. 음운사적인 관점으로 볼 때 어떤 음소가 생성되자마자 그 변별력을 상실하고 중화된다는 사실

---

102) /e/와 /ɛ/의 중화 현상에 대해 홍윤표(1993:155)는 비어두음절에서부터 일어나고 그것도 특히 'ㅅ ㅈ ㅊ ㅉ' 등의 치찰음이 구개음화된 이후에 일어났을 가능성을 언급하면서 /e/와 /ɛ/의 중화 시기를 18세기 중엽으로 앞당길 수 있을 것으로 추정하기도 하였다.

103) 비교적 이른 예가 『語錄解』(1657, 효종 8년)와 『捷解新語』(1676, 숙종 2년)에 보인다. 홍윤표(1993:103)에서도 『東醫寶鑑』에 등장하는 'ㅔ'와 'ㅣ'의 혼기, 즉 '벌에 (東醫2:16)/쌋버리(東醫1:19)' 등의 예를 통하여 'ㅔ'가 /e/로 단모음화되었을 것이라는 추정을 보인 바 있다(쌋버리 집 운 흙<土蜂窠上土>(東醫 1:19)/노올굴인 사룸의 게셔 난 벌에<蠱蟲>(東醫 2:16)). 방법론적인 측면에서는 본고와 생각을 같이 하나, 위에 제시된 예는 재고를 요한다. 전자는 '벌레'를 지칭하는 것이고, 후자는 '땅벌'을 일컫는 것으로 '쌋버리'는 짜(土)+ㅅ+벌(蜂)+이(處所格)로 분석이 되기 때문에 'ㅔ/ㅣ'의 혼기로 보는 것은 마땅치 않다.

은 아주 자연스럽지 못하기 때문이다. '·ㅣ'와 'ㅔ'의 혼기의 예와 문자의 보수적인 측면을 고려할 때, 단모음 'ㅔ'와 'ㅐ'의 생성 시기를 적어도 17세기 후반 무렵으로 소급할 수 있다는 결론에 도달하게 된다.

이와 같이 단모음화 시기의 상향 조정을 인정하는 쪽에 선다면 다음과 같은 가능성도 추정해 볼 수 있다. 이른 시기에 보이는 '·ㅣ'와 'ㅔ'의 혼기를 언중들의 표기 의식의 관점에서 파악하려는 태도이다. 먼저 'ㅔ'의 단모음화 과정을 자세히 살펴보면, 'ㅔ'는 본래 /əj/라는 이중모음을 나타내는 문자였으나, /e/로 단모음화한 후 'ㅔ'는 이 두 음소, 즉 /əj/와 /e/를 나타내는 자소로 사용되었음을 알 수 있다. 여기에 언중들은 상당한 혼란을 느꼈을 것이고 새롭게 나타난 /e/라는 음소를 표기할 방법을 찾았을 것이다. 전모음인 /ε/를 표기하기 위한 수단으로 '·ㅣ'를 표기에 사용하였기 때문에 /e/는 달리 표기할 방법이 없었음을 짐작할 수 있다.

따라서 언중들은 다음과 같은 두 가지 생각을 가졌을 것으로 추정해 볼 수 있다. 하나는 /e/를 표기하기 위한 수단으로 /əj/를 나타내었던 'ㅔ'라는 자소를 그대로 쓰려는 쪽과, /e/와 음성상 유사한 /ε/를 표기하는 데 쓰인 '·ㅣ'를 채택하는 방식을 취하려는 쪽이었다. 후자 쪽은 물론 /e/라는 음가에 대응시킬 자소가 없었기 때문에 이로 인한 궁여지책이었던 것으로, 17세기 후반부터 등장하기 시작하는 'ㅔ/·ㅣ'의 혼기를 이 같은 태도로 해석하는 것이다. 그 후에 'ㅔ'가 /əj/가 아닌 /e/를 나타내는 자소로 확실하게 자리 잡은 뒤로는 그 생명력이 소멸한 것으로 보인다.

이와 같은 추정이 얼마만큼 사실에 부합하는 것인지는 국어사의 음운론적, 표기법적인 측면에서 좀더 검증되어야 한다고 보나, 본고에서는 '·ㅣ/ㅔ'의 혼기를 통하여 'ㅐ'와 'ㅔ'의 단모음화 시기를 적어도 17세기 후반으로 소급할 수 있다는 하나의 가능성을 확인한 것에 만족하려

한다. 아울러 '·|'와 '·||'의 혼기 양상의 검토로 '||'와 '·||'의 단모음화 시기를 추정할 수 있을 가능성은 앞으로 근대국어 시기의 모음체계를 재구하는 데에 있어서 도움을 줄 수 있으리라 생각한다.

3.4.4. 하향이중모음 '·||'의 변화는 아니나, 15세기형의 '·|'가 후대로 오면서 '·||'로 표기되는 예들을 주목할 수 있다. 이 변화는 흔히 19세기 말엽부터 표기에 나타나는 현상으로 알려져 있으나, 비교적 이른 시기의 것으로 18세기 말에 대구 감영(監營)에서 간행된 『十九史略諺解』(1772)를 들 수 있다. 여기에서 '게집'(1:89, 2:67)形이 등장한다. 그 후로 Corean Primer(J. Ross, 1877), Korean speech(J. Ross, 1882), 『예수셩교젼셔』(J. Ross, 1887), An Introduction to the Korean Spoken Language(H. G. Underwood 1890) 등의 외국인들의 자료와 신소설 등에서 이러한 표기상의 용례를 다수 접할 수 있다.

> 바) 열 멧 근(Ross 1877:42), 멧 니 길이니(Ross 1877:37), 멧츨(Ross 1882:50), 멧날(누가8:1), 메느리(Underwood 1890:13, 마가13:35), 베기(말4:38), 근체(<근쳐, 누가10:27), 지세히(티3:8), 멧 빅 년(再逢春:21), 멧 번을 졍신업시(話中話:10), 일이만 멧 갑졀이 되고(鐵世界:44), 더부사리 게집과(鬼의 聲:82), 게집은 일은것이오(馬上淚:42), 비록 게집아히라도(玉壺奇緣:2)

여기서 제시한 19세기 말과 20세기 초엽에 보이는 위의 예뿐만 아니라, 현대국어의 남부 방언, 중부 방언에서 '·|'는 '벼→베, 별→벨, 몇→멧, 며느리→메느리, 겨집→게집' 등에서 보듯 단모음인 '·||'[e]로 실현되고 있음은 주지의 사실이다. 이런 현상에 대하여 지금까지 많은 논의가 있어 왔으나, 그 중 주목할 만한 것들로 다음을 들 수 있다.

① jə>əj>e   (유창돈:1964, 김진우:1967, 이광호:1978)
② jə>e   (이숭녕:1954, 허웅:1965, 이병근:1973, 최명옥:1982)
③ jə>jəj>je>e   (최전승:1986, 오종갑:1983)
④ jə>je>e   (김완진:1963)

첫째는 'ㅕ'/jə/가 음운도치(metathesis)를 겪어 /əj/가 되고, 이것이 축약이 되어 /e/가 도출된다는 것이고, 둘째는 축약에 의해 단모음 /e/가 형성되었다고 보는 견해다. 셋째는 'ㅕ, ㅖ'와 함께 'ㅖ'형이 나타나는 것을 근거로(계집, 계시다, 졔비, 메조 등), 'ㅕ>ㅖ'의 중간 과정에 'ㅖ'를 설정하여 'j'의 첨가 후 'ㅖ'/jəj/가 축약을 거쳐 /je/로 되고, 다시 'j'의 탈락(부음의 탈락)으로 /e/로 변화했다는 설명이다. 한편 이와 같은 도치, 축약 등의 음운현상을 상정하지 않고, [je]에 가깝게 실현되던 'ㅕ'의 'ㅓ'가 새로이 형성된 단모음 e(ㅔ)에 partager되었다는 주장도 있다.

그러나 위의 몇몇 견해는 다음과 같은 이유에서 재론의 여지가 있다. 먼저 첫 번째의 /əj/가 음운의 도치를 입어 /jə/가 되었다는 설명은 상당히 ad hoc하다는 점이다. 다시 말해서 이 규칙의 적용을 받게 되는 이중모음은 'ㅕ'에 한정되는 바, 그 원인을 알 수 없을 뿐더러 국어의 이중모음에 있어 주음과 부음의 도치는 나타나기 어려운 현상인 것이다.

세 번째의 설명에 있어서도 축약이란 현상을 인정한다 하더라도, 과연 음절 부음이 축약이라는 과정을 거치기 위한 전 단계로 먼저 첨가되고 다시 단모음의 실현을 앞서 탈락되는 납득하기 힘든 /j/의 첨가와 탈락이라는 반복되는 과정을 거칠 수 있느냐는 점이다.

따라서 ①과 ③을 제외한 두 번째와 네 번째의 설명 방법에 우리의 관심이 모아진다. 이들에 있어서는 'ㅕ>ㅖ'의 중간 단계로 나타나는 'ㅖ'를 어떻게 파악하느냐가 문제의 관건이 된다. 시기적으로 'ㅖ'에 앞서 보이는 'ㅖ'를 'ㅕ>ㅖ' 변화의 중간 과정으로 보아야 하는지, 아니면

'ㅕ>ㅖ'와는 층위가 다른 별개의 현상으로 보아야 하는지가 문제로 대
두된다.

네 번째는 김완진(1971:23)에서 논의되었던 것으로 [je]에 가깝게 실
현되던 'ㅕ'의 'ㅓ'가 새롭게 형성된 단모음 e(ㅔ)에 partager된 것을 보
여주고 있다. 이것은 'ㅓ'가 e에 가까운 전설성을 지녔다고 보는 태도로,
과연 당시의 'ㅓ'가 e에 가까운 전설성을 띠고 있었는지가 문제이다. 이
견해가 설득력을 갖기 위해서는 당시의 'ㅓ'의 음소적 지위와 음가가
먼저 규명이 되어야 하리라 본다.

한편 네 번째는 김완진의 주장(1971:23)과는 좀 다른 측면에서 해석
될 수도 있다. 즉 'ㅕ'/jə/에서 'j'의 영향으로 /ə/가 /e/로 전설화(/je/)하
면서, 그 후에 부음이 탈락된다고 보는 것이다. 이는 'ㅕ'와 'ㅖ'의 중간
과정에 있는 'ㅖ'/je/를 설명한다는 점에서는 상당한 설득력을 갖는다고
할 수 있다. 그러나 이중모음의 부음이 주모음을 동화시키고 삭제하는
현상이 국어사의 보편적인 음운현상에 비추어 볼 때 자연스러운 것인
지가 우선 설명되어야 한다. 'ㅕ'/əj/에서 /j/의 영향으로 /ə/가 /e/로 전
설화하였다고 한다면, 음절의 부음으로 /j/를 가지고 있는 그 밖의 다른
이중모음들이 어떻게 전설화하는지를 설명할 수 있어야 한다. 이에 대
해서는 같은 상향이중모음인 'ㅛ, ㅑ, ㅠ' 등에서 나타나는 변화가 주목
을 끈다.

이미 기존 연구에서 보듯이 국어 방언에서 'jə>e'의 변화보다는 비록
적은 수이나 ja>ɛ, jo>ø(ö), ju>j(ü)의 변화(뺨>뺌, 쇼로기>쇠(쇠)로기,
쇼시랑>쇠시랑, 쇼경>쇠경, 슈양>쉬양, 규중>귀중 등)가 보인다는 점은 널
리 알려져 있는 사실이다.[104] 이런 용례들은 jə>e의 변화를, [+front]라

---

104) 각 방언에서 보이는 예에 관해서는 도수희(1977), 전광현(1977), 오종갑(1983), 최
태영(1983), 최임식(1984) 등을 참조할 것.

는 음성적 자질을 갖는 y에 의한 일종의 동화현상(assimilation)으로 볼
수 있게 한다. 이렇게 보면 jə>e, ja>ɛ, jo>ø, ju>y 등의 변화형들은
다음과 같은 점진적 과정을 겪었던 것으로 볼 수 있다.

jə>je>^{j}e>e   ja>jɛ>^{j}ɛ>ɛ
jo>jø>^{j}ø>ø   ju>ju>^{j}y>y

결국 'ㅕ>ㅖ'의 변화(jə>e)는 축약(contraction)에 의해 이루어진 현
상으로 보기 보다는 일종의 j의 동화에 의한 현상으로 보아야 한다는
결론에 도달하게 되며, ja>ɛ, jo>ø, ju>y 역시 이와 통일한 맥락에서
해석되어야 할 것으로 본다.[105]

3.4.5. 앞서 언급하였듯이 단모음화된 'ㅔ(e)'와 관련이 있는 것으로
'ㅕ/ㅖ/ㅖ'의 표기상 혼동이 보인다. 이 혼기는 상당히 이른 시기부터
보이기 시작한다. 15세기에는 '몬져(석9:9)/몬졔(석19:36)', '엇뎌(月23:87)
/엇뎨(석6:9)', '새려(杜초6:3)/새례(杜초16:61)', '져비(杜초21:10)/졔비(杜초
6:13)', '조셔히(六祖上49)/조셰히(南明上24)' 등이, 그리고 16세기에는 '겨
시다>계시다(禪家龜鑑下44)', '여쉰>예쉰(朴초上18)' 등의 예들이 산발
적으로 나타나며, 후기에 오면서 그 예가 확산된다. 더욱이 'ㅕ>ㅖ'의
과정을 겪은 'ㅖ'는 현대국어에 오면서 대부분 'ㅔ'로의 변화를 가지고
온다.

---

105) 이와는 다른 각도에서 'ㅕ'가 지금의 /jə/가 아닌 다른 음이었거나, 혹은 다른 변이
음이었을 가능성도 추정해 볼 수 있다. D. Jones는 한 개인이 말씨를 달리했을 때의
한 말의 음소 변이나 또는 개인적인 음성의 차이 같은 것은 이를 음소의 음성적 실
현으로 보지 않고 이 소리들의 떼를 diaphone이라 하여 음소와 구별한다. 방언과 방
언 사이의 음소의 변이도 diaphone으로 보고 있다(The phoneme p.195). 이 견해를
따라 허웅(1985:382)은 국어에 있어 [e]와 [jə]가 일종의 diaphone에 속한다고 보았다.

사) 몬져(석9:9)/몬졔(석19:36)/몬졔(능1:98), 계우(朴초上41)/겨우(癸丑p.49)/
게우(속三烈17), 겨집(類合上17)/계집(譯解上57)/게집(十九1:89), 겨즈(物
名3:19)/계즈(物譜蔬菜)/게자(조선어방언사전), 새볘(新語6:16)/시볘(女四2:
13)/시벽(閑中p.84)/새벽(同文上3), 민며느리(漢淸140d)/민몌느리(方言類釋
1:14)/몌느리(朝鮮語方言の硏究), 벼슬(譯上13)/볘슬(方言類釋1:32)/베슬(朝
鮮語方言の硏究), 며조(柳物三草)/몌조(方言類釋2:30)/메즈(女四3:22)/메
주(韓國方言辭典)

사)의 예 가운데『楞嚴經諺解』(1462, 1:98)에 보이는 '몬졔'(네 몬졔 나
롤 對答호디)형이 우리의 주목을 끈다. 시기상 이른 시기에 보이는 이
용례는 후대에 보이는 'ㅖ>ㅔ'와는 그 성격을 달리하는 것으로 보인다.
『牧牛子修心訣』(1466, 10)에 '몬저'(이 쏘 몬저 알오)형이 있는 것으로 보
아, '몬졔' 형태는 '몬저'형에 'ㅣ'가 첨가된 형태로 추정된다. 18세기 후
반에 간행된『十九史略諺解』(1772)에서는 '볘혀(2:3), 계집(1:89, 2:67), 경
게(警戒, 1:82), 게우(季友, 1:84), 게손(季孫, 1:84)' 등과 같은 'ㅖ/ㅔ'의 예
가 다수 발견된다. 더욱이 한 면(1:82)에 '셰 번(三)/세 번'과 같은 혼기
를 보이고 있어 당시의 'ㅖ'와 'ㅔ'의 음가가 각기 [je]와 [e]였음을 추정
할 수 있게 해 준다.

한편 앞서 'ㅕ>ㅖ'의 중간 단계에 나타나는 'ㅖ'를 어떻게 파악하느
냐가 문제라는 점을 지적한 바 있다(3.4.4 참조). 15-16세기부터 산발적
으로 보이기 시작하여, 17-18세기에는 활발한 모습을 띠는 'ㅕ>ㅖ'를
어떻게 파악하느냐가 문제로 대두된다. 표기상의 변화를 그대로 해석
하여 /jə/(ㅕ)가 /jəj/(ㅖ)로 변화했다고 본다면 이중모음이 오히려 발음
하기 어렵고 유표적[+marked]인 삼중모음(三重母音)으로 변했다고 보
아야 하는데, 과연 이러한 변화가 자연스럽고 가능한 것인지가 문제이
다. 따라서 'ㅖ'에 대한 기저 음가를 문자 그대로 /jəj/로 재구하는 것은

아무래도 무리가 아닌가 한다.

그렇다면 과연 당시의 정음 사용자들은 어떤 음소를 나타내기 위해 'ㅖ'라는 표기를 사용한 것이었을까? 이에 관한 사실을 밝히는 것이 관건인데, 'jə'가 선행하는 'j'의 전설성에 힘입어 주모음인 'ə'가 'e'로 변하고 'j'는 삭제된다고(jə > je > je > e) 'ㅕ'의 변화를 해석한다면 문제는 그리 어렵지 않다. /e/라는 단모음이 존재하는 시기에 보이는 'ㅖ'는 /je/로 해석할 수 있기에 이런 추정은 가능한 것으로 보인다.

한편 'ㅖ'가 'ㅣ'로 표기되는 흥미로운 용례가 보인다. 당시 일반적인 형태였던 '엇뎨'가 '엇디'로 나타나는 경우이나(杜초15.47, 朴초上2, 杜重 24:21 등). 다수의 예가 등장하는 것으로 보아 표기상의 오기(誤記)로는 볼 수 없을 것 같고, 현대국어에 보이는 e와 i의 교체를 생각하게 하나, 표기상의 쌍형일 수도 있어 섣부른 추정을 하지 못하게 한다.

3.4.6. 19세기 말엽경에 'ㅖ'의 음가가 단모음이었음은 Dallet(1874)와 Ridel(1881)의 기록에서 살펴볼 수 있는데, 전자에서는 'ㅖ'를 é와 ei로 실현된다고 보았으며, 후자에서는 'ㅖ'가 폐음(閉音)인 é의 음성적 가치를 가지고 있다고 하였다.[106] L. Roth(1936:8)도 *Grammatik der Koreanis-chen Sprach*에서 'ㅐ, ㅔ'를 각기 ä와 e로 보고, '아해(Kind)'와 '제(sein)'의 음성형을 ahä, tsche로 표기했다. 1944년에 간행된 『朝鮮語方言の研究』(小倉進平)에서도 'ㅖ'는 분명히 [e]로 전사하고 있다.

현대국어에서 보이는 'ㅖ'는 일반적으로 [e]라는 전설계의 중모음(中母音)으로 실현된다. 이는 전설계의 저모음쪽에 더 가까운 [ɛ]보다는 혀

---

106) J. Ross(1877)의 *Corean Primer*에서도 'ㅔ'를 단모음인 ê로 표기하고 있으며, 당시 국어의 단모음을 다음과 같은 8개로 보았다.

ㅣ [i] ㅡ [u] ㅜ [oo] ㅔ [ê] ㅓ [u] ㅗ [o] ·ㅣ(ㅐ) [e] ㅏ [a]

의 최고점이 더 높게 형성되고, 개구도도 더 작아진다. 서울, 경기 등지의 중부권에 사는 젊은층에서는 'ㅐ/ㅔ'를 잘 구별하지 못하며(제적/재적, 재정/제정, 배다/베다 등), 일부는 [ɛ]와 [e]의 중간음인 [E]로 발화하고 있는 형편이다. 그러나 'ㅐ'보다는 'ㅔ'모음을 선호하는 경향이 있어 현대국어에 있어서 그 음운론적인 지위는 비교적 확고한 셈이다. 그러나 일부 방언과 젊은층에서는 '벤다→빈다, 베개→비개, 네가→니가, 헤프다→히프다, 제사→지사'와 같이 /e/를 전설계 고모음인 /i/로 발화하는 경향이 보이기도 한다.

　이로써 국어사적으로 보면 본래 하향이중모음인 'ㅔ'/əj/는 /e/로 단모음화를 겪고 현대국어의 모음체계에서 전설계의 중모음으로 자리잡았으며, 이후에도 전설 고모음인 /i/와 더불어 전설계의 음소로서 분명한 지위를 누리고 있다고 할 수 있다.

3.5. ㅚ

3.5.1. 국어사에서 'ㅚ'의 변화는 체계적 관점에서 'ㅟ'와 함께 다루어진 것이 지금까지의 형편이었다. 그것은 'ㅚ, ㅟ'의 변화 과정이 다른 하향이중모음의 변화 과정과 비교해 볼 때, 서로 유사한 점이 많았으며 단모음화 시기 또한 비슷했기 때문이었다. 다른 하향이중모음과 비교해 보면, 이들의 변화는 상당히 다양한 양상을 보이고 있다. 'ㅚ, ㅟ'가 본래의 이중모음으로부터 단모음화하는 과정과 그 시기의 문제에 있어서는 이제도 이견의 일치를 보지 못한 것 같으며, 현대 방언형에서의 이들의 모습 또한 다양하여 [ø]나 [y]인 단모음으로 실현되거나, 이중모음인 [we]나 [wi]등으로 실현되기도 한다. 이런 사실은 'ㅚ, ㅟ'의 음운론적 지위와 음성적인 성격의 파악이 그리 쉽지 않음을 단적으로 보여주고 있다.

현대국어에 보이는 'ㅚ, ㅟ'는 전설계 원순고모음에 속하는 단모음으로, 특히 일부의 노년층을 제외한 나머지 계층에서는 상당히 불안정적인 모습을 보이고 있는 것이 사실이다. 이는 현대 방언에서 동일한 전설계 모음인 'ㅐ'와 'ㅔ'가 음성적으로 구별이 희미해지는 현상을 보이고 있는 사실과 함께 국어 모음의 특징적인 변화 가운데 하나이다. 이러한 현상들이 단순히 발음상의 어려움에 근거한 것인지 아니면 어떤 다른 요인이 작용한 결과인지는 아직은 속단할 수 없다. 그러나 이러한 현상에 대한 해석이 다른 모음과의 체계적인 관점에서 적절하게 설명되어야 함은 두말할 나위가 없다.

본절에서는 우선 'ㅚ'의 변화의 모습을 통시적으로 검토해 보기로 한다. 우선 15세기 정음 이전 문헌에 나타난 'ㅚ'의 모습을 추정해 보고, 현대국어까지의 사적인 변화 양상 및 과정, 그리고 현대 방언에서 실현되는 '긔'의 음가 등을 살펴보기로 한다.

3.5.2. 『鷄林類事』에 보이는 '긔'는 해섭자(蟹攝字)의 隊韻, 泰韻, 灰韻
등에 속하는 한자와 밀접한 관계를 보이고 있으며, 해당하는 한자의 대
부분이 /uai/로 재구가 되어, /oj/ : /uai/의 대응 관계를 보여주고 있다.
『朝鮮館譯語』는 '긔'가 uɔ, uai, iu, uei 등과 같은 다양한 모습으로 대
응된다. 15세기 말엽에 간행된 『衿陽雜錄』에서도 음절 부음인 'ㅣ'를
표기했던 것으로 보이는 '伊'의 모습을 살펴볼 수 있다.[107]

(鷄林類事 原文)	(對應하는 中世語形)	(推定音)
(01) 山曰每	뫼ㅎ	每/muai/
(02) 升曰刀 音佳(堆)	되	堆/tuai/
(03) 布曰背	뵈	背/puai/
(04) 自稱其夫曰沙會	사회	會/huai/
(05) 鐵曰歲	쇠	歲/s(i)uəi/
(06) 後日曰母魯	모뢰	魯/luə/ (강신항:1991)

『鷄林類事』에 보이는 '긔(/oj/)'의 경우는 우섭자(遇攝字) 姥韻의 魯
(luə)字와 해섭자(蟹攝字) 祭韻의 歲(s(i)uəi)字를 제외하고는 대부분이
/oj/ : /uai/의 대응 관계를 보여주고 있다. 즉 '긔'와 연결되는 '每, 堆,
背, 會' 자는 해섭자의 賄韻, 灰韻, 隊韻, 泰韻 등에 속한 자로 /uai/를
운모로 갖는다. 이는 당시의 중국어에서 'ㅗ'가 존재하지 않았다는 사실
과 관련된 것으로 (05)의 예에서 보이는 /uəi/는 'ㅟ'를 표음한 예(uəi,
uei)와 다르지 않음을 볼 수 있다. 그러나 '긔'가 /uai/로 재구된다는 점

---

107) '所伊老里'(쇠노리)와 '所伊老粘'(쇠노출) 등의 용례가 그것이다(자세한 내용은
    2.3.2를 참조).

은 이것이 이중모음이었음을 추정하게 한다.

(朝鮮館譯語 原文)	(對應하는 中世語形)	(推定音)
(01) 山 磨一	뫼	磨/muɔ/, 一/i/
(02) 李 外亞吉	외야기	外/uai/
(03) 瓜 歪	외	歪/uai/
(04) 種 邃卜	쇠붗	邃/suei/
(05) 省 諭 阿貴	알괴(외)	貴/kuei/
(06) 銅 谷速	구리쇠	速/siu/ (강신항:1995)

『朝鮮館譯語』에 나타나는 'ㅚ'의 경우에는 위의 예에서 보듯 ㅗ 표음이 일정치가 않다(uɔ, uai, uei, iu). 후술될 'ㅟ'의 표음과 비교해 볼 때 'ㅚ'는 상당히 유동적이다. 이는 『鷄林類事』의 경우와 마찬가지로 당시 중국어에 'ㅗ'음이 존재하지 않았다는 점과 밀접하게 관련 있는 것으로 보인다.[108] 즉 당시 한어에 'ㅗ'와 'ㅜ'의 구별이 없었기에, 'ㅚ'의 표음이 정연하지 않은 것이라 설명할 수 있으며, 이와는 달리 'ㅟ'의 경우에 있어서는 비교적 정연한 표음을 반영하고 있다고 말할 수 있다. 위에서 보이는 'ㅚ'의 혼란스러운 표기 양상은 당시의 중국어의 음운체계를 올바르게 이해함으로 설명될 수 있는 것이라 할 수 있다.

위의 예에서 (01)의 山은 '磨(/muɔ/)'字 뒤에 '一(/i/)'字를 첨기함으로써 이중모음의 부음을 분명히 드러내 주고 있다. 이는 3.4.1의 三, 四의 경우에서도 볼 수 있었던 표기 방법이다. 『朝鮮館譯語』 전체에서, 음절의 부음 'ㅣ'를 표기에 반영하고 있는 字는 '蝦蟹/洒(사)必(븨)格(거)- 以

---

108) 강신항(1995:159)에서 "「오」를 歌戈韻部의 한자로 寫音한 것은 「오」音이 中母音인 것을 반영한 것인데, 歌戈韻部의 글자만으로 寫音한 것이 아니라 확실히 韻腹音이 -u-인 魚模·眞文韻部의 글자로도 寫音한 것은 중국 字音에 [o]와 [u]의 구별이 없었으므로 [u]로도 寫音한 것이다."라는 언급이 보인다.

(ㅣ)'의 '以'자까지 포함한다고 할 때, 4개의 어사에 불과하다. 이 같은 현상은 음절 부음에 관한 당시 편찬자의 인식이 표기에 반영된 것으로 보이는데, 이것이 부음의 유동적인 음성적 특징을 보여주는 것인지, 아니면 단순히 표기상의 특징이었는지, 아니면 또 다른 이유가 있었는지는 아직 단정하기 어렵다.

3.5.3. 『訓民正音』解例本의 기술에 따르면 'ㅚ' 역시 이중모음으로 분명한 지위를 가지고 있었음을 볼 수 있다. 『訓民正音』解例本의 中聲解(一字中聲之與ㅣ相合字十 …… ㅚ …… 是也)와 合字解(괴여爲我愛人, 괴여爲人愛我) 및 用字例(뫼爲山, 반되爲螢)에서 'ㅚ'에 대한 기술과 'ㅚ'가 포함된 어사가 보인다.

15세기 정음 문헌에서 보이는 'ㅚ'의 표기 양상은 비교적 정연하나, 'ㅗ/ㅜ'의 음운론적 교체[109]로 인한 'ㅚ/ㅟ'의 혼기 양상이 16세기부터 서서히 보이기 시작하여, 16-17세기 문헌에는 적지 않은 수의 예가 나타난다. 'ㅚ'가 'ㅟ'로 표기되는 경우의 예는 18세기 후기의 문헌에서도 광범위하게 나타나는데, 이는 'o>u'의 변화에 따른 것으로, 이전 단계에 보이는 /o/와 /u/의 대립과는 성격을 달리한다고 볼 수 있다.

　가) 담뵈(용32)/담뷔(東醫湯液1:56), 사회(壻, 杜초7:33)/사휘(警民45), 항괴(鎈,
　　　字會中16)/항귀(四解上63), 군뎌괴(靴根, 朴초上28)/군뎌귀(朴重上27), 샤
　　　마괴(驫, 字會中34)/샤마귀(倭上51)

---

109) 15세기에 보이는 'ㅗ/o/'와 '우/u/'의 교체의 예는 '·/ㅡ', 'ㅏ/ㅓ'의 경우와 같이 이들이 서로 모음조화의 짝이었다는 사실을 보여준다. 스골(救간1:103)/스굴(永嘉下113), 지두리(능6:19)/지도리(능10:2), 거우로(杜초21:41)/거우루(杜초20:34), 뮈우다(杜초8:44)/뮈오다(杜초20:39) 등의 용례가 보인다.

나) 가마괴(鴉, 용86)>가마귀(靑p.83), 박회(蟑, 譯下35)>박휘(柳物二昆), 입아
괴(吻, 字會上26)>입아귀(譯補21), 씀바괴(苦茱, 同文下4)>씀바귀(漢377a),
퍼괴(同文下45)>퍼귀(五倫1:44), 사괴다(交友, 金삼4:33)>서귀다(敬信39)/
사귀다(朝鮮語辭典), 자최(跡, 능1:89)>자취(朝鮮語辭典), 사회(壻, 셕6:16)>
사위(한영ㅈ뎐:1897), 바회(셕6:44)>바위(한영ㅈ뎐:1897)

(가)는 주모음 'ㅗ/ㅜ'의 교체에 따른 'ㅚ>ㅟ'의 어사들의 경우이고,
나)는 'ㅗ>ㅜ'의 변화로 나타난 'ㅚ>ㅟ'의 예들이다. (가)의 경우보다
후대 문헌에 보이는 (나)의 경우를 'ㅜ'로의 통시적인 음운변화로 보는
이유는 다음과 같은 이유에서이다. 즉 18세기 이전에 보이는 'ㅗ'와 'ㅜ'
는 어떤 것이 선대형이든 간에 'ㅗ→ㅜ', 'ㅜ→ㅗ'로의 변화를 보이고 있
는 반면, 18세기 후기 이후에 간행된 문헌에서는 대부분이 'ㅗ→ㅜ'의
모습만이 보이고, 그 반대의 경우인 'ㅜ→ㅗ'는 보이지 않기 때문이다.
따라서 가)와 나)는 표면적으로는 동일한 현상으로 보이나, 사실은 각
기 다른 요인에 의해 도출된 현상으로 볼 수 있다.

3.5.4. 'ㅚ'는 'ㅟ'로의 변화 이외에도 'ㅚ>ㅔ, ㅚ>ㆍㅣ, ㅚ>ㅐ'의 다양
한 변화를 보이고 있다.

다) 되어시니>데여시니(海東 p.89), 뷉고야(<뵙-, 蘆溪38), 뫼쌀(字會上:29)>
멥쌀(韓佛字典:1880, 韓英字典:1897, 國漢會語)/메쌀(朝鮮語辭典:1920), 묏
도기(字會上:23)>메독이(韓佛字典/메쯕이(韓英字典)/메쮜기(朝鮮語辭典),
뫼사리(月2:53)>메아리(韓佛字典, 韓英字典), 뫼ㅊ라기(東醫湯液1:38)>메
추라기(조선어사전, 文世榮), 뵈(字會下8)>베(조선어사전, 文世榮), 뵈짱이
(杜초17:37)>베짱이(조선어사전, 文世榮)
라) 갈가마괴(同文下35)>터빅산 갈가무기(春香 p.157), 뇌아다(杜초15:45)>비
아다(교시조2647-3), 뇌앗ㅂ다(杜초24:13)>비앗브다(靑大 p.91), 뇌다(稠密,
龍歌10:1)>비다(同文下:58)(譯補1)

(다)에서 보이는 'ㅚ>ㅔ'의 변화는 19세기경부터 등장하기 시작하여 현대국어에 와서는 'ㅚ/ㅔ'를 가진 대부분의 어사가 'ㅔ'로 통일된다(뫼쌀>멥쌀, 묏도기>메쑥이, 뫼사리>메아리, 뫼초라기>메추라기, 뫼>베, 뫼빵이>베짱이 등). 이는 주로 'ㅁ'과 'ㅂ'이라는 순음이 앞에 놓일 때 일어나며, 순음이라는 자질이 'ㅚ'를 'ㅔ'로 바꾼 것으로 보인다.

한편 19세기에 보이는 순음 아래에서 'ㅗ>ㅓ'의 변화(몬져>먼저, 몬지>먼지, 보션>버선, 본도기>번데기, 봇나무>벗나무, 쏨>뻠 등)를 비원순모음화로 설명하는 논의를 주목할 수 있다(이병근, 1970/1979:139). 이는 당시의 모음체계에서 'ㅗ/ㅓ'가 원순성의 유무에 의해 대립적인 관계에 있기 때문에 보이는 현상이란 것이다. 나름대로 설득력이 있는 견해라 할 수 있는데, 그러면 이를 받아들여 'ㅚ/ㅔ'의 혼기와 'ㅔ'로의 합류도 과연 이러한 관점에서 해석해야 하는가. 여기에 대한 본고의 생각은 이와는 차이가 있다. 논의를 진행하기 전에 우선 다음과 같은 문제를 지적하고자 한다.

먼저, 'ㅗ/ㅓ'가 원순성에 의한 체계적인 대립에 의해 나타난 것이라면 순음이라는 특정 환경에서만 나타날 이유가 없다. 특정 환경에서만 보이는 이 같은 현상은 체계적인 대립에 의해 결과한 것이 아니라는 추정을 하게 한다. 또한 위에서 제시된 'ㅗ>ㅓ'의 변화 가운데 '몬져>먼저, 보션>버선, 본도기>번데기' 등의 어사는 후행하는 음절의 /ə/에 의해 이끌린 것으로 일종의 동화가 적용된 결과로 보인다.

그렇다면 순자음 아래에 보이는 'ㅚ/ㅔ'는 어떤 음운론적 과정을 거쳐 도출된 것인지에 대한 의문이 생긴다. 여기에 대해서 우리는 순자음 /ㅁ, ㅂ/의 음성적 자질에 그 실마리가 있다고 본다. /ㅁ, ㅂ/이 [+anterior, -coronal]이라는 음성 자질을 가지고 있음은 주지의 사실인바, 이것이 아마도 'ㅚ[ø]'에서 원순성을 삭제하여 'ㅔ[e]'로 결과한 직접

적 요인으로 작용한 것 같다.110) 즉 순자음과 'ㅚ'가 결합하면서 나타나
는 음운현상의 일종으로 보려는 것이다. 순자음과 원순모음과의 통합
적 관계에 대해서 서로 밀접한 관련이 있음은 국어사에서 어렵지 않게
확인할 수 있다. 그러나 이에 대한 음성학적 내지는 음운론적 설명은
제대로 이루어지지 않은 것 같다. 이에 대한 자세한 검토가 요구된다
하겠다.

　앞서 살펴본 (라)의 예 역시 시기적인 측면을 고려할 때, 음절의 주
음인 'ㅗ>·'의 변화라고 하기 보다는 단모음인 ø>ɛ의 변화로 보는 것
이 타당할 듯하다. 'ㅚ>ㅣ'의 변화가 단모음의 변화리는 사실을 전제로
한다면, 앞서 보았던 'ㅚ>ㅔ'의 변화와 같은 맥락에서 설명될 수 있다
고 여겨진다.

　마) 웨국(<외국, 軍人要訣)　궤뢰(<괴뢰, 京.春.13)　셕훼(<셕회, 蠶桑輯要10)
　　　웬 기동은(<왼, 蠶桑輯要45)111)

　(마)에서 보듯 'ㅚ'가 'ㅔ'로 나타나는 예도 관심을 끈다. 현대국어에
서도 단모음인 'ㅚ'는 이중모음인 'ㅔ[we]'로 실현되는 것이 일반적인 현
상이다. 단모음인 [ø]가 상향이중모음인 [we]와 밀접한 관계에 있음은
음성적인 측면의 해석으로 설명이 가능하다. 전설 [ø]는 [e]와 원순성에
의해 대립을 이루고 있어 원순성을 삭제하면 [e]로 실현된다. 이때 [e]
에 원순성을 주기 위해서는 [w]를 첨가하는 방법을 택할 수 있어, 그 결

---

110) [ø]라는 단모음은 전설계의 원순모음이라는 음성적 자질이 보여주듯 실제로 발음
　　하기가 그리 수월치 않은 음이다. 발화의 편의상 원순성을 삭제한 전설음인 [e]로의
　　변화는 자연스러운 현상으로 보인다.
111) 전광현(1983:79)과 최전승(1986:118)에서 『軍人要訣』과 『蠶桑輯要』에 대한 자료
　　적 성격을 살펴볼 수 있다. 여기서 이 자료들이 19세기 후기 중부방언과 남부방언을
　　반영하고 있다는 언급이 보인다. 본고에서 제시한 예들은 여기서 재인용하였다.

과 [we]가 나타나는 것이다. 따라서 19세기 말엽부터 보이는 이 변화를 통하여 적어도 당시의 'ㅚ'가 단모음인 [ø]로 실현되고 있었음을 알 수 있다.

이와는 대조적으로 'ㅔ'가 'ㅚ'로 표기된 경우도 나타난다(괴(几, 國漢會語), 꾀뚤타(<꿰뚫다(穿), 國漢會語), 초최(<憔悴, 國漢會語) 등). 특히 國漢會語(1895)에는 '괴(蟹)'라는 형태가 보이고 있음이 흥미롭다. 이는 중세어형이 '게(蟹)'이나 후대로 오면서 '궤'(物名2:6)가 나타나는데, 이 '궤[kwe]'형이 '괴'로 표기된 듯하다.

한편 'ㅚ>ㅔ'의 표기를 가지고 'ㅚ'가 아직 단모음화되지 않았음을 보여주는 것이라 보는 견해(전광현, 1983:79)도 있으나, 이는 재론을 요한다. 'ㅚ'가 몇몇 어사에서 'ㅔ'로 표기 되었다는 사실은 'ㅚ'가 이중모음인 'ㅔ[we]'로도 실현되었음을 보여주는 것이지, 그것을 'ㅚ'의 단모음화가 일어나지 않았다는 직접적인 증거로 제시할 수는 없다고 본다.

15세기에 있어서도 'ㅚ'와 'ㅔ'가 혼기의 모습을 보이고 있음이 흥미롭다. 『杜詩諺解』에 보이는 '-디외'(<-디위(비), 杜초7:10, 8:50)와 '-디웨'(杜초21:16, 22:22, 24:59)가 바로 그것이다. '-디위'가 일반적이나, 이형태로 '-디외'와 '-디웨'가 보이는 것이다. 『杜詩諺解』에 보이는 이 이표기는 후대에 등장하는 'ㅚ>ㅔ'의 변화와는 그 성격을 달리하고 있는 것으로 추정된다. '-디외'(tioj)형은 '-디위'(tiuj)형에서 o/u의 대립으로 설명될 수 있지만, '-디웨'형은 그런 추정을 어렵게 하고 있다.

'-디웨'형에 관해서는 음성적 차원에서 당시 wi가 실현될 수 없다고 보고, 음운 연결의 규칙에 따라 'ㅓ'가 도입되고 모음 i가 j로 변하여 '-디웨'로 결과했다는 견해(김완진, 1972/1996:11-13)와 표기상의 관점에서 wi를 표기하려는 노력으로 보는 견해(이기문, 1972b:45-46)가 있다. 어떤 설명이 더 타당한지는 아직 단정하기 어려우나, 이 '-디웨'형이 특정한 한 문헌에, 그것도 한 어사에 국한된다는 점이 해석상의 어려움을 더해 주고 있다.112)

3.5.5. Dallet(1874)의 *Histoire de l'eglise de Corée*와 Ridel(1881)의 *Grammaire Coréenne*에서 19세기 말엽의 당시 국어의 '긔'의 음가를 살펴볼 수 있다. 전자에서는 '긔'의 음성적 실현형을 oé로 보았으며, 후자는 '긔'의 음가에 대하여 다음과 같이 기술하고 있다(p. XIII).

외 OI se prononce $\overline{\text{OÉ}}$, $\overline{\text{EUÉ}}$, $\overline{\text{EUI}}$, EU d'une seule émission de voix en appuyant un peu sur le commencement. Ex.: 너외 năi-OÉ, les époux ; 괴롭 다 kOÉ-rop-ta, être pénible ; 쇠 s$\overline{\text{EUÉ}}$ (presque comme seuil), métal ; 되다 tEU-ta, devenir.

즉 '긔(OI)'는 '너외(năi-OÉ), 괴롭다(kOÉ-rop-ta), 쇠(s$\overline{\text{EUÉ}}$), 되다(tEU -ta)' 등의 예에서 보듯 $\overline{\text{OÉ}}$, $\overline{\text{EUÉ}}$, $\overline{\text{EUI}}$, EU 등의 여러 음성형으로 발음 되고 있음을 보여주고 있다. 이렇듯 '긔'가 여러 음성형으로 실현되고 있음을 보인 것은, 그 음성적인 성격이 그리 단순하지 않음을 단적으로 보여주는 것이라고 생각된다.

---

112) '게'와 관련된 것으로 'ㅖ'가 '게'로 표기된 흥미있는 예로 '누에'(능8:121, 杜초 22:28)와 '누웨'(누웨삐 슨 죠히롤 ᄉ라, 救方下85)를 언급할 수 있다. 여기서 당시 'ㅖ'의 기저 음가가 문제이기는 하지만, 'ㅖ'(əj)에서 w가 첨가되어 '게'(wəj)가 실현 된다고 할 수 있다. 여기서 우리는 중세국어에서 확인할 수 있는 히아투스(hiatus) 회피 현상을 생각하게 된다. 15세기 정음 문헌에 보이는 '보아(見, 杜초25:38)/보와 (金삼2:23), 나토아(現, 능1:23)/나토와(月8:25), 모도아(集, 月14:63)/모도와(金삼3:52), 두어(置, 석6:26)/두워(南明上52)' 등이 그러한 예로 각각 'o+a>o+wa, u+ə>u+wə' 로 해석할 수 있다. 따라서 '누에/누웨'의 표기도 모음충돌을 피하기 위한 방편으로, '누에'에 w가 개재되어 '누웨'형이 나타난 것으로 볼 수 있다.

Corean Primer(1877)에서도 'ㅚ'를 oi와 oe로 쓰고 있음을 볼 수 있다. 전자는 글자 모양에 따라 o와 i의 복합으로 본 것이고, 후자는 앞의 o를 반모음으로 인식했던 것으로 추정된다.[113] 그러나 1893년에 간행된 *A Corean Manual or Phrase Book*(J. Scott, 2nd ed.)에서는 'ㅚ'가 oi또는 ö로 발음되고 있으며, '되다'의 경우에는 전자보다는 후자로 발음된다고 하였다.

> 외 (1) As a general rule, in closed syllables this diphthong approximates closely to the English oi in soil : 뫼시다 moisita
> (2) but in open monosyllables it resembles the German modified o : 쇠 soi − sö, iron ; 죄 choi − chö, crime ; 뵈 poi − pö, linen ;
> 되다 I become, may be read either toida or töta, but has more often the latter sound.

H. G. Underwood(1914:424−425)도 *An Introduction to the Korean Spoken Language*에서 'ㅚ'가 단모음인 ö로 실현되고 있음을 지적한 바 있으며, L. Roth(1936:8) 또한 *Grammatik der Koreanischen Sprache*에서 'ㅚ'가 독일어의 ö와 같이 발음된다고 하면서 '되다(werden) = töda'를 예로 제시하였다.[114]

20세기 초엽의 국어 방언을 살펴보기 위한 대표적인 자료의 하나로 『朝鮮方言の硏究』(小倉進平:1944)를 들 수가 있다. 'ㅚ'가 포함된 어사들은 이 자료에서 [ø, we, wɛ, ɛ, e, i, oi] 등으로 나타나고 있어, 다양한 변이형들을 보이고 있다. 그 중 몇 예를 제시해 보면 다음과 같다.

---

113) 김영배(1984:214)를 참조.
114) 외 (oi) wird wie "ö" gesprochen ; z. B. 되다 (werden) = töda.

(01) 뫼(山·墓) [mø]: 전북, 함남, 강원, 황해 등(그 외 지역에 [mo-i] 충남, 충북 [mɛ] 경남 [me] 전남, 경남, 황해, 평북 [mi] 경남, 경북 등의 異形들이 보인다)

(02) 왼-(左) [øn]: 전남, 충남, 충북, 강원 등(그 외 지역 [wɛn], [wen], [ɛn], [en], [iːn] 등)

(03) 외(外) [ø] 전남, 전북, 충남, 강원, 황해, 함남, 함북 등(그 외 지역 [ɛ], [e], [i], [wɛ], [we], [ui])

(04) 회(膾) [hø] 多數의 지역 [ho-i] 충남

(05) 오이(黃瓜) [ø] 전남, 전북, 함남, 강원 등([o-i] 충남, 황해, 경기, 평북(그 외 지역 [e], [ɛ], [we], [wɛ] 등)

(06) 쇠(鐵·金) [sø] 전남, 전북, 충남, 황해, 함남 등(그 외 지역 [swɛ], [swe], [se], [si] 등)

(07) 뫼초라기(鶉) [mø-tʃu-rɛ-gi] 경기(京城), 충남(江景), 충북(永同)(그 외 지역 [me-tʃo-ri], [mo-tʃu-rɛ-gi], [mɛ-tʃu-ri], [mi-tʃu-ri] 등)

(08) 소(牛) [sø] 함남, 함북, 강원 등(그 외 지역 [so], [ʃo], [swɛ], [swe], [se], [si] 등)

(09) 괴롭다(煩) [kø-rop-ta] 경기, 황해, 강원 등(그 외 지역 [ko-rop-ta], [ke-rop-ta], [kwe-rop-ta], [kui-rop-ta], [ki-rop-ta] 등)

(10) 외롭다(孤獨) [ø-rop-ta] 경기(京城), 강원(春川), 평남(平壤) 등(그 외 지역 [we-rop-ta], [wɛ-rop-ta], [ɛ-rop-ta], [e-rop-ta], [i-rop-ta], [ui-rop-ta] 등)

(11) 안된다 [an-døn-da] 多數의 지역(그 외 지역 [an-dɛn-da], [an-den-da], [an-dwɛn-da], [an-dwen-da], [an-duin-da] 등)

(12) 회답(回答) [hø-dap] 전남, 전북, 강원, 함남, 함북 등 여러 지역(그 외 지역 [hwɛ-dap], [hwe-dap], [hɛ-dap], [he-dap], [hi-dap], [hui-dap], [hjo-dap])

여기서 '뫼'(山)형이 주목을 끈다. 현대 방언에서 보이는 '묘'(墓)와의 관계가 문제인데, 이를 한편에서는 'mjo>mjoj>moj>mö'의 변화 즉, j 의 첨가와 축약으로 해석하고 있고, 다른 한편에서는 'mjo'(묘)에 'jo> oj'라는 도치(metathesis)가 적용되고 그 후에 다시 oj의 단모음화가 일어나 'mö'가 도출되었다고 추정한다.115)

양자의 해석에서 문제가 되는 부분은 'i'의 첨가와 도치로, 이같이 자연성이 결여된 음운현상을 어떻게 설명하는가에 있다. 그러나 이는 방언에서 '묘'(墓)가 'moj'로 나타나는 것을 전제로 한 결과라는 점을 먼저 이해해야 한다. 그 어디에도 '뫼'(山)와 '묘'(墓)가 기원을 같이 하는 동족어(cognate)라는 증거는 없다. 김영배(1984:298)에서도 황해도 방언에 '묘'(墓)가 mjo(연백, 금천, 신계 외 5지역), moj(해주, 벽성, 금천, 안악), me(해주, 신계, 옹진, 장연 외 9지역), mi(벽성, 평산, 옹진)로 나타난다고 하면서, moj형은 '뫼'(山)에서의 전의(轉義)로 보았다.116)

따라서 그들의 변화를 동일선상에서 설명하려는 시도는 좀더 재고를 요한다. 의미면의 유사성과 충돌로 인하여 두 어사가 혼재되어 쓰이는 것으로 볼 수도 있기 때문이다. 아마도 두 어사를 동족어로 보는 견해는 小倉進平(1944)에서 '뫼'를 '山·墓'로 본 것에서 유래한 것으로 보인다.

河野六郎(1945/1979)의 방언 자료에도 '뫼(墓), 쇠(鐵), 괴(猫), 외(胡瓜)'가 [mø], [sø], [kø], [ø] 등의 단모음 ø로 나타나는 지역이 확인된다. 이들 자료만을 근거로 할 때, ø는 적어도 20세기 초엽에는 음소로서의 지위를 분명히 보여주고 있었다고 말할 수 있다. 그러나 음성적으로는 다른 전모음(i, ɛ, e)들에 비해 유동적이었다고 말할 수 있는 바, 그것은 음소로서 가지는 분포가 다른 음소에 비해 상당히 제한적이었다는 사실이 이를 뒷받침해 주고 있다.

---

115) 최전승(1986:179-188)에서는 'mjo>mjoj>moj>mö'의 변화 즉, 'j'의 첨가와 축약으로 해석하고 있고, 백두현(1989:114-115)은 'mjo'(묘)에 'jo>oj'라는 도치(metathesis)로 해석하였다. 후자는 특히 'i'첨가의 내적 증거는 찾을 수 없는 반면, 도치를 설명해 주는 증거는 중부 방언에서 찾을 수 있다고 하면서 그 예로 충남 방언에서 '묘'(墓)가 'moj'로 나타나는 것(곽충구 1982:48)과 황해도 방언에서 '묘'가 'moj'로 실현되는 것(김영배 1984:298)을 언급하였다.

116) 또한 [me]는 원순성의 상실, [mi]는 전자에서 다시 모음이 상승된 어형으로 보았다(김영배 1984:298 각주12).

지금까지 논의된 견해를 종합해 보면, 19세기 말엽에 국어의 'ㅚ'는 이중모음인 oi, we, 그리고 단모음인 ö(ø)로 실현되고 있었다고 추정할 수 있다.

3.5.6. 'ㅚ'의 변화 과정에 대해서 기존의 연구들은 'ㅚ'(oj)가 어떤 과정을 겪어 현대국어의 실현형인 /ø/와 /we/로 결과했는지를 설명하는 데 관심이 모아졌다고 할 수 있다. 결론부터 말하면 본고는 'ㅚ'의 변화를 oj>ø>we로 파악하고자 한다. /oj/가 단모음화하여 /ø/가 되고 이것이 다시 /we/로의 변화를 거친 것으로 본다. 이에 대한 설넝과 근거에 대해서는 후술할 'ㅟ'의 변화 과정을 논의하는 부분(3.6.4)에서 같이 다루고자 한다.

한편 현대국어에서의 'ㅚ'는 전설계의 원순성 단모음인 [ø]나, 상향이중모음인 [we]로 실현된다. 이에 관한 기존의 논의에서 최현배(1937:30/1954)는 '되(升), 쇠(鐵), 뇌(腦)'의 'ㅚ'가 단모음으로 실현된다고 보고, [ø]로 내는 것으로 기술하고 있는 반면, 이숭녕(1954:153)은 서울에서는 [ø]를 전혀 쓰지 않는다고 하였다. 한편 김윤경(1948:24)에서는 '쇠(鐵)'와 '되(升)' 등은 단모음으로 발음하고, '외(瓜), 뫼(山)' 등은 이중모음으로 발음한다고 보고 있다.

허웅(1965:153)에서도 서울말에서 [ø]는 꽤 많이 들을 수 있어서, '외가, 외롭다, 외국, 외무장관, 외딸, 외아들, 외삼촌' 따위의 'ㅚ'는 [we]로 발음하는 것이 보편적이나, '꾀, 쇠꼬리, 쇠고기, 회의, 최가(崔)' 등의 'ㅚ'는 [ø]로 발음하는 것이 오히려 보편적인 현상이라고 기술하고 있다. 또한 여기에 덧붙여 'ㅚ'는 이중모음에서 단모음으로 발음되어 가는 경향이 있는 것으로 추정하고 있다.

그러나 최근에 서울을 중심으로 한 중부 방언의 젊은 화자층에서는 '괴'가 대부분 이중모음으로 나타나고, 부주의한 대화체에서는 [e]로 실현되는 경우까지 보인다.117) 이현복(1971:48-49)은 선행 자음과의 통합 구조를 살펴보면 다음과 같이 '괴'가 자음과 연결되지 않을 때에는 대부분이 [we]로, 자음과 연결될 경우에는 부분적으로 [ø]로도 실현됨을 볼 수 있다고 한다.

가) 외국[we:guk], 외가[we:ga]
나) 되다[tweda/tøda], 괴다[kwe:da/kø:da]
다) 열쇠(→세), 참외(→에), 뵙고(→벱고), 뵌다(→벤다)

현대국어에서 '괴'가 단모음의 성질을 잃고 이중모음이 되거나, 비어 두음절에서 본래의 원순성을 잃어 [e]로 변하는 현상으로 미루어 볼 때, 단모음인 [ø]는 음성적 측면에서 상당히 불안한 모습을 보이고 있다. 지역적으로 볼 때도 '괴'를 단모음으로 내는 곳은 전라, 평안, 강원의 일부 지역이며, 그 나머지 지역에서는 이중모음으로 실현된다. 특히 경상도 지역의 화자 대부분은 원순성의 약화로 말미암아 전설의 원순모음으로 발화하지 못한다.118)

이런 음성적 내지는 음운적인 불안정성으로 말미암아 [ø]는 국어의 음소로서의 지위가 상당히 흔들리고 있는 것으로 보인다. 한정된 지역에서 그것도 제한된 위치에서만 부분적으로 나타나는 [ø]의 모습이 이와 같은 사실을 추정할 수 있게 한다.

---

117) '괴'는 원순모음으로 발음되는 이외에도, 부주의한 대화체에서는 평순모음 'ㅔ'로 나는 일이 많은데, 특히 짧고 강세가 없는 '괴'가 그렇게 많이 난다고 한다(이현복 1971:48).

118) 이현복(1984:103)을 참조.

3.6. ㅟ

3.6.1. 중세 문헌에 나타나는 'ㅟ'의 음운론적 지위는 다른 하향이중모음들과 마찬가지로 분명했던 것으로 보인다. 먼저 정음 이전 문헌의 자료를 통해 하향이중모음으로서의 'ㅟ'의 흔적을 살펴보기로 한다. 『鷄林類事』에 보이는 'ㅟ'는 주로 /(i)uəi/에 대응하고 있어 하향이중모음의 부음인 /j/를 보여 주고 있다. 『朝鮮館譯語』에서 보이는 'ㅟ' 역시 대부분이 /uj/ : /uei/의 대응 관계를 보이고 있다. 국어의 'ㅟ'가 /uei/로 사음된 것은 음성적으로 [ui]와 가까운 음이었기 때문에 선택된 것으로 보이며, 여기서 이중모음의 음절 부음인 'ㅣ'의 모습을 엿볼 수 있다. 『鄕藥救急方』에는 '伊'字를 통해 하향이중모음의 부음을 확인시켜 주고 있다.[119)]

(鷄林類事 原文)	(對應하는 中世語形)	(推定音)
(01) 鼠曰觜	쥐	觜/ts(i)uəi/
(02) 耳曰愧	귀	愧/k(i)uəi/
(03) 五十曰舜	쉰	舜/şiuən/
(04) 鬼曰幾心	귀신	幾/kii/ (강신항:1991)

『鷄林類事』에 보이는 'ㅟ(/uj/)'는 몇 예에 지나지 않으나, 주로 /(i)uəi/에 대응하고 있다. /oj/와 /uj/를 비교하여 볼 때, /uai/와 /(i)uəi/로 각각을 표음하였다는 점은 단모음인 /o/와 /u/의 경우에도 그 대응상 약간의 차이가 있었던 점으로 미루어 보아 주목할 만하다. 앞서 3.5.2에서 살펴보았듯이, 당시 중국어에 /o/와 /u/의 구별이 없었다는 사실을 염

---

119) '茅香'의 향명 표기인 置伊有根:茅香根(中, 二十)이 주목된다. 이는 '置/두- 伊/ㅣ- 有/잇- 根/불휘'를 표기한 것으로 볼 수 있는 것이다(자세한 내용은 2.3.1.4를 참조).

두에 둔다면 'ㅚ'를 표음하는 데에 'ㅟ'를 표음하는 字(/uəi/)를 사용했던 이유를 어느 정도는 짐작할 수 있다. (03)의 경우는 /uəi/의 /i/가 생략 되었다고 볼 수 있는 것으로, 3.1.1에서 보았던 '白米曰漢菩薩'(힌쌀)의 漢/han/의 경우와 동일하게 해석할 수 있다. (04)는 'ㅟ'에 대응하는 자 로 '幾'(/kii/)자가 쓰이고 있음이 주목된다. 여기서 /ii/는 실제적으로는 /i/를 나타내었던 것으로 보인다(강신항 1991:166).

이상에서 살펴본 바와 같이 『鷄林類事』는 'ㅟ'의 음절 부음인 'ㅣ'가 운미음인 -i(-j)와 대응 관계를 보여 주고 있다는 점에서 이들이 하향이 중모음(Vj)이었음을 추정할 수 있게 한다.

(朝鮮館譯語 原文)	(對應하는 中世語形)	(推定音)
(01) 日照 害必翠耶大	힝비취여다	翠/tsʻuei/
(02) 耳 貴	귀	貴/kuei/
(03) 腿 黑堆	허튀	堆/tuei/
(04) 子 罪荅	쥐찍	罪/tsuei/ (강신항:1995)

『朝鮮館譯語』의 'ㅟ'는 'ㅚ'와는 대조적으로 상당히 정연한 대응을 보여주고 있다. 대부분 /uei/로만 표음되었으며, 이는 중국어에 /u/의 음성적 특질이 국어의 'ㅜ'와 상당히 가까웠음을 보여준다고 해도 무리 가 없을 듯하다. 'ㅟ'와 대응하는 '翠, 堆, 貴, 罪' 등의 자는 /uei/로 재 구되고, 이 /uei/는 음성적으로 [ui]와 가까운 음이었기에 'ㅟ'의 음가는 /uj/였을 가능성이 충분히 있는 것이다. 따라서 당시에 국어의 'ㅟ'가 하 향이중모음으로 실현되었음을 알 수 있다.

『訓民正音』解例本에서도 'ㅟ'에 관한 기술이 中聲解(一字中聲之與ㅣ 相合字十 …… ㅟ …… 是也)와 用字例(뒤爲茅, 무뤼爲雹)에 보여 'ㅟ'의 음 소로서의 지위를 살펴볼 수 있게 한다.

3.6.2. 18세기 문헌까지의 'ㅟ'의 변화는 주모음 'ㅜ/ㅗ'의 교체에 따른 'ㅟ > ㅚ'의 변화가 주종을 이룬다.

가) 불휘(根, 용2)/불회(朴초上9) 구위(杜초15:5)/구외(杜중1:18) 라귀(月23:72)/나괴(朴초上34) 멀위(字會上12)/멀외(詩언物名) 무뒤다(朴초上44)/무되다(朴重上39) 머휘(白茶, 東醫湯液2:36)/머회(物譜 蔬菜) 어저귀(白麻, 字會上9)/어저괴(物譜 雜草) 엿귀(杜초8:18)/엿괴(類合上8) 여위다(瘦, 月1:26)/여외다(救간3:120) 주머귀(拳, 능1:83)/주머괴(朴重下54) 지져귀다(類合下7)/지져괴다(同文下28) 진뒤(蜆, 字會上23)/진되(譯下36)

'ㅟ>ㅚ'의 변화는 시기적으로 볼 때, 거의 대부분이 18세기 중엽 이전의 문헌에서만 주로 나타난다. 이는 앞서 'ㅚ'의 변화를 논하는 과정 중에 언급했던 것과 같이 주모음 'ㅗ/ㅜ'의 음운론적 교체에 말미암은 것이어서 더 이상의 논의는 하지 않겠다. 18세기 말엽에 와서 'ㅟ'는 더 이상 'ㅚ'로의 변화를 보이지 않고, o>u의 음변화에 말미암은 'ㅚ>ㅟ'의 변화만을 보인다.

또한 'ㅟ>ㅣ'의 변화를 주목할 수 있다. 이는 이미 오래 전부터 주목을 받아온 변화의 하나로, 'ㅟ'의 음가를 추정할 수 있다는 점에서 많은 관심을 받아왔다.

나) 가마귀(靑丘83)>가마기(漢417) 기뮈(痣, 倭語上51)>기미(類合上22) 시근취(赤根茱, 物譜茱蔬)>싀능치(東言) 누위(妹, 杜초23:46)>누이(國語大辭典:文世榮) 뷔(掃, 杜초9:21)>비(한영ᄌ뎐) 뷔다(空, 용8:18)>비다(朝鮮語辭典) 뷔틀다(扭, 救方上32)>비비틀다(朝鮮語辭典) 돗귀(曲106)>도끼(조선어사전, 文世榮) 불휘(根, 용2)>ᄲ리(한영ᄌ뎐)/뿌리(조선어사전, 文世榮)

'ㅟ>ㅣ'의 변화는 음운론적으로 많은 것을 시사하고 있다. 'ㅟ'가 'ㅣ'로 변하기 위해서는 'ㅟ'가 [uj]이기보다는 [y]이거나 [wi]로 실현되었

어야 더 자연스럽기 때문이다. 만약 'ᅱ'가 [uj]라면 주모음이 탈락된다
는 불합리한 점을 설명하여야 하나, [y]이거나 [wi]라면 원순성의 삭제
로 발화상 편한 [i]를 택한 것이라 추정할 수 있는 것이다.120) 그러나
이렇게만 보기에는 사정이 그리 간단하지 않다.

　다른 측면으로 다음과 같이 'ᅱ>ᅴ>ㅣ'라는 변화의 과정을 밟았다
고 볼 수도 있기 때문이다. 이는 'ᅱ'가 'ㅣ'로 단모음화하기에 앞서 먼
저 비원순모음화를 거쳐 'ᅴ'로 변화를 겪고 다시 단모음화되었다고 설
명하는 방법이다. (나)의 어사 가운데 '븨ᄌ르(物譜 耕農), 븨다(朴解上
55), 븨틀다(漢8:52), 돗긔(五倫1:60), 블희(警民12)' 등의 이형태들이 존재
하고 있어 이를 문증해 주고 있다.

3.6.3. Dallet(1874)는 'ᅱ'를 ou(ㅜ)와 i(ㅣ)가 결합된 이중모음 oui로 제
시했으며(PLANCHE II), Ridel(1881)의 진술 역시 이와 크게 다르지 않다
(XIII).

　위 OUI se prononce comme dans OUI, OUI-da. Ex. : 귀 kOUI, oreille ; 뷔
　pOUI, balai ; 뮙다 mOUIp-ta, odieux.

　이들의 진술은 앞서 'ᅬ'가 OÉ, EUÉ, EUI, EU 등의 여러 음성형으
로 실현되었다는 Ridel(1881)의 언급과는 달리 'ᅱ'는 'ᅬ'와 비교해 볼

---

120) 'ᅱ'의 실제적 음성 실현을 검토함에 있어, 'ᅱ>ㅣ'로의 표기상 변화를 통해 이것
　　으로 'ᅱ'가 단모음 [y]가 아닌 이중모음 [wi]로 실현되었음을 알 수 있다는 견해(최
　　임식 1995:237)는 재고해야 한다. 'ᅱ>ㅣ'의 변화를 원순성의 삭제란 점으로 본다면
　　[y]역시 [i]와 원순성에 있어 대립을 보이는 전설계 음소로 볼 수 있기 때문이다. [y]
　　에서 원순성이 삭제되면 [i]가 될 수도 있고, [wi]에서 원순성의 [w]가 삭제되어 [i]가
　　될 수도 있기에 'ᅱ>ㅣ'만으로 'ᅱ'의 실제적 음성형을 재구하기는 상당한 어려움이
　　있다.

때, OUI라는 단순한 모습을 보이고 있는 점이 흥미롭다. 또한 'ㅟ'는 현대국어에서 보이는 단모음 y를 보이고 있지 않다는 점도 주목을 끈다. 이와는 달리 J. Ross(1877)는 'ㅟ'를 ooi와 wi의 두 가지로 기술하고 있는데, 후자는 'ㅜ'를 반모음의 자모로 인식한 결과로 보인다.121)

H. G. Underwood(1890:14)는 'ㅟ'를 영어의 we와 유사한 wi로 보았으나, *An Introduction to the Korean Spoken Language*의 제2판(1914:424-425)에서 Southern Korea에서는 단모음인 ü로 실현되고 있음을 들을 수 있다고 수정하기도 하였다. 한편 *A Corean Manual or Phrase Book*(J. Scott, 2nd cd.)에서 'ㅟ'에 대한 비교적 상세한 음성적 설명이 보인다. 당시의 'ㅟ'는 세 가지로 발음될 수 있다고 한다.

즉, 개음절과 자음이 선행하지 않는 환경에서는 불어의 oui, 영어의 we와 같이 발음되고(위엄 ouiem-weŏm), 자음이 선행하는 환경에서는 oui(ㅟ)모음이 합쳐져 독일어의 ü와 같이 발음된다고 한다(뒤 toui-tü). 그리고 어두의 'ㅂ' 뒤에 오는 ou는 장음 i를 남기고 탈락한다고 보고 있다(뷔 poui-pí, 뷘방 pouin pang-pin pang).122) 특히 L. Roth(1936:8)는 *Grammatik der Koreanischen Sprache*에서 국어의 'ㅟ'가 ü, ui, wi 등으로 나타난다고 하면서 그 예로 '뷘(leer)=pün', '위하야(für)=uihaya', '지위

---

121) 김영배(1984:214)에서 [ooi]는 글자 모양에 따라 [oo]와 [i]의 복합으로 보았고, [wi]는 'ㅜ'를 반모음의 자모로 인식한 데서 온 표기로 보았다.

122) (1) This diphthong, in an open syllable and not preceded by a consonant, is fairly represented both in sound and spelling by the French oui, or English we : 위엄 ouiem-weŏm, dignity ;

(2) but when preceded by a consonant, the sound of the two vowel 우ou and 이i further coalesces and approximates nearly to the German ü : 뒤 toui－tü, behind ;

(3) in many words, especially after an initial p, the vowel sound ou disappears, leaving only a long i sound as in the English fatigue : 뷔 poui-pí, a broom ; 뷘방 pouin pang－pin pang, empty room. (J. Scott 1893:16)

(Beruf)=tschiwi'를 제시하였다.123)

그 외에 20세기 초엽 국어의 'ㅟ'에 대한 실제 음성형을 살펴보기 위해서는 小倉進平(1944)의 업적을 참조할 수 있다. 小倉進平(1944 下:14)은 당시의 'ㆍㅣ, ㅢ, ㅐ, ㅔ, ㅚ, ㅟ'를 각기 ɛ, úi, ɛ, e, ø, wi 음의 표기로 전사하고 있어, 'ㆍㅣ, ㅢ, ㅐ, ㅔ, ㅚ' 등이 단모음으로 실현되고 있음에 대하여 'ㅢ, ㅟ'는 이중모음인 úi, wi로 나타나고 있는 것으로 보았다. 특히 'ㅚ'를 단모음인 ø를 비롯하여 we, wɛ, ɛ, e, i, oi 등으로 보고 있음에 대해, 'ㅟ'는 wi 한 가지로 보고 있음이 주목을 끈다.

그의 한국어 전사 체계에서 'ㅟ'는 ui로만 나타나 있을 뿐이고 단모음인 y(ü)는 전혀 보이지 않는다. 'ㅟ'는 철저히 ui로만 표기 되었고, 이의 음가가 [wi]라는 언급만이 보일 뿐이다.124) 그러나 그의 자료집(1944)에는 ui가 음성 기호로 사용되었다. 이 점에 있어 'ㅟ'에 관한 小倉進平의 전사 방법에 대한 정밀한 검토를 필요로 한다.125) 이상의 문제점을 지적해 두고 일단 제시된 예들을 살펴보기로 한다.

(01) 뒤(北) [tui] 각 지역([tui-dɛ] 경기(漣川))
(02) 귀(耳:卑稱) [kui-ʔtɛ-gi] 전남, 전북, 경기, 황해, 함남(그 외 지역 [ʔkui-ʔtɛ -gi], [kui-ʔtui], [kui-ʔtúiŋ-i], [ʔki-ʔtɛ-gi] 등)
(03) 바위(岩) [pa-ui] 충남, 경기, 황해 등(그 외 지역 [pa-u], [pa-gu], [paŋ-gu], [pi-rɔŋ] 등)

---

123) 위 (oui) wird wie ü gesprochen ; z. B. 뷘 (leer)=pün. Doch wird in manchen Wörtern der u-Laut und i-Laut getrennt ausgesprochen ; z. B. 위하야 (für)=uihaya ; in dem Worte 지위 (Beruf) spricht man fast "tschiwi" ; doch hört man das "u" noch.

124) 小倉進平(1931:147)에 따르면 'ㅟ'는 u와 i의 두 음이 합친 이중모음이고 실제의 발음은 w와 i의 결합으로 나타난다는 기술이 보인다.

125) 백두현(1989:69)에서도 'ㅟ'에 대한 小倉進平의 전사 방법에 관한 문제점이 지적된 바 있다.

(04) 거위(鵝鳥) [kɔ-ui] 경기(京城)(그 외 지역 [lu-u], [ke-u], [ki-u], [kɔ-ul] 등)

(05) 쥐(鼠) [tʃui] 多數의 지역(그 외 지역 [tʃi], [ʔtʃi], [tʃuiŋ-i], [tʃweŋ-i] 등)

(06) 잎(葉) [ip-sa-gui] 전남, 충남 [nip-sa-gui] 황해, 평남, 평북(그 외 지역 [nip-sa-gu], [ip-sa-gu], [ip-sɛ], [ip-sa-gi] 등)

(07) 귀하다(貴) [kui-ha-ta] 多數의 지역(그 외 지역 [i-bap-ta], [i-bɔp-ta] 등)

(08) 여위다(瘦) [jɔ-ui-da] 경기, 강원, 황해(그 외 지역 [jɔ-úi-da], [ja-u-da], [ja-úi-da], [ø-da], [e-bi-da] 등)

小倉進平의 음성적 기술을 그대로 따른다면 20세기 초엽의 'ㅟ'는 이중모음인 ui, 즉 음가는 [wi]로만 실현되었음을 알 수 있다. 이는 河野六郎(1954/1979)의 방언 자료의 결과와 크게 다르지 않다.

가위 [kawi] 경기(9지역), 황해(15지역), 평남(3지역), 충남(13지역) 등.
바위 [pawi] 경기(10지역), 황해(17지역), 충남(17지역), 충북(6지역) 등.

그러나 小倉進平(1924:29-31)에서는 경상도와 강원도 동해안 방언에 'ㅟ'가 wi뿐만이 아니라 i로도 발음된다는 사실을 지적한 바 있어, 이중모음인 wi로만 실현되었다는 주장은 재론의 여지가 있는 것으로 보인다. 더욱이 비슷한 시기에 간행된 외국인들의 한국어 문법서의 전사 자료에서 보이는 'ㅟ'의 모습을 검토해 볼 때, 19세기 말엽의 'ㅟ'는 이중모음인 uj, wi와 단모음인 y(ü)로 실현된 것으로 보인다.

3.6.4. 'ㅟ'의 단모음화 과정에 대해서는 지금까지 많은 견해들이 있어왔다. 앞서 언급한 바 있으나, 'ㅟ'의 단모음화는 생성 및 변화의 과정, 그리고 현대국어에서 전설계의 원순모음과 이중모음을 함께 갖고 있다는 측면에서 'ㅚ'와 동등한 가치를 지닌다. 따라서 여기서는 이들을 아울러 다루고자 한다.

'ㅚ/ㅟ'의 변화에 대한 기존의 연구사를 검토해 보면, Ramstedt(1928) 로부터 시작하여 최근 박종희(1995)에 이르기까지 다양한 시각과 관점 에서 이들의 변화를 다루었다는 사실을 알게 된다. 부분적으로 서로 간 에 적지 않은 이견이 있었으며, 이를 정리해 보면 대체로 다음과 같다.

① oi>we>ö(ø) ui>wi>ü(y) (Ramstedt 1928)
   oj>we>ø uj>wi>y (최전승 1987)
② oj>ø>we(wi) uj>y>wi (河野六郞 1945, 이숭녕 1957/1978, 이병건 1976, 최명옥 1982)
   oj>ø>we uj>wij>ij(w탈락), wi(ij의 단모음화) (백두현 1989)
③ oi>wi>i ui(>ü)>wi (박창원 1988)
④ oj>oe>we oj>ø /we/와 /wi/의 변이음으로 [ø]와 [y]를 인정 (허웅 1965/1985)
⑤ oj>øj>ø uj>yj>y (한영균 1991)
⑥ /oj/(UA-I) : /we/(U-AI) /uj/(U-I) : /wi/(U-I) 입자음운론의 관점에 서 핵의 이동과 입자들의 재배열이 빚어낸 결과(박종희 1995)

지금까지 논의된 견해들은 'ㅚ, ㅟ'의 실현형인 /we/, /wi/와 /ø/, /y/ 의 선후 관계와 그 변화를 설명하는 데 모아졌다고 할 수 있다. 현대국 어 이전 시기의 'ㅚ/ㅟ'의 실제 음성형을 확인할 길이 없는 지금의 처지 로는 당시의 표기에 전적으로 의존하거나, 외국인들의 한국어에 대한 기록에 기댈 수밖에 없는 형편인 것이다. 그러나 이것도 표기의 유동성 이나 외국인들의 음성적 전사에서 나타나는 문제126)로 인하여 그 실제 형을 추정하기에 어려운 것이 사실이다. 이런 처지에서 /we/, /wi/와

---

126) 외국인들이 기록한 한국어 자료에서 보이는 문제점으로 실제 음성형을 전사하는 'transcription'이 아니라 자모를 그대로 전사하는 'transliteration'의 측면이 강했다는 점이다. 예를 들어 *Grammaire Coréenne*(1881:XII)에서는 당시 이미 음소로서는 소 실된 'ㆍ'의 음성형을 자모 표기 그대로 ăI로 나타내고 있다(딕딕(代代) tăI-tăI).

/ø/, /y/의 선후 관계와 그 변화를 추정하는 것은 다소 무리라는 점을
감안해야 할 것이다.

　이 같은 배경에도 불구하고 기존의 많은 논의는 그 전후 과정을 음
운론적으로 설명하고자 하는 노력을 시도해 왔다. 축약을 전제로 /ø, y/
에서 다시 /we, wi/로 이중모음화되었다는 견해, /oj, uj/가 /we, wi/로
변하고 다시 /ø, y/로 단모음의 과정을 겪었다는 견해, /oj/의 /j/가 /o/
에 간극 동화되어서 /e/가 되고 [oe]는 상향적 이중모음으로 변하여
/we/가 된다는 견해, 그리고 [ø, y]라는 변이음의 존재를 인정하여 /oj,
uj/가 [øj, yj]로 변하고 여기서 부음 j가 탈락하여 /ø, y/가 도출된다는
견해, 입자음운론의 관점에서 핵의 이동과 입자들의 재배열이 빚어낸
결과로 보는 견해 등이 주목을 끄는 데 이에 대한 반론 또한 만만찮다.

　첫 번째는 축약이란 현상에 대한 음운론적 해석과 그 과정의 설명이
먼저 요구된다. 만약 이것이 타당성을 가지게 된다면, 가장 적절한 설
명 방안이라 생각된다. 두 번째 견해는 oj>we, uj>wi에 대한 타당한
음운론적 설명이 요구된다. 음절 부음의 소실 이유와 주음과 부음이 뒤
바뀐 사실에 대한 설득력 있는 해석이 없이는 적절한 방안이라 말할 수
없다. 세 번째 견해는 허웅(1965:437)에 의해서 대표되는 것으로, 반모음
인 j가 /o/에 동화된다는 점이 설득력이 없으며, 이를 인정한다 하더라
도 국어사에서 보이지 않는 상당히 보편성이 결여된 설명이 되고 만다
는 사실이다. 또한 /we/와 /wi/의 변이음으로 [ø]와 [y]를 인정할 수도
있음을 지적하고 있으나,127) 과연 이중모음과 단모음이 하나의 음소에
포함된 변이음으로 존재할 수 있는 것인지에 대해서는 의문이 남는다.
네 번째 견해는 국어사의 이른 시기에 /oj, uj/의 변이음으로 [øj, yj]를

---

127) 허웅(1985:164)을 참조.

상정하는 것으로, 과연 그러한 변이음이 존재했었는가도 문제이거니와 그렇다면 이른 시기에 단모음인 [ø, y]의 존재 여부도 고려해야 한다는 난제에 도달하게 된다.

이상의 검토를 통하여 'ㅚ/ㅟ'의 변화 과정에 대해 기존의 논의에서 보였던 몇 가지 문제점을 지적하였다. 여기서 'ㅚ/ㅟ'의 실현형인 /ø, y/와 /we, wi/의 선후 관계에 대한 본고의 태도를 밝히라고 한다면, 본고는 'ㅚ'와 'ㅟ'는 각각 oj>ø>we, uj>y>wi의 변화 과정을 거쳤다는 추정에 동의하고자 한다. 그렇다고 해서 '축약'이란 음운현상을 전적으로 인정하는 것은 아니라는 점을 말해 둔다. 축약에 대한 음운적 성격과 그 과정이 확실히 밝혀지지 않은 지금으로서는 일단 '모종(某種)의 음변화'에 의한 단모음화로 설명할 수 있을 듯하다. 어떤 원인이 작용했던지, 하여튼 /oj, uj/가 단모음화하여 /ø, y/가 되고 이것이 다시 /we, wi/로 이중모음화를 겪는다.

여기서 ø>we, y>wi의 변화는 음운론적으로 그리 어렵지 않게 설명된다. 음성적으로 [ø]와 [y]는 전설의 원순모음으로 다른 단모음에 비해 발화하기가 그다지 쉽지 않은 음이다. 따라서 국어의 화자들은 의도적으로 이중모음화 하려는 경향이 있어, ø, y와 원순성에 의해 대립을 보이는 전설계의 e와 i를 택하고, 여기에 원순성을 지니는 상향계 부음인 w를 부가하여 /we, wi/로 이중모음화한 것이라 추정할 수 있다. /ø, y/와 /we, wi/의 정확한 생성 시기가 밝혀지지 않은 지금의 처지로는, 그 선후 관계에 대하여 음운론적 설명에만 국한할 때, 'oj>ø>we, uj>y>wi'로 추정하는 것이 다른 견해보다 좀더 설득력을 가진다고 생각된다.

3.6.5. 방언적 차이는 있으나, 현대국어에서 'ㅟ'는 일반적으로 단모음 [y]와 이중모음인 [wi] 및 [ɥi] 등의 세 가지 음으로 실현되고 있다고

한다.128) 최현배(1937:44)에서는 'ㅟ'를 이중모음으로 분류하여 기술하고
있으나,129) 이희승(1955:90)에 의하면 '뉘(糠), 뒤(後), 쉬(蠅卵), 쥐(鼠),
취(나물)' 등의 'ㅟ'는 단모음인 [y]로 실현된다고 한다. 허웅(1965:145 각
주12)은 'ㅟ'는 과장된 발음에서는 [wi]로 발음될 수도 있으나, [ɥi]가 보
편적이고 정상적인 발음이라고 하였다. 한편 경기도 중·북부 지역에서
주로 들리는 [wi]의 [w]는 엄격히 말하면 불어에서 보이는 [ɥ]에 가까
운 것으로 전설적인 자질을 갖고 있다고 보기도 한다(이승재, 1993:36).
이것은 [ɥi]와 [wi]가 임의적 변이음이어서 음소적으로 서로 대립하는
일이 없기 때문에 나타나는 현상으로, 실제로는 동일한 사람이 때에 따
라 두 가지로 달리 내는 일이 많은 것으로 생각된다.

　　'ㅟ'의 음가에 관한 기존의 논의를 정리해 보면 다음과 같다(허웅
1965:135, 152-153, 이현복 1985:105).

　① [ɥi] - 주로 자음이 앞에 올 때, 나는 이중모음으로 가장 빈도수가 높다.
　　　(예) 뉘[nɥi], 뒤[tɥi], 귀[kɥi], 휘다[hɥida], 쉬다[ʃɥida] 등
　② [wi] - 모음 뒤에 올 때, 즉 '위'에서 주로 실현된다. (예) 위로[wiro], 위반
　　　[wiban], 윗사람[wits'aram] 등
　③ [y] - 'ㅟ'를 단모음 [y]로 내는 일은 표준어 지역에서는 비교적 드물다. 다만
　　　짧고 약한 음절에서는 'ㅟ'가 단모음으로 실현되는 일이 있다. 그러나 전라,
　　　강원, 충청, 황해, 평안 등지의 방언에서는 길고 강한 음절에서도 단순 모음
　　　으로 나는 일이 많다고 한다. (예) 들쥐개[til-tʃy-ga], 날뛰다[nal-t'y-da],
　　　따귀를[t'a-ky-ril] 등

---

128) 이현복(1971:47-48)을 참조할 것. 여기서 이 세 가지 소리가 어떠한 환경에서 실현
　　되느냐하는 분포의 문제는 개인차도 있고 단어에 따라 서로 다른 듯하여 간단히 설
　　명하기는 어렵다고 보고 있다.
129) 최현배(1937:44)에 다음과 같은 기술이 보인다. "ㅟ(위)는 ㅜ, ㅣ의 거듭이니 이를
　　길게 내면 'ㅣ'만 길어지느니라. 말에 그 보기를 들면, 「똥을 누이다」를 「똥을 뉘다」
　　라 함과 같으니라."

일부에서는 'ᅱ'가 단모음로 실현되는 경향이 차츰 보편화된다고 보고, [y]를 /wi/의 한 변이음으로 볼 수도 있다는 견해(허웅, 1985:164)를 보이기도 하였으나, 'ᅱ'를 단모음인 [y]로 지나치게 분명히 내면 오히려 방언과 같은 인상을 주어, 대부분의 표준어를 구사하는 사람들, 특히 젊은층에서는 이중모음으로 실현하는 경우가 대부분이다.130) 이런 측면에서 볼 때, 현대국어에서 단모음인 'ᅱ(y)'는 음소로서 상당히 불안정한 위치에 있으며, 특히 젊은층에서는 서서히 단모음으로서의 지위를 상실하고 이중모음으로 실현되고 있음을 알 수 있다.

---

130) 'ᅬ'와 'ᅱ'를 마치 불어의 [y], [ø]처럼 여겨 단모음이라 주장하기도 하나, 음성 분석기의 분석 사진에 따르면 이것들은 반모음 /w/와 /i/나 /e/의 결합으로 보아야 한다는 견해도 있다(한문희 1979:57).

4. 하향이중모음의 변화에 대한 음운론적 해석

4.0. 본절에서는 하향이중모음의 변화에 대한 제 양상을 음운론적인 차원에서 검토한다. 먼저 4.1에서는 하향이중모음 음절 부음의 첨가와 탈락을 통하여, 이 현상이 형태적인 측면 이외에도 한편으로는 음운론적인 측면에서 해석될 수 있음을 밝힌다. 4.2에서는 하향이중모음의 단모음화와 그 동인에 관하여 기술한다. 4.3은 하향이중모음의 단모음화 시기에 관한 것으로, 단모음화 시기 추정에 관한 문제점과 본고에서 제시한 단모음화 추정에 대한 근거를 살펴본다. 4.4에서는 하향이중모음의 단모음화와 그 당시의 모음체계와의 관계를 체계적인 관점에서 해석한다.

4.1. 하향이중모음 음절 부음의 첨가와 탈락 현상

4.1.1. 먼저 하향이중모음 음절 부음 'ㅣ'/j/의 첨가·탈락 현상과 그것의 음운론적 성격, 그리고 움라우트 현상과의 관련성을 다루고자 한다. 여기서 말하는 'ㅣ'의 첨가·탈락 현상이라 함은 음절의 부음인 'ㅣ'가 어떤 방식으로든 본래의 음성적 가치에 영향을 받는 경우를 말하며, 특히 여기서는 부음이 동화에 의해서건 그 밖의 다른 이유에 의해서건 주모음에 첨가되거나, 그 반대로 삭제되는 현상을 지칭한다.

4.1.2~4.1.6은 소위 이중모음화 현상이라고 일컬어지는 'ㅣ'의 첨가와 그와는 상반되는 'ㅣ'의 탈락을 다룰 것이다. 4.1.7~4.1.8에서는 부음의 첨가와 탈락의 성격을 음운론적인 측면에서 해석해 보고자 한다. 부음의 첨가와 탈락 현상이 당시에 어떠한 '음운론적 가치'를 가지고 있었던 것인가 하는 문제이다. 즉 표기상 'ㅣ'를 첨가하거나 삭제함으로써,

당시의 표기자들이 의도했던 것이 과연 무엇이었는지를 음운론적인 관점에서 추정하고자 한다. 한편 4.1.9에서는 'ㅣ'의 첨가 현상과 움라우트 현상과의 차이점을 밝히고자 한다.

중세국어 시기부터 정음 문헌의 표기에 등장하는 것으로, 동일 어사에 자생적(context-free)[131]으로 하향이중모음의 음절 부음인 'ㅣ'가 첨가하고 탈락하는 현상이 있어 왔음은 주지의 사실이다. 본고에서 다루려는 현상은 그 인접음의 음성적 환경, 즉 동화나 이화 현상에 의해서 부음이 첨가하고 탈락하는 경우가 아닌, 첨가와 탈락이 음운론적 조건을 찾을 수 없는 그런 경우로 대상을 한정한다. 오늘날의 방언에서도 이 현상은 그 생명력을 유지하여 언중들의 언어 사용에서 쉽사리 찾아볼 수 있다.

19세기 후기 동북방언을 보여주는 『로한ᄌ뎐』(1874)에서 이러한 예를 접할 수 있다(최학근 1976:136-138). 'ㅣ'모음이나 'ㅣ'가 선행하는 중모음 이외의 모음으로 끝나는 명사인 경우에 끝음절에 'ㅣ'를 첨가하는 경우와 'ㅣ'가 포함되어 있지 않은 일음절어에서는 '이'음절을 첨가하는 것이 바로 그것이다. 이 현상은 주로 한자로 된 명사에 집중적으로 나타나며 명사 외에 부사, 접속사 등에는 보이지 않는다(봉션홰(鳳仙花), 부지(富者), 녹뒤(綠豆), 공뷔(工夫), 염쇠(羊), 푀(票), 거문괴(琴), 화뢰(火爐), 티되(態度)/우이(上), 저자이(市), 마다이(場), 짜이(土), 코이(鼻), 뜰파이(野蔥) 등).

---

131) 여기서 'context-free(자생적 변화)'란 용어는 공시적 사실에 바탕을 둔 기술언어학의 용어로 'context-sensitive(조건적 변화)'와는 대립적인 음변화의 유형이다. 때로는 자발적인 음변화로 불리기도 하는데, 역사언어학(Historical Linguistics)에 있어서는 'unconditioned change(무조건적 변화)'와 'conditioned change(조건적 변화)'로 잘 알려져 있다. 무조건적 음변화는 한 음이 모든 환경에서 음적 가치가 획일적으로 영향 받는 것을 말하며, 조건적인 음변화는 한 음이 주어진 환경에서만 음적 가치에 영향을 받는 것을 말한다. 동화, 이화, 분절음의 재배열, 분절음의 삽입과 탈락 등이 여기에 속한다(Jeffers & Lehiste 1979:3).

현대 충남방언에서도 'ㅏ/ㅐ'의 대립인 '장가/장개, 가마/가매, 부자(父子)/부재, 치마/치매, 가름마/가름매, 학생/학상, 고생/고상, 선생/선상, 동생/동상' 등의 예가 나타나는 것이 보고된 바 있다(도수희 1977:119-120).

물론 현대국어에서는 이중모음의 단모음화가 이루어져 /ε, e, ø(ö), y(ü)/ 등의 형태가 되었지만, 이것이 /a, ə, o, u/의 단모음에 부음 j가 첨가되어 /aj, əj, oj, uj/ 등의 하향이중모음을 이루고, 이것이 다시 단모음화된 모습으로 나타난 것이다. 이런 현상은 부분적(명사 어간말에 붙는 경우)으로는 형태론적인 기재, 즉 명사파생접사 '-i'로 설명이 가능하나, 그 이외의 많은 예들, 즉 동사, 형용사, 부사, 명사 어간 사이에 j가 첨가하고 탈락하는 용례들은 그러한 기재로만은 설명할 수 없다. 그렇다면 형태론적인 기재로 설명할 수 없는 j의 첨가와 탈락 현상을 어떻게 설명해야 하는가? 이 점이 본고의 논의에 대한 문제점이면서 동시에 출발점이라 할 수 있다.

본고에서는 이 현상을 푸는 실마리를 찾기 위해, 다음과 같은 기본적인 인식 위에서 논의해 나가고자 한다. 음운론적인 관점에서 음운현상은 반드시 당시의 음운체계를 반영한다는 기본적인 명제가 바탕이 된다. 이 같은 기본 명제 아래, 여러 용례들을 분석하여 음운론적 층위에서 이 현상을 설명하고자 한다. 또한 18세기와 19세기 교체기에 등장하기 시작하는 것으로 알려져 있는 움라우트 현상과도 서로 비교, 검토해 보고자 한다. 여기서 표면적으로 동질성을 보이는 j의 첨가 현상과 움라우트 현상이 내면적으로는 어떤 이질성을 가지고 있는지를 설명하게 될 것이다.

4.1.2. 부음의 첨가나 탈락에 관한 기존 연구는 이른 시기부터 관심을 받아 왔다.[132] 기존의 여러 연구들을 살펴보면 '첨가'와 '탈락'이란 용어

가 보여주듯, 대부분 이에 대해 표면적인 현상의 기술에만 치우친 감이
없지 않았다. 그것은 이 현상에 대해 심층적으로 내재하는 원인(그것이
형태론적이든 음운론적이든 간에)을 찾기가 어려웠다는 사실이 첨가와 탈
락이라는 현상의 기술에만 만족하게 했던 것으로 보인다. 그러나 이 현
상에 관하여 형태론적 혹은 음운론적인 측면에서 나름대로 설명해 보
려는 시도가 있었고, 상당히 만족할만한 성과도 있었다. 우선 앞선 연
구 결과를 검토해 보고, 기존 연구 성과에서 드러나는 문제점들을 지적
하고자 한다.

  본고의 관심은 부음의 첨가와 탈락에 아무런 음운론적 조건을 지울
수 없는 경우로 한정하나, 일단은 첨가와 탈락의 음운론적 조건을 설명
할 수 있는 경우까지도 일단 연구사의 범주에 넣어 살펴보도록 하겠다.

  부음인 'ㅣ'의 첨가 현상은 광의의 움라우트 현상과의 상호 관련성 속
에서 이숭녕(1940,1954/1988:514-531)에서 15세기 국어에 공존하는 'ᄇ야/
비얌, 가야미/개야미, ᄆ야미/미야미' 등의 교체가 15세기 초기부터 싹트
기 시작한 광의의 동화현상인 움라우트 현상의 시초로 언급되었다. 또한
명사어간 뒤에 붙는 'ㅣ'(굼벙이, 푸리, 부헝이, 그려기, 올창이, 두터비 등)를
명사파생접사 -i 로 보았다.[133] 여기서 드러나는 문제점은 'ㅔ, ㅐ'가 중
세국어 당시에는 이중모음(əj, aj)이었다는 관점에서 볼 때, 'ㅔ, ㅐ'(/e, ɛ/)
의 단모음화 이전에 보이는 움라우트는 언뜻 수긍하기 힘들다는 점이다.
또한 [+animate] 명사어간 뒤에 붙는 'ㅣ'를 명사파생접사 '-i'로 본다면
동일한 조건에서 [-animate]에 붙는 'ㅣ'의 첨가(가마(釜)> 가매, 나조

---

132) 부음이 음성적, 음운적 측면에서 여러 모로 논의되어 왔던 이유를 도수희
   (1985/1987:178)는 "비록 자립성이 없는 일종의 부음에 불과한 지극히 불안정한 음소
   이면서, 언어변화에 있어서의 그것의 기능은 대단히 역동적(dynamic)인 사례가 많았
   다는 점에 있을 것이다"라고 설명한 바 있다.
133) 이숭녕(1981:88-91)을 참조.

(夕)>나죄 등)는 또 다른 기재로 설명해야 한다는 해석상의 부담을 안게 되며, 이와는 대조적인 것으로 명사어간말에 'ㅣ'가 탈락(그림재(影)>그림자, 쟈래(鼈)>쟈라 등)하는 현상을 또한 설명해야 한다.

유창돈(1964:165-168)에서는 모음변화의 자생적 변화[134]의 측면에서 'ㅣ'의 첨가·탈락이란 용어를 처음으로 사용하였다. 여기서 'ㅣ' 첨가·탈락의 자생적 변화에 대해 '구더기>귀더기, 곳고리>굇고리, 아래>아라, 스싀로>스스로' 등 약 20여 개의 용례를 제시하고 있다. 'ㅣ'의 자생적인 첨가와 탈락 현상에 관한 한 최초의 언급이란 점에서 그 의의를 찾을 수 있다. 그러나 이 역시 단지 표기 현상에 관한 기술일 뿐, 이 현상에 대한 언어학적인 설명에는 이르지 못한 것으로 볼 수 있다.

허웅(1965:554-557)은 '겨집>계집, 져비>졔비, 곳고리>굇고리, ㅂ얌>비얌, 가야미>개야미, 다야>대야' 등과 같은 'ㅣ'의 첨가 현상을 어형을 한층 더 분명히 하고 강화하려는 노력에서 나온 결과이기 때문에 움라우트로는 볼 수 없고 어중음 j의 첨가로 보았다. 즉 이 현상을 동화로 보지 않고, 후행 음절의 j의 출발점에 있어서 지속을 길게 한 것(비얌 pʌ-jam/pʌjam, 개야미 ka-jami/kajami 등)이므로 일종의 첨가로 보려는 것이다. j첨가 현상을 형태론적인 측면에서 어형을 강화하려는 노력의 일환으로 보고 있으나, 이 현상들은 명사에만 국한된 것이 아닌 광범위한 현상이었고(고롭다>괴롭다, 너(四)>네, 온갖>왼갖, 이르다(早)>이릐다, 주므르다>쥐믈으다 등), 이 현상이 체계적인 균형성을 갖기 위해서는 j 탈락 현상을 아울러 설명할 수 있어야 한다고 본다.

---

134) 여기서 말하는 자생적 변화란 'ㅣ'의 첨가 현상에서 모음충돌을 회피하기 위한 경우(내어>내여), 'ㅣ'의 역행동화의 경우(겨시다>계시다)와 'ㅣ'의 탈락에서 동음생략으로 인한 경우(뫼시다>모시다, 내여>나여) 등의 조건적인 변화를 제외한 나머지 변화를 의미한다(유창돈 1964:165).

이기문(1971/1972a)에서는 '풀>푸리, 굼벙>굼벙이, 그럭>그려기' 등과 같이 명사파생접사 '- ㅣ'가 붙어 파생명사가 되었고(1972a:146), 'ᄉᆞᄌᆞ(獅子)'가 'ᄉᆞ지'로 된 것은 주로 인간이나 동물과 관련된 명사에 붙는 접미사인 것으로 보이나, 그렇지 않은 명사에 붙은 예들이 많아서 아직 그 기능이 정확히 밝혀져 있지 않다고 해석하기도 하였다(1971:595). 그러나 이는 이숭녕(1954/1981)과 허웅(1965)에서 보이는 동일한 문제점, 즉 명사 이외의 어사에 나타난다는 점과 역으로 탈락하는 현상을 보인다는 사실이다. 여기서 명사형에 문법형태소인 명사파생접사 j가 다시 덧붙여진다는 것은 쉽게 납득될 수 없는 것으로 보인다.

최전승(1979:255-275)은 15세기에서 18세기 국어를 통하여 일정한 음성조건 없이 출현하는 변이형 '쟈라(鼈)/쟈래, 반도(螢)/반되, 님자/님재, 더파(砲)/더패, ᄌᆞᄉᆞ(核)/ᄌᆞ싀, ᄉᆞᄌᆞ(獅子)/ᄉᆞ지, 바ᄅᆞ(海)/바리, 나조(夕)/나죄, 가마(釜)/가매' 등을 언어변화의 중간단계 내지는 방언형의 개입으로 보았다. 이런 현상은 인명, 동·식물명, 곤충 및 고기명 등의 보통명사 어간에 붙는 접미사 '-i'로 보았다. 이러한 예들은 근대국어에 이르기까지 존속되었으며, 당대의 방언에 보편성이 확대되어 언어파장(linguistic wave)의 형식으로 전파되었던 것으로 추정하였다. 이런 주장은 j를 [+animate]인 보통명사어간에 붙는 명사파생접사로 파악하고, 방언에 보편성이 확대 적용되어 [-animate] 명사까지 전파된 것으로 보고 있으나, 이 현상이 명사에만 국한된 현상이 아니라는 데에 문제가 있다.

도수희(1983/1987:197-207)는 조건적 변화로서 부음 j의 겹침이 모음 충돌을 피하기 위한 자음적인 개재가 아니라, 일종의 순행동화에 불과한 것으로 보고 이에 대한 근거로 역행동화로서의 부음 j의 겹침 현상을 제시하였으며, 김주필(1994:120-140)은 17-18세기에 보이는 역행 과도음 j의 첨가현상(버혀/베혀, 다히/대히, 오히려/외히려 등)을 구개성 반모음 첨가 현상으로 보았다. 특히 'ㅎ>ㄱ>순음, 치조음'의 개재 자음 순으로 구개성 반모음 'ㅣ'의 첨가 현상이 확산, 발달했다고 보고 있다.

백두현(1989:106-122)은 off-glide j의 첨가와 탈락은 거의 같은 시기부터 일찌기 나타나는 공통성을 갖고 있으며, 이 두 변화가 재구조화를 결과시키는 점도 비슷하여 단순한 표기상의 오류가 아니라 음운론적 지위를 가지고 있는 것이 확실하다고 보고, 두 변화가 이루어지는 환경이 일정한 조건을 갖춘 것이 아니라고 하였다. 따라서 이들이 발생하게 된 원인을 확실하게 밝히기는 어렵다고 보았다. 또한 off-glide j의 첨가와 탈락이 이른 시기부터 존재하는 사실은 하향중모음의 음운론적 지위를 반영하는 것으로 해석될 수 있으며, 하향중모음을 구성하는 요소가 음운론적으로 안정된 결합의 구조적 단위였다면 탈락과 첨가가 쉽게 일어날 수 없었을 것으로 보았다. 따라서 하향중모음의 구성요소가 가진 결합 관계가 유동적이고 불안정한 속성을 드러내 보인 것이 off-glide j의 첨가와 탈락이라고 해석하였다. 이런 이유로 off-glide j의 첨가와 탈락을 단순한 표기상의 오류가 아니라 음운론적 지위를 가지고 있는 것으로 보고, 그것을 하향중모음의 유동적이고 불안정한 음운론적 지위를 반영하는 것으로 해석하였으나, 유동적이고 불안정한 음운론적 지위를 반영한다고 하는 off-glide가 탈락의 과정과는 상반되는 현상인 첨가의 과정을 겪는다는 사실은 음운론적으로 쉽게 납득하기 어렵다.

이러한 점에서 유동적이고 불안정한 음성적 특성을 가지고 있었다고 추정하는 j의 성격을 다시 한 번 생각하게 한다.

4.1.3. 부음인 'ㅣ'가 자생적으로 첨가하고 탈락하는 현상은 표기상의 측면에서 볼 때, 동일한 형태에 'ㅣ'가 첨가하고 탈락하는 것에 불과하다. 표기상 'ㅣ'가 덧붙여지고 떨어지는 모습으로 나타나는 이 현상을 획일적으로 파악하려는 태도에서 탈피하여 여러 각도에서 그 내적 원인을 규명해야 할 것으로 본다. 그러나 용례들을 살펴보면 표기상 나타나는 공통성 이면에는 서로 각기 다른 '내재적 자질(intrinsic features)'이 있어 그로 인해 부음 'ㅣ'의 첨가와 탈락이 실현되고 있음을 알 수 있다.

　이런 관점에서 부음의 첨가와 탈락은 두 가지 층위에서 해석이 가능하다. 하나는 형태론적인 층위에서의 해석 방법이고, 다른 하나는 음운론적 층위에서의 해석 방법이다. 전자는 명사 어간말에 붙는 명사파생 접사 혹은 어형을 강화하려는 j의 첨가 현상으로 설명하는 데에, 주로 사용해 왔던 기존의 방법이라고 말할 수 있다. 그러나 후자로는 필자가 아는 한 백두현(1989:122)의 "유동적이고 불안정한 음운론적 지위를 반영하는 j 자체의 음운론적 특성"이라는 언급을 제외하고는 아직까지 학계에서 심도 있게 논의된 바가 없었던 것으로 안다. 부음의 첨가와 탈락을 형태론적인 관점에서 설명할 수 있는 경우와 그렇지 않은 경우를 먼저 구분해 보고 그 용례들을 검토해 보기로 한다.

4.1.4. 'ㅣ'의 첨가 가운데, 명사 어간말에 붙는 'ㅣ'의 경우를 명사파생 접사로 파악하는 것이다. 이숭녕(1940)에서 언급된 이후, 지금까지 대부분의 논저에서 이러한 기술을 찾아 볼 수 있다. 이는 [+animate] 자질을 가진 명사 어간말에 'ㅣ'가 붙는 어사, 즉 다음의 용례 (가)를 설명하는 데 주로 사용되어 왔다. 이 같은 경우는 체언 뒤에 붙어서 그것이 유정체(有情體)나 개체소(個體素)임을 나타내주는 것으로 '유정명사화

소'나 '개체화소'라 할 수 있다.

(가) 풀<蠅>(解例 用字例)/프리(杜초20/26), 굼벙<蟾蜻>(解例 用字例)/굼벙
이(救方下4), 그력<雁>(解例 用字例)/그려기(능8/121), 두텁<蟾蜍>(解例
用字例)/두터비(南明上11), 올창<蝌蚪>(解例 用字例)/올창이(四解上1),
부헝<鴟鵂>(解例 用字例)/부헝이(譯下27)

그러나 이렇게 보는 데에도 문제가 전혀 없는 것은 아니다. 다음의
예들, 즉 [-animate]인 명사 어간말에 붙는 (나)의 용례들이 문제가 된
다. 설령 (나)의 예들을 [+animate]에 붙는 명사파생접사 'ㅣ'가 언어파
장으로 인하여 확대 적용된 어사[135]들이라고 인정하더라도 다음에 보
이는 (다)의 예들은 그런 논리의 비약을 인정하지 않는다.

(나) 나조<夕>(능2:5)/나죄(月18:32)(杜초7:4), ᄌᆞ가<自己>(석9:33)/ᄌᆞ개(석11:
17), 프가<扉斗>(四解上3)/프개(字會中25), 가마<釜>(杜초11:17)/가매(杜
중11:17), 바ᄅᆞ<海>(杜초15:52)/바리(杜중17:12), 교토<料物>(朴초上6)/교퇴
(朴중下33), 사ᄉᆞ<骰>(字會中19)/ᄉᆞ이(譯補47), 양ᄌᆞ<樣子>(杜초20:45)/양
지(杜중12:29), ᄌᆞᄉᆞ<核>(月23:94)/ᄌᆞ의(胎要43), 죡솨<足鎖>(字會中15)/죡
쇄(譯上66)

(다) 도ᄐᆞ랏<藜>(杜초7:24)/도틔랏(三강孝2), 구더기(永嘉上35)/귀더기(字會
上24), 모ᄎᆞ라기(杜초20:26)/뫼ᄎᆞ라기(東醫湯液1:38), 특<頤>(解例 用字例)/
틱(신속孝4:5), 곳고리<鶯>(杜초6:3)/굇고리(杜중6:3), 나그내(杜초6:49)/나긔
내(杜중6:49), 눈쳑<眼識>(譯上39)/닌쳑(靑p.103), 드틀<塵>(杜초11:16)/듸
틀(杜중11:16), 방핫고<杵>(杜초7:18)/방햇고(杜중7:18), 스골<鄕>(救간
1:103)/싀골(小諺6:81), 아라우ㅎ<上下>(月1:29)/아래우ㅎ(老下7), 아래<下>
(용40)/애래(신속孝7:22), 적<時>(杜초15:38)/젝(杜중15:38)

---

135) 최전승(1979:255-275)을 참조

(다)의 예들은 (나)의 예를 단순히 명사파생접사가 첨가된 어형이라고 결론짓는 것을 어렵게 한다. 그 이유로 다음과 같은 세 가지 사실을 지적할 수 있다.

첫째, 명사형에 문법 형태소인 명사파생접사가 또 다시 붙는다는 것은 형태론적인 관점에서 쉽게 납득하기 어렵다. 둘째, 명사 뒤에 'ㅣ'의 첨가를 명사파생접사라고 한다면 이런 첨가 현상에 버금가는 정도의 많은 용례를 보이는 명사 어간말 'ㅣ'의 탈락 현상(후술될 4.1.6의 (마)의 예)을 어떻게 설명해야 하느냐는 것이다. 셋째로 용례 (다)에서 보듯이 'ㅣ'의 첨가 현상이 명사 어간말에만 덧붙여지는 것이 아니라 명사 어간의 형태소 내부에서도 첨가되는 예들이 다수 존재한다는 사실이다. 이는 'ㅣ'의 첨가가 단순히 명사파생접사라고 단정 짓는 것을 어렵게 한다.

지금까지 살펴본 바와 같이 (가)의 용례를 제외하고 (나)~(다)의 용례들은 앞서 논의처럼 [+animate]에 붙는 명사파생접사-좁게 말하면 유정명사화소-의 'ㅣ'라고 말하기는 어렵다. 이같이 (나)~(다)의 예들은 (가)와는 다른 각도에서 해석되어야 함을 보여주고 있다.

4.1.5. 한편 15세기의 정음 문헌에 보이는 어형으로 많은 이들의 주목을 받았던 '빈얌/비얌/비얌, 무야지/미아지/미야지, 무야미/미아미/미야미, 가야미/개야미' 등의 어사들은 j의 동화(움라우트의 초기형) 또는 어형을 강화하려는 첨가 현상으로 파악했던 것이 그간의 형편이었다. 이에 관한 문제점은 앞에서 이미 언급했기 때문에 여기서는 다시 논의하지 않기로 한다. 다만 이에 대한 대안으로 위의 어사들을 형태음운론적인 관점에서 '음절 경계의 유동성'으로 설명하고자 한다.

즉 '무야지/미아지/미야지'의 경우 반모음 j가 선행 음절에 붙을 때는 '미아지(mʌj-a-ci)'형으로, 후행 음절에 붙을 때에는 '무야지(mʌ-ja-ci)'

형으로 표기된다. '미야지'형은 후대로 오면서 형태소의 재구조화를 거쳐 형성된 어사라고 볼 수 있다. 'ᄆᆞ야미(mʌ-ja-mi)/미아미(mʌj-a-mi)', 'ᄇᆞ야다(pʌ-ja-da)/비아다(pʌj-a-da)', '괴오ᄒᆞ다(koj-o-hʌ-da)/고요ᄒᆞ다(ko-jo-hʌ-da)' 등의 경우도 이와 동일한 맥락에서 해석할 수 있다. 음절 경계의 유동성은 형태소 오분석과도 밀접하게 관련된 것으로 다음의 용례들이 여기에 포함된다. (라)의 예는 『杜詩諺解』에 보이는 것들로 국한하였다.136)

(라) 가야미<蟻>(杜초8:8)/개야미(杜초7:18), ᄇᆞ얌<蛇>(杜초10:21)/비얌(杜초21:38), 개야지<柳絮>(杜초23:23)/가야지(杜초10:5), 날호야<徐>(杜초6:6)/날회야(杜초8:28), 가시야<更>(杜초8:30)/가ᄉᆞ야(杜초25:37), ᄆᆞ야지<駒>(杜초23:36)/미야지(杜초17:25)/미아지(杜중2:11), 오얏(杜초10:23)/외얏(杜초15:21), 하야로비(杜초14:3)/해야로비(杜초7:7), 제여곰(杜초7:34)/저여곰(杜초20:28), 미야미<蟬>(杜초20:8)/미아미(杜초15:27), 괴오ᄒᆞ다(杜중24:19)/고요ᄒᆞ다(杜중2:16)

위의 예들은 뒤에 따르는 '-j'가 음절의 경계를 넘나들며 앞 음절 혹은 뒤 음절에 속하게 되는 것으로, 본고에서 다루려는 자생적(context-free)인 'ㅣ'의 첨가·탈락 현상과는 음운론적인 해석을 달리한다. 따라서 이런 예들은 논의의 대상에서 일단 제외하기로 하겠다.

4.1.6. 다음에 살펴볼 (마)는 (나~다)와는 반대로 j가 탈락하는 경우이다. 형태론적인 입장에서 (나)의 예들을 명사 어간말에 붙은 명사파생접사로 본다고 하더라도 (마)의 경우에 접해서는 탈락하는 형태론적

---

136) 그밖에 문헌에도 '도요<鷸>(字會上15)/되요(四解上70), 노야기<香薷>(東醫湯液2:33)/뇨야기(字會上15), 메유기(杜초上17)/머유기(四解下82), 게엽다<雄健하다>(석9:20)/거엽다(月2:41)' 등의 표기 형태가 보인다.

인 이유를 설명하기가 어려워진다. 또한 여기서 주목해야 할 것은 (바)에서 볼 수 있듯이 상당수의 어사가 동시에 두 어형인, j가 첨가된 형태와 j가 삭제된 형태, 즉 쌍형으로 공존했다는 사실이다.

> (마) 반되<螢>(解例用字例)/반도(字會上21), 녜<古>(용51)/녀(杜중12:19), 디패<砲>(類合下42)/디파(譯下17), 새배(杜초6:4)/새바(杜중11:51), 그림재<影>(誡初9)/그림자(譯補1), 웅에<鱔魚>(救간21)/웅어(物譜 魚), 쟈래<鼈>(杜초10:14)/쟈라(類合上15), 져재<市>(용6)/져자(龜상5), 활고재<弓腦>(字會中28)/활고자(漢129c), 나뷔<蝶>(靑大p.81)/나부(춘향p.39)

> (바) 몬져<先>(석9:9)~몬졔(석19:36), 새려<新>(杜초8:48)~새례(杜초16:61), 너모<四角>(杜초16:40)~네모(杜초11:25), 프-(杜초10:44)~픠-(杜초10:7), 즈가<自己>(석9:33)~즈개(석11:17), 즈숙<核>(月23:94)~즈싁(月2:41), 나조<夕>(능2:5)~나죄(능7:43), 스스로(杜초15:14)~스싀로(杜초15:30), 어그르치(杜초23:18)~어긔르치(杜초24:48), 삐(杜초23:32)~뼥(杜초22:30), 나조ㅎ(杜초17:20)~나죄(杜초25:1)

15세기 중엽의 『釋譜詳節』, 『楞嚴經諺解』, 『杜詩諺解』 등의 동일 문헌에서 나타나는 (바)의 예들을 통해서 우리는 j의 첨가와 탈락이 초기단계에서는 수의적인 현상이었을 가능성을 배제하지 못한다. 이 점은 어휘사적인 측면에서도 주목할 수 있지만, 음운론적인 측면에서 당시의 음운현상과 어떤 관계가 있음을 말해주고 있는 것이 아닌가 생각하게 한다. 다수의 어사들에서 나타나는 j 첨가와 탈락이 당시의 음운현상과 밀접하게 관련되었을 수도 있다는 사실을 통해, 이 현상이 표기상의 첨가와 탈락 이상의 어떤 음운론적 가치를 보여주는 것일지도 모른다는 사실을 추정케 한다.

(사)의 예들은 (마)와는 대조적으로 부음이 형태소 내부에서 탈락하는 용례들인데, 이 역시 j의 탈락이 앞서 언급한 형태론적인 측면 내지

는 음절의 유동성으로 해석하는 데에 어려움을 주고 있다.

(사) 귓것(月1:46)/굿것(杜중12:39), 귀향<謫>(杜초16:5)/구향(杜중16:5), 뒷고마
리<卷耳>(杜초16:71)/돗고마리(字會上8), 새배<曉>(杜초6:4)/사배(杜중6:4),
쇠로기<鳶>(杜초20:13)/소로기(柳物一·羽)/소록이(교시조2501-1), 계ᄌ<芥>
(救간1:15)/겨ᄌ(柳物三草), 위두<爲頭>(月1:23)/우두(癸丑p.95)

4.1.7. 앞에서 명사 어간말에 j의 첨가 현상에 필적할만한 많은 용례를
보이는 명사 어간말 j의 탈락 현상에 주목한 바 있다. 또한 j의 첨가가
명사 어간말에만 적용되는 것이 아니라, 명사 어간의 형태소 내부에서
도 첨가된다는 사실은 이를 명사파생접사라는 문법형태소로 간단히 처
리할 수 없음을 보여주는 것이라 추정하였다. 이와 더불어 j의 동화 혹
은 어형 강화의 측면에서 논의해 왔던 것 역시 음절 경계의 유동성으로
말미암은 어형으로 보아야 함을 지적하였다. 따라서 4.1.5의 (라)의 예
는 본고에서의 논의인 자생적인 j의 첨가와 탈락과는 직접적인 관련성
이 없다고 할 수 있다.

그런데 여기서 관심을 끄는 용례가 있는데, 그것은 명사가 아닌 용언
이나 수식언 등에 아무런 이유 없이 j가 첨가하고 탈락하는 다음과 같
은 예들이다. (아·자)는 j가 첨가되는 용언과 수식어의 예들이고 (차)
는 그와는 대조적으로 탈락하는 경우들이다.

(아) 녀다<行>(杜초20:2)/녜다(杜중20:2), 놀라다(杜초6:9)/놀래다(杜중6:9), 믠
돌다(번小16)/믠돌다(小언六100), 멋귀여<塡>(杜초7:3)/몟귀여(杜중7:3), 며
다<塞>(月23:92)/몌다(月8:84), 사괴다<交>(杜초11:5)/새괴다(杜중11:5), 이
르다<부>(杜초15:17)/이릐다(杜중1:22),   싯구다<騷>(字會下22)/싯귀다(漢
227), 여희여<別>(杜초6:51)/예희여(杜중6:51), 열웻도다<薄>(杜초10:38)/옐
웻도다(杜중10:38), 고롭다<苦>(小언6:54)/괴롭다(漢212), 주므르다(救方上

78)/쥐믈으다(救간一60), 아닥아닥히(杜초8:31)/아딕아닥히(杜중3:37)

(자) 구틔여(杜초11:28)/귀틔여(杜중11:28), 몬져<先>(용7)/몬졔(석19:36), 저
<自>(救方上52)/졔(救간六20), 젓긔<霜>(杜초10:23)/젯게(杜중10:23), 죠고
맛(석六44)/죠고맷(朴초上58), 너<四>(능2:42)/녜(杜초7:16)

(차) 내돋다<出走>(석6:33)/나돋다(救간1:110), 뫼호다<會>(능6:41)/모호다(三
譯4:5), 스싀로<自>(석11:40)(杜초7:30)/스스로(杜초15:2), 믈읫(圓序2)/믈웃
(救方下73), 두세<二三>(救方下2)/두서(三강烈12), -ㄹ뎬(圓上一之一45)/
-ㄹ뎐(六朝序12), 이믜<旣>(石千20)/이므(女四1:9), 보비ㄹ외다<寶>(杜초
9:30)/보ᄇᆞㄹ윈(杜중3:73), 아쉽다(靑p.93)/아숩다(靑李p.7)

(아, 자, 차)의 예에서 j의 첨가·탈락현상이 명사어간에만 국한하여
나타나는 것이 아니라, 용언이나 심지어 수식어에까지도 광범위하게
보인다는 사실은 이 현상을 형태론적인 층위에서 이것을 단순히 명사
파생접사의 일종으로 보는 시각에 의문을 갖게 한다. 따라서 형태론적
인 층위에서가 아니라, 다른 층위에서 바라보는 시각이 필요하다는 점
을 보여주고 있다. 그렇다면 중세국어 당시부터 근대국어로 거치면서
더욱 활발해진 자생적인 j의 첨가·탈락현상을 어떤 관점으로 해석해야
하는가?

본고에서는 이 현상을 형태론적 측면보다는 음운론적인 층위에서 그
실체를 파악할 수 있다고 본다. 문헌어에서 무의식적으로 등장하는 우
발적인 표기들조차도 당대의 드러나지 않았던 음성 변화나 방언의 변
이형들을 보여준다는 사실137)을 염두에 둘 때, 소위 j의 첨가·탈락을
보여주는 이런 어형들은 결국 궁극적으로 음운론적 층위에서의 내재적
자질의 일면을 나타내는 것이 아닌가 한다. 한 어사에 부음이 첨가하고

---

137) 최전승(1979:255)에서 재인용. 이러한 이론적 바탕에 대해서는 Penzel(1969)을 참
조할 것.

탈락하는, 또 두 어형이 공존하는 모습은 당시의 음운들과의 상호 관계 속에서 나타나는 것이며, 당대의 음운체계와 전혀 무관한 것이 아님은 어렵지 않게 추정할 수 있는 사실이다. 이러한 관점에서 j의 첨가·탈락이 당시 음운체계의 구조적 역학관계를 보여주는 현상 가운데 하나라는 가정 하에서 이 현상을 바라보려 한다.

4.1.8. 그렇다면 당시의 표기자들이 표기상 j를 첨가하고 탈락하는 방법을 통하여 궁극적으로 표현하려고 했던 것은 과연 무엇일까? 앞에서 지적한 바와 같이 명사 어간말에 j의 첨가만으로 볼 때는 명사파생접사로 파악할 수도 있으나, 명사 어간말에 국한하여 첨가되는 것이 아니라 명사 어간의 형태소 내부에서 j가 첨가된다는 점, 그리고 더 나아가서 명사 이외의 다른 어사에도 광범위하게 보인다는 사실은 이 현상을 형태론적인 층위에서뿐만이 아니라 음운론적인 층위에서도 논의될 수 있다는 가능성을 보여주고 있다.

　본고는 여기서 부음의 첨가와 탈락이 당시 음운체계에서 모음들 간의 대립 관계, 즉 체계 안에서 음운 상호간의 역동적인 내적 관계를 드러내 주는 것이 아닌가 추정한다. 여기서 말하는 역동적인 내적 관계란 당시의 음운체계를 말하지 않고서는 설명될 수 없는 것이기 때문에, 먼저 15세기 국어의 모음체계에 대해서 간략히 언급해 보기로 한다.

　15세기 국어의 단모음 체계에 관해서는 그것이 고저 대립 체계였다는 견해, 전후 대립 체계였다는 견해, 그리고 사선적(斜線的) 대립 체계였다는 견해 등으로 크게 나뉘어진다.[138] 그러나 이 같은 논의에서 나

---

138) 15세기 국어의 모음체계 연구사 및 그 체계의 변천에 관해서는 후술될 4.4에서 다시 논의될 것이다.

타나는 공통점 가운데 하나는 당시의 단모음 체계는 전설계 모음이 하나밖에 없었다는 점이다. 이 같은 체계의 모습은 체계적인 관점에서 불안정적이며 기형적인 것으로, 균형 잡힌 대립 체계를 추구한다는 측면에서 새로운 전모음 계열(/ɛ, e, ø, y/)의 생성을 예견하는 것이기도 하였다. 결국 이러한 구조적이며, 체계적인 요구가 여러 음운현상을 일으키는 동인으로 작용하였고, 그 중의 하나가 j의 첨가·탈락이라는 현상으로 실현된 것이 아닌가 하는 생각을 갖게 한다.

이러한 관점에서 j의 첨가·탈락의 현상 역시 'ㆍ'의 비음운화, 하향 이중모음의 단모음화, 움라우트와 함께 새롭게 재정립되는 모음체계의 전설 : 후설모음의 대립을 보여주는 현상으로 추정해 볼 수 있다. 이는 근대국어 시기에 있었던 이중모음의 단모음화와 움라우트라는 통시적 변화가 전모음 계열(/e, ɛ, ø, y/)의 생성에 적극적으로 관여 했다는 사실과 함께 j의 첨가와 탈락현상도 이와 동일한 맥락에서 파악하여야 한다는 것이다.

이 같은 태도, 즉 j의 첨가와 탈락이 음운론적으로 전설 대 후설의 대립 양상을 보여주는 것이라 추정한다면, 지금까지 알려져 왔던 하향 이중모음의 단모음화 시기의 문제도 함께 대두된다. 지금과 같이 단모음화 시기를 18세기 이후로 추정한다면, 18세기 이전부터 보이기 시작하는 이 현상을 적절히 설명하는 데에 어려움을 느끼게 된다. 이중모음의 단모음화 시기에 대해서는 보다 깊은 논의가 요구되기 때문에 후술될 4.3에서 자세히 다루도록 하고, 본절에서는 단모음화 시기에 관한 재조정의 가능성만을 지적하고자 한다.

당시 단모음 중에서 j와 결합이 가능한 모음은 'ㅣ'를 제외한 나머지 6개 모음인데, 'ㆍㅣ'와 'ㅢ'를 제외하고는 현대국어에서 /ɛ, e, ø, y/로 단모음화하였음은 주지의 사실이다. 'ㆍㅣ(/ʌj/)'는 직접 단모음화의 과정을 거치지 아니하고, /aj/로 변화의 과정을 거쳐 /ɛ/로 단모음화하였으며, 'ㅢ(/ij/)' 역시 부분적으로 /i, ɨ, e/ 등으로 단모음화하였다. 단모음에 j가 결합되어 하향이중모음을 이루었던 것인데, 이것이 다시 모종의 음변화를 통하여 단모음화가 이루어진 것이다. 아래에 제시된 바와 같이 단모음에 j가 합쳐져 하향이중모음을 이루었고, 이것이 다시 단모음화 과정을 거쳐 전모음 계열인 /ɛ, e, ø, y/를 생성했음을 볼 수 있다.

· /ʌ/ + ㅣ /j/ → ·ㅣ/ʌj/ (> aj> ɛ)   ㅡ/ɨ/ + ㅣ /j/ → ㅢ/ij/ (> ij, i, ɨ, e)

ㅏ /a/ + ㅣ /j/ → ㅐ/aj/ (> ɛ)   ㅗ/o/ + ㅣ /j/ → ㅚ/oj/ (> ø, we)

ㅓ /ə/ ㅣ /j/ › ㅔ/əj/ (> e)   ㅣ /u/ + ㅣ /j/ → ㅟ/uj/ (> ü, wi)

/ɛ, e, ø, y/의 단모음은 j의 결합에 의해 /aj, əj, oj, uj/ 등의 하향적 이중모음을 형성했고, 이것이 다시 단모음화 과정을 거쳤다고 추정할 수밖에 없는 것이다. 즉, 하향이중모음의 단모음화로 전모음계의 빈 여백을 채우려 했던 것으로 여겨진다.

아무튼 j의 첨가가 전모음 계열인 /ɛ, e, ø, y/와 밀접한 관련성을 가지고 있었음은 부인할 수 없는 사실인 듯하다. 이런 사실로 미루어 볼 때 음운론적인 측면에서 j의 첨가현상은 모음체계상의 불균형성을 회복하려는 방편으로, 후설모음 계열에 대립하는 전모음 계열을 재정립하려는 노력의 일환으로 작용하였던 것이 아닌가 한다. 따라서 j의 첨가 현상은 전모음 계열 발생을 촉진시키는 역할을 담당했던 것으로 보인다. 이러한 맥락에서 볼 때 동일 어사에 나타나는 j의 탈락 현상 역시 전설:후설모음의 대립의 양상을 보여주는 음운론적인 흔적의 하나라고 여겨지며, j의 첨가 현상과 전연 별개의 것이 아님을 알 수 있다.

문헌상에 등장하는 j의 첨가와 탈락 현상을 음운론적인 관점에서 설명해 보고자 했던 것이 본고의 의도였다. 상당수 음운현상의 모습들이 당시 문헌의 표기에 반영된다는 점을 상기해 볼 때, j의 첨가와 탈락 역시 당대의 음운현상을 보여주는 한 일면으로 파악할 수 있다. 앞서 논의되었던 것들을 추려보면 다음과 같이 정리될 수 있다.

첫째, j의 첨가와 탈락을 형태론적인 측면만으로 해석하는 기존의 입장에서 벗어나 형태론적인 면과 음운론적인 측면으로 나누어 설명하고자 하였다.

둘째, 음운론적인 관점에서 음운현상은 반드시 당시의 음운체계를 반영한다는 기본적인 명제를 바탕으로 하여, j의 첨가와 탈락 현상이 당시 음운체계의 역학관계를 표출해 주는 현상 중의 하나로 파악하였다.

셋째, j의 첨가와 탈락을 ' · '의 비음운화, 하향이중모음의 단모음화, 움라우트와 함께 새롭게 재정립되는 모음체계의 전설 : 후설모음의 대립을 보여주는 현상으로 추정하였다. 이는 근대국어 시기에 있었던 하향이중모음의 단모음화와 움라우트라는 통시적 변화가 전모음 계열(/e, ε, ø, y/)의 생성에 적극적으로 관여 했다는 사실과 함께 j의 첨가 · 탈락 현상도 이 같은 맥락에서 파악하여야 한다는 것이었다.

넷째, 음운론적인 측면에서 j첨가현상은 모음체계상의 불균형성을 회복하려는 방편으로, 후설모음 계열에 대립하는 전모음 계열을 재정립하려는 노력의 일환으로 추정하였다. 따라서 j의 첨가현상은 전모음 계열의 발생을 촉진시키는 역할을 했던 것으로 보았다.

다섯째, 동일한 어사에 보이는 j의 탈락 현상 역시 전설 : 후설모음의 대립의 양상을 보여주는 음운론적인 흔적의 하나로, 표면적으로는 j의 첨가와 대립적인 현상처럼 보이나, 음운론적인 측면에서는 동궤의 현상으로 전연 별개의 것이 아님을 알 수 있었다.

4.1.9. 앞서 'ㅣ' 첨가와 탈락에 관한 음운론적인 해석을 시도한 바 있다. 그런데 'ㅣ'첨가의 경우는 형태적인 측면에서 볼 때, 18세기 무렵부터 보이는 움라우트 현상을 생각하게 한다. 'ㅣ'가 개재되는 결과만을 놓고 보면, 두 경우는 동질적인 것으로 보이기 때문이다. 따라서 'ㅣ'의 첨가 현상의 본질을 구명하기 위해서는 'ㅣ' 첨가 현상과 움라우트의 차이를 검토하는 논의가 선행되어야 한다고 본다. 첨가의 성격을 동화 현상과 관련지어 볼 경우와 그렇지 않은 경우는 전혀 다른 음운론적 인식을 요구하기 때문이다.139) 국어사의 측면에서 움라우트 현상이 모음체계의 변천과 밀접하게 관련되어 있음은 주지의 사실인데, 이 같은 움라우트 현상이 일어나기 위해서는 먼저 전설모음 /ɛ, e, ø, y/의 존재를 전제로 해야 한다. 이 같은 사실 때문에 국어사에서 이중모음의 단모음화 시기를 추정함에 있어 상대적 연대 추정의 방법으로 움라우트 현상을 언급했던 것이다.140) 그것은 당시 국어에 전설모음 /ɛ, e, ø, y/를 설정하지 않고서는 움라우트 현상을 논할 수 없기 때문이다.

움라우트의 동화주와 피동화주의 음운론적 성격과 개재 자음의 음운론적 성격 등에 관해서는 많은 주장들이 제시되어 왔다.141) 문제는 움라우트에 대한 음운론적인 제약과 범주를 규정하는 것인데, 여기에 대해서는 이견이 있다. 기존에 논의에서 언급된 움라우트의 음운론적 성

---

139) 이는 이른 시기에 보이는 'ㅣ'의 첨가 현상을 넓은 의미의 움라우트로 볼 수 있느냐는 문제와 긴밀히 연결되어 있다. 기존의 연구에서 '일차적 움라우트' 또는 'i-모음 역행동화' 등의 용어(최전승:1978/1995)를 사용하게 된 것도 이러한 사실과 무관하지 않은 것이다.

140) 김완진(1967:150-151), 이기문(1972a:201)을 참조.

141) 김완진(1963/1971), 도수희(1981), 최명옥(1988/1989) 등을 참조. 특히 움라우트에 대한 연구사 및 제 문제점에 관해서는 최명옥(1988/1989)에서 자세히 언급되었다. 여기에서 동화주, 피동화주, 개재자음의 음운론적 설명과 운소와의 관계, 움라우트들의 예외와 규칙적용 순서에 관한 기술이 폭넓게 이루어진 바 있다.

격과 앞서 살펴보았던 'ㅣ' 첨가의 성격을 비교해 보면 대체로 다음과
같이 정리될 수 있다.

	'ㅣ' 첨가	움라우트
동 화 주	없음	i/j
피동화주	모든 후설모음	모든 후설모음
개재자음	없음	있음

위에서 볼 수 있듯이 두 현상은 피동화주의 음운론적 성격이 모든
후설모음이라는 점만 같을 뿐, 동화주와 개재자음에 있어서는 분명한
차이를 보여주고 있다.

자음이 개재된 경우의 움라우트의 예는 '에미<어미(母)'로 17세기 전
기 문헌에서 발견된 바 있으나,[142] 용례가 하나뿐이어서 문제가 있었
고, 움라우트의 존재가 분명히 드러난 문헌은 18세기 초기에 간행된
『普勸念佛文』이다. 이 문헌은 1704년 경북 예천 용문사에서 간행된 것
인데, 거기에는 '재펴가니(<잡히-)(22), 예기지(<여기-)(29), 쥐견ᄂᆞ니라
(<죽이-)(32)' 등의 움라우트의 예가 나타난다.[143]

정조(1750-1800년) 어필(御筆)에도 '색기도 됴히 잇ᄂᆞ냐'와 같은 예가
보이고,[144] 그보다 좀 뒤인 1855년에 간행된 『關聖帝君明聖經諺解』에
서는 '익기논(26, <앗기-惜), 디리고(27, <드리-煎), 메긴(28, <머기-食),
기디려(30, <기드리-待), 지펑이(33, <지팡이 杖), 싀기(33, <삿기 羔)' 등
의 예(이기문, 1972:201)를 접할 수 있다.

---

142) 전광현(1969:89)을 참조.

143) 김주원(1984:52)을 참조.

144) 김완진(1967:151)을 참조. 정조의 어필을 근거로 하여 움라우트가 늦어도 18세기
    후반부터 나타난 것으로 추정하였다.

그러나 'ㅣ' 첨가의 경우에는 사정이 좀 다르다. '풀/푸리, 그력/그려기'류는 명사파생접사 -i의 결과이고, '가야미/개야미, ᄇ얌/비얌'류는 음절의 유동성과 형태소의 재구조화의 결과임은 이미 앞에서 논의한 바 있어 여기서는 문제될 것이 없고, 본고의 관심은 4.1.7의 (아)에서 제시했던 '이르다/이릐다, 주므르다/쥐믈으다, 젓긔(艣)/젯게'류에서 보이는 'ㅣ'첨가의 경우로 모아진다.

앞에서 살펴보았듯이 움라우트의 동화주는 /i, j/이어야 하는 데 반해, 'ㅣ'의 첨가는 이에 해당되지 않는다. 더군다나 동화주를 개재자음 앞의 모음으로 확대 적용하는 견해[145]에 따르더라도 결과는 마찬가지이다. 움라우트 현상이 인접음(피동화주)을 동화주의 음성적 성질과 비슷하게 만드는 동화 현상이라는 점을 염두에 둘 때, 위에서 언급한 'ㅣ'의 첨가는 동화라고 하기가 어렵기 때문이다. 굳이 움라우트와의 공통점을 찾는다면, 후설모음의 전설화에 비견되는 것으로 해당 모음에 전설고모음[+high, −back]인 'ㅣ'를 첨가한다는 것뿐이다.

본고는 여기서 'ㅣ'첨가의 표면적인 결과만을 가지고 움라우트 현상과 동일시해서는 안 된다는 생각을 갖고 있다. 즉, 두 현상이 형태상의 결과만 같았을 뿐이지 도출되는 과정은 서로 상이하기 때문에, 이 두 현상은 서로 다른 음운론적 기재에 의해 나타나는 현상으로 이해해야 함을 보여 준다고 할 수 있다.

4.2. 하향이중모음의 단모음화와 그 동인

4.2.1. 본절에서는 하향이중모음의 단모음화에 대한 기존의 논의와 하

---

145) 도수희(1981:10)가 그 대표적인 것으로, '치매(<치마), 기개매켜(<기가막혀) 등의 예를 제시하고 있다.

향이중모음의 단모음화가 어떤 '음운론적인 동인'에 말미암은 것인지를 검토하고자 한다. 먼저 하향이중모음의 단모음화 현상이라는 통시적 변화에 대한 기존의 연구들을 살펴본다. 하향이중모음의 단모음화 현상은 앞서 지적된 바와 같이 중세국어 당시 'ㅐ, ㅔ, ㅚ, ㅟ' 등을 비롯한 하향이중모음이 지금과 같은 단모음이 아니라, 이중모음이었다는 견해가 제시되면서부터 주목을 받기 시작했다. 이전 시기에 이들이 이중모음으로 실현되었다면 분명히 어느 시기엔가 지금과 같은 단모음으로 바뀌었을 것인데, 그 음운론적 과정과 단모음의 시기가 문제로 대두되었던 것이다. 통시적 관점에서 음소의 변화, 그것도 국어에 새로이 등장하는 단모음에 관심을 가지게 된 것은 어쩌면 당연한 것이었다.

여기에 처음으로 관심을 가진 이는 Ramstedt(1928), 小倉進平(1944), 河野六郎(1945) 등의 외국인 학자와 양주동(1939/1942), 이숭녕(1949), 허웅(1952) 등의 국내 학자였다.146) 하향이중모음 중에서도 특히 'ㅚ, ㅟ'에 관심이 모아졌는데, 그것은 'ㅐ, ㅔ'의 단모음화 과정에 비해, 'ㅚ, ㅟ'가 상당히 복잡한 양상을 띠었기 때문으로 보인다. 이에 관한 최초의 언급이 Ramstedt(1928:443)에서 보이는데, /oi/는 oi>wë>ö, /ui/는 ui>wï>ü와 같이 각각 we와 wi를 거쳐 단모음인 ö와 ü로 변화하였다고 추정하였다. 下野六郎(1945/1979:229)은 '외'(瓜)의 방언형을 다루면서 남부방언형 [we]와 [wi]는 ⓐ oi>ue>we 또는 oi>ui>wi, ⓑ oi>ø>we 또는 wi와 같은 두 가지의 역사적 과정을 거친 것으로 추정할 수 있으나, ⓑ의 가능성을 지지한다고 언급한 바 있다. 그 후로 최근 박종희(1995)가 단모음화를 '입자음운론의 관점에서 핵의 이동과 입자들의 재배열이 빚어낸 결과'로 본 견해에 이르기까지 다양한 해석이 있어 왔

---

146) 여기에 관해서는 앞서 언급한 바 있다. 1절의 1.3을 참조할 것.

다.147)

단모음화의 음운론적 유인(誘因)에 관해서도 논의가 이루어졌다. 특히 이숭녕(1954/1988 재수록)은 『十五世紀의 母音體系와 二重母音의 Kontraktion的 發達에 對하여』란 글에서 이중모음의 발달에 대한 구체적인 논증과 함께 그 요인이 '축약(contraction)'이란 현상에 말미암은 것으로 추정했다. 여기서 단모음화와 '축약(Kontraktion)'이란 용어가 등장하는데, 다음과 같이 설명하고 있다.

"ㅐ, ㅔ, ㅚ …… 이것은 單母音化하여 오늘날은 [ε, e, ø]로 變異한 것인데 이 빌딜은 收約 作用(Kontraktion, contraction)이라 본다." (이숭녕 1954/1988:289)

"Kontraktion이라 함은 주로 Hiatus에서 또는 二重母音에서 두 母音이 母音圖上의 거리가 멀 때 두 母音의 중간 위치의 한 母音으로 變異하는 현상이다. 이것은 Hiatus 기피수단이며 廣義로 잡아 母音同化作用이라 하겠다. …… 본시 二重母音 'ㅐ, ㅔ, ㅚ'의 單母音化는 그 二重母音의 構成要素인 各自의 두 母音이 Kontraktion的 發達로 인하여 單母音化한 것이다. 그러므로 이러한 'ㅐ, ㅔ, ㅚ'의 單母音化는 절대로 Hiatus에서 Kontraktion을 일으킨 것이 아니고 二重母音에서 이 收約 作用(Kontraktion)을 통하여 單母音化한 것임을 강조하여 둔다." (이숭녕 1954/1988:296-297)

이상의 인용된 내용을 정리하면, 본래 이중모음 'ㅐ, ㅔ, ㅚ'의 단모음화는 그 이중모음의 두 모음이 'Kontraktion'적 발달로 인하여 단모음화한 것이며, 'Kontraktion'이라 함은 이중모음에서 두 모음이 모음도상의 거리가 멀 때, 두 모음의 중간 위치의 한 모음으로 변화하는 현상으로 광의로 모음동화라는 것이다.

---

147) 이에 대한 자세한 논의는 3.6.4를 참조. 여기서 이들 견해에서 보이는 문제점을 지적한 바 있다.

그러나 이 같은 태도로 단모음화 현상을 해석하기 위해서는 우선 다음과 같은 문제점이 해결되어야 하리라 본다. 즉 aj>ɛ, əj>e, oj>ø, uj>y라는 변화가 있기 위해서는 /ɛ, e, ø, y/라는 단모음이 이미 존재해 있어야 함을 전제로 해야 한다는 사실이다.148) 단모음 /ɛ, e, ø, y/를 전제로 하지 않은 aj>ɛ, əj>e, oj>ø, uj>y가 일반 언어학적인 관점에서 과연 어떻게 설명될 수 있을지는 의문이다. 또한 어떤 음운론적 과정으로 이와 같은 단모음화가 되었느냐는 점도 문제로 남는다.

이에 대해 중세국어의 조음은 일반적으로 이완적(lax)이었으나, 근대로 오면서 긴장된(tense) 조음으로 변하면서 단모음화되었을 것이라는 견해149)도 있으나, 왜 이완적이었던 조음이 갑자기 근대로 오면서 긴장성을 가지게 되었는지, 또한 단모음화 현상이 과연 조음의 긴장성을 전제로 하는 것인지에 대해서 음운론적인 언급이 없어 쉽게 납득하기 어려운 것이 사실이다.

한편 aj>ɛ, əj>e, oj>ø, uj>y의 단모음화가 몇 단계의 음소화 과정을 거쳤다고 보는 견해도 있다. 이런 태도 가운데 하나는 aj, əj의 음절주음인 a, ə가 변이음으로 ɛ, e를 가졌던 것으로 가정하고 이 ɛj와 ej가 음소화하였다고 보는 것이고,150) 다른 하나는 ɛ와 e가 각각 aj, əj의 수

---

148) Hock(1986:66)는 움라우트의 결과로 음운분열(phonological split)의 단계를 거쳐 새로운 음소가 모음체계에 생성되는 현상이 서구 언어에 있어서 보편적이 것이라 한다. 그러나 aj>ɛ, əj>e, oj>ø, uj>y와 같은 이중모음의 단모음화에 있어서는 움라우트와는 그 성격을 달리 한다.

149) 이기문(1961:113)은 "二重母音의 存在는 一般的으로 弛緩된(lax) 調音을 前提로 하는 것이므로 中世國語의 調音은 一般的으로 매우 弛緩된 것이었던 것으로 생각된다. 그러던 것이 近代에 들어 긴장(tense)되게 되면서 이들 二重音의 單母音化가 결과되었을 것이다."라고 해석한 바 있다.

150) 이런 태도는 김진우(1968:528-524), 도수희(1985/1987:214-215)에서 찾아 볼 수 있는데, 한영균(1991:130)은 이를 받아 드려 이중모음의 단모음화가 '인접음의 동화>동일음의 축약>약모음의 탈락'이라는 절차를 거치는 것으로 보았다. 따라서 16세기

의적 변이음으로 병존하였다가 음소화하였다고 보는 입장이다.151) 그
러나 전자는 a와 ε, ə와 e, o와 ø, u와 y 각각을 변이음으로 보아야 한
다는 점에서, 음성적으로 상당한 차이가 있는 이들을 변이음으로 볼 수
있을지는 회의적이다. 더욱이 후자는 하향이중모음과 단모음이 수의적
변이음이었다는 주장이나, 과연 이러한 현상을 음성학적으로나 음운론
적으로 어떻게 설명할 수 있을지는 문제로 남는다.

  이와 함께 언어 보편상 이중모음의 축약이라는 현상에 의해, 해당 언
어에 존재하는 단모음으로 변화하는 것이 아니라, 해당 언어에 존재하
지 않는 전혀 새로운 단모음을 생성할 수 있는지를 검토해야 한다. 모
음체계적인 관점에서도 현대국어의 단모음 10개 가운데 근대국어 시기
에 4개의 단모음이 전설계에 생성되었다고 하는, 언어 보편상 극히 이
례적인 변화를 설명해야 할 것으로 본다. 만약 '축약'이란 음운현상을
인정한다 하더라도, 국어의 하향이중모음이 부음인 j를 유지하지 못하
고, 전설모음화한 내적 원인이 규명되어야 할 것으로 생각된다.

4.2.2. 통시적으로 국어의 하향이중모음은 현대국어에 이르기까지 체
계상의 많은 변화를 겪어, 부분적인 방언적 차이는 있으나 'ㅢ'를 제외
한 체계 전반의 소멸을 가지고 왔음은 주지의 사실이다. 방언에 따라서
는 'ㅐ, ㅔ, ㅚ, ㅟ' 등이 이중모음으로 실현되는 경우가 종종 있으나, 이
는 수적으로 극소수에 불과하여 현대 방언에 'ㅢ' 이외에 하향이중모음
을 인정하기에는 어려운 실정이다. 따라서 현대국어에 j계 상향이중모
음으로 'ㅛ(jo), ㅑ(ja), ㅠ(ju), ㅕ(jə)'와 하향이중모음으로 'ㅢ(ij)' 하나만

  이중모음의 음가를 단순히 [aj, əj, oj, uj]로 파악하는 것은 부족하고, [ɛj, ej, øj, yj]
  등도 그들의 변이음으로 인정해야 한다는 태도를 보이고 있다.
151) 백두현(1992)에서 그런 견해를 볼 수 있다.

을 인정하거나, 아예 j계 하향적 이중모음을 인정하지 않는 것이 보통이다.152) 이중모음체계를 중세국어로부터 현대국어까지 살펴보면, 일단 /ʌj, aj, oj, əj, uj/의 소멸과 전모음인 /ɛ, e/의 생성으로 인한 /jɛ, je, wɛ, we/의 등장으로 정리될 수 있다.

그렇다면 음운론적 관점에서 하향이중모음 체계 전체에 걸친 이러한 소멸을 과연 어떻게 설명하여야 하는가. 본고는 체계적 관점에서 j계 하향이중모음 소멸의 과정과 그 동인이 설명되어야 한다고 본다. 음운 체계의 변화 방향이 어떤 원인으로 해서 생성된 체계 내부의 불안정을 제거하고, 안정화되고 균형화된 체계를 향하여 변화한다고 할 때,153) 국어의 모음체계 역시 어떤 요인으로 인해, 하향이중모음이 소멸되어 보다 안정된 체계를 가지게 되었다고 말할 수 있다.

이 같은 Prague학파의 통시음운론적 관점을 갖는다면, 국어사에서 하향이중모음은 자연성(naturalness)이란 측면에 있어서 유표성(markedness)을 가지고 있었다고 볼 수 있다. 결국 음의 변화와 음운체계의 변천 등이 무표적(unmarked)인 방향으로 지향한다고 본다면, 하향이중모음의 소멸도 그렇게 해석할 수 있는 것이다. 결국 유표적이었던 하향이중모음은 단모음화의 과정을 거쳐 소멸의 길에 이른 것으로 추정된다. 이로 인해 중세국어 시기에는 전·후설모음 계열의 편재(偏在)로 불안정했던 모음체계가 비로소 균형과 안정을 찾게 되었다고 할 수 있다.

여기서 본고는 하향이중모음이 본래부터 국어의 유전적 자질이 없었거나, 가졌더라도 상당히 적게 가진 것이 아닌가라는 추정을 조심스럽게 하려 한다. 특히 'ㅢ'를 제외한 체계 전체의 소멸이란 점이 그런 생

---

152) 전술한 2.2를 참조.

153) Martinet(1970)를 참조. 음운의 변화를 음운체계와의 관계에서 설명하려는 것은 Prague학파의 통시음운론적인 이론 가운데 하나이다.

각을 갖게 하는데, 이는 하향이중모음이 국어의 자생적인 발달에 바탕을 둔 것이 아니라, 외래적인 요인에 의해 생성된 것으로 추정하는 것이다. 외래적인 요인의 하나로 필자는 중국 한자음의 영향을 언급하고자 한다. 중국음에 이중·삼중모음이 많은 것은 주지의 사실로, 국어사에서 중국과의 빈번한 접촉을 통해 중국 한자음이 국어의 음운체계에 영향을 끼친 것으로 추정할 수 있다.154)

국어 한자음은 중국 당대(唐代)의 장안음(長安音)뿐만 아니라, 그 전후 시기의 중국음을 반영하고 있다고 추정할 수 있는데,155) 이것이 국어의 음운체계에 들어오면서 국어의 음운체계에 적합하도록 재구성되었던 것이다. 예를 들면, 중국어의 전탁 계열이 어두에서 유성음을 모르는 국어에서 무성음으로 변개된다든지 하는 것들이다.156) 국어의 하향이중모음 역시 이런 영향을 직·간접적으로 받았던 것으로 보인다.

4.3. 하향이중모음의 단모음화 시기

4.3.1. 단모음화의 시기에 관한 문제도 그동안 많은 논란이 있어 왔다. 주지하다시피 하향이중모음의 표기는 단모음을 겪기 전이나 그 후나 표기상으로는 동일하여, 표기만으로는 그 변화의 실상을 추정할 수 없는 것이 현실이다. 따라서 당시의 음운현상으로 미루어 추정하거나, 정

---

154) 이 같은 주장의 일단을 이기문(1972a:74)과 박은용(1970)에서 찾을 수 있다. 특히 박은용(1970:2)에서는 중국어와의 접촉에서 나타나는 국어의 음소 내지는 발음법의 변화를 들면서, 국어에는 없던 새로운 음성이 수입됨으로 말미암아 국어 고유의 음운체계가 허물어지고 새로운 체계가 형성될 수 있는 것으로 보았다.

155) 강신항(1996:206-209)에서는 中古音(隋, 唐 시대의 음)이 모든 한국 한자음의 바탕이 되었다고 보지 않고, 근간이 되는 것은 上古音(漢代)으로부터 받아들여진 것으로 보았다.

156) 이기문(1972a:72-74)을 참조.

음을 외국어음으로 표기했거나 외국어음을 정음으로 표기한 자료 등을
통하여 간접적으로 파악하는 방법 이외에는 별다른 방도가 없었다. 음
소배열론의 관점에서 단모음과 이중모음의 음가를 추정할 수 있을 가
능성도 배제할 수 없으나, 이 역시 당시 언어의 음소배열에 관한 연구
가 천착되지 않은 지금의 상황에서 그리 쉬운 문제는 아닌 것 같다. 먼
저 단모음화 시기에 대한 제 견해들을 살펴보기로 한다.

　허웅(1952:7-8)은 『捷解新語』(fune/후녀, mete/면뎨, ke/게, me/며, 메)와
『杜詩諺解』重刊本(막대예>막다예, 벼개예>벼가예, 나ㅣ, 어ㅣ), 『朴通事
諺解』(빼예>따예, 에우아리 / 어유아리) 등에 보이는 표기 예와 1751년에
간행된 洪啓禧의 『三韻聲彙』의 凡例를 근거157)로 하여 단모음화 시기
를 17세기말로 추정한 바 있다. 그러나 허웅(1965)에서 다시 『同文類解』
(1748), 『蒙語老乞大』(1790), 『八歲兒』(1777)의 표기 예를 바탕으로 1780
년경까지는 'ㅐ, ㅔ'는 분명히 [aj], [əj]로 발음되었음을 알 수 있으
나,158) 그 뒤에 언제 이들이 단모음으로 바뀌었는지를 결정할 수 있는
증거는 찾아낼 수 없다고 하였다. 다만 / · /가 없어진 것을 1780년경으

---

157) "如橫色等字 本中聲外 又得ㅣ 中聲以成字 與侵中聲ㅣ 不同 故又附於下曰重中
　　聲"라는 구절에서 '횡, 색'의 부음 ㅣ가 '침'의 ㅣ와 다르다는 말은 그 소리가 다르다
　　는 뜻으로만 해석되는 것이 아니라, 그 사용 방법이 하나는 소위 '本中聲'에 붙는데,
　　하나는 초성에 붙는다는 점이 다르다는 뜻으로 해석할 수 있기에, 이것만으로는 'ㅔ,
　　ㅐ'가 단모음이라는 증거가 되지 못한다고 뒤에 자신의 견해를 수정하였다(허웅
　　1965:436 각주18).

158) 외국어 전사 자료의 경우 외국어의 소리를 우리 글자로 옮겼는데, 외국어의 /aj/,
　　/ej/ 따위를 예외 없이 'ㅐ, ㅔ'로 옮겨 놓았다는 것이다. 만일 'ㅐ, ㅔ'가 이미 /ɛ/, /e/
　　였다면 /aj, ej/는 응당 '아이', '어이'로써 나타낼 수 있었을 것이나, 그렇지 않고 'ㅐ,
　　ㅔ'로 옮긴 것은 바로 /aj/=ㅐ, /ej/(əj)=ㅔ 이었기 때문으로 보인다는 추정이다. 그러
　　나 이기문(1961:165, 각주5)에서도 지적한 바와 같이 19세기 후반에 편찬된 『華音啓
　　蒙』 같은 책에서도 중국어의 ai를 「애」로 표기하고 있는 것으로 보아 이는 재론의
　　여지가 있다.

로 본다면 /ʌj/>/aj/의 변화도 역시 같은 시기였을 것이니, 다음 단계
인 /aj/>/ɛ/의 변화는 서기 1800년 이후의 일로 생각하지 않을 수 없다
고 하면서 /aj/>/ɛ/, /əj/>/e/의 변천은 19세기경에 일어난 것으로 추
정하였다.159)

　이숭녕(1954/1988:355)은 『五倫行實圖』(1797)에 보이는 "기르는 개 빅
여　무리이셔(有犬百餘:4卷　陳氏群食條)"라는 구절에　나오는 '개(犬)'란
형태에 주목하고 이 시기에 'ㅐ, ㅔ, ㅚ'가 단모음화한 것으로 보아, 대
체로 18세기가 이중모음이 단모음으로 변이하기 시작한, 또는 변이가
끝난 시기로 추정하고 있다.160)

　유창돈(1964/1980:32)은 단모음화 시기 추정에 동음 생략의 현상(홰예
>화예)이 17세기로 끝난다는 점과 'ㅚ>ㅔ' 현상을 근거로 제시하고 있
다. 'ㅚ>ㅔ' 현상은 순음 'ㅁ, ㅂ' 아래서만 보이는데, 이는 순음에 이끌
려 조음위치가 앞으로 당겨진 변화로 'ㅚ,ㅔ'가 단모음임을 전제로 해야
한다는 것이다. 이 변화는 대체로 19세기에 나타나는 것으로 간주되는
바, 'ㅐ, ㅔ, ㅚ'의 단모음화 시기는 18세기 후반기에 형성된 것으로 추
정하였다.

---

159) 허웅(1965:433~437)을 참조.
160) 이 같은 추정을 근거로 일련의 이중모음의 발달을 다음과 같이 보았다(이숭녕
　　 1954/1988:355). 그러나 위에서 제시한 '개'는 단모음으로 발음되었다고 볼 결정적인
　　 증거로 제시하기는 어렵다고 본다. 왜냐하면 'ㅐ'는 중세국어에서 [aj]의 표기로 사용
　　 되었기 때문에, 음성형 [kaj] 역시 표기로는 'ㅐ'를 사용할 수밖에 없었을 것이다.

17세기	18세기	19세기	20세기
(익) ㅇㅣ	ㅇㅣ 消失(ɛ), (으ㅣ)	(ɛ), (으ㅣ)	(ɛ), (으ㅣ)
(의) 으ㅣ	으ㅣ	으 이, 으ㅣ	으 이, 으ㅣ
(외) 오ㅣ	으ㅣ ø	ø (e), we	ø (e), we
(애) 아ㅣ	으ㅣ ɛ	ɛ	ɛ
(위) 우ㅣ	으ㅣ	우ㅣ, y	우ㅣ, y
(에) 어ㅣ	으ㅣ e	e	e

김완진(1967:151)은 정조 어필(御筆)에서 움라우트 형을 확인하고, 늦어도 18세기 초엽에는 몇몇 이중모음들의 단모음화가 일어난 것으로 보았다. 이기문(1972a: 201-202)에서도 제일음절의 'ㆎ'가 'ㅐ'와 같이 [ɛ]로 변한 사실에서 단모음화를 'ㆍ'소실 이후로 보고, 이 단모음화가 일어난 증거로 움라우트 현상을 들었다(익기는<앗기-, 디리고<ᄃ리-, 메긴<머기-, 기디려<기ᄃ리- 등). 따라서 움라우트 현상은 대체로 18세기와 19세기의 교체기에 일어난 것으로 추정되는데, 이는 이중모음의 단모음화로 ɛ와 e가 확립된 후에 일어날 수 있는 것으로 보고 있다. 이 같은 상대적 연대순에 의한 방법론에 따라 이중모음 'ㅐ, ㅔ'의 단모음화를 18세기 말엽으로 추정하고 'ㅚ, ㅟ'의 단모음화는 아직 일어나지 않았던 것으로 보았다.

한편 홍윤표(1994:41-42)는 'ㅐ, ㅔ'가 /ɛ, e/로 단모음화된 시기를 추정함에 있어, 南克寬의 『夢囈集』161)에서 보이는 다음과 같은 기술에 주목한다. 이 기술은 이전의 '高伊, 가히'가 빨라져 '괴, 개'가 되었다는 것을 증거한다고 본다. 그렇다면 이중모음의 단모음화는 南克寬의 생존 연대(1689-1714)로 보아, 18세기 초엽 이전에 일어났다는 말이 되고, 중세국어 말기에 적어도 'ㅐ, ㅚ'를 포함한 단모음화가 이미 완성되었을 가능성을 말해 주고 있다.

"我國物名終語必有伊字 如漢語兒字 高麗史云方言呼猫爲高伊 今猶然但聲稍疾合爲一字 …… 我國諺解字訓已多變殊 大曰키 小曰효근 龍曰미르 城曰재 今皆不用猶稱 城內曰재안 犬曰가히 今稱개 與猫之稱괴

---

161) 홍윤표(1997:194)에 의하면,『夢囈集』은 남구만의 손자인 남극관의 시문집으로 그가 죽기 1년 전인 1713년에 쓴 것이라 한다. 활자본으로 정확한 간행 연도는 알 수 없으며, 훈민정음과 언해에 대한 논평, 구결자들이 소개되어 있고, 특히 단모음에 관련된 기술이 보인다고 하였다.

同"<夢囈集 坤 18>[162]

　이를 근거로 홍윤표(1994:42 각주18)에서는 'ㅐ, ㅔ'의 단모음화 시기
를 기존의 견해보다 빠른 17-18세기 교체기로 추정하기도 하였다.[163]
그러나 위의 기술을 살펴보면 알 수 있듯이, 문자에 관한 기술과 음성
에 관한 그것의 차이가 분명치 않아 '개'(犬)가 [kɛ]로 실현되었다고 볼
수 있는 결정적인 증거로 처리하는 것을 주저하게 한다.

　앞서 기존의 연구를 살펴본 바와 같이 이중모음의 단모음화의 시기
문제는 문자에 가려 그 실제 음성형을 명확히 밝혀내기가 쉽지 않음을
알 수 있다. 각각의 논의마다 방법론적인 관점에서 오는 견해의 차이를
보이고는 있지만, 표기의 양상과 외국어 전사 자료, 제 음운현상 등을
근거로 빠르게는 18세기 초엽부터, 늦게는 19세기 무렵으로 추정하고
있는 것이 일반적이다.

4.3.2.　앞서 언급한 바와 같이 'ㅐ, ㅔ, ㅚ, ㅟ' 등의 동일한 표기를 두
고 그것이 언제부터 단모음화가 되었는지를 추정하는 데에는 많은 어
려움이 있다. 기존의 한 예를 통하여 그 작업이 얼마나 어려운 것인지

---

162) 이를 해석하면 다음과 같다. "우리나라 사물 이름의 끝에는 반드시 '伊' 字가 있으
　　니, 중국어의 '兒' 字와 같다. 『高麗史』에서 말하기를 방언으로 고양이를 불러 '高伊'
　　라고 했는데, 지금도 그렇지만, 단지 소리가 점점 빨라져 합해 한 字로 되었다. ……
　　우리나라 언해의 한자 훈은 이미 많이 변하여 달라졌으니, '키(大), 효근(小), 미르
　　(龍), 재(城)'는 이미 모두 쓰지 않으나, 아직도 '城內'는 '재안'이라 일컫고 있다. '가
　　히'를 이제 '개'라 일컫는 것은 고양이를 일컫는 '괴'와 같다."

163) 이에 대해 김주필(1994:126 각주9)은 오히려 이 기록을 문면 그대로 이해하면 'ㅐ'
　　가 이중모음으로 실현된 것으로 이해하는 것이 타당한 것이라고 하였다. 이 시기의
　　'ㅚ'가 이중모음으로 추정되기 때문에 猫(고양이)를 '괴'라고 하는 것과 같은 방식으
　　로 犬을 '개'라 한다면, '개'의 'ㅐ' 역시 이중모음으로 실현된 것으로 볼 수 있음을 지
　　적하고 있다.

를 살펴보고자 한다.

허웅(1985)에서는 외국말을 정음으로 옮긴 예를 통해 「ㅐ,ㅔ…」 따위의 단모음화 시기를 추정하고 있는데, 그 중에서 다음과 같은 구절이 보인다.

> "그리고 강우성의 '첩해신어'(1618 지음, 1676 간행)에는 일본말의 「ㅗ」줄의 소리를 「ㅕ」 또는 「ㅖ」로 옮겼는데, 만일 그 때에 「ㅖ,ㅐ」가 지금 소리처럼 [e], [ɛ]이었더라면 일본말의 「ㅗ」줄은 응당 「ㅖ」로써 옮겨 적었을 것이다. ㄱㅊ-후녀, ㅅㅜ-면녜, ㅁㅗㅁㅏㄹ센-미예마루션, 그밖: ㅓ-계, ㅅ-며, 메, ㄴ-려,례 등등. 이것으로써 그 때에는 아직 우리말 홀소리에 [e]나 [ɛ]가 없었음을 짐작할 수 있는데, 「ㅗ」를 「ㅕ」로 옮긴 이유는, 우리말에 있어서는 [e]와 [jə]가 일종의 diaphone에 속하기 때문이다." (허웅 1985:381-382)

위의 내용은 허웅(1952:7-8)에서 처음으로 기술된 것인데, 단모음화 시기 추정의 증거로서 별다른 첨삭이 없이 다시 언급된 것이다. 아마도 저자의 생각에는 아무런 변화가 없었던 듯 하다. 여기서 주목할 것은 당시 훈민정음의 문자 체계로는 [e]를 표기할 방도가 애초에 없었다는 사실이다. "일본말의 「ㅗ」의 소리를 「ㅕ」 또는 「ㅖ」로 옮겼는데, 만일 그 때에 「ㅖ, ㅐ」가 지금 소리처럼 [e], [ɛ]이었더라면 일본말의 「ㅗ」는 응당 「ㅖ」로써 옮겨 적었을 것이다."라는 주장은 이 점에서 납득하기 어렵다. 당시로서는 '「ㅖ」'는 [əj]를 '「ㅐ」'는 [aj]를 나타내는 표기였지, 지금과 같은 단모음 [e]와 [ɛ]에 대한 표기는 아니었기 때문에 [e]나 [ɛ]를 표기하려해도 표기할 문자가 국어에는 존재하지 않았다. 이러한 이유로 일본어의 「ㅗ」[e]를 나타내기 위한 불가피한 방법으로 음성적으로 유사했던 「ㅕ」와 「ㅖ」를 사용한 것으로 보인다. 따라서 일본어의 「ㅗ」를 「ㅖ」로 옮겨 적지 않았다는 사실은 당시 국어의 모음에 /e/나 /ɛ/가 없었다는 증거가 될 수 없는 것이다. 설사 당시에 /e/나 /ɛ/가 존재해 있었다 하더라도 훈민정음의 문자 체계로는 그것을 나타낼 방편이 없었다고 말할 수 있다. 이러한 사실로 미루어 볼 때 위에서 제시한 논거는 단모음화 시기 추정의 증거가 되지 못한다 할 것이다.

이 이외에도 지금까지 단모음화 시기 추정에 근거로 제시되었던 논의들을 추려 보면 다음과 같다.

① 움라우트 현상 (김완진 1963:495/1967:150-151, 이기문 1972:202)
② 외국어 전사 자료 (허웅 1952/1965:433-437)
③ 당시 어학자의 증언 (허웅 1952, 홍윤표 1994:41-42)
④ 표기상의 이형태 (허웅 1952:7-8, 곽충구 1980:87, 홍윤표 1986:135, 백두현 1989:58-59)

움라우트를 단모음화 시기 추정의 근거로 삼는 태도는 움라우트 현상이 단모음을 전제로 실현된다는 점에서 상당히 설득력 있는 견해이나, 피동화주가 반드시 단모음이어야 하는지에 대한 문제가 남아 있다.[164] 또한 『同文類解』(1748), 『蒙語老乞大』(1741/1790), 『八歲兒』(1777) 등에서 보이는 외국어 전사 자료를 단모음화 시기 추정의 근거로 삼을 수도 있으나, 문자의 보수성이라는 측면과 실제 음성의 전사(transcrip -tion)가 아닌 문자의 전사(transliteration)라는 측면에서 전적으로 신뢰하기 어렵다.[165]

---

164) 15세기에 보이는 '{a, ə, o}>{aj, əj, oj}' 등의 i 움라우트(이중모음화)의 경우와 음운론적인 유인(誘因)에 대한 차이가 규명되어야 할 것이다.

165) 이기문(1961:165 각주5)에서도 "同文類解 같은 滿洲語 資料에서 滿洲語의 ai를 「애」로 表記하였다고 하여 이것을 「애」의 발음이 [ai]였던 증거로 삼는 이가 있다. 이것은 어리석은 일이다. 만약 이런 것을 증거로 삼는다면 19世紀 後半에 편찬된 『華音啓蒙』 같은 책에서도 中國語의 ai를 「애」로 表記하고 있으니 그때까지 二重母音이 國語에 존재했다고 시인해야 할 것이다. 이들 譯官書의 轉寫法은 독특한 傳統을

당시 어학자들의 언어 현실에 대한 증언도 귀중한 자료가 될 수 있다. 그러나 실제 발화형에 대한 증언을 찾기란 그리 쉽지 않고, 발견했다 하더라도 문자적인 기술과 음성적인 기술을 구별하기가 힘든 것이 사실이다.166) 마지막으로 표기상의 이형태를 통하여 단모음을 추정하는 방법으로, 부음 j의 탈락과 속격표지 '늬'가 'ㅐ/ㅔ'로 표기되는 것, 그리고 표기상 'ㅖ→ㅔ, ㅕ→ㅔ, ㅖ→ㅐ'의 변화 등을 들 수 있다.167) 반드시 이 같은 이표기의 양상이 아니더라도 표기의 제 양상을 통하여 당시 음들의 실제형을 추적하는 방법은 상당히 개연성이 있어 보인다. 따라서 표기의 변화 양상과 앞서 지적한 방안들을 함께 고려한다면, 단모음화 시기 추정의 문제는 어느 정도 극복될 수 있으리라 생각한다.

이 같은 관점에서 단모음화 시기를 결정할 수 있는 증거 가운데 하나로, 본고는 이중모음의 통시적 변화의 과정 속에서 보이는 표기의 제 양상 속에서 그 실마리를 찾고자하는 것이다.168) 표기법상의 관점에서 어떤 음이 다양한 표기의 양상을 보인다면 반드시 그 이유가 있을 것이며, 그 표기의 내면에는 음운론적인 자질이 있다고 추론할 수 있다. 표기의 변화를 통해 그 언어의 음운대립 양상과 음소들 간의 관계를 추론

가지고 있는 것이다."라고 언급한 바 있다.

166) 예를 들어 洪啓禧의『三韻聲彙』의 凡例나 南克寬의『夢囈集』등이 여기에 해당된다.

167) 부음 j의 탈락으로 단모음화를 추정하는 견해는 허웅(1952:7-8)으로 대표되며, 속격표지 '늬'가 'ㅐ/ㅔ'로 표기되는 것을 통해 추정한 것으로는 곽충구(1980:87)와 홍윤표(1986:135) 등을 들 수 있으며, 표기상 'ㅖ→ㅔ, ㅕ→ㅔ, ㅖ→ㅐ'의 변화로 추정하는 견해는 백두현(1989:58-59)에서 찾을 수 있다.

168) 문자 표기에 전적으로 의존하는 문헌음운론(textual phonology)에서 넘어야 할 커다란 장애 중의 하나가 문자의 보수성의 측면이라고 할 때, 연구자들은 이를 극복하기 위해 여러 수단을 사용한다. 그 중에서 가장 보편적인 방법으로는 당시의 문헌에서 보이는 여러 표기양상을 통하여 당시의 실제 음운현상을 파악하는 것인데, 궁극적으로는 당시의 음운체계를 재구하는 것을 최종의 목표로 삼는다.

할 수 있음은 이미 유창돈(1964:32)에서 '괴 > ㅔ'의 현상을 근거로 언급
된 바 있다.

4.3.3. 과거의 언어 현상을 해석할 때, 연구자는 부득이 시각적 기호
인 문자 표기에 의지할 수밖에 없다. 옛 문헌에서 보이는 시각적인 표
기 체계를 통하여 당시 실제의 언어 현실을 재구해 내야 하는 것이다.
그러나 문자 표기는 그 보수성으로 인하여 언어의 다양한 변화의 양상
을 후세 사람들에게 정확히 알려주지 못한다. 대부분의 사람들에게 시
각적 인상이 청각적 인상보다도 더 낭료하고 지속적인 것으로, 사람들
은 전자에 더 집착하는 경향이 있으며 서기(書記) 영상이 마침내 음을
물리치고 들어서게 되는 것이다.[169] 이런 이유 때문에 '문자의 환영에
빠지지 말아야 한다'는 경구는 문헌을 중심으로 하는 통시적인 음운론
연구에 있어서 누차 강조해도 지나침이 없으리라 생각한다.[170]

　무릇 변화한 소리를 적을 수 있는 문자가 이미 갖추어져 있을 때에
그 변화는 문헌에 반영이 되는 것이 보통이나, 변화한 소리를 적을 수
있는 문자가 따로 존재하지 않을 경우, 그 변화의 반영은 늦어지거나
나타나기 어렵게 된다. 이 경우에 후세 사람들은 이전 시기에 보이는
표기의 동일성으로 말미암아 음운적인 시야가 흐려지는 것이다. 그렇
다면 문헌에서 보이는 문자 표기를 가지고 당시의 실제적인 언어 현상,
다시 말하면 당시의 음운현상을 어느 정도나 파악할 수 있는가? 여기

---

169) 이에 관해서는 F. de Saussure(1915/1959:23-32)를 참조할 수 있다. 여기서 문자체
　　계가 구어 체계보다 우월성을 가지는 이유와 서기법과 발음 사이의 불일치 및 그 결
　　과에 대해 자세히 언급하고 있다.

170) 김완진(1963/1971:5)에서도 자료에 대한 관찰에 있어서 견지해야 할 두 가지 태도
　　중에 하나로서, graphie의 illusion에 현혹되지 않아야 한다는 점을 강조하고 있다.

에 대한 대답은 그리 낙관적이지도 않지만 그렇다고 해서 아주 비관적인 것만도 아니다. 각 시기의 문자 표기가 나름대로의 체계와 일관된 규칙을 가지고 있다는 점을 이해한다면, 각각의 표기가 보여주는 제 양상을 통하여 당시의 언어 현실을 재구할 가능성은 충분히 있다고 본다.

이러한 측면에서 본고가 관심을 갖는 것은 동일한 어사에 보이는 표기상의 혼기 내지는 그 변화형이다. 문헌에 나타나는 '우발적인 표기'가 당시의 음운현상의 일면을 보여준다고 할 때, 문헌에서 보이는 혼기는 흥미를 끌기에 충분하다고 본다. 그 중에서도 본 연구에서 관심을 갖는 것은 근대국어 표기에 보이는 'ㆍㅣ/ㅐ/ㅔ' 등의 표기이다. 중세국어 당시에는 이 표기들이 비교적 정연하게 쓰였으나, 후대로 오면서 상당히 혼란스러운 모습을 보인다. 그러나 혼란스러운 표기의 제 양상을 자세히 살펴보면, 나름대로의 체계를 가지고 표기되어 있음을 확인할 수 있다.

앞서 언급된 'ㆍㅣ/ㅐ/ㅔ'도 이러한 인식의 토대 위에서 이해해야 한다고 본다. 따라서 이들 표기를 통하여 당시 언중들의 표기 의식을 추정해 보고, 아울러 각각의 표기들이 추구하고자 했던 바를 음운론적인 차원에서 검토해 보고자 한다. 18세기 말엽에 간행된 문헌에서 흔히 보이는 'ㅔ/ㅐ/ㆍㅣ'의 혼동 표기는 'ㅔ, ㅐ, ㆍㅣ'가 하향이중모음이 아닌 단모음이었기에 나타난 현상이었다.[171] 즉 'ㅔ, ㅐ'가 이중모음 [əj], [aj]였다면, 'ㅔ/ㅐ'의 혼기는 주모음인 'ㅓ/ㅏ'의 대립에 기인하는 것으로서, 이런 변화는 당시 국어에 나타나지 않음은 주지의 사실이다. 따라서 당시의 'ㅔ, ㅐ, ㆍㅣ'는 이중모음보다는 단모음이었을 가능성이 큰 것이다.

본고는 이런 관점에서 특히 'ㆍㅣ'와 'ㅔ'의 표기 예에 주목하고자 한다.

---

171) '쓸게(同文上17)/쓸개(漢150b)/쓸긔(倭語上18), 엇게(同文上156)/엇개(續明義1:6)/엇긔(物譜 形體), 번게(同文上2)/번개(十九1:5)/번긔(齊諧物名 天文), 성에(同文上9)/성애(倭上10), 이제(隣語10:10)/이지(隣語3:5, 朴新1:3)' 등의 다수의 예가 보인다.

'ㅣ>ㅔ'의 변화를 주모음의 변화(ㆍ>ㅓ)로 보지 않고, 'ㆍ'의 비음운화로 인해 'ㅣ(ʌj)'가 'ㅐ(aj)'를 거쳐 /ɛ/로 단모음화한 뒤, 전모음계 단모음인 'ㅔ(e)'와 부분적인 합류를 보이는 음성적 현상이 표기에 반영된 것으로 보는 태도이다. 이렇게 보는 이유는 'ㅣ>ㅔ' 뿐만 아니라 그 반대인 경우인 'ㅔ>ㅣ'의 변화가 상당수 보이기 때문이다. 이 변화가 『語錄解』(1657), 『捷解新語』(1676), 『譯語類解』(1690) 등에 보이는 것172)으로 보아, 적어도 17세기 후반 무렵에는 'ㅐ/ㅔ'가 비어두음절에서는 단모음인 /ɛ, e/로도 실현되었음을 추정케 한다. 이렇듯 'ㅣ'와 'ㅔ'가 보이는 표기의 양상을 통해서 'ㅐ'와 'ㅔ'의 단모음화 시기가 추정될 수 있을 가능성은 앞으로 국어사에서 단모음화 시기를 설정함에 있어 시사해 주는 바가 크다고 하겠다.

단모음화 시기 추정에 있어 앞서 4.1에서 언급한 j의 첨가와 탈락도 'ㆍ'의 비음운화, 이중모음의 단모음화, 움라우트와 함께 새롭게 재조정되는 모음체계의 전설 대 후설모음의 대립을 보여주는 현상의 하나로서 조심스럽게 추정한 바 있다. 이는 근대국어 시기에 있었던 이중모음의 단모음화와 움라우트라는 통시적 변화가 전모음 계열(/e, ɛ, ø, y/)의 생성에 적극적으로 관여했다는 사실과 함께, 부음의 첨가와 탈락현상도 이와 같은 맥락에서 파악할 수 있다는 관점에 선 해석이다. 즉 j의 첨가와 삭제를 통해 음운론적으로 '전설 대 후설'의 대립 양상을 보여주려 했던 것이다. 그렇다면 여기서 지금까지 추정하고 있었던 이중모음의 단모음화 시기에 대한 문제도 다시 검토해 볼 수 있을 것이다. 지금과 같이 단모음화 시기를 18세기 후반으로 추정한다면 18세기 그 이전부터 보이기 시작하는 이 현상을 적어도 음운론적으로는 설명할 수

---

172) 이들 문헌에 나타나는 용례는 앞서 3절의 3.1과 3.4에서 언급한 바 있다.

없기 때문이다. 따라서 '·l /ㅔ'의 표기 양상과 j의 첨가와 탈락 현상은
전설계 단모음 가운데 적어도 /e, ɛ/에 관한 한, 생성 시기에 대한 재론
이 있어야 함을 보여준다고 할 수 있다.

4.3.4. 국어사의 측면에서 자·모음의 음가와 단모음화 시기를 추정케
할 수 있는 자료로, 한국에 관한 외국인들의 기록들과 외국인에 의해 쓰
여진 한국어 문법서 등을 언급할 수 있다. H. Hamel(1668)의 『하멜 일지』,
Dallet(1874)의 *Histoire de l'Eglise de Corée*, J. Ross(1877)의 *Corean
Primer*, Ridel(1881)의 *Grammaire Coréenne*, H. G. Underwood(1890/1914)
의 *An Introduction to the Korean Spoken Language*, J. Scott(1893)의 *A
Corean Maunal or Phrase Book* 등이 그것인 바, 이들 기록을 통해 당시
국어의 실상을 어느 정도는 파악할 수 있기 때문이다.

　한국에 관하여 서양 사람이 쓴 것으로 우리가 알고 있는 한 가장 오
래된 것으로 1668년 네덜란드에서 출판된 Hamel의 『하멜 일지』와 그
부록인 『朝鮮國記』를 들 수 있다. 시기적으로 Dallet(1874)보다 206년이
앞서는 이 자료는 유감스럽게도 Dallet의 것에 비해 볼 때, 양적으로 극
히 적고 내용도 엉성하고 소략하다.173) 그러나 여기에서 관심을 끄는
것은 한국의 인명과 지명 등의 고유명사이다. 자료 곳곳에 보이는 인·
지명은 비록 외국어음인 화란어로 전사는 되어 있으나, 당시의 한국어

---

173) H. Hamel의 저 『하멜 일지』와 그 부록인 『朝鮮國記』는 저자가 네덜란드에 도착
　　한 해인 1668년 Amsterdam에서 蘭文으로 처음으로 간행되었고, 그 후 원서의 누차
　　간행은 물론이고 불역, 영역, 독역의 간행도 여러 회를 거듭하였다. 이를 번역한 이
　　병도의 『하멜 漂流記-附 朝鮮國記-』(1954/1975, 一潮閣)에 따르면 하멜서의 해석
　　은 불역본과 영역본을 의존하였으나, 인·지명 등 고유명사에 대해서는 蘭文原書의
　　것을 그대로 취했다고 한다. 본고에서 제시한 지명은 이병도(1954/1975)에서 재인용
　　하였다.

음을 반영하고 있는 것으로 보인다. 우선 몇몇 예들을 제시해 두고자
한다. 해당 인·지명의 추정은 이병도(1954/1975)를 그대로 따랐다.

Heynam(全南 海南), Jeham(全南 靈岩의 訛音), Nadioo(全南 羅州),
Tiongop(全北 井邑), Teyn(泰仁), Chentio(全州), Thiellado(全羅道),
Jesan(礪山), Jensan(連山), Consio(公州), Sior(서울), Siuntchien(順天),
Tiocencouk(朝鮮國), Pousan(釜山), Jirpon(日本), Taymutto(對馬島),
Orankag(오랑캐), Nampankoi(煙草)

여기서 Heynam(海南), Teyn(泰仁), Jeham(靈岩), Jesan(礪山), Jensan
(連山), Taymutto(對馬島), Orankag(오랑캐)[174] 등의 표기를 주목할 수
있다. 특히 Heynam과 Teyn은 '海南'과 '泰仁'의 지명을 전사한 것으로,
'ㅣ/ㅐ' 모음을 ey로 표기한 것이 흥미롭다.[175] 화란어가 전설계로 i, e,
ɛ, ø, y 등의 모음을 가지고 있다는 사실을 염두에 둘 때, 이것이 단모
음인 /e/나 /ɛ/를 나타내는 표기일 가능성이 있다고 볼 수 있다. ey가
[ay]의 표기일 가능성도 있으나, Taymutto(對馬島)와 Orankag(오랑캐)
의 경우와 비교할 때, 그 가능성은 희박해 보인다. 만약 이러한 추정이
사실이라면 'ㅣ/ㅐ'의 표기의 경우에서 드러난 바와 같이 단모음인 /e/
와 /ɛ/의 출현 시기를 이 무렵(17세기 후반)까지 소급할 수 있을 것이다.
또한 Jeham(靈岩), Jesan(礪山), Jensan(連山) 등의 예는 국어에 'jə'를
[e]로 발음하는 현상을 생각하게 한다. 이와 함께 Taymutto(對馬島),
Orankag(오랑캐) 등은 'ㅐ'라는 이중모음의 흔적을 분명히 보여주고 있
다. 그러나 17세기 화란어의 음운체계와 당시의 표기체계에 대한 이해

---

174) 1732년에 Amsterdam에서 간행된 불역본과 1884년에 Philadelphia에서 간행된 영
　　역본에는 'Orankay'라 되어 있다. 蘭文本의 오기로 보인다.
175) '海'와 '泰'는 각기 '히'(六祖中52, 類合上6)와 '태'(번小8:29, 類合下61)'로 읽힌다.

가 부족한 필자의 처지를 고려할 때, 위의 지명표기에 대한 보다 자세한 논의는 후일을 기약할 수밖에 없다.

한국에 관한 외국인들의 기록들 가운데 앞서 언급한 『하멜 일지』이외에도 1874년에 불란서 Paris에서 간행된 Dallet의 *Histoire de l'Eglise de Corée*를 들 수 있다. 이 자료에는 이중모음의 구성과 음가에 대한 언급이 보인다. 한국어의 글자와 쓰기, 발음 항목에서 "…다만 조선어에서는 ㅔ 소리(閉音)와 ㅐ 소리(開音)는 이중모음으로만 쓰여진다는 것을 주의해 둘까 한다."라는 흥미로운 기술이 보인다.[176] 심재기(1985:582)[177]는 이것이 'ㅔ'와 'ㅐ'가 19세기 후반까지 상당량의 단어에서 단모음화가 일어나지 않고 있었음을 반증하는 것으로 보고 있다. 그러나 실제 음가에 대한 기술(그림 II 참조)에 있어서는 'ㅐ, ㅔ'가 각각 è와 é, ei로 음성적 가치가 제시되어 있어 ei를 제외하고는 이들이 단모음으로 실현되고 있었음을 보여주고 있다. <그림 II>에 제시된 이중모음의 음가를 보이면 다음과 같다.

· ㅣ è ㅓ eué ㅐ è ㅔ é, ei ㅚ oé ㅟ oui ㅛ io ㅑ ia ㅠ iou ㅕ iŏ

한편 한국어의 글자와 쓰기, 발음 항목에서 'ㅔ'와 'ㅐ' 소리를 폐음(閉音)과 개음(開音)으로 본 것은 이 음들이 단모음인 [e]와 [ɛ]였음을 말해 주고 있는 것으로 보이는데, 이것이 이중모음으로만 쓰인다는 Dallet의 설명은 우리를 당혹스럽게 하고 있어 이에 관한 설명이 요구

---

176) Histoire de l'Eglise de Corée(1874:LXXIX)에서 "Nous remarquerons seulement qu'en coréen le son de é (fermé) ou è (ouvert) ne peut s'écrire que par une diphthongue."라고 기술하고 있다. 본문의 번역은 丁奇洙(1966/1977 改版:144)의 『朝鮮教會史序論』에서 인용하였다.

177) 심재기(1985) 『Grammaire Coréenne의 研究』(한국천주교회창설 200주년 기념 한국교회사논문집II).

된다. 음가의 설명(그림 II)에 충실히 따른다면, 이는 Dallet가 표기와 실제 음성을 혼돈한 결과로 보인다. 실제로 외국인들의 한국어 문법서에는 이렇게 표기형와 실제 음성형을 구별하지 못한 경우가 종종 보인다.

J. Ross(1877)의 *Corean Primer*에서는 당시 국어의 단모음으로 다음의 8개 제시하고 있다. 당시에 'ㅔ, ·ㅣ, ㅐ'가 단모음으로 실현되고 있었음을 확인할 수 있다. 한편 'ㅚ, ㅟ'는 단모음으로는 보이지 않고, 각기 [oi, oe], [ooi, wi, wei] 등의 이중모음으로만 나타나 있다.

ㅣ i ㅡ ㅠ ㅜ oo ㅔ ê ㅓ u ㅗ o ·ㅣ(ㅐ) e ㅏ(·) a

*Histoire de l'Eglise de Corée*보다 7년 뒤인 1881년에 간행된 한국어 문법서인 Ridel의 *Grammaire Coréenne*(한어문전)에서는 보다 구체적으로 19세기 말엽 당시 국어의 자·모음이 기록되어 있다. 여기서 모음의 음가를 살펴보면, 'ㅐ è, ㅔ é, ㅖ ié, ㅢ eué ué eui é, ㅘ oa, oai oè ouè, ㅚ $\overline{\text{OÉ}}$ $\overline{\text{EUÉ}}$ $\overline{\text{EUI}}$ EU, ㅞ oué, ㅟ oui'(p.XII-XIII) 등으로 문자에 대한 음성 기호를 언급하고, 이에 대한 음성적 설명과 그 음이 포함되어 있는 단어의 용례를 제시하고 있다. 이 자료대로 충실히 해석한다면 당시 'ㅐ, ㅔ'는 이미 단모음인 è[ɛ]와 é[e]로 실현되고 있었으며, 'ㅚ, ㅟ'는 어사나 음성 환경에 따라 단모음과 이중모음이 동요를 보였던 것 같다. J. Scott(1893:15-16)는 'ㅔ, ㅚ, ㅟ'가 'e/ei, ö/oi, ü/oui/i' 등으로 나타난다고 하였으며, H. G. Underwood(1914:424-425)는 'ㅚ, ㅟ'가 ö와 ü로 실현되고 있음을 언급하였다.

19세기 말엽 이후에 외국인들의 한국어 문법서에 나타나는 모음의 음가를 살펴보면, 'ㅐ'와 'ㅔ'는 [ɛ], [e]로 전사되어 당시에 이미 단모음이었음을 확인할 수 있었고, 'ㅚ, ㅟ'는 문법서마다 기술상의 차이가 보

이기는 하나, 어사에 따라서 혹은 음성적 환경에 따라 단모음과 이중모
음으로 실현되었던 것으로 추정할 수 있다.

4.4. 단모음화와 근대국어 모음체계와의 관계

4.4.1. 국어 모음체계의 연구는 중세국어로부터 현대국어에 이르기까
지 통시적 측면에서 폭넓게 이루어져 왔다. 국어 연구의 초창기에는 주
로 중세국어의 단모음체계에 관심이 집중되었으며, 훈민정음 제정 당
시의 모음체계에 관한 본격적인 연구는 이숭녕(1949/1954)부터 시작되
었다. 이는 '·'와 모음조화를 통해 음운체계를 음운현상과의 관계 속에
서 파악한 것으로, 15세기 국어의 모음체계는 『訓民正音』 중성해에서
얻어지는 7개 모음(·, ㅡ, ㅣ, ㅗ, ㅏ, ㅜ, ㅓ)으로 이루어졌다고 보았다.
여기서 '·'의 음가를 추정하여 당시의 모음체계 내에서 '·'의 위치를
할당함으로써 모음체계를 수립하였다. 이렇게 해서 수립된 체계는 모
음조화에 의해 고모음(ㅡ, ㅜ, ㅓ)과 저모음(·, ㅗ, ㅏ)의 양계열의 대립
으로 설명되었다.

　15세기 국어의 단모음체계가 7모음체계였다는 추정은 이후로 별다른
이견(異見) 없이 지금까지도 통설로 인정받아 왔다. 그 후의 연구(김완진
1963/1978, 김방한 1964, 이기문 1968/1969, 정연찬 1989 등)는 해방 이후 국
어 자료에 대한 축적과 서구 언어학의 연구 방법, 특히 Prague학파의
체계 중심의 음운사 이론의 영향, 그리고 알타이 제어와의 비교 언어학
적 방법에 의해 국어의 모음체계가 재검토되는 방법론적인 변화를 가지
고 왔다.[178] 시기적으로는 중세국어에 주목하였는데, 그 중에서도 특히

---

178) 국어 모음체계에 관한 연구사는 김영진(1990:56), 장영길(1993), 김무식(1993), 한
　　영균(1997) 등을 참조하였다.

15세기의 모음체계를 중심으로 연구가 집중적으로 진행되었다. 이는 15세기가 훈민정음이라는 문자 체계가 새로이 등장한 시기이면서, 한편으로는 새로운 문자에 대한 유일한 해설서인『訓民正音』해례본이 발견된 것과 크게 무관하지 않은 것이다.

이숭녕(1954) 이후로 지금까지 제시된 15세기 국어의 단모음체계는 상당수가 있으며, 각기 나름대로의 방법론과 근거에 의해 설정되었다고 할 수 있다. 당시의 단모음체계에 관해서는 그것이 고저 대립 체계(수평적 체계)였다는 설, 전후 대립 체계(구개적 체계)였다는 설, 사선적 대립 체계(사선적 체계)였다는 설179) 등이 있다. 이렇듯 국어의 단모음체계에 관해서 제설이 분분하다는 것은 각 모음들의 음가 및 모음들과의 상관관계 등 아직도 규명되어야 할 문제들이 많이 남아 있음을 보여 주고 있는 것이다. 또한 지금까지 제시된 단모음 체계가 체계적인 면에 너무 치중했다거나, 외국어 전사 자료의 대응에만 치중했던 것은 당시 국어의 모음체계를 재구함에 있어 충분히 고려되지 못했던 것으로 보인다.

모음체계를 재구함에 있어서는 다음과 같은 기준들이 종합적으로 검

---

179) 수평적 체계는 이숭녕(1954), 구개적 체계는 김완진(1963), 이기문(1968/1972), 그리고 사선적 체계는 김진우(1976), 김완진(1978) 등으로 대표된다.

이	으	우	이i	우ü	오u	이	으	우	ｌi	ㅡ ï	ㅜu
어				으ə	ㅇㅅ	어	ㅇ	오	ㅓə	ㅗo	
ㅇ	오		어e	아a			아		ㅏa	·ㅅ	
아											
이숭녕(1954)			김완진(1963)			김방한(1964)			이기문(1972)		

i		u	이		으(우)		｜[i]	ㅜ[ɯ]	
	ï						ㅡ[ə ㅡ]	ㅗ[o]	
	ə	o	어		ㅇ(오)		ㅓ[ə ㅜ]	·[ʌ]	
	ʌ			아			ㅏ[a]		
a									
허웅(1965)			김완진(1978)			정연찬(1989)			

토되어야 할 것으로 보인다.

　첫째, 중세국어의 모음체계는 우선『訓民正音』해례본에 보이는 중성에 대한
　　기술을 충실히 반영해야 한다.
　둘째, 당시의 모음체계는 외국어 전사 자료에 반영된 외국어 모음과의 음운대
　　응에서 정당성을 잃지 말아야 한다.
　셋째, 당시의 모음체계는 15세기에 간행된 정음 문헌과 그 이후에 간행된 정
　　음 문헌에서 보이는 모음의 변화 양상을 적절하게 설명할 수 있어야 한다.
　넷째, 15세기의 모음체계는 통시언어학적 관점에서 전후 시기의 모음체계와
　　상호 연계성을 지녀야 한다.

　이와 같은 기준들이 설정된 모음체계 내에서 합리적으로 설명될 때,
그 체계의 정당성이 입증된다고 할 수 있다. 즉 15세기 국어의 모음체
계는 앞에서 제시한 기준에 합당한, 다시 말하면 위의 네 가지 기준을
모두 만족시키는 체계이어야 한다는 것이다. 이러한 관점에서 위에서
제시된 모음체계들은 앞서 언급된 기준에 의해 다시 한 번 그 타당성을
검증받아야 할 것으로 보인다.

　그러나 본고의 논의는 중세국어의 단모음 체계의 설정에 있는 것이
아니기에 더 이상의 논의를 주저하게 한다. 다만 여기서 주목하고자 하
는 것은 기존의 단모음체계의 논의에서 나타났던 전설계 모음에 관한
문제이다. 이 부분에 있어서 대부분의 기존 논의가 이견을 보이고 있지
않음은 주지의 사실인 것으로 보인다.[180] 중세국어 당시 단모음체계에
'ㅣ'를 제외한 전모음이 존재하지 않았다는 기존 연구의 결과에 우선
주목하기로 한다. 이러한 기존의 논의와 본고에서 언급되었던 논의를
바탕으로 한다면, 국어의 단모음 체계는 다음과 같은 변천을 보이며 지

---

180)　허웅(1965:449-450), 김완진(1967), 이기문(1972a), 최명옥(1997:366-368), 전광현
　　(1997:38) 등을 참조.

금에 이른 것으로 보인다.

국어의 단모음 체계는 통시적으로 볼 때, 'ㆍ'의 비음운화와 전설계 단모음의 생성이라는 변화를 겪는다. 'ㆍ'의 비음운화 시기를 18세기 중엽으로 본다면, 15-16세기의 단모음 체계는 /ㅣ, ㅡ, ㅓ, ㅜ, ㅗ, ㆍ, ㅏ/의 7모음체계였다. 그런데 이 체계는 전설모음이 /ㅣ/ 하나밖에 없는 언어 보편상 상당히 불안정한 것이었기에, 체계상의 안정을 위해 단모음 /ɛ/와 /e/가 등장함으로써,[181] 적어도 17세기와 18세기 교체기에는 9모음체계 /ㅣ, ㅔ, ㅐ, ㅡ, ㅓ, ㅜ, ㅗ, ㆍ, ㅏ/를 가졌을 것으로 보았다. 그러나 18세기 무렵, 'ㆍ'의 비음운화로 국어의 단모음 체계는 /ㅣ, ㅔ, ㅐ, ㅡ, ㅓ, ㅜ, ㅗ, ㅏ/의 8모음체계로 변화하였다. 그러던 것이 19세기 중엽에서 19세기 말엽에 이르러 단모음 'ㅚ[ø], ㅟ[y]'가 등장하면서 국어의 단모음은 현대국어와 동일한 /ㅣ, ㅔ, ㅐ, ㅟ, ㅚ, ㅡ, ㅓ, ㅜ, ㅗ, ㅏ/의 10모음체계로 형성되었다. 따라서 15세기의 단모음 체계는 다음과 같은 변천을 겪어 현대국어에 이른 것으로 보인다.

① 15-16세기(7모음체계)   : /ㅣ, ㅡ, ㅓ, ㅜ, ㅗ, ㆍ, ㅏ /
② 17세기 말엽(9모음체계)   : /ㅣ, ㅔ, ㅐ, ㅡ, ㅓ, ㅜ, ㅗ, ㆍ, ㅏ /
③ 18세기(8모음체계)   : /ㅣ, ㅔ, ㅐ, ㅡ, ㅓ, ㅜ, ㅗ, ㅏ /
④ 19세기 말엽(10모음체계) : /ㅣ, ㅔ, ㅐ, ㅟ, ㅚ, ㅡ, ㅓ, ㅜ, ㅗ, ㅏ /

이중모음체계는 'ㅢ'를 제외한 j 하향이중모음의 단모음화와 /ɛ, e/의 생성과 함께, j계 상향이중모음 /je(ㅖ), jɛ(ㅒ)/와 w계 상향이중모음 /we(ㅞ), wɛ(ㅙ)/의 등장으로 단모음 체계 못지않은 변천을 겪었다. 15-16세기까지의 이중모음은 /ㆍㅣ(ʌj), ㅐ(aj), ㅚ(oj), ㅔ(əj), ㅟ(uj), ㅢ(ij) ; ㅛ

---

181) 단모음 /ɛ/와 /e/의 등장에 대한 근거로, 본고에서는 표기상의 혼기와 부음의 첨가·탈락 현상, 그리고 외국인들의 한국 관련 자료 등을 언급한 바 있다(4절의 4.3).

(jo), ㅑ(ja), ㅠ(ju), ㅕ(jə) ; ㅟ(wi), ㅝ(wə), ㅘ(wa)/였다. 그러다 /ɛ, e/의 생성으로 이중모음인 /aj, əj/가 소멸되고, /je(ㅖ), jɛ(ㅒ)/와 /we(ㅞ), wɛ (ㅙ)/가 형성되어, 17세기 말엽에는 /·ㅣ, ㅚ, ㅟ, ㅢ ; ㅛ, ㅑ, ㅠ, ㅕ, ㅖ, ㅒ ; ㅟ(wi), ㅝ, ㅘ, ㅞ, ㅙ/ 등의 이중모음 체계를 가지게 되었다.

18세기 무렵 '·'의 비음운화로 /ʌj/(·ㅣ)가 /aj/(ㅐ)로 합류하여 /ㅚ, ㅟ, ㅢ ; ㅛ, ㅑ, ㅠ, ㅕ, ㅖ, ㅒ ; ㅟ, ㅝ, ㅘ, ㅞ, ㅙ/를 형성하였다. 그 뒤 에 /ㅚ, ㅟ/는 단모음화(ø, y)를 겪어 19세기 후반기에는 /ㅢ ; ㅛ, ㅑ, ㅠ, ㅕ, ㅖ, ㅒ ; ㅝ, ㅘ, ㅞ, ㅙ, ㅟ(wi)/의 12개의 이중모음을 형성하였 다. 지금까지 살펴본 이중모음 체계의 변화를 정리하면 다음과 같다.

① 15-16세기 : /·ㅣ(ʌj), ㅐ(aj), ㅚ(oj), ㅔ(əj), ㅟ(uj), ㅢ(ij) ; ㅛ(jo), ㅑ(ja), ㅠ(ju), ㅕ(jə) ; ㅟ(wi), ㅝ(wə), ㅘ(wa)/

② 17세기 말엽 : /·ㅣ(ʌj), ㅚ(oj), ㅟ(uj), ㅢ(ij) ; ㅛ(jo), ㅑ(ja), ㅠ(ju), ㅕ(jə), ㅖ(je), ㅒ(jɛ) ; ㅟ(wi), ㅝ(wə), ㅘ(wa), ㅞ(we), ㅙ(wɛ)/

③ 18세기 : /ㅚ(oj), ㅟ(uj), ㅢ(ij) ; ㅛ(jo), ㅑ(ja), ㅠ(ju), ㅕ(jə), ㅖ(je), ㅒ(jɛ) ; ㅟ(wi), ㅝ(wə), ㅘ(wa), ㅞ(we), ㅙ(wɛ)/

④ 19세기 말엽 : /ㅢ(ij) ; ㅛ(jo), ㅑ(ja), ㅠ(ju), ㅕ(jə), ㅖ(je), ㅒ(jɛ) ; ㅝ(wə), ㅘ(wa), ㅞ(we), ㅙ(wɛ), ㅟ(wi)/

4.4.2. 국어 이중모음의 통시적 과정에 있어 가장 큰 변화라 하면 아 마도 'ㅢ'를 제외한 하향이중모음들이 근대국어 시기에 들어오면서 단 모음화를 겪었다는 사실일 것이다. 그렇다면 과연 어떤 체계상의 압력 이 기존의 체계를 유지하지 못하게 했던 것일까. 다른 모음이 아닌, 유 독 하향이중모음이 근대국어에 오면서 단모음화한 '음운론적인 동인'이 우선 밝혀져야 하리라 본다.[182] 아울러 보다 근원적인 문제로서 어떤 이유로 중세국어에 이중모음 가운데 특히 하향이중모음이 발달해 있었

는지, 그것이 한국어의 내적 발달의 한 과정이었는지 아니면 외적인 영향에 의한 과도기적 내지는 일시적인 현상이었는지가 검토되어야 한다. 후자의 관점으로는 국어에 한자·한문이 도입되면서 두 언어가 서로 동화되는 과정에 따른 현상인 것으로 추정할 수도 있다.183) 만약 변화를 국어의 순수한 내적(intrinsic) 발달의 측면으로 본다면 'ㅢ'를 제외한 하향이중모음 체계 전체의 소멸을 통시음운론적인 측면에서 검토하여야 하고, 후자로 해석한다면 비교언어학적 측면에서 중국 한자음이 국어에 끼친 영향에 관한 검토가 요구된다고 할 수 있다.

본고는 하향이중모음의 발달 과정을 살펴보기 위해, 앞서 언급한 두 가지 가능성을 모두 유념하고자 한다. 우선 전자의 가능성으로 논의를 진행하기 위해서는 당시의 모음체계와 관련된 체계적인 측면에서의 해석이 전제되어야 한다고 생각된다. 이를 위해서 앞서 살펴보았던 중세국어의 단모음체계를 다시 언급하지 않을 수 없다.

'·'의 비음운화 시기와 'ㅐ, ㅔ, ㅚ, ㅟ'의 단모음화 시기에 대한 견해의 차이는 있으나, 그것을 제외하고는 근대국어 시기의 단모음 체계는 대체로 큰 이견이 없는 듯하다. 문제는 중세국어 시기의 단모음 체계라고 말할 수 있는데, 앞서 살펴보았듯이 여기에는 제설이 많아 당시의

---

182) 허웅(1952:7)은 'ㅔ, ㅐ, ㅚ'가 그 양 요소의 모음도상으로 본 거리가 너무 멀기 때문에 발음하기에 큰 노력이 필요했을 것이므로 [ai, əi, oi]의 상호동화로 양 요소가 서로 매우 가까워져서 드디어 단모음화하고 만 것으로 보았다. 이와는 다른 측면에서 이기문(1961:113)은 중세국어의 조음이 근대로 오면서 긴장된(tense) 조음으로 변하면서 단모음화되었을 것이라는 주장을 하기도 하였다.

183) 여기서 다음과 같은 이기문(1972a:74)의 견해를 음미해 볼 필요가 있다. "中國音에는 古代國語의 音韻體系에는 생소한 것들이 많이 포함되어 있었다. 一般的인 通例에 따라서 이런 發音은 國語의 音韻體系에 적합하도록 變改되었던 것이다. 가령 漢字의 全濁 系列은 語頭에 有聲音을 모르는 國語로서는 이것을 無聲音으로 고쳤던 것이다. 그리고 고대국어에 二重·三重母音이 빈약했으므로 中國音의 많은 二重·三重母音들이 簡略化하지 않을 수 없었다."

체계를 재구하는 데에는 많은 어려움이 있는 것이 사실이다. 이에 관해
서는 앞으로 충분한 검토와 논의가 요망된다고 할 수 있는데, 지금까지
이에 대한 기존의 연구들을 살펴보면 유독 일치되는 견해가 있음을 보
게 된다.

그것은 중세국어 시기의 단모음들을 체계적 관점에서 해석할 때, 전
설모음이 /i/ 하나뿐이라는 점이다. 'ㅣ' 모음을 무관성(無關性)으로 하
는 15세기 국어의 모음체계가 고모음과 저모음의 대립체계가 아니라,
중설모음과 후설모음의 대립체계였다는 점(김완진 1963/1971)을 인정한
다 하더라도, 당시의 모음들이 모두 중설 내지는 후설모음이라는 점은
'체계의 균형성'이라는 측면에서 볼 때, 자연스럽지 못했던 것으로 생각
된다. 더구나 현대언어학의 생성음운론적 관점에서는 15세기 모음체계
가 [+후설모음]이 6개(/ə, i, a, u, o, ʌ/), [−후설모음]이 1개(/i/)였던 것으
로 해석할 수 있다. 이 같은 체계적인 불균형은 안정되고 조화된 체계
로 향하는 체계 변화의 동인을 만든 것으로 보인다.

본고는 어느 한 시기에 존재했으리라 추정되는 이 불안정한 체계가
후에 그 체계 속의 음들이 변화할 수 있는 단서를 오히려 마련해 주었
다고 보고 있다. 통시적 관점, 더 자세히 말해서 모음체계의 연속성이
란 측면에서 중세국어의 단모음 체계가 근대국어 시기에 오면서 'ㆍ'의
비음운화, 이중모음의 단모음화 등의 여러 변화를 겪어 현대국어의 단
모음 체계로 결과하였음은 주지하는 바와 같다.

음운체계의 변천이 어떤 불안정한 요인의 개입을 전제로, 안정과 불
안정의 순환성을 보이며 부단히 변화해 간다고 볼 때,[184] 중세국어 단

---

184) 음운체계 내의 불안정한 요인에 관해서는 일찍이 A. Martinet(1955/1970)에서 언
급된 바가 있다. 이런 불안정한 요인이 음운체계의 불균형을 가지고 오면 그 균형을
회복하려는 기능적, 구조적 요인이 작용하며, 이 안정과 균형이 음운체계의 변화를

모음 체계의 전모음에 /i/만이 존재했었던 불안정적인 체계의 모습으로 부터 균형 잡힌 대립체계를 지향하려는 체계상의 요구에 의해, 새로운 전모음인 /ɛ, e, ø, y/의 생성으로 체계적 빈칸을 메우려 했다고 추정할 수 있는 것이다. 이것은 근대국어 시기에 보이는 전모음의 계열의 등장을 부추겼던, 즉 체계의 공백을 메우려는 유인(誘因)이었던 것으로 보인다.

중세국어 당시 단모음 중에서 /j/와 결합이 가능한 모음은 'ㅣ'를 제외한 나머지 6개 모음인데, 'ㆍㅣ'와 'ㅢ'를 제외하고는 현대어에서 /ɛ, e, ø, y/로 단모음화하였다. 'ㆍㅣ(/ʌj/)'는 직접 단모음화의 과정을 거치지 아니하고 /aj/로 변화의 과정을 거쳐 /ɛ/로 단모음화하였으며, 'ㅢ(/ij/)' 역시 부분적으로 /i, ɨ, e/ 등으로 단모음화하였다. 국어사에서 /ɛ, e, ø, y/의 단모음은 기원적으로 'ㅏ, ㅓ, ㅗ, ㅜ'라는 단모음과 /j/가 결합하여 /aj, əj, oj, uj/의 하향적 이중모음을 형성하고 이것이 다시 단모음화 과정을 거쳤다고 추정할 수밖에 없다. 이는 현대국어에 중세국어 시기에는 보이지 않던 4개의 단모음이 전설계에 새롭게 등장하고, 1개의 모음이 비음운화의 과정을 겪었다는 사실을 보여 주고 있는데, 여기서 특이한 점은 새로이 등장하는 4개의 단모음이 전모음 계열에 편중되어 있다는 사실이다. 이 점에 대해서는 앞으로 더 자세한 논의가 요구되나, 본고는 잠정적으로 이를 체계적인 빈칸을 채우기 위한 '균형화로 향한 유인'으로 설명하고자 한다.

중세국어 당시 체계상 균형적이지 못한 단모음 체계를 상정해야 하는 지금의 처지로는 이중모음의 단모음화 현상을 이같이 '불안정에서 안정으로의 복귀'로 설명하는 방법 이외엔 다른 설명이 궁색한 것으로

가지고 오는 것으로 보고 있다.

생각된다. 결국 하향이중모음의 단모음화로 말미암아 국어는 비로소 정
제되고 균형 잡힌 단모음 체계를 가지게 되었다고 말할 수 있는 것이다.

4.4.3. 앞에서 중세국어에 특히 하향이중모음이 발달해 있었던 것을
외적인 영향으로도 볼 가능성을 언급한 바 있다. 이렇게 보는 데에는
하향이중모음 체계의 생성과 소멸이 안고 있는 다음과 같은 문제 때문
이다. 즉 국어사의 측면에서 'ㅢ'를 제외한 하향이중모음체계 전체의 소
멸을 설명해야 하는 바, 이중모음 가운데 유독 하향이중모음이 체계상
의 큰 변화를 겪은 원인을 언어학적 관점에서 규명해야 할 것이다. 하
향이중모음 체계 전체의 소멸('ㅢ'를 제외한)이란 사건에 관하여 주목해
야 하는 사실은 당시 국어에서 하향이중모음의 내적 자질, 더 구체적으
로 말하면 그 유전적 자질이 과연 무엇이었는가라는 점이다. 만약 하향
이중모음이 본래부터 국어의 유전적 자질(inherent features)을 가지고
있었다면, 통시적으로 하향이중모음의 체계 거의 모두가 소멸하는 현
상을 겪을 수가 있었는지가 설명되어야 한다.

　　앞서 4.2에서 본고는 하향이중모음의 소멸이 체계상의 구조적인 빈
칸을 채우기 위한 유인(誘因)으로 파악한 바 있다. 한편 하향이중모음
의 발달과 소멸에 대한 또 하나의 가능성으로 국어에 한자·한문이 도
입되면서, 국어의 음운체계와 중국어의 음운체계가 서로 동화되는 과
정에서 기인된 현상185)으로 조심스럽게 추정한 바 있다. 중국음에 이
중·삼중모음 등이 상당히 많이 존재함은 주지의 사실인 바, 이것들이

---

185) 여기서의 추정이 더욱 설득력을 가지기 위해서는 비교언어학적 측면에서 중국 한
　　자음의 도입 시기와 경로, 어떤 중국 방언이 국어에 반영되었는지에 따른 기층 및
　　모태(母胎)의 문제, 그리고 한국 한자음의 토착화 과정과 그 후에 독자적인 변화 과
　　정 등, 중국음이 국어에 끼친 영향에 관한 종합적인 검토가 함께 이루어져야 한다고
　　본다.

동화되는 과정에서 국어에 이중모음, 특히 하향이중모음의 발달에 적
극적으로 관여하게 되었다고 추정하는 것이다.[186] 이렇게 생성된 하향
이중모음은 국어의 본래적인 음운체계의 구조적 압력에 오래 견디지
못하고 스스로 소멸의 과정을 거친 것으로 볼 수 있다.

지금까지의 논의에서 살펴본 바와 같이, 본고는 단모음화를 전모음
체계의 빈칸에 따른 '불안정에서 안정으로의 복귀'로 보는 해석을 제시
하면서, 하향이중모음이 국어 음운체계의 구조적인 틀 속에서 더 이상
존재하지 못하고 단모음화했다고 보았다. 즉 하향이중모음이 국어 음
운체계 내에서 재조정의 압력을 받아 오다가 마침내 더 이상 견디지 못
하고, 당시 체계상 비어있었던 전설부 빈칸에 단모음으로 안착된 것이
라 조심스럽게 추정하였다.

---

186) 이 같은 논의의 근거로, 이기문(1992a:74)과 박은용(1970)의 견해를 언급한 바 있
다(각주:154과 각주:183을 참조할 것).

5. 결론

5.1. 본고는 국어 하향이중모음의 변화 과정을 통시적으로 기술하고, 그 변화 과정 및 제 양상을 음운론적인 관점에서 해석하고자 하였다. 먼저 훈민정음 제정 당시의 하향이중모음의 음운론적 자질을 검토하고, 현대국어 시기까지 하향이중모음의 변화를 통시적으로 기술하였다. 다음으로 하향이중모음의 변화와 그와 관련된 음운현상을 통하여 당시 음운체계 내에서 하향이중모음이 다른 모음들과 갖는 체계상의 관계를 밝히고자 하였다. 아울러 하향이중모음의 단모음화 과정이 국어 모음체계의 변천에 어떤 영향을 끼쳤는지를 살펴보고, 단모음화에 대한 시기 및 그 동인의 문제를 모음체계의 변천과 관련하여 설명하였다. 앞서 논의한 내용을 정리하고, 논의에서 드러난 문제점과 앞으로의 연구 과제 및 방향을 제시하는 것으로 결론을 삼는다.

5.2. 2절에서는 국어사에 보이는 하향이중모음의 음운론적 성격과 표기의 양상을 검토하였다. 먼저 현대언어학에서 하향이중모음이 음성적·음운적으로 어떻게 규정되어 있는지를 살펴보고, 현대국어에서 보이는 이중모음을 제시하였다.

    2.1에서는 15세기 정음 문헌에 반영된 이중모음의 실체를 규명하기 위해 『訓民正音』 해례본을 살펴보았다. 여기서 해례본에 나타나는 이중모음들에 관련된 기술들을 정리하여, 당시의 해례 편찬자들의 언어의식을 추정해 보고, 기존의 연구에서 드러나는 해석상의 문제점을 지적하였다. 아울러 기존 연구를 바탕으로 15세기 국어의 이중모음 체계를 설정해 보았다.

2.2에서는 하향이중모음의 음절 부음을 음운론적 관점에서 해석하였다. 기존의 연구에서 음절 부음에 대한 여러 가지 해석의 가능성 가운데, 해례본에 보이는 음절적 표기, 당시의 음운현상, 통시적 변화, 이중모음의 해석의 체계적인 균형성 등을 근거로 하여 하향이중모음의 기저 음가를 /Vj/로 보았다.

2.3에서는 통시적인 관점에서 하향이중모음의 표기를 살펴보았다. 정음 자료를 비롯하여,『鷄林類事』,『朝鮮館譯語』,『三國史記』,『三國遺事』,『鄕藥救急方』,『衿陽雜錄』, 구결 등을 대상으로 검토한 결과, 하향이중모음의 모습을 추정해 볼 수 있었다. 특히『鄕藥救急方』,『衿陽雜錄』, 구결 등의 차자표기 자료를 통해서는, 음절의 부음을 표기에 반영한 적지 않은 예들을 발견할 수 있었다. 따라서 위의 자료들을 근거로 할 때, 국어사에서 하향이중모음의 존재가 그리 일천(日淺)하지 않다는 사실을 확인하였다.

5.3. 3절에서는 하향이중모음의 변화 과정과 거기서 보이는 음운현상 및 표기상의 문제를 다루었다. 하향이중모음의 변화 과정과 음운현상, 그리고 단모음화 시기를 고려할 때, 'ㅣ/ㅓ', 'ㅐ/ㅔ', 'ㅚ/ㅟ' 등이 서로 긴밀한 관계를 맺고 있어 'ㅣ, ㅓ, ㅐ, ㅔ, ㅚ, ㅟ'의 순서로 기술하였다.

(1) 'ㅣ'는 먼저 15세기경에 주모음인 'ㆍ/ㅡ'의 음운론적 대립으로 인한 'ㅣ>ㅓ'와 'ㆍ/ㅏ'의 음성적 유사성으로 인한 'ㅣ>ㅐ'의 변화가 있었고, 18세기 중엽 이후에는 주모음인 'ㆍ'의 비음운화로 인하여, ㆍ(/ʌj/) > ㅐ(/aj/)의 변화를 겪었음을 언급하였다. 17세기 후반부터 비어두음절에서 서서히 등장하는 'ㅔ/ㅣ'의 혼기는 음절의 주음인 'ㅓ>ㆍ'의 변화가 아니라, 단모음인 /e/와 /ɛ/의 음성적 유사성에 기인한 것으로 추정

하였다. 또한 '·ㅣ>ㅣ'는 '·'가 탈락하는 직접적인 변화가 아니라, 'ㅢ'로
의 변화를 거친 후, 다시 음변화를 겪어 'ㅣ'로 단모음화했다고 보았다.

(2) 'ㅢ'는 주모음인 'ㅡ / ·'의 대립으로 말미암은 'ㅢ>·ㅣ'의 변화 이
외에는 16세기까지 큰 변화를 가지고 오지 않았으나, 17세기 전기부터
자음 아래의 환경에서 'ㅣ'로 변하는 변화의 조짐을 보이기 시작하여,
18세기 후반까지 부분적인 동요를 가지고 왔음을 기술하였다. 19세기
에 오면서 'ㅢ>ㅣ, ㅡ,ㅔ' 등의 다양한 모습으로 변화를 보이고 있어,
이때부터 본격적으로 단모음화되었을 것이라 보았다. 이와 함께 이중
모음인 'ㅢ'의 음운론적인 해석의 문제를 논하였다. 여기서 현대 방언과
'ㅢ'의 통시적 변화, 그리고 국어 이중모음의 체계상의 균형을 근거로
'ㅢ'를 /ij/로 보았다. 또한 'ㅢ'의 단모음화에 관련된 문제를 언급하면서,
다른 하향이중모음의 단모음화와의 이질성이 모음체계적인 측면과 음
성적인 측면에 말미암은 것으로 해석하였다.

(3) 'ㆎ'는 15세기에 '·ㅣ, ㅔ'로의 변화형이 보이나, 전자는 주모음 '· /
ㅏ'의 음성적인 유사성으로, 후자는 'ㅏ /ㅓ'의 음운론적 대립에 말미암
은 것으로 보았다. 후대에 보이는 'ㆎ>ㅔ'의 변화는 이미 단모음화된 /ɛ
/와 /e/의 음성적 중화로 파악하였다. 한편 19세기 후반에 보이는 'ㆎ>
·ㅣ'는 음의 변화가 아니라, 표기상의 문제로 '·ㅣ'의 실제 음성형이 [ʌj]
가 아닌 [ɛ]로 보아야 함을 지적하였다. 이 같은 사실은 외국인들의 한
국어 문법서에 나타난 모음의 음가를 통해 확인할 수 있었다.

(4) 'ㅖ'의 변화 과정이 다른 하향이중모음의 그것보다 복잡한 양상
을 띠고 있음을 지적하고, 변화의 양상을 검토하였다. 15세기에 보이는
'ㅖ>ㅒ', 16세기부터 보이는 'ㅖ>ㅖ', 그 후에 보이는 'ㅖ>ㅣ'의 변화와

함께 'ㅔ'가 관련된 'ㅕ/ㅖ/ㅐ' 등의 혼기도 다루었다. 'ㅔ/·ㅣ'의 혼기를 통해 'ㅔ'의 단모음화가 비교적 이른 시기에 시작되었음을 주장하였고, 'ㅕ>ㅔ'의 변화를 통하여 'ㅔ'가 단모음었음을 확인하고, 이 변화가 축약이 아니라 일종의 j의 동화에 의한 현상으로 파악할 수 있음을 언급하였다.

(5) 'ㅚ'의 변화 가운데 'ㅟ'로의 변화가 두 가지로 해석될 수 있음을 지적하였다. 18세기 중엽까지의 'ㅚ>ㅟ'는 'ㅗ/ㅜ'의 교체에 따른 것으로, 18세기 말엽부터 등장하는 'ㅚ>ㅟ'는 'ㅗ>ㅜ'의 변화에 말미암은 것으로 해석하였다. 'ㅚ>·ㅣ, ㅚ>ㅔ, ㅚ>ㅖ' 등의 변화는 시기적인 면을 고려할 때, 단모음인 ø가 ɛ, e, we로 변한 것으로 파악하였다. 외국인들의 한국어 문법서 등의 자료들을 검토해 볼 때, 19세기 후반기의 'ㅚ'는 이중모음인 oi, we와 단모음인 ø로 실현되고 있었음을 확인하였다.

(6) 'ㅟ'는 18세기 중엽까지 'ㅚ'로의 변화가 주종을 이루고, 그 후로는 'ㅟ>ㅚ'의 변화를 보이지 않음에 근거하여, 18세기 중엽까지의 'ㅟ>ㅚ'의 변화를 'ㅗ/ㅜ'의 교체에 의한 것으로 해석하였다. 'ㅟ>ㅣ'의 변화에서는 'ㅟ'가 uj가 아니라 y나 wi였을 것으로 보고, 여기서 원순성이 삭제된 것으로 볼 수 있을 가능성을 언급하였다. 또한 19세기 후반기에 외국인들의 한국어 문법서를 통하여 당시의 'ㅟ'가 이중모음인 uj, wi와 단모음인 y로 실현되었음을 확인할 수 있었다. 한편 'ㅚ, ㅟ'의 변화 과정에 대해서는 oj, uj가 모종의 음변화를 거쳐 ø, y로 단모음화하였으나, 음성적인 이유로 인하여 다시 이중모음으로 변했다고 추정하였다.

5.4. 4절은 하향이중모음의 변화와 그에 대한 음운론적인 해석의 문제

를 다루었다. 4.1에서는 하향이중모음의 음절 부음의 첨가와 탈락을 형태론적 측면만으로 해석하는 기존의 태도에서 벗어나 형태론적인 면과 음운론적인 면으로 나누어 해석하였다. 음운론적으로는 음절 부음의 첨가와 탈락이 'ㆍ'의 비음운화, 하향이중모음의 단모음화, 움라우트와 함께 재정립되는 모음체계의 전설 : 후설 대립을 보여주는 현상의 하나로 추정하였다. 이러한 논의를 바탕으로 하향이중모음의 단모음화 시기를 재조정할 수 있을 가능성을 제시하였다. 또한 움라우트와 음절 부음의 첨가와 탈락을 비교하여, 두 현상이 결과만 같을 뿐이지, 도출되는 과정은 서로 상이하기 때문에 서로 다른 음운론적 기재에 의해 나타나는 것으로 해석하였다.

4.2에서는 하향이중모음의 단모음화와 그 동인에 대해 언급하였다. 단모음화의 동인에 대해서는 체계상의 공백을 채우기 위한 방편으로 단모음화가 이루어졌다고 보았다. 한편 하향이중모음의 생성 및 발달이 중국 한자음의 영향과도 관련이 있을 것으로 추측하고, 'ㅢ'를 제외한 체계 전체의 소멸이라는 사실이 이를 뒷받침한다고 추정하였다.

4.3에서는 하향이중모음의 단모음화 시기를 다루었다. 기존의 논의에서 보이는 문제점을 지적하고, 단모음화 시기 추정에 동원되었던 근거들을 살펴보았다. 그 중에서 표기상의 혼기(ㅔ/ㆎ)와 부음의 첨가와 탈락 현상에 주목하여, 'ㅐ, ㅔ'의 단모음화 시기를 추정하였다. 이와 함께 『하멜 일지』(1668)에 보이는 지명 표기도 단모음화의 시기 추정에 이용할 수 있음을 언급하였다. 'ㅚ/ㅟ'는 외국인들의 자료를 통해 볼 때, 이미 19세기 후반기에는 이중모음과 단모음을 모두 가지고 있었음을 확인할 수 있었다.

4.4에서는 하향이중모음의 단모음화가 근대국어 모음체계에 어떤 영향을 끼쳤는지를 살펴보았다. 먼저 기존의 연구와 본고의 논의를 토대

로 하여, 중세국어 모음체계의 변천 과정을 검토하였다. 그리고 하향이중모음의 생성 및 발달, 소멸을 체계적인 관점에서 해석하였다. 여기서 중세국어의 모음체계가 중·후설모음의 편중으로 인한 체계상의 불안정성을 가지고 있었고, 그것을 해소하기 위해 전설모음의 생성을 위한 단모음화가 이루어졌다고 보았다.

　이상에서 살펴본 바와 같이, 본고는 국어사에서 하향이중모음의 변화를 체계적인 관점에서 해석하고자 하였다. 그러나 논의의 과정에서 충분히 다루어지지 못한 부분이 많았다고 생각한다. 특히 하향이중모음의 생성과 소멸에 관해서는 국어의 내적인 재구만으로는 그 설명이 충분치 않은 것이 사실이어서, 비교언어학적인 방법론이 요구된다고 하겠다. 한편 본고에서는 하향이중모음의 변화를 다룸에 있어, 음운론적인 층위에서 일어나는 현상에 가해지는 형태론적인 면과 의미론적인 면을 아울러 살피지 못하였다. 이와 같이 부족한 점은 앞으로의 연구에서 보완해야 할 것이다.

제 II 장

국어 음운의 변화와 해석

음운의 교체와 변화

1

음운의 교체와 변화는 국어사 연구에서 그동안 꾸준히 논의되어 왔던 주제 가운데 하나이다.[1] 음운사의 관점에서 볼 때 한 음운이나 그 음운이 속해있는 음운체계는 보다 정연하고 안정된 체계를 향해 항상 끊임없이 변화하려는 경향이 있기 때문에 이러한 음운의 교체와 변화의 모습은 언어의 일반적인 현상이라고 말할 수 있다. 그렇다고 해서 언어의 음운체계 속에서 음운들의 교체와 변화가 자의적으로 제멋대로 움직이는 것은 물론 아니다. 반드시 그 언어체계 속에서 일관된 규칙을 가지고 비교적 정연한 모습으로 실현된다. 음운들의 규칙적인 교체와 비교적 정연한 모습의 음운변화를 통하여 앞선 시기의 음운적 특성과

---

1) 본고에서 말하는 교체(Alternation)는 한 언어의 특정한 층위에 속한 두 요소가 공시적으로 서로 음운적 대립을 보이지 않고 수의적으로 서로 바뀌는 현상을 말한다. 모음이 바뀜으로 해서 두 어사가 의미의 차이를 보여주는 Ablaut와는 그 성격을 달리하는 것이다. 다시 말하면 눌그니(故)/늘그니(老), 묽다(淸)/믉다(稀), 붉다(明)/븕다(赤), 술다(燒)/슬다(消) 등과 같이 모음의 바뀜으로 어사의 분화를 가져오는 것들을 Ablaut라 하고 마술(府)/마슬(府), 가풀(鞘)/가플(鞘), 다ᄋ다(盡)/다ᄋ다(盡) 등과 같이 모음의 바뀜으로도 어사의 분화를 가져오지 않는 것을 교체(Alternation)라 한다. Ablaut가 어간 전체의 모음에 영향을 가지고 오는 반면, 교체는 어간의 일부분, 그것도 비어두음절의 모음에 국한된다는 점이 다르다.

그 음운과 대립적인 관계에 있었던 음운, 즉 음운들의 대립적 관계를 파악할 수 있으며, 이러한 방법론에 근거하여 당시의 음운체계까지도 재구할 가능성이 있는 것이다.

본고는 음운의 교체와 변화의 양상을 국어 음운체계 속에서 검토해 보고 이 두 현상이 서로 어떤 관계를 가지고 있으며, 어떤 모습으로 실현되는지를 살펴보려는 데에 그 목적이 있다. 이와 함께 이들 두 현상의 차이점을 비교, 검토해 보고 기존의 연구에서 이들을 구별하지 못하고 동일한 음변화로 해석함으로써 나타났던 문제점들을 지적하고자 한다.

2

이러한 음운의 교체와 변화의 양상을 가장 잘 보여주는 것이 ‘·’라고 생각된다. 국어사에서 볼 때 ‘·’는 음운의 다양한 변화 모습을 보이면서 18세기 중엽 무렵에 국어의 음운체계에서 비음운화의 길을 겪게 됨은 이미 널리 알려진 사실이다. 기존의 논의는 대부분 ‘·’의 비음운화 과정을 논의하는 데 있어 비어두음절에서 제1단계 변화(‘·>ㅡ’)가 먼저 이루어지고, 대략 200년 후에 어두음절에서 제2단계 변화(‘·>ㅏ’)가 이루어졌다고 보고 있다.2)

또한 한 음운이 시기를 달리하는 두 단계의 변화를 겪었음을 가정했기 때문에 필연적으로 국어의 모음추이를 인정해야 하는 결론에 이르게 되었던 것이다.3) 과연 ‘·’의 제1단계 변화인 ‘·>ㅡ’를 진정한 음운

---

2) 대표적으로 이기문(1959, 1972a,b), 전광현(1967), 곽충구(1980), 송민(1986) 등이 이러한 ‘·’의 두 단계 변화를 설정하고 있다. 그러나 ‘·’의 제1단계 변화에 대한 필자의 입장은 이와는 상당한 차이가 있다(후술될 내용을 참조).

3) 이기문(1959, 1972a,b, 1979), 김완진(1963, 1978) 등이 대표적인 경우라 할 수 있다. 그러나 최근에 김주원(1991, p.187-191)은 국어의 모음추이가 지니고 있는 문제점을

변화로 볼 수 있는 것인가. 어째서 'ㆍ'는 두 단계의 변화를 가지며 그
것도 상이한 두 음운인 'ㅡ'와 'ㅏ'로 음운변화를 거쳐야 했는지는 의문
이 아닐 수 없다. 이러한 의문점으로부터 이 글의 논의는 시작된다. 결
론적으로 말하면 필자는 'ㆍ'의 제1단계 변화를 통시적 변화가 아닌 공
시적 교체로 해석한다. 그것은 다음과 같은 세 가지 이유에 근거한다.

첫째, 음운변화(Phonological Change)는 일반적으로 일정한 한 방향으로 진행
된다. 그것에 따른 역표기는 존재하더라도 소수에 불과하다.
둘째, 음운변화는 그 음운의 변화가 일어나는 환경에 크게 관여치 않고 나타나
는 것이 일반적이다(예를 들면 어두나 비어두 등의 환경을 가리며 나타나지
않는다).
셋째, 음운변화는 통시적인 측면에서 볼 때 변화된 음운이 속해있는 체계의
변동이라는 결과를 가져오는 것이 일반적이다(예를 들면 18세기 중엽 이후
에 'ㆍ'의 비음운화로 인해 국어 모음체계의 변동이 일어났다).[4]

이러한 측면에서 'ㆍ'의 제1단계 변화('ㆍ>ㅡ')를 살펴보면 그것은 음
운변화라고 하기에는 수긍하기 어려운 점들이 드러난다. 그러면 기존
의 논의에서 'ㆍ'의 제1단계 변화라고 불리어 왔던 현상들을 어떻게 파
악해야 하는가? 우선 이러한 의문점을 풀기 위해 15세기 당시에 'ㆍ'로

지적하면서 14세기에 한국어가 경험한 변화는 언어사적으로 존재할 가능성이 거의
없는 유형의 변화로 보았다. 이런 입장은 아직 국어의 모음추이를 전면적으로 부정
할 확실한 증거를 제시하지 못했다는 점에서 재론의 여지가 있으나, 국어의 모음추
이를 보여주는 증거 역시 미흡하다는 측면에서 그러한 가능성을 전혀 배제하지는 못
할 것이다.
4) Jeffors and Lehiste(1979, pp. 187-191)는 음운변화를 논하면서 음운의 무조건적인
합류는 항상 음운체계의 변동을 수반한다고 보았다. 이 때의 무조건적인 합류는 'ㆍ'
가 'ㅏ'와 대립적인 음운으로 존재하다가 어느 시기부터 'ㅏ'로 합류하는 'ㆍ'의 제2
단계 변화와 그 맥을 같이 한다.
"An unconditioned merger always results in a change in the phonological system,
and that change is assumed to be irreversible."

쓰였던 어사들을 살펴보고 그 어사의 변화형들을 검토하는 과정이 선행되어야 한다고 본다. 이러한 과정은 '·'의 음운적 성격, 즉 국어 음운체계 내에서의 음운적 가치를 보다 분명하게 보여주리라 생각하기 때문이다.

3

'·'를 본래부터 가지고 있었던(앞으로는 기원형5)이라는 용어를 사용한다) 어사들을 우선 추려보면 '·>ㅏ'의 음운변화가 나타나기 전까지 'ㅡ'로 변화한 예들이 수 없이 많이 보인다. 기존의 연구에 있어서는 이러한 예들을 '·>ㅡ'의 음운변화 공식 속에 넣어 '·'의 제1단계 변화라고 파악했던 것이다.

그러나 이런 예들도 다음과 같이 세 가지로 보다 자세히 분류해 볼 수 있다. 즉 15세기 당시에 '·'와 'ㅡ'가 동일한 어사에 혼기(混記)되어 쓰이는 경우, 15세기의 어형이 '·'로 쓰였던 것이 후대로 오면서 'ㅡ'로 표기되는 경우, 15세기 어형이 'ㅡ'로 쓰였던 것이 후대에 '·'로 표기되는 경우의 어사들로 나눌 수 있다. 이렇게 분류해 봄으로써 '·'와 'ㅡ'와의 관계가 '·>ㅡ'라는 음운변화의 틀 속에 간단히 맞추어질 수 없다는 사실과 세 가지의 양상을 통하여 '·'와 'ㅡ'의 음운적 상관관계의 본질을 파악할 수 있는 것이다. 그러면 세 가지 부류의 어사들의 예를 차례로 살펴보기로 한다.

---

5) '·'를 기원형으로 가지고 있었다는 것은 15세기 당시부터 본래 '·'로 표기되었다는 것을 의미한다. 이 점에 관해서는 이숭녕(1959:1988 재수록 pp.408-416)이 참고가 된다.

(가) 15세기에 ‘·’와 ‘一’가 혼기되어 쓰이는 어사
(나) 15세기에 ‘·’가 후대로 오면서 ‘一’로 표기되는 어사
(다) 15세기에 ‘一’가 후대로 오면서 ‘·’로 표기되는 어사

(가) 15세기에 ‘·’와 ‘一’가 혼기되어 쓰이는 어사

ᄀᆞᆺ보다(勞) <석6:11> <圓下一之一62>/ᄀᆞᆺ브다 <救간1:60> 가ᄆᆞ기(卒) <救方上24>/가그기 <救간1:77> 나ᄆᆞ내(旅) <능4:77>/나그내 <杜초7:2> 다ᄋᆞ다(盡) <석11:11> <능10:87>/다ᄋᆞ다 <능1:4> 사ᄋᆞᆯ(三日) <용67> <杜초15:36>/사을 <三강孝24> 더으다(增) <月18:15> <杜초15:39>/더ᄋᆞ다 <杜초8:46> 서늘ᄒᆞ다(凉) <月2:51> <杜초7:16>/서늘ᄒᆞ다 <杜초9:27> 니르다(謂) <석13:60> <月7:77>/니ᄅᆞ다 <月17:41> <능9:88> 이르디(早) <杜초15:17>/이ᄅᆞ다 <杜초23:33> 기르마(鞍) <용58>/기ᄅᆞ마 <杜초15:1> 기르다(養) <석11:26> <杜초8:33>/기ᄅᆞ다 <圓下三之一118> <杜초8:67> 밍글다(造) <月1:6> <杜초7:17>/밍ᄀᆞᆯ다 <三강忠22> <朴초上15> 뎌르다(短) <法화2:167> <杜초15:55>/뎌ᄅᆞ다 <法화2:168> <杜초7:15> 며느리(婦) <석6:7>/며ᄂᆞ리 <曲36> 겨르ᄅᆞ외다(閑) <法화5:30> <金삼5:34>/겨ᄅᆞᄅᆞ외다 <杜초20:16> <金삼5:32> 겨슬(冬) <月1:26> <능1:17>/겨ᄉᆞᆯ <救간1:75> 녀느(餘) <석6:10> <月1:13>/녀ᄂᆞ <救方下72> 흐르다(流) <석9:21> <杜초8:37>/흐ᄅᆞ다 <金삼3:17> <杜초7:25>[6]

(나) 15세기의 ‘·’가 후대로 오면서 ‘一’로 표기되는 어사

가ᄑᆞᆯ(鞘) <杜초16:54> <朴초上27>/가플 <朴초上15> <字會中18> 낟ᄇᆞ다(慊) <석9:6> <三강烈9>/낟브다 <朴초上21> <小언5:94> 도ᄌᆞᆨ(盜賊) <용33> <月10:25>/도즉 <朴초上35> 모ᄃᆞᆫ(重) <曲91> <月2:54>/모든 <朴초上24> <小언1:3> 다ᄉᆞᆷ어미(繼母) <三강孝1>/다슴어미 <번小9:24> 마ᄋᆞᆯ(府) <朴초20:10>/ 마슬 <번小9:49> <字會中7> 아ᄃᆞᆨᄒᆞ다(冥) <석6:3> <朴초16:32>/아득ᄒᆞ다 <번小8:41> <石干26> 사ᄅᆞᆷ(人) <석6:5> <月8:82>/사름 <正俗4> <法語重10> 하ᄂᆞᆯ(天) <석6:35> <月7:14>/하늘 <正俗1b> 여ᅀᆞ(狐) <曲70> <法화2:111>/여스 <字會上19> 바ᄃᆞ랍다(危殆) <月2:56> <杜초7:15>/바드랍

---

6) 본고에서 인용한 출전문헌의 약호는 유창돈(1964)의 『李朝語辭典』을 그대로 따랐다.

다 <石干30> 다ᄅ다(異) <용24> <月17:12>/다르다 <小언6:102> 다못(與)
<杜초7:11>/다뭇 <小언5:64> 다숫(五) <용86> <曲7>/다슷 <小언5:102> 댜
ᄅ다(短) <朴초上67> <小언6:54>/댜르다 <小언5:100> ᄆ술ㅎ(里) <석6:23>
<法화2:188>/ᄆ을 <小언6:80> <百聯20> 밧ᄇ다(忙) <月10:20> <金삼5:32>
/밧브다 <小언6:49> <同文下52> ᄒᆞᆰ(土) <解例 合字> <능7:9>/흙 <小언
6:122> <胎要14> 바ᄂᆞᆯ(針) <용52> <杜초7:4>/바늘 <樂軌處容> ᄀᆞ득ᄒ다
(滿) <용41> <月18:51>/ᄀᆞ득ᄒ다 <신속孝3:82> 골ᄑ다(飢) <月8:100> <南明
上10>/골프다 <老上39> 남죽ᄒ다(有餘) <月1:6> <三강烈14>/남즉ᄒ다 <老
上54> 아ᄃᆞᆯ(子) <용25> <曲31>/아들 <倭上12> 아ᄆᆞ라타 <金삼2:21>/ 아ᄆᆞ
라타 <三譯3:23> 가슴(胸) <月2:41> <杜초9:17>/가슴 <靑p.114> ᄆᆞᄅ다(乾)
<석9:15> <능8:118>/ᄆ르다 <靑p.123> <倭下30> ᄆ춤내(終) <訓諺> <능
9:111>/ᄆ츰내 <靑p.66> 말ᄊᆞᆷ(言) <圓序11> <杜초15:41>/말슴 <靑p.77> 바
ᄅ다(正) <圓下三之一96> <救간1:60>/ᄇ르다 <靑p.48>

(다) 15세기의 '一'가 후대로 오면서 'ᆞ'로 표기되는 어사

거슬다(逆) <용99> <석6:8>/거슬다 <三강烈30> 여듧(八) <月9:85> <法화
3:133>/여듧 <朴초上11> <속三孝19> 너르다(廣) <능2:7>/너ᄅ다 <번小
10:29> <신속烈1:92> 여슷(六) <용86> <月9:85>/여슷 <속三孝10> <類合上1>
서르(相) <석6:12> <訓諺>/서ᄅ <分온10> <恩重13> 시르(甑) <救方上71>
<救간1:69>/시ᄅ <分온21> <譯下14> 거즛(僞) <月2:72> <능7:60>/거즛 <類
合下10> 기드리다(待) <용19> <능6:78>/기ᄃ리다 <類合下34> <신속孝1:62>
구슬(珠) <석13:10> <月1:15>/구슬 <石千3> <漢317c> 비브르다(飽) <석9:9>
<法화2:28>/ 비브ᄅ다 <石千34> <小언3:7> 이슬(露) <曲42> <月序15>/이슬
<石千2> <同文上2> 거츨다(荒) <杜초23:20> <月18:39>/거츨다 <小언6:20>
니르다(至) <석19:38> <능1:21>/니ᄅ다 <小언5:9> <小언6:28> 시름(憂) <능
9:8> <용102>/시름 <杜重25:2> <松江1:12> 더느다(賭) <字會下19> <朴重上
22>/더ᄂ다 <朴重上22> 더듸다(遲) <능4:100> <杜초8:47>/더디다 <杜重
7:39> <三譯5:16> 번드시 <능3:86> <老上43>/번ᄃ시 <老上27> 므르다(軟)
<능8:103> <救간6:19>/므ᄅ다 <朴重中48> 기슭(簷) <능2:29> <法화2:106>
/기슭 <癸丑p.83> 서느럽다(凉) <月7:36> <金삼2:29>/서ᄂ럽다 <松江2:15>

　(가)항은 15세기에 'ㆍ'와 'ㅡ'가 동일한 어사에 혼기되어 쓰였던 예들
이며, (나)항은 15세기에 'ㆍ'로 표기되었던 형이 후대로 오면서 'ㅡ'로
표기되는 어사들의 예이다. 또한 (다)항은 15세기에는 'ㅡ'로 보이다가
후대로 오면서 'ㆍ'형으로 바뀌는 어사들이다. (나)항은 기존의 연구에
서 비어두음절의 'ㆍ>ㅡ'의 음운변화로 파악되었다는 것은 이미 잘 알
려진 사실이다. 그렇다면 (가)항, 즉 15세기 당시부터 'ㆍ'와 'ㅡ'가 서로
혼기되어 쓰였던 사실은 어떻게 설명해야 하는가? 만약 (가)항을 'ㆍ>
ㅡ'의 음운변화로 본다면 당시의 음소적 표기법과 문자의 보수성에 미
루어 볼 때 'ㆍ'는 15세기 당시부터 음운적 가치가 흔들렸고 따라서 국
어모음체계 내에서 상당히 불안정적인 요소였다고 보아야 하는 것이다.

　이는 『訓民正音』 제자해 모음조(母音條)에서 기본자의 하나로 'ㆍ'를
설정한 것과도 상반되는 것으로 15세기 당시부터 'ㆍ'가 불안정적이었
다면 이런 음을 기본자에 포함시키지 않았을 것임은 미루어 짐작하기
에 어렵지 않다. 더구나 (다)항의 예들이 비교적 다수가 존재한다는 사
실은 (가), (나)항을 'ㆍ>ㅡ'의 음운변화로 보는 데에 큰 걸림돌이 된다.
(다)항을 'ㆍ>ㅡ'의 음운변화에 따른 역표기로 볼 가능성도 배제할 수
없으나, 유추에 의한 역표기로 보기에는 상당한 수의 예들이 존재한다
는 데 문제가 있다.[7] 이런 이유로 필자는 'ㆍ'의 제1단계 변화라고 말해
왔던 비어두음절에서 'ㅡ'로의 변이를 통시적인 음변화로 인정치 않으
려는 입장에 서는 것이다.

---

　7) 이러한 측면에서 필자의 견해와는 차이가 있으나, 백두현(1988, p.194)은 15세기 말
　　(확대해서 본다면 16세기 초)에 'ㅡ'를 'ㆍ'로 역표기란 것은 단순한 역표기가 아닐
　　수도 있으며, 이 때에 나타난 'ㅗ:ㅜ'와 함께 고저 대립의 동요를 반영한 것일 수도
　　있다는 가능성을 제시하였다.

4

비어두음절에서의 'ㆍ>ㅡ'를 음운변화로 인정치 않으려는 필자의 입장은 'ㆍ>ㅡ'가 'ㆍ>ㅏ'의 변화와는 다른 음운적 층위에서 이해해야 한다는 데에 그 출발점을 두고 있다. 앞에서 제시한 세 가지 근거를 기준으로 두 현상의 차이를 보이면 다음과 같다.

'ㆍ>ㅡ'	'ㆍ>ㅏ'
변화 방향이 쌍방향이다(ㆍ>ㅡ, ㅡ>ㆍ). 역표기로 볼 수 없다.	변화가 한 방향으로만 진행된다(ㆍ>ㅏ). 역표기(ㅏ>ㆍ)가 존재한다.
비어두음절에 국한하여 나타난다.	어두, 비어두음절, 즉 환경을 가리지 않고 나타난다.
모음체계의 변동을 가지고 오지 않았다.	모음체계의 변동을 가지고 왔다(7모음체계에서 6모음체계로의 변동–18세기 중엽).

'ㆍ'와 'ㅡ'가 15세기 당시부터 서로 혼기를 보일 뿐만 아니라, 'ㅡ>ㆍ'로 표기되는 많은 예들이 보인다는 점, 'ㆍ>ㅡ'의 모습이 1586년(선조19)『소학언해』의 유일한 예인 '흙(6:122)'[8]을 제외하고는 오로지 비어두음절에만 국한되어 나타난다는 사실, 그리고 'ㆍ>ㅡ'가 모음체계의 변동을 가지고 오지 않았다는 점은 비어두음절에서의 'ㆍ>ㅡ'를 'ㆍ~ㅡ', 즉 음운변화가 아닌 수의적(隨意的)인 음운의 교체로 보아야 한다는 결론에 이르게 한다. 이러한 사실은 'ㆍ'의 제2단계 변화라고 알려져 왔던 'ㆍ>ㅏ' 변화 예들과 그 양상을 서로 비교해 보면 상당한 차이점이 존재한다는 점에서 어렵지 않게 설명된다. 먼저 'ㆍ>ㅏ'의 변화 예들을 살펴보기로 하자.[9]

---

8) 어두음절에서의 유일한 예인 '흙(小언 6:122 <흙)'도 이것이 단음절어이기 때문에 어두음절이라고 보기에는 다소의 무리가 있다.

ᄀᆞ마니(漢) <月10:28>/가마니 <正俗26b> <類合下55>   ᄇᆞ룸(風) <月
7:32>/ᄇᆞ람 <恩重6> 돌다(懸) <月7:3> <능8:9>/달다 <七大14a> 아ᄃᆞᆨᄒ
다(冥) <석6:3> <杜초16:32>/아닥ᄒ다 <光千27b> 바ᄅᆞᆯ(海) <杜초15:52>
/바라 <誠初9> ᄆᆞᄌᆞ <月序17>/ᄆᆞ자 <癸丑p.84> 다ᄆᆞᆫ(只) <석13:48>/
다만 <老上4> <新語1:27> ᄒᆞ야디-(毁) <杜초7:15>/ 하야디- <新語2:11>
ᄒᆞ야ᄇᆞ리-(破) <月18:48>/하야ᄇᆞ리- <朴重下54>   ᄀᆞ쇄(剪子) <朴초上
39>/가쇄 <譯下15> ᄎᆞ다(寒) <月1:26> <杜초20:22>/차다 <譯上59> 다
ᄉᆞ마(海帶) <老下34>/다사마 <靑p.10> ᄐᆞᆨ(頤) <解例用字>/탁 <海東
p.116> 아ᄎᆞᆷ(朝) <석6:3>/아참 <五倫18> 여ᄃᆞᆲ(八) <朴초上11>/여닯 <五
倫64> 여ᄉᆞᆺ(六) <속三孝10>/여삿 <五倫61> 오미ᄌᆞ(五味子) <柳譜藥
草>/오미자 <柳物三草>

위에서 제시한 자료는 기원적으로 'ㆍ'였던 것이 후대로 오면서 'ㅏ'
로 표기되는 것들이다. 'ㆍ'는 18세기 중엽 이후 국어의 모음체계에서
비음운화의 과정을 겪게 되어 대부분의 'ㆍ'가 'ㅏ'로 합류하게 된다. 이
러한 과정은 앞에서 살펴보았던 'ㆍ'와 'ㅡ'의 관계와는 다른 성격이며,
서로 다른 각도에서 이해되어야 하는 것이다.

즉 'ㆍ>ㅏ'의 변화는 한 방향(ㆍ>ㅏ)으로 변화가 진행되었으며, 그것
에 따른 역표기(ㅏ>ㆍ)의 예가 'ㆍ>ㅏ'의 변화 예보다 훨씬 적었다는
점, 어두 또는 비어두음절을 가리지 않고 폭넓게 확산되었다는 점, 그
리고 'ㆍ>ㅏ'의 변화로 국어 모음체계의 변동을 가지고 왔다는 점 등은
'ㆍ>ㅏ'를 단순한 음의 교체가 아닌 사적(史的)인 음의 변화로 파악하

---

9) 'ㆍ'의 제2단계 변화라고 알려져 왔던 'ㆍ>ㅏ'는 17세기 경에서 시작되어 18세기 중
엽 경에 완성되었다고 볼 때 15세기 경부터 'ㆍ'와 'ㅏ'가 혼기되어 쓰이는 예들이 발
견된다. 하향이중이중인 'ㆎ'에 국한하여 나타난다는 점이 흥미롭다.

　ᄃᆡ(處) <용62> <月1:26> 　/ 대 <法화3:41>
　ᄭᆡ다(覺) <석9:31> <月13:48> / 깨다 <南明下1>
　가온ᄃᆡ(中) <석6:31> <曲70> / 가온대 <杜초16:42>

게 한다. 통시음운론적인 관점에서 볼 때 ‘·’는 비음운화 과정을 거쳐 ‘ㅏ’로 합류하게 된 것이고, 그 이전에 보였던 ‘ㅡ’로의 변이는 두 음운, 즉 ‘·, ㅡ’가 대립적인 음운으로 당시의 모음체계 속에서 수의적인 교체(Free Alternation)를 보인 것으로 보아야 한다.

5

비어두음절에서 ‘·’와 ‘ㅡ’를 수의적인 교체형으로 파악한다면 왜 하필 ‘·’가 다른 모음이 아닌 ‘ㅡ’와 관계를 맺게 되었을까하는 점이 의문으로 대두될 수 있다. 중세국어에서 ‘·’와 ‘ㅡ’가 빈번히 교체되어 쓰였다는 사실은 이 두 음이 서로 밀접한 관계에 있었음을 보여주는 것이다. 과연 그들의 관계는 당시 언중들에게 어떻게 인식되고 있었을까? 이러한 ‘·’와 ‘ㅡ’와의 관계를 해명하는 열쇠를 우리는 『訓民正音』에서 찾을 수 있다. 결론부터 말하면 ‘·’와 ‘ㅡ’를 대립쌍으로 파악하는 것은 『訓民正音』 해례본 제자해의 모음조(母音條)에 관한 기술에 근거한다.

· 舌縮而聲深	ㅗ 與 ·同而口蹙
ㅡ 舌小縮而聲不深不淺	ㅏ 與 ·同而口張
ㅣ 舌不縮而聲淺	ㅜ 與 ㅡ同而口蹙
ㅓ 與 ㅡ同而口張	

『訓民正音』 해례본 제자해의 모음에 관한 기록을 살펴보면 당시 국어의 모음의 기본자를 ‘·, ㅡ, ㅣ’로 보고 이 기본 모음으로부터 모든 모음이 출발한다고 설명하고 있다. 모음의 기본자(·, ㅡ, ㅣ)에 대해서는 舌의 ‘縮’과 聲의 ‘深淺’을 기준으로 그 음가를 기술하고 있고, 초출자(ㅗ, ㅏ, ㅜ, ㅓ)에 대해서는 ‘蹙’과 ‘張’이라는 기준을 하나 더 적용하고

있음을 볼 수 있다. 그래서 '·, ㅗ, ㅏ'를 음성적인 한 부류로 'ㅡ, ㅜ, ㅓ'를 또 다른 한 부류로 나누고 있다. 또한 '·'와 'ㅗ'를 비교개념으로 파악하여 그 차이점을 '蹙'이란 자질로 나타내었고, '·'와 'ㅏ'의 차이점은 '張'이란 자질로 파악한 것이다.

이와 마찬가지로 'ㅡ'와 'ㅜ'의 차이는 '蹙'이고, 'ㅡ'와 'ㅓ'의 차이는 '張'인 것임을 알 수 있다. 즉 '·'와 'ㅡ'를 기본축으로 하여 '아, 어'와 '오, 우'가 각각 '張'과 '蹙'의 자질에 따라 대립적인 관계에 있었고, '縮'과 '小縮'이란 자질에 의해 각기 '·:ㅡ, ㅏ:ㅓ, ㅗ:ㅜ'가 대립적인 관계를 유지하고 있었던 것으로 보인다. 여기서 기본자에 속하는 '·'와 'ㅡ'는 '張, 蹙'의 어디에도 속하지 않는 모음으로 口張(아, 어)과 口蹙(오, 우)에 대한 기본축이란 점이 주목된다.[10] 반면에 '이'는 舌不縮으로 舌縮, 舌小縮 자질들과는 연관이 없는 무관적(無關的) 대립에 해당한다. 이러한 사실에 의해서 당시 국어의 모음은 '·' 모음계와 'ㅡ' 모음계로 양분되며 이지적(二肢的) 상관관계에 의해 다음과 같이 분류된다.

양성모음(舌縮)   : ·, ㅗ, ㅏ ('·'음계-3모음)
음성모음(舌小縮) : ㅡ, ㅜ, ㅓ ('ㅡ'음계-3모음)
중성모음(舌不縮) : ㅣ   (무관적 대립에 해당)

위와 같은 관계를 알기 쉽게 도표로 나타내 보면 그들 간의 관계가 더욱 명확해진다. 기본적으로 중세국어 당시의 모음은 '縮, 張, 蹙'의 자질에 의해 크게 나누어진다고 할 수 있다.

---

10) '張'과 '蹙'이 당시에 어떤 자질이었는가 하는 점에 대해서는 많은 이설이 있다. 강신항(1990, p.73)은 口張과 口蹙의 개념을 따를 때 'ㅓ, ㅏ'는 개구도가 큰 비원순모음이며, 'ㅜ, ㅗ'는 개구도가 적은 원순모음이었던 것으로 보고 있다.

舌 ＼ 口	張	基本軸	蹙
不縮		ㅣ	
小縮	ㅓ	ㅡ	ㅜ
縮	ㅏ	·	ㅗ

따라서 당시의 '·'와 'ㅡ'는 각기 대립쌍으로 존재해 있었고, 이것이 '·'와 'ㅡ'의 빈번한 교체를 유발했던 것으로 추정할 수 있다. 당시 '·' 와 'ㅡ'와의 관계는 'ㅗ:ㅜ', 'ㅏ:ㅓ'의 관계와 동일한 맥락, 즉 舌縮과 舌 小縮의 대립으로 이해되어야 함을 말해 준다.

6

본고는 '·'를 통하여 음운의 교체와 변화의 양상을 살펴보고 국어의 음운체계 내에서 이 현상들이 어떤 관계를 가지는지, 또한 본질적으로 어떤 차이점을 가지고 있는지를 살펴보려는 데에 그 목적을 두었다. 이 두 현상은 결코 동질적이지 않은 것으로 서로 구별되어 논의되어야 함에도 불구하고 그들의 차이점을 분명히 하지 못함으로써 문헌자료의 문자 표기만을 보고 두 현상을 구별하지 못하는 잘못된 해석을 취할 수 있음을 지적하였다.

기존의 연구에서 '·'의 제1단계 변화라고 일컬어 왔던 현상 역시 이러한 맥락으로 이해했다. 그것은 필자가 국어사에 있어 다른 모음에서는 보이지 않는 두 단계의 상이한 변화에 큰 의문을 가졌으며, 기존의 연구자들이 언급한 국어의 모음추이에 대해서도 많은 회의를 갖게 되었기 때문이었다. 따라서 '·'의 제1단계 변화라고 말해 왔던 '· > ㅡ'를 그 변화의 양상과 어사들을 중심으로 제2단계 변화인 '· > ㅏ'의 경우와 비교·검토하였다. 그 결과 필자는 두 현상(·>ㅡ, ·>ㅏ)에 관련된 몇 가지의 커다란 차이점을 발견하였다. 즉 '·'와 'ㅡ'와의 관계는 '·>ㅏ'의 변화와는 달리 변화가 쌍방향(·>ㅡ, ㅡ>·)으로 진행되었다는 점, 음운변화로 보기에는 그 환경이 비어두음절에 국한하여 나타났다는 점, 또한 '·>ㅏ'의 음운변화로 국어의 모음체계가 변동을 겪었음에 반해 '·>ㅡ'의 변화에서는 그러한 체계의 변동이 수반되지 않았다는 사실은 '·>ㅡ'와 '·>ㅏ'를 동일한 음운변화로 해석하는 기존의 견해가 올바르지 못했음을 보여주는 반증이라 생각하였다.

따라서 '·'와 'ㅡ'의 관계를 '·>ㅡ'의 통시적인 음운변화로 보지 않고, 당시 국어의 모음체계 속에서 이지적(二肢的) 상관관계였던 '·'와 'ㅡ'가 서로 수의적으로 교체되어 나타나는 공시적 현상으로 파악하였다. 그것은 당시의 모음들이 舌縮과 舌小縮의 관계 속에서 서로 대립하고 있었고, '·'와 'ㅡ' 역시 舌縮과 舌小縮의 대립으로 존재하였다는 데에 바탕을 둔 것이다. 그러므로 '·'가 음운으로서의 가치가 서서히 흔들렸다고 보는 17~18세기 이후에 나타나는 '·>ㅏ'('ㅏ'로의 합류)만이 진정한 의미의 통시적인 음운의 변화라고 할 수 있다.

기존에 언급되었던 '·'의 두 단계 변화 중 제1단계 변화(·>ㅡ)를 통시적인 음운의 변화로 인정하지 않으려는 필자의 입장에서 볼 때 국어사에 모음추이가 있었을 것이라는 추정 또한 재검토되어야 한다고 보며, 그것은 '·'와 관련된 15세기 국어 모음체계의 재구와 더불어 국어 음운사에서 해결해야 할 중요한 과제라 여겨진다. 앞으로 이에 대한 후고를 기약하며 마무리를 짓는다.

조선관역어에 나타난 모음표기

1

본고는 중세국어의 모음체계를 재구하기 위한 기초 작업으로 훈민
정음이 창제되기 바로 전 단계(15세기 초엽)의 국어의 모습을 보여주는
문헌인 『朝鮮館譯語』의 표기를 중심으로 당시의 국어 모음의 음가를
추정해 보려는 데 그 목적이 있다. 이미 널리 알려져 있듯이 『조선관역
어』는 중국인의 손에 의해 이루어진 일종의 국어 어휘집으로 중세국어
의 음운론과 어휘론 분야의 연구에 도움을 주고 있는 문헌 중의 하나
이다. 이러한 가치를 지니고 있는 『조선관역어』가 국어사에서 차지하
는 위상에 대해서는 기존의 많은 연구에서 설진(說盡)된 감이 없지 않
으나 여기서 다시 한번 언급하자면 다음과 같은 세 가지 사실로 요약
정리할 수 있다.

첫째 훈민정음 창제 이전에 중국인에 의해 이루어진 어휘집으로 훈
민정음과 거의 동시대의 국어를 훈민정음이 아닌 다른 문자(중국 문자)
로 표기한 점, 둘째 훈민정음이 제정될 당시의 문헌들이 거의 동일한
편찬자들에 의해 이루어졌음에 대해 이 책은 중국인들에 의해 직접 이
루어진 것이라는 점, 셋째 국어 어휘 596항을 수록하고 있어 당시의 국

어음이나 한자음을 연구하는 데 큰 가치를 지니고 있다는 점이다. 본고에서는 음운론의 관점에서 『조선관역어』를 통해 15세기 국어 모음의 음가를 추정하려는 것이며 한편으로는 15세기의 정음 자료와 더불어 비교 검토해 봄으로써 궁극적으로 당시의 국어의 모음체계를 재구하는 데 도움을 주고자 하는 것이다.

『조선관역어』의 서지적인 면은 이미 자세하게 논의된 바가 있기 때문에 세부적인 사항은 기존의 업적으로 미루기로 한다. 다만 본고에서는 논의의 전개상 간략하게 그간의 업적을 정리하는 것에 만족하려 한다. 주지하다시피 『조선관역어』는 『華夷譯語』라는 책 속에 포함되어 있기 때문에 우선 『화이역어』란 문헌에 대해 살펴볼 필요가 있다. 『화이역어』는 명초(明初) 이래 편찬된 중국어와 외국어의 대역 어휘집의 총칭으로 대체로 다음과 같은 네 종류의 계통이 있다고 알려져 왔다.

⑴ 1389년 편찬된 몽고어 관계의 『화이역어』
⑵ 四夷館에서 편찬된 것
⑶ 會同館에서 편찬된 것
⑷ 1748년 上記 兩館이 병합된 會同四譯館에서 편찬된 것

본고에서 다루게 될 『조선관역어』는 이 중에서 회동관(會同館)에서 편찬된 13館譯語의 하나라고 여겨지는데, 여기에도 7종의 이본이 있음이 학계에 보고된 바 있다.

⑴ London本(School of Oriental and African Studies University of London)
⑵ 阿波國文庫本(일본 德島市 光慶圖書館소장, 1950년에 燒失)
⑶ Hanoi本(越南 Hanoi의 프랑스 極東學院 소장본, 일본 東洋文庫 소장

복사본)

(4) 稻葉本(稻葉君山氏가 소장, 원본은 소실되고 京都大 문학부 어문학연구
실에 轉寫本이 있음)

(5) 水戶本(일본 水戶彰考館 소장, 1945년 소실)

(6) 靜嘉堂本(靜嘉堂文庫 소장본, 朝鮮館譯語와 琉球館譯語는 缺)

(7) 서울대本(서울대학교 도서관 소장의 寫本, 근래에 이루어진 稻葉本의
副本으로 추정)

강신항(1971)에 따르면 제 이본 중에서 서울대本과 稻葉本이, 阿波國
文庫本과 하노이本이 같으며, 이기문(1957)에서 지적한 바와 같이 London
本은 닝발(明末)의 수정본이라고 추정하고 있다. 본고에서는 주로 稻葉
本과 서울대本, 阿波國文庫本을 참조하였음을 밝혀 둔다.

『조선관역어』의 내용은 국어의 어휘 596항을 天文, 地理, 時令, 花
木, 鳥獸, 宮室 등 19門으로 나누어 중국 문자로 표기해 놓은 것이다.
각 항은 다음과 같이 3단으로 이루어져 있는데, 중단과 하단의 한자는
당시의 중국음으로 표기되어 있다.

樹　(상단: 漢語)
那莫(중단: 상단의 한어에 해당하는 중세국어 '나모'를 한자로 음역)
暑　(하단: 상단 한어의 조선한자음식 발음을 당시의 중국자음으로 표기)

여기서 한 가지 지적하고 넘어가야 할 문제가 있다. 『조선관역어』가
과연 국어의 어느 방언을 반영했느냐 하는 점이다. 이 점에 대해서는
아직 연구의 단계가 초보적인 수준에 머물러 있는 것 같다. 그것은 국
어학계가 문헌 자료를 해독함에 있어 시대적인 측면에 너무 치우친 나
머지 공간적인 측면(방언적 측면)을 간과한 것도 이유가 되겠지만, 한편
으로는 공간적인 배경을 결정하는 데 대한 어려움이 연구가 부진한 더

큰 이유였던 것이 아닌가 생각한다.

기존의 업적 중에서는 이기문(1968, p.49)에서 『조선관역어』의 공간적인 배경에 대한 약간의 언급이 보인다. 그에 의하면 회동관(會同館)은 우리나라 사신의 접대에 당한 통사(通事)들을 위하여 마련된 것이고 당시의 우리나라 중앙어를 표기하는 것을 원칙으로 삼았을 가능성이 농후함으로 『조선관역어』는 어느 방언보다도 서울말을 반영했을 개연성이 크다고 보았다. 이것은 여러 가지 정황으로 미루어 보아 설득력 있는 견해로 보이나, 본문의 적지 않은 어사들이 함경도 방언형[1]을 보유하고 있다는 점은 위의 추론을 미심쩍게 하는 부분 중에 하나다[2]. 이 점에 관해서는 앞으로의 보다 깊은 연구가 요망된다.

회동관계(會同館系) 역어(譯語)의 편찬연대는 확실하지 않으나, 모두 동시에 이루어진 것이라고 보기는 어려울 듯하다. 편찬시기에 관해서는 다음과 같은 견해가 있다.

⑴ 小倉進平(1926, 1941) : 16세기 중엽 또는 明末, 洪武年間
⑵ 이기문(1957) : 明 太宗 永樂年間(1403-1424)에 편찬되어 그뒤 약간의 수정을 가함
⑶ 김민수(1957) : 明 初나 元의 末에 해당하는 高麗의 終末期
⑷ 문선규(1972) : 明 太宗의 永樂年間(李朝 太宗 3년-世宗 6년)

서지적인 측면에서 서제(書題)가 『高麗館譯語』가 아닌 『조선관역어』

---

1) 163. 杴 所貴 술고, 술귀(살귀:함남방언) 291. 盆 迫尺 버치(함남방언)
   321. 妹 餒必 누비(함남방언)   386. 省諭 阿貴 알괴(알귀우다:함남방언)
   393. 興 你戛 닐거(일궈세운다:함홍방언) 415. 髮 墨立吉 머리기(머릿기:함홍방언)
2) 『조선관역어』 편찬 당시 제보자가 함경도 방언을 사용했으리라는 추론이 가능하다. 조선을 건국한 이성계가 함경도 출신이었다는 점이 그 근거가 되는데 많은 관리들이 그곳 출신이었을 가능성이 짙어서, 역어의 제보자 역시 함경도 방언권에 속했던 사람으로 역어에서 부분적으로 나타나는 방언형이 이를 보여주는 것이라 추정할 수 있다.

로 되어있는 점과 음운사적인 관점에서 ‘ㅸ’과 ‘ㅿ’이 모음 사이에서 제
대로 실현되고 있는 점으로 미루어 볼 때 역어편찬의 상한선을 15세기
초엽으로 잡는 것이 자못 타당하게 여겨진다. 그 뒤 여러 이본이 등장
할 때마다 부분적인 수정이 있었을 가능성은 어느 정도 짐작할 수 있는
것이다. 본고에서는 이기문(1957)과 문선규(1972)의 견해에 따라『조선
관역어』의 편찬시기를 명 태조의 永樂年間(1403-1424)으로 추정하고 논
의를 전개시켜 나가고자 한다.

2

　앞에서 지적한 바와 같이 본고에서는 15세기 음운체계를 재구하는
데 특히 논란이 되어왔던 모음에 관심을 집중하고자 한다. 훈민정음 창
제 당시 국어의 모음 중에서 단모음이라고 추정되는 ‘ㆍ, ㅡ, ㅣ, ㅏ, ㅓ,
ㅗ, ㅜ’ 등의 모음을 그 순서대로 살펴보기로 하겠다.
　먼저 상단의 한어와 중세국어를 중국자음으로 표기한 중단을 서로
비교하고, 국어의 모음을 표기하는 데 쓰인 한자들의 운모(韻母)를 검토
하였다. 어두음절의 운모에 국한한 것은 국어의 특성상 일반적으로 어
두음절에 강세가 주어지고, 중국인에게도 비어두음절보다 어두음절의
청각인상이 비교적 뚜렷했을 것으로 보기 때문이다. 또한 앞에서도 지
적했듯이『조선관역어』의 편찬연대를 명 永樂年間으로 추정했기 때문
에 중국자음에서 운모의 음은 명 永樂年代에 가장 가까운『韻略易通』
(1442)의 음계를 취하였다. 참고로『韻略匯通』(1642)의 음계도 병기하였
으며,『韻略易通』과『韻略匯通』의 음계는 陸志韋(記蘭茂韻略易通: 燕京
學報 32期, 記畢拱宸韻略匯通: 燕京學報 33期)가 추정한 것을 인용하였음
을 밝혀둔다. 여기서 맨 좌측은 서울대本과 稻葉本에서 보이는 어휘의

일런번호와 함께 한어의 표기(上段)를 보여주고 있으며, 그 우측은 각기 중세국어의 어형과 그 중세국어의 어형을 한자로 음역한 표기(中段)이다. 맨 우측의 표기는 『韻略易通』(I)과 『韻略匯通』(H)의 추정음이다.

2.1. 'ᆞ' 모음의 표기

3.	月	ᄃᆞᆯ	得二	IH tə-l
5.	風	ᄇᆞ롬	把論	IH pɑ-lu(ə)n
38.	凉風	츤ᄇᆞ롬	粲把論	IH tsʼan-pɑ-lu(ə)n
65.	土	ᄒᆞᆰ	黑二	IH xə-l
73.	橋	ᄃᆞ리	得屢	I tə-litt H tə-ly
96.	淸泉	물ᄀᆞᆫ쉼	墨根色	I mə-kən-ʂə H mʷə ken-ʂə
103.	菜園	ᄂᆞ물밭	餒墨把	IH nuei-mə-pɑ
117.	舊橋	눌ᄀᆞᆫᄃᆞ리	勒根得屢	IH lə-kən
122.	秋	ᄀᆞᅀᆞᆯ	格自	I kə-tsï H kə-tsi
139.	百年	ᄒᆞ온ᄒᆡ(ᄒᆞ논ᄒᆡ)	黑嫩害	I xə-nu(ə)n-xai
163.	杏	술고(술귀)3)	所貴	IH ʂu-kuei
172.	米	ᄡᆞᆯ	色二	IH ʂə-l
175.	麥	츌밀	冊閔	IH tʂʼə-min
179.	靑李	푼외야기	噴外亞吉	IH pʼu(ə)n-uai-iɑ-ki
201.	馬	ᄆᆞᆯ	墨二	I mə-l H mʷə-l
210.	鷄	ᄃᆞᆰ	得二	IH tə-l
246.	梁	ᄆᆞᄅᆞ	墨勒	I mə-l H mʷə-l
301.	馬䩞	ᄃᆞᆯ개(애)	得盖	IH tə-kai
356.	賣	ᄑᆞ라	迫剌	IH pə-lɑ

---

3) 16세기 어형은 '술고'이나, 所(운복음:-u-)로 쓰인 것이 좀 의심스럽다. 중세국어 당시 '술고/술구' 형이 동시에 쓰였을 가능성도 있다. kuei의 -i 모음은 '굼벙이(굼벙), 긔려기(긔력), 미야미(미얌)' 끝에 붙는 것과 동일한 형태를 보인다. 김철헌(1963 p.160-161)은 함경도의 방언형 '살귀'의 표기라 보았다.

383.	精通	술피안다	色必按大	IH ʂə-pi-an-tɑ
405.	心	믐	墨怎	I mə-tsu(ə)n H mʷə-tsu(ə)n
407.	面	ᄂᆞᆾ(ᄂᆞᆾ)	板思	I nan-sï H nan-sl
426.	肥	술지다	色尺大	IH ʂə-tɕʼi-tɑ
448.	袍	둘개(덮게)	得盖	IH tə-kai
449.	柚	ᄉᆞ매	色埋	IH ʂə-mai
507.	煮	술ᄆᆞ라	色罵剌	IH ʂə-mɑ-lɑ
536.	一	ᄒᆞ나	哈那	IH xa-nɑ H xɐ-nɑ
547.	一白	ᄒᆞ논(ᄒᆞ온)	黑嫩	IH xə-nu(ə)n

『조선관역어』의 모음표기에는 대체로 여러 한자가 시용되있다. ‘·’ 의 경우도 예외는 아니다. 그중에서도 어두음이 개음절(開音節)인 용례 들을 살펴보면 ‘·’는 得(ᄃᆞ), 把(ᄇᆞ), 墨(ᄆᆞ), 色(ᄉᆞ), 迫(ᄑᆞ), 格(ᄀᆞ), 黑(ᄒᆞ) 등에 의해 표기되었는데, 이들은 ə와 u(ə)를 운복(핵모음)으로 가지며 中 原音韻과 『韻略易通』의 眞文部(ən, u(ə)n, in, iu(ə)n), 侵尋部(əm, im), 庚 晴部(əŋ, iŋ, uəŋ, iu(ə)ŋ)에 속하는 자들이다. 위에서 보듯이 ‘·’字에 쓰 인 한자의 음에는 일반적으로 ə, u(ə), ɑ 등이 동원되었는데, 그 중에서 도 주로 ə음이 사용되었음을 확인할 수 있었다. 이것은 당시 국어의 ‘·’ 음이 중설중모음의 음역에 존재해 있었을 가능성을 말해주는 것이다.

한편, 이기문(1968, p.71-72)은 12세기 국어의 ‘·’는 한편으로는 ‘ㅏ’, 또 한편으로는 ‘ㅗ’와 가깝게 느껴졌던 것이 그 뒤 모음추이로 ‘ㅓ’가 전 설에서 중설쪽으로 들어오고 ‘·’가 밑으로 밀린 결과 15세기 국어에서 는 ‘·’는 ‘ㅗ’ 보다도 도리어 중설의 비원순모음 ‘ㅓ’와 더욱 가깝게 느 껴졌을 것으로 보고 ‘·’를 후설저모음으로 보는 15세기 모음체계를 재 구한 바 있다[4].

이는 『조선관역어』의 ‘·’ 표기가 주로 ‘ㅓ’ 표기와 혼동되고 소수의 경우 'ㅏ'와 혼동되고 있는 것을 그 근거로 하고 있다. 그러나 여기서 안고 있는 문제는 'ㆍ'와 'ㅓ', 'ㅏ'의 관계는 모음체계상 인정한다 하더라도 'ㆍ'와 'ㅡ'와의 관계를 체계상 어떻게 설명할 수 있는가 하는 점이다. 뒤에서도 논의되겠지만 『조선관역어』의 표기에서 'ㅡ'는 'ㅓ' 뿐만 아니라 'ㆍ'와 동일한 한자로 표기되었다.(만약 'ㆍ'를 후설저모음으로 추정한다면 중설고모음이었던 'ㅡ'와의 관련성을 설명하기가 어려워진다) 이런 사실로 미루어 볼 때, 15세기 당시에 'ㆍ'는 음성상 'ㅓ', 'ㅡ', 'ㅏ' 모음과 상당히 유사했던 모음이 아닌가 여겨진다. 河野六郎(1968, 朝鮮漢字音の 硏究, p.143)도 국어의 'ㆍ'는 중국자음의 ə와 서로 대응한다고 지적하였는데, 『조선관역어』에 나타난 'ㆍ'음의 표기로 볼 때 당시에는 'ㅓ'와 'ㅡ' 모음에 가까웠던 중설중모음의 ə였던 것으로 추정된다. 이러한 측면에서 『조선관역어』에서 'ㆍ'의 표기가 주로 'ㅓ' 표기(得, 迫, 色, 墨 등)와 혼동되고, 소수의 경우(哈, 把) 'ㅏ'와 혼동되고 있는 이유가 비교적 설득력 있게 설명된다.

2.2. 'ㅡ' 모음의 표기

36.	大風	큰ᄇ롬	揹把論	IH	kʼəŋ-pɑ-lu(ə)n
43.	紅雲	블근구룸	本根故論	IH	pu(ə)n-kən-kəu-lu(ə)n
45.	大雨	큰비	揹必	IH	kʼəŋ-pi
60.	河	믈	悶二	IH	mu(ə)n-l
72.	郊	드르	得勒	IH	tə-lə

4) 『조선관역어』를 중심으로 15세기 국어의 모음체계를 다음과 같이 재구하였다(이기문, 1968, p.72).

ㅣ   ㅡ   ㅜ
ㅓ   ㅗ
ㅏ   ㆍ

124.	陰	흐리다	黑立大	IH	xə-li-tɑ
327.	伯父	큰아비	揹阿必	IH	k'əŋ-ɔ-pi
339.	商人	흥졍사룸	亨整撤論	IH	xəŋ-tɕiŋ-sɑ-lu(ə)n
351.	進	드러	得勒	IH	tə-lə
352.	退	믈러	悶勒	IH	mu(ə)n-lə
494.	金盆	금버치5)	根迫尺	I kən-pə-tɕ'i	H kən-pʷə-tɕ'i
526.	讀書	글비혼다	根白昏大	IH	kən-pə-xu(ə)n-tɑ
546.	二十	스믈	色悶二	IH	sə-mu-l

국어의 '一' 모음도 '·'와 같이 得(드), 黑(흐), 色(스), 悶(므), 根(그)
등 대체로 眞文韻部(ən, u(ə)n, iu(ə)n)에 해당하는 한자가 사용되고 있
나. 흥미 있는 점은 드(得)/득(得), 스(色)/속(色), 흐(黑)/혹(黑) 등이 같
은 자에 의해 표기되고 있다는 사실이다. 이는 후술될 'ㅓ' 모음의 표기
와 함께 모음체계와 관련하여 시사해 주는 바가 크다. '一' 모음이 '·'
와 동일하게 모두 핵모음(운복)이 ə로 쓰인 것은 중세국어에 있어서 이
들 모음의 조음상의 위치와 무관하지 않을 것으로 본다. 즉 '·'와 '一'
모음은 중모음 계열이었던 것으로 추정할 수 있다. 또한 '一' 모음이 ə
나 u(ə)에 해당하는 한자로 표기된 점으로 미루어 중설중모음이었던 것
으로 보이는 'ㅓ(ə)' 모음과 비교해 볼 때 '一'는 'ㅓ' 보다는 모음체계상
위인 중설고모음에 자리고 있었던 것이 아닌가 한다.

2.3. 'ㅣ' 모음의 표기

8.	雨	비	必	IH	pi
12.	露	이슬	以後	I i-ts'im	H i-ts'in

---

5) 291항의 盆과 함께 '버치'로 해독할 수 있다. '버치'는 함남, 김해 방언으로 '동이'의
의미를 가진 방언형이다(김철헌, 1963, p.419).

69.	路	길	吉二	IH ki-l
128.	冷	칩다	尺卜大	IH tɕʻi-pu-ta
194.	黍米	기장뿔	吉雜色二	IH ki-tsa-ʂə-l
196.	龍	미르	米立	IH mi-li
213.	雁	기러기	吉勒吉	IH ki-lə-ki
245.	房	집	直	IH tɕi
259.	瓦房	디새집	吉賽直	IH ki-sai-tɕi
263.	隣舍	이붓집	以本直	IH i-pu(ə)n-tci
264.	竪桂	기동셔이다	吉董捨以大	IH ki-tuŋ-ɕiɛ-i-ta
299.	鎖納	피리	必刺	IH pi-la
304.	君	님금	臨貢	I lim-kuŋ H lin-kuŋ
341.	去	니거라	你格刺	IH ni-kə-la
347.	設	니거라	你格刺	IH ni-kə-la
354.	到	미츳다	米冊大	IH mi-tʂʻə-ta
357.	貴	빗(빋)스다	必色大	IH pi-ʂə-ta
358.	賤	빗(빋)디다	必底大	IH pi-ti-ta
370.	聖節	님금셩실	臨貢省直	I lim-kuŋ-ʂəŋ-tɕi
				H lin-kuŋ-ʂəŋ-tɕi
380.	朝廷	님금	臨貢	I lim-kuŋ H lin-kuŋ
393.	興	닐거(어)	怎憂	IH ni-kia
400.	筵晏	이바디	以把底	IH i-pɑ-ti
412.	口	입	以	IH i
413.	齒	니	你	IH ni
420.	筋	힘	欣門	IH xin-mu(ə)n
425.	血	피	必	IH pi
434.	咳嫩	기춤	吉怎	IH ki-tsu(ə)n
439.	段	비단	必膽	IH pi-tan
447.	線	실	世二	IH ɕi-l
450.	裙	치마	扯罵	I tʂï-ma H tʂl-ma
500.	油	기름	吉林	I ki-lim H ki-lin

506.	蒸	떠라	迭刺	IH tiɛ-la
542.	七	닐굽	你谷	IH ni-ku

국어의 'ㅣ' 모음은 必(비), 以(이), 吉(기), 你(니), 扯(치), 米(미) 등의
운복이 i인 한자에 의해 표기되었다. 핵모음이 i인 한자는 『韻略易通』
에서 西微部(i, ei, uei)이고 『韻略匯通』에서 灰微部(ei, uei), 居魚部(i(y))
에 속하는 자들이다. 중세국어의 'ㅣ' 위치는 전설고모음으로 현대국어
와 크게 다르지 않았을 것으로 추정된다.

2.4. 'ㅏ' 모음의 표기

1.	天	하늘	哈嫩二	I xa-nu(ə)-l
11.	霧	안개	按盖	IH an-kai
56.	地	짜	大	IH tɑ
58.	江	바롤	把刺	IH pɑ-la
59.	海	바롤	把刺	IH pɑ-la
63.	田	밭	把	IH pɑ
67.	城	잣	雜思	I tsɑ-sï H tsa-si
126.	早	아츰	阿怎	I ɔ-tsu(ə)n
141.	萬年	만히	蠻害	IH man-xai
142.	晝長	낮길다	那吉大	IH na-ki-tɑ
143.	夜短	밤뎌르다	半迭勒大	IH puɔn-tiɛ-lə-tɑ
				H pɑn-tiɛ-lə-tɑ
167.	樹	나모	那莫	IH na-mɐ
171.	茄	가지	戛直	IH kia-tɕi
183.	松子	잣	雜思	IH tsɑ-sï H tsa-si
203.	鹿	사슴	酒滲	I ṣa-ṣəm H ṣa-ṣən
211.	犬	가히	改	IH kai
220.	騙馬	악대물	阿大墨二	I ɔ-tai-mɐ-l H ɔ-tai-mʷɐ-l

221.	兒馬	아질게물	阿直盖墨二	II	ɔ-tɕi-kai-mə-l
222.	騍馬	암물	按墨二	II	an-mə-l
234.	烏鴉	가마괴	憂罵貴	II	kia-mɑ-kuei
238.	蝦蟹	사비게	酒必格以	II	ʂa-pi-kə-i
241.	樓	다락	大刺	II	tɑ-lɑ
255.	臥房	자는집	雜嫩直	II	tsɑ-nu(ə)n-tɕi
275.	箭	살	酒二	II	ʂɑ-l
279.	刀	갈(칼)	誇二	II	kʻuɑ-l
286.	碗	사발	酒擺二	II	ʂa-pɑ-l
290.	鍋	가마	憂罵	II	kia-mɑ
314.	父	아비	阿必	II	ɔ-pi
319.	弟	아ᅀᆞ	阿自	I ɔ-tsï	II	ɔ-tsl
323.	子	아들	阿得二	II	ɔ-tə-l
329.	外父	가싀아비	憂色阿必	II	kia
336.	貧人	가난사롬	憂板撒論	II	kia-nan-sa-lu(ə)n
344.	辭	하딕	哈底	II	xa-ti
349.	坐	앉거라	阿格剌	II	ɔ-kə-lɑ
355.	買	사다	酒大	II	ʂɑ-tɑ
386.	省諭	알괴(외)	阿貴	II	ɔ-kuei
387.	知道	안다	按大	II	ɑn-tɑ
392.	五拜	다ᄉᆞᆺ머리조ᅀᅡ	打色墨立左雜	I	ta-ʂə-mə-li-tsɔ-tsɑ
403.	辭朝	하딕	哈底	II	xa-ti
414.	鬚	나롯	那落	II	nɑ-lɐ
417.	脚	발	把二	II	pɑ-r
422.	皮	갗(가치)	憂尺	II	kia-tɕʻi
435.	嘆氣	한숨	罕孫	II	xan-su(ə)n
462.	雨籠	갓모	憂莫	II	kia-mɐ
497.	飯	밥	把	II	pa
508.	早飯	아츰밥	阿怎把	II	ɔ-tsu(ə)n-pa
509.	晚飯	나조(죄)밥	那左把	II	nɑ-tsɔ-pa

513.	燒酒	아라기	阿浪氣	IH	ɔ-laŋ-kʼi
540.	五	다슷	打色	IH	ta-sə
544.	九	아홉	阿戶	IH	ɔ-xu

국어의 'ㅏ' 모음은 大(다), 憂(가), 酒(사), 哈(하), 把(바), 那(나), 阿(아), 打(다) 등의 주로 家麻部(a, ia, ua), 寒山部(an, ian, uan), 緘咸部(am, iam), 江陽部(eŋ, iaŋ, uaŋ, iuaŋ)에 속하는 한자들로 표기되었는데, 이들 자들의 운복음은 a, a, ɐ, ɔ로 추정하고 있다. 이 같은 음의 위치는 현대국어의 'ㅏ'의 모음체계상의 위치와도 부합되는 것으로 당시의 'ㅏ' 모음은 중설과 후설에 걸친 음역을 가진 저모음이었던 것으로 보인다.

2.5. 'ㅓ' 모음의 표기

9.	霜	서리	色立	IH	sə-li
44.	黑雲	거믄구름	格悶故論	IH	kə-mu(ə)n-ku-lu(ə)n
54.	氷凍	어름얼다	我稜額勒大	I	ɔ-ləŋ-uə-lə-ta
				H	ɔ-ləŋ-ə-lə-ta
63.	溝	걸(개천)	活	I	kuɔ	H	kuɐ
129.	熱	덥다	得卜大	IH	tə-pu-ta
197.	虎	범	半門	I	puɔn-mu(ə)n	H	pan-mu(ə)n
208.	鵝	거유	格以	IH	kə-i
291.	盆	버치	迫尺	I	pə-tɕʼi	H	pʷə-tɕʼi
315.	母	어미	額密	IH	ə-mi
353.	走	걷는다	格嫩大	IH	kə-nu(ə)n-ta
371.	正旦	설	色二	IH	sə-l
381.	法度	법도다	白朵大	IH	pə-tɔ-ta
390.	上御格	어로올가(아)	額落我憂	IH	ɔ-al-ɔ-kia
391.	鞠躬	허리구버	黑立俗迫	I	xə-li-ku-pə	H	xə-li-ku-pʷə

406.	頭	머리	墨立	IH mə-li
415.	髮	머리기(깃)	墨立吉	I mə-li-ki H mʷe-li-ki
418.	腰	허튀(종아리)	黑推	IH xə-tuei
432.	梳頭	머리비서	墨立必色	IH mə-li-pi-ṣə
512.	熱酒	더본수불	得本數本	IH tə-pu(ə)n-ṣu-pu(ə)n

국어의 'ㅓ' 모음은 色(서), 格(거), 得(더), 額(어), 墨(머), 黑(허), 迫(버) 등의 주로 『韻略易通』과 『韻略匯通』의 庚晴部의 한자들이 사용되었다. 陸志韋(記蘭茂韻略易通: 燕京學報 32期, p.163)는 이 자들을 əŋ, iŋ, uəŋ, iu(ə)ŋ로 추정한 바 있는데, 이것은 'ㅓ' 모음이 15세기 경에도 중설 중모음의 ə였을 가능성을 보여주는 것이다. 이기문(1968, p.69-70)도 'ㅓ' 모음을 표기한 대부분의 한자가 蒙古字韻의 佳韻에 속한 것을 근거로 하여 'ㅓ' 모음은 15세기에는 적어도 중설의 ə 또는 이보다 더 후설로 치우친 ɔ의 음역에 걸쳐 실현된 음으로 보았다. 여기서 흥미로운 사실은 국어의 'ㆍ, ㅡ, ㅓ' 음이 같은 자(ᄃ/드/더(得), ᄒ/흑/허(黑), ᄉ/스/서(色))에 의해 표기되고 있다는 점이다. 다시 말하면 『조선관역어』를 기록한 중국인들은 'ᄃ/드/더'를 변별하지 못했다는 증거가 된다.

이 같은 사실로 미루어 볼 때 'ㆍ, ㅡ, ㅓ' 음은 그리 변별적이지 못한 위치에서 발음되었던 모음들이라고 추정해 볼 수 있는 것이다. 즉 이 모음들은 중설모음이라는 자연부류(natural classes)로 묶을 수 있다는 말이 된다. 'ㅓ'와 'ㅡ' 모음의 관계에 있어서는 '으'가 ə, u(ə)로 사음(寫音)된 데 비하여 'ㅓ'는 거의 ə로 사음된 것에서 'ㅡ' 모음이 'ㅓ' 모음보다 고모음이었음을 짐작할 수 있다(강신항, 1972, p.18).

따라서 중설모음의 범주 안에 묶을 수 있는 'ㆍ, ㅡ, ㅓ'의 음역을 살펴보면 '어(ə)'를 중심으로 '으(ə, uə)'는 '어' 보다는 고모음으로, 'ㆍ(ə, u(ə), ɑ)'는 'ㅓ' 보다는 저모음으로 발음되었음을 알 수 있다. 이런 관점에서 살펴볼 때 과거 '·' 모음을 후설저모음이라고 본 견해(이기문 1968, 1972)는 재론의 여지가 있는 것으로 생각된다. 이기문(1968, p.71, 1872, p.110-111)에서 제기한 15세기 모음체계는 이러한 '·, ㅡ, ㅓ' 모음의 관계를 합리적으로 설명하지 못하고 있다.

2.6. 'ㅗ' 모음의 표기

66.	石	돌	朵	IH	tɔ
102.	花園	곳(곳)밭	果把	IH	kuɔ-pɑ
120.	春	봄	播妹	IH	puɔ-mei
136.	今年	올히	我害	IH	ɔ-xai
137.	明年	오는히	我嫩害	IH	ɔ-nu(ə)n-xai
144.	今朝	오놀아춤	我嫩阿怎	IH	ɔ-nu(ə)n-ɔ-tsu(ə)n
161.	桃	복셩	卜賞	IH	pu-ɕiaŋ
166.	松	소(솔)나모	所那莫	IH	ʂu-nɑ-mɐ
173.	豆	콩	孔	IH	kʻuŋ
184.	楜椒	고쵸	果綽	IH	kuɔ-tʂʻie
193.	栗米	조뽈	左色二	IH	tsɔ-ʂə-l
195.	蕎麥	모밀	幕閔	IH	mɐ-min
198.	象	고키리(코끼리)	課吉立	IH	kʻuɔ-ki-li
202.	熊	곰	果門	IH	kuɔ-mu(ə)n
294.	獐	노로	努落	IH	nu-lɐ
205.	兎	톳기	吐吉	IH	tʻu-ki
206.	猪	돝	朵	IH	tɔ
209.	鴨	올히	我係	IH	ɔ-xi
235.	鸚鵡	곳고리새	果果立賽	IH	kuɔ-kuɔ-li-sai
281.	統	호통	火桶	IH	xuɔ-tʻuŋ
283.	卓	고족상	果左爽	IH	kuɔ-tsɔ-ʂiaŋ
303.	肚帶	오랑	我浪	IH	ɔ-lɑl

305.	后	곤후(坤后)	袞火	IH	ku(ə)n-xuɔ
338.	歹人	모딘사룸	莫底撒論	IH	me-ti-sɑ-lu(ə)n
342.	來	오나라	臥那剌	IH	uɔ-nɑ-lɑ
343.	見	보니	播你	IH	puɔ-ni
345.	回	도라니거라	朶落你格剌	IH	tɔ-lɐ-ni-kə-lɑ
382.	利害	모딜다	莫底大	IH	me-ti-tɑ
388.	牛門前	오문알픠	臥悶阿迫	IH	uɔ-mu(ə)n-ɑ-pə
404.	身	몸	磨	IH	muɔm
410.	鼻	고(코)	課	IH	kʻuɔ
416.	手	손	算	I suɔn	H	suan
458.	衣服	옷	臥思	I uɔ-sï	H	uɔ-si
485.	錢	돈	端	I	tuɔn
499.	肉	고기	果吉	IH	kuɔ-ki
501.	鹽	소곰	所昏	IH	ʂu-xu(ə)n

국어의 'ㅗ' 모음을 표기하는 데에는 朶(도), 我(오), 果(고), 播(보), 莫(모), 火(호), 臥(오), 左(조), 努(노) 등의 한자가 주로 쓰였는데 『韻略易通』과 『韻略匯通』의 戈何部(ɔ, uɔ), 呼模部(u), 束洪部(uŋ, iuŋ) 등의 자들이다. 이 자들의 추정음은 ɔ, u, uɔ인데, 'ㅗ' 모음이 중모음임을 반영한 戈何部(ə, u(ə))의 글자만 쓰여진 것이 아니라 운복음이 -u-(-u)인 魚模, 東種, 眞文韻部에 속하는 한자도 쓰이고 있음은 특이한 것이다.

강신항(1972, p.15)는 이것이 u의 위치에 가까웠던 'ㅗ' 모음의 성격을 반영해 주는 것이라 보았다. 음성상 u 이외에 따로히 o가 없었던 中國 古官話의 자음(字音)을 가지고 국어의 'ㅗ'를 사음할 때 'ㅜ'와 구별시키기 위해서 歌戈韻部의 한자를 사용했다는 것이다. 여기서 후술될 'ㅜ' 모음의 경우에는 -u- 모음 이외에 중설모음의 성격이 강한 眞文部의 글자가 다수 사용되었다는 점을 주목할 필요가 있다. 후술될 'ㅜ' 모음과의 비교를 통해 'ㅗ/ㅜ' 모음의 성격을 비교·검토해 보기로 한다.

2.7. 'ㅜ' 모음의 표기

6.	雲	구룸	故論	IH ku-lu(ə)n
10.	雪	눈	嫩	IH nu(ə)n
42.	黃雲	누른구름	努論故論	IH nu-lu(ə)n-ku-lu(ə)n
62.	井	우믈	五悶	IH u-mu(ə)n
71.	洞	구무	谷莫	IH ku-mɐ
230.	仙鶴	두루미	杜路迷	IH tu-lu-mi
267.	鼓	붚(붑)	卜	IH pu
272.	筆	붇	卜	IH pu
276.	盔	투구	兎貴	IH tʼu-kuei
283.	扇	부채(체)	卜冊	IH pu-tʂʻai(tʂʻə)
288.	匙	술	速二	IH siu-l
321.	妹	누비(누이)	餒必	IH nuei-pi
346.	間	무러	母勒	IH mu-lə
396.	酒飯	수불(울)밥	數木把	IH ʂu-pu(ə)n-pɑ
409.	目	눈	嫩	IH nu(ə)n
428.	眉毛	눈섭	努色	IH nu-ʂə
429.	眼珠	눈알	嫩按	IH nu(ə)n-an
482.	銅	구리쇠	谷速	IH ku-siu
504.	湯	국	谷	IH ku
537.	二	두불	都卜二	IH tu-pu-l

국어의 'ㅜ' 모음은 歌戈部의 한자가 쓰이지 않고 주로 五(우), 谷(구), 杜(두), 兎(투), 嫩(누), 卜(부), 故(고), 母(무), 數(수) 등의 呼模(中原의 魚模), 眞文部의 글자가 사용되었다(陸志韋(記蘭茂韻略易通: 燕京學報 32期, p.163)의 추정음은 각기 -u와 -ən, u(ə)n, in, iu(ə)n이다). 특히 개음절

로 끝나는 경우에는 여지없이 'ㅜ' 모음은 魚模部에 속해 있는 한자로
쓰인 것이다. 이 점은 당시의 기록자들이 국어의 'ㅗ'와 'ㅜ' 모음을 어
느 정도는 구별하여 표기했다는 추정을 가능케 한다.

　이기문(1968, p.67)도 蒙古字韻의 운류(韻類)에 따라 'ㅗ' 모음을 위해
사용된 한자들은 대부분 歌韻(-o, -uo)과 蕭韻(-aw)에 속하며 'ㅜ' 모음
을 위해 사용된 한자들은 거의가 魚韻(-u, -ü)에 속한다고 보고 『조선
관역어』에서는 'ㅗ, ㅜ' 두 모음을 뚜렷하게 구별하고 있다고 보았다. 따
라서 'ㅗ/ㅜ' 모음을 표기하는 데 쓰였던 한자가 종성을 가진 폐음절일
경우에는 다소 혼동되는 양상을 보였지만 음절말 자음의 자질에 구애
받지 않는 개음절일 경우에 'ㅜ' 모음은 呼模(魚模)部의 한자만이 사용
되었다는 사실을 통해 'ㅜ' 보다 'ㅗ' 모음이 음성상 아래에서 발음되는
중설모음의 성격을 가지고 있었다고 추론할 수 있는 것이다. 이상에서
살펴본 바와 같이 15세기의 'ㅗ, ㅜ' 모음은 현대국어의 그것과 크게 다
르지 않은 후설원순중모음과 후설원순고모음이었음을 추정할 수 있다.

3

　본고는 음운론의 관점에서 『조선관역어』를 통해 15세기 국어 모음의
음가를 추정하고, 한편으로는 15세기의 정음 자료와 더불어 비교 검토
해 봄으로써 궁극적으로 당시의 국어의 모음체계를 재구하는 데 도움
을 주고자 하는 목적에서 시도되었다. 먼저 『조선관역어』의 문헌적 성
격과 국어사에서 차지하는 비중에 관해 언급하였고, 편찬연대와 이본
들에 관한 사실은 선학들의 연구에 의존하여 정리해 보는 것에 만족하
였다. 본고가 관심을 가진 모음표기에 대해서는 다음과 같은 결론에 도
달하였다. 앞서 살펴본 국어 모음의 음가를 정리하는 것으로 결론을 대

신하고자 한다.

(1) '·' 모음이 '一, ㅓ' 모음과 구별되지 못하고 사용되었다는 점은 당시 '一, ㅓ' 모음의 성격을 고려해 볼 때 중세국어 '·' 모음의 모음체계상의 위치가 중설중모음이었음을 보여주는 것이다.

(2) '一' 모음은 'ㅓ' 모음보다 고모음으로 중설고모음의 위치에 있었을 것이라 보여 진다.

(3) 'ㅣ' 모음은 전설고모음으로 현대국어와 크게 다르지 않았던 것으로 보여 진다.

(4) 'ㅏ' 모음은 u, ɐ, a로 나타나 당시에는 중설과 후설에 걸쳐있는 저모음이었던 것으로 보인다.

(5) 'ㅓ' 모음은 중설모음에 위치해 있었던 음으로 음역이 '·' 모음보다 위에 위치해 있었던 것으로 추정된다. 그 이유는 'ㅓ' 모음은 거의 ə로 표기된 반면, '·' 모음은 ə뿐만 아니라 그보다 저모음인 ɑ, a로도 표기되었기 때문이다.

(6) 'ㅗ/ㅜ' 모음은 『조선관역어』의 기록자들이 서로를 구별하여 표기하였음을 보여주고 있다. 당시의 'ㅗ' 모음은 후설중모음의 위치에 있었던 것으로 보이며 'ㅜ'는 'ㅗ' 모음보다 고모음으로 존재했던 것으로 보인다. 따라서 그 음가는 각기 후설원순중모음과 후설원순고모음이었던 것으로 추정할 수 있다.

'ㆎ, ㅐ, ㅔ' 혼기의 음운론적 해석

오래 전의 언어를 해석하기 위해서는 부득이 당시 문헌에 적혀 있는 문자 표기에 의지할 수밖에 없다. 문헌에서 보이는 시각적인 표기 체계를 통하여 청각적인 언어 현실을 재구해 내야 하는 것이다. 그러나 문자는 그 보수성으로 인하여 언어의 다양한 변화의 모습을 후세 사람들에게 정확히 알려주지 못한다. 이런 이유 때문에 표기를 대상으로 당시의 언어를 재구해 내야 하는 연구자에게 있어 제일원칙인 '문자의 환영에 빠지지 말아야 한다'라는 지적은 누차 강조해도 지나침이 없으리라 생각한다.

더군다나 변화한 소리를 적을 수 있는 문자가 이미 갖추어져 있을 때에 그 변화는 문헌에 기록되나, 변화한 소리를 적을 수 있는 문자가 따로 존재하지 않을 경우 그 변화의 반영은 늦어지거나 나타나기 어렵게 된다. 이 경우에 후세 사람들은 표기의 동일성으로 말미암아 음운사적 시야가 흐려지는 것이다. 그렇다면 문헌에 보이는 문자의 표기만을 가지고 우리는 당시의 실제적인 언어 현상, 구체적으로는 음운현상을 어느 정도나 파악할 수 있는가? 이 질문의 대답은 그리 부정적이지만은 않다. 각 시기의 표기가 문자 나름대로의 체계와 일관성을 띠고 있다는 점을 이해한다면 각각의 표기가 보여주는 양상을 통하여 당시의 음운체계를 재구할 가능성은 충분히 있다고 본다.

근대국어로 오면서 표기법은 중세국어와 비교하여 산만하고 혼란스러운 느낌을 주고 있으나, 이는 피상적인 관찰의 결과일 뿐이며 실제 그 표기 양상은 당시의 표기 체계의 흐름 속에서 크게 벗어나고 있지 않음을 확인할 수 있다. 오히려 중세국어 시기보다 다양한 표기가 등장함으로 인하여 실제의 언어 현실에 접근할 수 있는 가능성을 열어 주고 있다는 점에 주목해야 한다.[1] 이러한 측면에서 우리가 관심을 가져야 할 것이 바로 혼기(混記)이다.

문헌에서 보이는 우발적인 표기가 당시의 음운현상의 일면을 보여준다고 할 때, 이전 문헌에서 보이는 혼기는 흥미를 끌기에 충분하다. 그 중에서도 필자가 관심을 갖는 부분은 근대국어에 보이는 'ㆍ|, ㅐ, ㅔ'의 혼기이다. 중세국어 당시에는 이 표기들이 비교적 정연하게 쓰였으나, 후대로 오면서 상당히 혼란스러운 양상을 보인다. 이런 혼란스런 양상은 표기에 있어 정연하지 못한, 다시 말하면 혼기의 모습으로 나타나는 것이다. 그러나 혼기의 양상을 자세히 살펴보면 무질서한 모습 뒤에는 일관된 체계와 보편성을 가지고 표기되어 있음을 확인할 수 있다. 'ㆍ|, ㅐ, ㅔ'의 혼기도 이러한 맥락에서 이해되어야 한다고 본다.

따라서 이들의 혼기를 통하여 당시 언중들의 표기 의식을 추정해 보고, 아울러 각각의 표기들이 추구하고자 했던 바를 음운론적인 차원에

---

1) 이 점에 있어 근대국어 시기의 문헌들에 대한 국어사적인 재검토가 있어야 하리라 본다. 중세어에서 볼 수 없는 형태나 방언형이 근대국어 문헌 자료 속에 있는 경우가 많아 중세국어를 연구하는 데 있어서도 중세 문헌들과 함께 이들 근대 문헌을 비중 있게 다루려는 연구 자세가 필요하리라 본다.

서 재검토해 보려 한다.

2

'ㆎ, ㅐ, ㅔ'의 혼기는 여러 측면에서 다각적인 검토가 있은 연후에야 그 실상이 밝혀지리라 생각한다. 우선 각각의 'ㆎ/ㅐ, ㆎ/ㅔ, ㅐ/ㅔ' 혼기를 가져온 원인과 시기적인 검토, 그리고 그들 상호간의 관련성 여부를 파악해야 한다. 이는 다른 모음들과는 달리 유독 혼기가 잦았던 이유와 각 혼기들의 시기적인 변화의 양상, 상호 체계적인 관련성 등을 설명해야 한다는 것을 말한다. 결국 그 문헌을 표기한 표기자의 표기 의식을 통하여 이들의 혼기가 담고 있는 숨겨진 음운론적 사실을 밝혀내는 것이 궁극의 목표일 것이다. 먼저 'ㆎ'와 'ㅐ'의 혼기를 살펴보기로 한다.

'ㆎ'와 'ㅐ'의 혼기는 15세기부터 산발적으로 나타나기 시작한다.(더/대(處), 끼다/깨다(省), 가온더/가온대(中), 새다/시다(曙) 등) 이 때의 'ㆎ'와 'ㅐ'의 혼기는 17세기에서 18세기 교체 무렵부터 보이기 시작하는 'ㆎ'와 'ㅐ'의 그것과는 성격을 달리하는 것으로 보인다.

전자의 혼기는 'ㆎ'(ʌj), 'ㅐ'(aj)의 ʌ와 a의 음성적인 유사성에 말미암은 것으로 보는 것이 옳을 듯 하다. 따라서 후자의 경우와는 엄밀한 의미에서 혼기의 성격에 차이가 있다고 할 수 있다. 후자는 19세기 말엽 전까지 'ㆎ'로 쓰일 곳에 'ㅐ'가 쓰인다든지 그 반대로 'ㅐ'가 쓰일 곳에 'ㆎ'가 쓰인다든지 하는 일관성 없는 혼란스러운 표기를 보이다가(가. 참조) 19세기 말엽에 이르면 'ㅐ'로 표기될 곳에 'ㆎ'가 쓰이는 현상이 보편적으로 나타난다(나. 참조).

(가) 가재(字會上21)/가지(譯補50)(漢374b)

　　　　고대(曲145)/고듸(癸丑p.96)(太平1:1)

　　　　고래(杜초15:40)/고릭(柳物二鱗)

　　　　광대(字會中3)(譯補20)/광듸(朴重中1)

　　　　나그내(杜초7:2)/나그니(老上18)(漢142c)

　　　　다래거눌(五倫, 忠:45a)/다리거눌(五倫, 烈:17b)

　　　　마춤내(太上感應篇, 1:44b)/마춤니(太上感應篇, 1:16a)

　　　　막대(法화7:53)(杜초7:12)/막듸(靑大p.20)

　　　　보라매(字會上15)/보라믹(靑大p.68)

　　　　보죠개(字會上25)/보죠기(海東p.96)

　　　　새벽(同文上3)(靑p.74)/싀벽(閑中p.84)

　　　　안해(小언6:116)(癸丑p.57)/안히(譯上30)(漢140b)

　　　　오래(五倫, 忠:35가)/오릭(五倫, 忠:2a)

　　　　가막조기(蒙喩篇, 17b) 말십조기(蒙喩篇, 17b)/조개(蒙喩篇, 17b)

　　　　푸리채(朴重中55)(譯下14)(同文下13)/푸리치(柳物二毘)

　　　　히여ᄇ리다(번小8:22)(老上17)/해여ᄇ리다(老上4)(朴中下9)

　(나) 긔아미(南宮6a) 인즉ᄒ고즈(南宮, 17a) 디긔(南宮, 2b) 근릭(南宮, 2a)
　　　　싱각(南宮, 1b) 칙망ᄒ며(南宮, 7a) 위틱ᄒ니(南宮, 15b) 씌닷지(南宮, 11a)
　　　　쇼와 긔를(三聖, 6a) 니가(三聖, 7a) 본릭(三聖, 7b) 안히와(三聖, 5b)
　　　　힝실의(三聖, 19a) 써로(三聖, 23a) 닉집(竈君, 17b) 드러가믹(竈君, 17b)
　　　　소와 긔(竈君, 20b) 디긔(竈君, 18b) 솔긔(竈君, 37b) 긔고기을(竈君, 7a)
　　　　벼긔에(竈君, 26a) 노릭ᄒ고(竈君, 17a)[2]

　앞의 (가), (나)에서 보여 주고 있는 예들은 많은 것을 시사해 주고
있다. 중세국어 당시 'ㅐ'는 지금의 단모음과는 달리 이중모음 aj였다는
것은 이미 널리 알려진 사실이다. 이중모음이었던 'ㅐ'에 어떠한 동인

---

[2] 여기서 인용한 자료의 약호는 다음과 같다. 南宮:南宮桂籍(1876, 고종13년), 三聖
：三聖訓經(1880, 고종17년), 竈君:竈君靈蹟誌(1881, 고종18년). 이 문헌에 관한 서
지적인 측면은 홍윤표(1993)를 참조하기 바란다. 또한 여기에 제시된 (나)의 용례들
은 上揭書에서 재인용하였음을 밝혀 둔다.

(動因)3)이 작용했는지 밝혀지지 않았으나 하여튼 후대에 단모음화한다. 이 단모음화로 인하여 'ㅐ'는 aj와 ε라는 두 음소를 나타내는 자소로 기능하게 된 것이다. 이것은 이 문자를 사용하는 언중들에게 있어서 무척이나 고통스러운 것이었으리라 추정된다. 이런 이유에서 새로운 음을 표기하기 위한 새로운 문자의 필요성이 대두되었으리라는 점은 미루어 짐작하기 어렵지 않다. 그러나 유감스럽게도 당시의 전모음을 나타내는 문자는 'ㅣ' 밖에 없었기 때문에 언중들은 이미 음가로서 소실된 문자인 'ㆍㅣ'를 채택하여 표기함으로 ε를 나타내려고 하였던 것이다. 따라서 언중들은 'ㅐ'는 전통적으로 쓰여 왔던 대로 aj라는 이중모음을 나타내는 것으로 계속해서 사용했고, 새롭게 나타난 전설모음인 ε를 표기하는 문자로는 'ㆍㅣ'를 사용하게 된 것이라 할 수 있다.

17세기와 18세기 교체기부터 서서히 나타나기 시작하여 18세기 중엽 이후 활발해지는 'ㆍㅣ'와 'ㅐ'의 혼기는 이와 같은 인식의 바탕 위에서 이해하여야 하며 15세기에 보이는 'ㆍㅣ'와 'ㅐ'의 혼기와는 구별되어야 하는 것이다. 19세기 말엽 상당수의 문헌에서 ε를 표기하는 자소(字素)로 'ㆍㅣ'를 사용한 것은 이상의 논의에 비추어 볼 때 그리 놀랄만한 것이 아님을 알 수 있다.

'ㅐ'와 'ㅔ'의 혼기는 15세기부터 한 두 예가 보이기 시작하여 16~17세기에 간헐적으로 보이다가 18세기 말엽에 들어와 다수의 예가 나타난다.(다. 참조)

---

3) 지금까지 이중모음인 'ㅐ'의 단모음화는 'ㅔ'의 단모음화와 더불어 논의되어 왔다. 그것은 단모음화 하는 시기가 거의 비슷하고, 그 결과로 국어의 음운체계에 새로운 전모음이 나타났다는 데에 그 공통점이 있기 때문이었다. 이 두 음소의 생성은 그 뒤에 단모음화하였다고 추정하는 'ㅟ'(y)와 'ㅚ'(ø)의 생성과도 깊은 관련성이 있다고 추정된다. 국어사의 관점에서 거의 비슷한 시기에 4개의 전설모음의 등장을 어떻게 설명해야 하는가의 문제는 음운론적 측면에서 많은 논의를 요구하나, 아직 만족할만한 성과에는 도달하지 못한 듯하다.

(다) 부채(杜초25:24)/부체(杜초24:17)(三강孝7)

그림제(月2:55)/그림재(誠初9)(松江2:16)

져재(석19:1)(용6)(內3:17)/져제(內3:13)(字會中8)(石千33)

즉재(능6:104)(法화1:90)/즉제(石千31)(小언2:40)(新語7:10)

그르메(曲15)(月2:17)(杜초8:41)/그르매(杜重2:28)

쁠게(字會上27)(金三2:60)/쁠개(馬언下66)

그리메(杜초16:41)(月17:58)/그리매(譯下36)

빙애(능2:115)(杜초7:11)/빙에(杜重13:7)

가래(字會中17)/가레(譯下8)

어제(杜초16:74)(字會下2)(類合上3)/어재(新語8:20)

새배(杜초7:14)(字會上1)/싀베(女四2:13)

성에(譯上7)(同文上9)(漢23a)/성애(倭上10)

쓸게(同文上17)(三譯5:11)/쓸개(漢150c)

아질게물(字會上19)(번老下21)/아질개물(譯下28)

어드메(杜초8:37), 어듸메(松江1:1)/어드매(松江 성산별곡)

쪽집개(救方下6)(譯補29)/쪽집게(朴重上40)(同文上54)

번게(曲161)(同文上2)/번개(十九 1:5b)

엇게(類合上21)/엇개(續明義1:6)

(다)의 예에서 보이는 혼기의 양상은 크게 두 부류로 나눌 수 있다. 다시 말해 'ㅐ'와 'ㅔ'가 단모음화하기 이전의 것과 이후의 것으로 그 혼기의 성격을 각기 구분할 수 있다는 것이다. 단모음화하기 전의 'ㅐ'(aj)와 'ㅔ'(əj)의 표기가 혼동되었다는 사실은 'ㅏ'(a)와 'ㅓ'(ə)가 교체하였음을 보여 주는데 이것은 중세국어 당시 'ㆍ'와 'ㅡ', 'ㅗ'와 'ㅜ'의 교체와 궤를 같이 하고 있는 것이라 설명할 수 있다.

이에 반해 단모음화를 겪은 후에 보이는 'ㅐ'와 'ㅔ'의 혼기는 단모음인 ɛ와 e가 음운론적인 중화를 일으킨 것으로 보아야 한다. 이는 음역의 유사성에 따른 것으로 현대국어에서도 이 두 음소는 언중들(특히 남

부 방언이나 젊은층)에게 있어 상당히 혼란된 모습으로 실현된다.4) 표기
의 양상만을 가지고 그것이 aj와 əj의 교체인지 혹은 ε와 e의 교체인지
를 분간하는 것은 사실상 쉽지 않다. 이 두 양상이 똑같은 자소인 'ㅐ'
와 'ㅔ'로 나타나기 때문이다. 여기에 당시 언어 현실의 실상을 파악하
는 데 어려운 점이 있는 것이다.

근대국어 시기의 연구에 있어서 'ㆍ'의 비음운화와 함께 'ㅐ'와 'ㅔ'의
단모음화 시기5)에 논란이 많은 것도 바로 이러한 이유에서다. 이들의
단모음화 시기를 언제로 잡느냐에 따라 (다)에서 보이는 혼기의 음운론
적 해석이 달라지는 것이다. 'ㅐ'와 'ㅔ'의 단모음화 시기를 어떻게 보느
냐에 따라, 단모음화 시기를 기점으로 이전 용례는 aj와 əj의 교체로 보
아야 하고, 이후 용례는 ε와 e의 중화를 보여주는 것으로 설명해야 한
다. 단순히 'ㅐ'와 'ㅔ'의 혼기만으로 이들 모음의 단모음화 시기를 추정
하는 것은 상당히 위험이 따른다. 따라서 필자는 다음 절에서 보일 'ㆍㅣ'
와 'ㅔ' 혼기의 양상에서 단모음화 시기에 대한 추정의 가능성을 찾고
자 하는 것이다.

앞서 지적한 바와 같이 'ㆍㅣ/ㅐ', 'ㅐ/ㅔ'와 더불어 관심을 끄는 혼기의
양상이 있는데 그것은 다름 아닌 'ㆍㅣ'와 'ㅔ'의 경우이다. 'ㆍㅣ'와 'ㅔ'의
혼기는 지금까지는 'ㆍㅣ'와 'ㅔ'가 각기 이중모음 ʌj에서 aj를 거쳐 ε로, ə
j에서 e로 변화를 겪은 이후부터 보이는 현상으로 이해해 왔다. 즉 'ㅔ'

---

4) 현대국어에서 ε와 e의 중화는 상당히 일반화되어 있다. 특히 젊은층에 있어서는 더
   욱 두드러진다. 따라서 요즘 /nε/(我)와 /ne/(汝)의 구별이 어려워지자, 같은 전모음
   계열인 /ni/를 사용하여 /ne/를 대신하려는 경향을 보인다.

5) 'ㅐ'와 'ㅔ'의 단모음화 시기에 관해서는 의견이 분분하다. 이숭녕(1954)에서는 18세
   기 무렵, 허웅(1965)에서는 19세기 초엽, 이기문(1972)에서는 18세기 말엽으로 파악
   하고 있다. 학계에서는 대체로 18세기 말에서 19세기 초에 걸쳐 이들의 단모음화가
   완성된 것으로 보고 있다.

가 e로 단모음화하고 'ㆎ'가 ε로 단모음화한 후에 같은 전설계열의 모음이기 때문에 나타날 수 있는 중화로 설명하는 것이 보통이었다.

그러나 (라)의 예들을 통해 볼 때 'ㆎ'와 'ㅖ'의 혼기 양상의 모두를 ε와 e의 중화6)로 설명하는 것은 다음과 같은 문제점을 해결하고 난 뒤라야 그 타당성을 인정받을 수 있다고 본다.

(라) 사룸의게셔 난 벌에(東醫, 2:16b)/짴버리(東醫, 1:19b)
　　울에(석6:32)(字會上2)(類合上4)/우리(譯上2)(譯補2)(武藝, 19a)
　　겨레(小언6:75)(癸丑p.95)/겨리(倭上13)
　　건네(同文下52)(漢190c)/건늬(朴新1:24)
　　녀편네(신속烈3:3)(小언5:68)/녀편늬(閑中p.352)
　　디글데글(癸丑p.41)
　　말믜(석6:15)(杜초7:14)/말메(譯補9)
　　겯네(字恤3)1783/겯늬(敬信2)
　　겯레(警民14)(太平1:1)/겯리(太平1:24)
　　-네(杜초8:55)(新語1:2)/-늬(老上62)(新語4:3)(閑中p.102)
　　번게(용30)(字會上2)(漢12d)/번기(齊諧物名考 天文)
　　범부체(東醫湯液3:16)/범부치(柳物三草)
　　이제(杜초7:31)(隣語, 10:10a)/이직(隣語, 3:5b)(朴新, 1:36a)
　　어제(杜초16:74)(字會下2)(類合上3)/어직(朴新, 1:29a)
　　엇게(月8:84)(字會上25)(類合上21)/엇긔(物譜 形體)(武藝, 38a 41a)
　　담비(同文上61)(柳物三草)/담베(蒙喩篇, 15a)

(라)에서 보이는 모든 예를 'ㆎ'와 'ㅖ'의 혼기를 중화로 본다면 학계에서 받아들이고 있는 'ㅖ'와 'ㅐ'의 단모음화 시기7)를 상당히 상향 조

6) e와 ε의 중화현상은 비어두음절에서부터 일어나고 그것도 특히 ㅅ ㅈ ㅊ ㅉ 등의 치찰음이 구개음화된 이후에 일어났을 가능성을 언급하면서 e와 ε의 중화 시기는 18세기 중엽으로 앞당길 수 있을 것으로 추정하였다(홍윤표, 1993 p.155).
7) 각주 5)를 참조할 것.

정해야 하는 형편에 놓이게 된다. ‘·ㅣ’와 ‘ㅔ’의 혼기를 중화로 보는 태
도는 ‘·ㅣ’가 ε를 나타내는 자소로 사용되었다는 것을 전제로 한다. 여기
서 ‘·ㅣ’(ʌj)와 ‘ㅔ’(əj)의 ʌ와 ə의 교체는 성립할 수 없기 때문에 ‘·ㅣ’(ʌj)에
서 aj를 거쳐 ε로 단모음화를 겪은 후에 역시 단모음화를 겪은 ‘ㅔ’(e)와
음운론적인 중화를 빚어 ‘·ㅣ’와 ‘ㅔ’의 혼기가 나타난다고 보아야 한다.

그러나 (라)의 예는 17세기경부터 이들의 혼기가 보이기 시작하여(비
교적 이른 예가 『東醫寶鑑』(1613, 광해군 5年)에서 나타난다), 18세기 중엽
무렵에는 많은 예가 존재함을 보여준다. 17세기부터 한 두 예에 불과하
지만, 이러한 ‘·ㅣ’와 ‘ㅔ’의 혼기의 예는 이것이 ε와 e의 중화를 전제로
한다는 앞에서의 논의를 통해 볼 때, 우리에게 당혹감을 주기에 충분하
다. 음운론적 중화라는 현상은 대상 음소들의 존재를 전제로 하기에,
존재하지도 않는 음소들이 어떤 환경에서 또는 모든 환경에서 그 변별
력을 잃는다는 것은 앞뒤가 맞지 않기 때문이다.

따라서 이 예들을 적절히 설명하기 위해서는 ‘ㅔ’와 ‘ㅐ’의 단모음화
시기를, 지금까지 알려진 바와는 달리, 더 소급해야 한다는 가정(假定)
이 먼저 성립해야 한다. 음운사적인 관점으로 볼 때 어떤 음운이 생성
되자마자 그 변별력을 상실하고 중화된다는 사실은 아주 자연스럽지
못하다. 이는 문자의 보수적인 측면을 고려할 때 단모음 ‘ㅔ’와 ‘ㅐ’의
생성 시기를 적어도 17세기 이전으로 소급해야 한다는 결론에 도달하
게 한다. 그래야 비교적 이른 시기부터 보이는 ‘·ㅣ’와 ‘ㅔ’의 혼기의 예
를 중화 현상으로 설명할 수 있는 것이다.[8]

이 같은 단모음화 시기의 상향 조정을 인정하는 측면에 선다면 다음

---

8) ‘·ㅣ’와 ‘ㅔ’의 혼기 양상의 검토로 ‘ㅐ’와 ‘ㅔ’의 단모음화 시기를 추정할 수 있다는
　가능성은 앞으로 근대 시기 국어의 모음체계를 재구하는 데 있어서도 하나의 중요한
　역할을 하리라 본다.

과 같은 또 다른 가능성도 추정해 볼 수 있다. 이른 시기에 보이는 'ㆎ' 와 'ㅔ'의 혼기를 언중들의 표기 의식의 관점에서 파악하려는 태도이다. 먼저 'ㅔ'의 단모음화 과정을 자세히 살펴보면, 'ㅔ'는 본래 əj라는 이중 모음을 나타내는 문자였으나, e로 단모음화한 후 'ㅔ'는 이 두 음소, 즉 əj와 e를 나타내는 자소로 사용되었음을 알 수 있다. 여기에 언중들은 상당한 혼란을 느꼈을 것이고 새롭게 등장한 e라는 음소를 표기할 방 법을 찾았을 것이다. 전모음인 ɛ를 표기하기 위한 수단으로 'ㆎ'를 표기 에 사용하였기 때문에 e는 달리 표기할 방법이 없었음을 짐작할 수 있 다. 따라서 언중들은 다음과 같은 두 가지 생각을 가지고 있었던 것으 로 추정해볼 수 있다.

하나는 e를 표기하기 위한 수단으로 əj를 나타내었던 'ㅔ'라는 자소를 그대로 쓰려는 쪽과, e와 음성상 유사한 ɛ를 표기하는 데 쓰인 'ㆎ'를 채 택하는 방식을 취하려는 쪽이었다. 후자 쪽은 물론 e라는 음가에 대응 시킬 자소가 없었기 때문에 이로 인한 궁여지책이었던 것으로, 17세기 에서 18세기 초엽까지, 극히 산발적이며 일시적인 현상이었던 것이 이 를 보여 준다고 추정할 수 있다. 따라서 'ㅔ'가 əj가 아닌 e를 나타내는 자소로 확실하게 자리 잡은 뒤로는 그 역할이 소멸한 것으로 보인다.

이와 같은 설명 방법 중에서 어떤 것이 더 사실에 부합하는 것인지 는 국어사의 측면에서 음운론적인 면과 표기법적인 면의 천착(穿鑿)이 있은 연후라야 입증이 가능하다. 다만 이 글에서는 이러한 가능성 모두 가 'ㅐ'와 'ㅔ'의 단모음화 시기를 적어도 17세기 이전으로 소급해야 한 다는 가정을 전제로 하여야만 성립될 수 있음을 확인한 것으로 만족하 려 한다.

3

문자의 표기에 주로 의존하는 문헌음운론(textual phonology)에서 넘어야 할 커다란 장애 중의 하나가 문자의 보수성이라는 측면이라 할때, 연구자들은 이를 해결하기 위해 여러 수단을 사용한다. 그 중에서 가장 보편적인 방법으로는 당시의 표기에서 보이는 다양한 혼기를 통하여 당시의 실제 음운현상을 파악하는 것인데, 궁극적으로는 당시의 음운체계를 재구하는 것을 최종의 목표로 삼는다. 문자의 보수성이 아무리 강하여도 당시의 표기의 양상 속에는 음의 변화를 추적할 수 있는 흔적을 예외 없이 남기고 있다는 점에서 본고에서 다룬 'ᆝ/ᅢ/ᅦ'의 혼기는 크게 주목 받을 만하다.

'ᆝ/ᅢ/ᅦ' 각각의 혼기의 양상을 제시하고 그것이 체계 속에서 가지는 위치를 주로 음운론적인 시각에서 살펴본 결과, 표기에서 보이는 혼기의 양상이 당시 언중들의 음운론적인 인식의 일면을 보여주고 있음을 확인할 수 있었다. 이 혼기의 양상은 당시 모음체계 속에서 해당 음소들의 상관관계와 그들의 음소적 지위, 또한 그것들이 표기에 어떻게 반영되는지를 추정할 수 있다는 점에서 그 중요성이 강조되어도 지나침이 없으리라 생각한다.

국어 이중모음 연구의 몇 가지 문제점

1

국어 음운사를 기술함에 있어, 특히 모음의 연구에 있어서 이중모음의 변천 과정은 많은 주목을 받아 왔다. 그것은 중세국어의 모음체계를 설정하는 데 있어 'ㆍ'와 함께 가장 큰 문제로 대두되었던 'ㅐ, ㅔ, ㅚ, ㅟ' 등의 모음이 지금과는 달리 단모음이 아니었다는 주장이 제시된 이후 국어학계의 관심은 더욱 고조된 듯하다. 특히 이중모음은 단모음과 비교해 볼 때 음운사적, 표기사적 측면에서 유난히 변동이 심했고, 대다수의 하향이중모음은 모종의 음변화에 의해 단모음화가 되어 현대국어에서도 그 모습이 일부 방언을 제외하고는 거의 보이지 않는다는 데에 관심의 이유를 찾을 수 있을 것 같다.

많은 연구자들에게 있어 국어 이중모음의 통시적인 연구는 『훈민정음』 해례본의 올바른 해석, 그리고 단모음의 이중모음화 현상, 'ㆍ'의 비음운화, 움라우트 현상 등과 함께 국어사를 기술함에 있어 해결해야 할 국어학계의 과제로 인식했던 것이다. 본고에서는 지금까지 제시된 이중모음의 연구 성과를 정리하면서 연구 성과에 나타난 연구 방법과 자료 해석상의 문제점들을 제시하고 아울러 국어의 이중모음 연구에 대한 올바른 방향을 모색하는 데 기여할 수 있는 부분을 찾고자 한다.

먼저 이중모음의 연구사를 개략적으로 검토해 보기로 한다. 중세국어 이중모음에 관한 논의는 Ramstedt(1928), 小倉進平(1945:26), 河野六郎(1945)에서 처음으로 언급[1]된 것으로 보인다. 특히 河野六郎(1945:123-133)에서는 국어 방언에 보이는 /say/(鳥), /koy/(猫) 등에 주목하여 문헌자료 등을 통해 이들이 이중모음이었음을 검증하고 선대(先代)의 고형(古形)을 재구하였다. 그 뒤를 이어 李崇寧(1949), 허웅(1952), 李崇寧(1954)에서 이중모음의 발달에 대한 구체적인 논증이 제시되었고, 최세화(1976)에 와서는 이중모음을 비롯한 중모음 전체에 관한 포괄적인 연구가 이루어졌다. 지금까지의 이중모음에 관한 연구를 개략적으로 정리해 보면 다음과 같은 몇 갈래의 측면에서 논의가 진행되었음을 알 수 있다.

(1) 중세국어 시기의 음가 추정 및 통시적 변천 과정(이숭녕;1949, 허웅;1952, 이숭녕;1954, 최윤현;1989, 한영균;1991)

(2) 이중모음에 대한 음운론적 표시 방안(김완진;1964, 이상억;1987; 박창원;1988)

(3) 이중모음 체계 내 빈칸에 대한 음운론적 해석과 존재 가능성의 모색(허웅;1968, 이기문;1969, 정영찬;1991, 백두현;1994)

(4) 개별 방언에 나타나는 이중모음의 목록과 실현 양상(이병근;1973, 도수희;1977, 이광호;1978, 곽충구;1982, 최명옥;1982, 최전승;1987, 백두현;1989, 고동호;1991)[2]

---

1) Ramstedt(1928), 『Remarks on the Korean Language』, Helsnki.
   小倉進平(1945:26), 『朝鮮語方言硏究』, 資料編.
   河野六郎(1945), 『朝鮮方言學試攷-'鋏語攷'』, 京都書籍, 서울.

2) 이들 네 번째 부류의 연구에서 보이는 공통점은 개별 방언의 공시저인 측면에서의 실현 양상뿐만 아니라 통시적 측면에서 변화의 제 양상을 함께 언급했다는 점이다. 따라서 첫 번째 부류와는 달리 연구 범위를 개별 방언으로 한정했다는 점에서 여기

이와 같은 여러 방면에 걸친 접근 방법은 국어의 이중모음을 파악하는 데 폭넓은 사고의 발판을 제시해 주었다는 점에서 우리는 선학들의 업적을 인정해야 할 것으로 본다. 언어 현상에 대한 다방면에 걸친 접근 태도야말로 언어 사실을 올바로 파악할 수 있는 첩경이기 때문이다. 지금까지의 연구 성과를 통하여 우리는 언어 현실을 낱낱의 요소가 아닌 체계의 관점에서 이해하고 파악하려는 인식의 전환을 가져 왔고, 문자의 보수적인 측면과 의식의 현대적 편견을 극복하는 계기가 되었음은 부인할 수 없다. 그러나 한편으로는 지금까지의 많은 연구 성과에서 극복해야할 한계와 드러난 문제를 간과한 측면이 있었음을 또한 겸허히 받아들여야 할 것이다.

본고에서는 우선 이러한 문제점들을 제기하면서 앞으로의 이중모음 연구에서 다루어져야 할 문제들이 무엇인지를 제시하고 그것들을 검토해 보고자 한다.

  ⑴ ‘이중모음’이라는 용어의 사용에 대한 문제
  ⑵ 이중모음에 대한 『훈민정음』 해례본의 기술과 해석상의 문제
  ⑶ 이중모음의 음절부음에 대한 음운론적 해석(기저 음가)의 문제
  ⑷ 이중모음의 단모음화 과정과 시기에 대한 재검토

2

먼저 ‘이중모음’이란 용어 사용에 관한 문제이다. 『훈민정음』 해례본에서 ‘起於ㅣ’와 ‘與ㅣ相合者’로 기술한 ‘ㅛ ㅑ ㅠ ㅕ’와 ‘ㆎ ㅢ ㅚ ㅐ ㅟ ㅔ’ 등3)이 과연 현대국어의 이중모음과 동질적인 것인지의 여부가 논

서는 달리 구분하였다.
 3) 본고는 이중모음을 논의의 주된 대상으로 삼고 있기에 ‘一字中聲之與ㅣ相合字’ 중

의되어야 한다.[4) 우리는 의식의 현대적 편견을 극복해야 한다고 하면서도 현대 언어학의 잣대로 과거의 언어 현상을 설명하여 왔음을 부인하지 못한다. 그런 자세가 과연 어쩔 수 없는 최선의 선택이었는지를 설명해야 한다. 이것이 설명되지 않는다면 앞으로도 언어 현상을 설명하는 데 있어 또다시 刻舟求劍의 우를 범할 수 있다.

다시 말하면 당시의 'ㅛ, ㅑ, ㅠ, ㅕ, ·ㅣ, ㅓ, ㅚ, ㅐ, ㅟ, ㅔ' 등의 표기로 사용되었던 음들을 '이중모음'이라는 현대 언어학적 개념으로 단순히 묶어 버릴 수 있느냐는 점이다. 과거와 현대의 관점에서 어떠한 언어 사실이 동질적인 것이어서 일대일의 관계 속에서 바라보아야 한다면 먼저 그 동질성을 입증해야 함은 물론이다. 그러나 문제는 그리 간단치 않다. 우선『훈민정음』해례본의 기술이 현대의 언어 사실의 설명 방법과 일치하지 않는다는 데에 해석의 어려움이 있다. 현대 언어학의 이중모음 연구에 있어서의 음절의 주음이나 부음의 문제, 이에 따르는 상향과 하향이중모음의 분류 역시 이와 같은 맥락에서 이해해야 한다고 본다.

그렇다면 과연 과거의 언어 현상을 파악하고자 할 때 현대적 인식논리를 전혀 도외시한 설명이 실제적으로 존재할 수 있는 것인가. 이 점에 관한한 우리는 회의적인 태도를 갖고 있다. 과거의 현상을 현대적인 선입견 없이 바라보아야 하는 태도는 가장 이상적이고 우리가 지향해야 하는 태도이나, 실제적으로 어쩔 수 없이 현대적 관점에서 이해할 수밖에 없는 것이 우리의 한계이기도 하다. 언어학의 관점에서도 이 점은 마찬가지라고 생각한다.

'ㅚ, ㅐ, ㅟ, ㅔ'와 '二字中聲之與ㅣ相合字'인 'ㅙ, ㅞ, ㅙ, ㅞ' 등과 같은 중모음은 일단 제외한다.

4) 여기서 또 하나의 문제는 이중모음(diphthong)이 서구의 언어학에서조차 그 성격이 여러 가지로 나뉘어 있다는 점이다. 이에 대한 자세한 논의는 최세화(1976:4-13)를 참조하길 바란다.

이런 기본적인 사고의 바탕 위에서 해례본에서 언급된 '起於ㅣ' 'ㅛ, ㅑ, ㅠ, ㅕ'와 '與ㅣ相合者'의 'ㆎ, ㅢ, ㅚ, ㅐ, ㅟ, ㅔ'가 여러 가지 정황으로 미루어 볼 때, 음절부음과 음절주음의 상호 위치에 따라 구분하는 상향·하향이중모음의 현대 언어학적 성격과 크게 다르지 않다고 보아 본고에서는 다소 미흡한 점이 있지만 '이중모음'이라는 용어를 편의상 그대로 사용하고자 한다. 그렇다고 해서 '이중모음'이라는 용어를 사용하는 것이 해례본에서 기술한 'ㅛ, ㅑ, ㅠ, ㅕ, ㆎ, ㅢ, ㅚ, ㅐ, ㅟ, ㅔ' 등이 현대 국어의 이중모음과 아주 동질적이라는 점을 전제로 한 것이 아니라는 사실을 밝혀 둔다.[5)]

3

『훈민정음』 해례본에 보이는 이중모음을 비롯한 중모음들의 기술을 모아 보면 다음과 같이 정리될 수 있을 것이다.

<制字解>
ㅛ與ㅗ同而起於ㅣ ㅑ與ㅏ同而起於ㅣ ㅠ與ㅜ同而起於ㅣ ㅕ與ㅓ同而起於ㅣ ㅛㅑㅠㅕ起於ㅣ 而兼乎人 爲再出也

<中聲解>
二字合與字 ㅗ與ㅏ同出於ㆍ 故合而爲ㅘ ㅛ與ㅑ又同出於ㅣ 故合而爲ㆇ ㅜ與ㅓ同出於ㅡ 故合而爲ㅝ ㅠ與ㅕ又同出於ㅣ 故合而爲ㆊ
一字中聲之與ㅣ相合字十 ㆎㅢㅚㅐ ㅟㅔ ㆈㅒ ㆌㅖ 是也 二字中聲之與ㅣ相合字四 ㅙ ㅞ ㆈㅣ ㆊㅣ

5) 중세국어의 이중모음 연구에 있어서 현대에 보이는 이중모음과의 동질성과 이질성을 정확히 밝히는 것이 관건이라 생각한다.

<合字解>
中聲二字三字合用 如諺語 과 爲琴柱 홰 爲炬之類
·一起ㅣ聲 於國語無用 兒童之言 邊野之語 或有之 當合二字而用 如긔
긔之類

　여기서 우리의 관심을 끄는 부분은 과연 상향이중모음과 하향이중모음이 등가(等價)의 가치, 다시 말하면 동질적인 가치를 지녔는가라는 점이다. 하나의 계열(ㅛ, ㅑ, ㅠ, ㅕ)은 제자해에서 재출(再出)로 단일한 음, 즉 '·, ㅡ, ㅣ, ㅗ, ㅏ, ㅜ, ㅓ' 등과 같이 다루고 다른 하나의 계열 (·ㅣ, ㅓ, ㅚ, ㅐ, ㅟ, ㅔ)은 중성해에서 'ㅣ'와 합한 합용으로 다루었음은 어떤 이유에 기인한 것인지를 밝혀야 한다. 당시 해례 편찬자들에게 있어 상향이중모음과 하향이중모음의 인식에 차이가 있었음을 보여주는 것이 아닌가라는 추정도 해 볼 수 있다.
　현대 언어학적 입장에서 설명하자면 상향이중모음의 부음과 하향이중모음의 부음의 미묘한 차이를 보여주고 있는 것이라는 추정이다. 이런 관점에서 어떤 이는 상향은 음절의 부음 j로 인식하고 하향은 하나의 단위음소인 i로 파악하기도 한다. 과연 이와 같은 해례본의 해석이 타당한 것인지의 여부가 논의되어야 한다(이에 관해서는 4절에서 상술될 것이다). 이중모음의 부음에 대한 상이한 해석이 체계적인 음운론적 관점에서 가능한 것인지는 좀 더 깊은 논의가 이루어져야 하리라 믿는다.
　합자해에 보이는 'ㅣ, 긔'도 우리의 주목을 끈다. 과연 상향이중모음인 jʌ와 ji가 당시의 국어에 존재했는가의 문제는 이중모음의 체계적 빈칸(case vide)과 밀접하게 관련된 것으로 학계의 논란거리 중의 하나이다. '·, ㅡ, ㅣ, ㅗ, ㅏ, ㅜ, ㅓ'의 7개의 모음 중 j에 뒤따를 수 없는 것은 i이고, jʌ와 ji가 존재하지 않음이 우발적인 현상이라고 보는 견해

(허웅;1968)와 여기서 한 걸음 더 나아가 중세국어 당시에 jʌ와 ji의 존재 가능성(이기문;1972), 그리고 현대 방언에서의 존재 여부(이익섭;1972, 도수희;1977) 등 상향이중모음인 jʌ와 ji의 실체를 파악하려는 많은 연구가 있었다.

필자는 여기서 두 가지 문제를 지적하고자 한다. 우선 '起ㅣ聲'인 'ㅣ, ㅡ'를 '起於ㅣ'한 'ㅛ, ㅑ, ㅠ, ㅕ'와 같이 '再出'로 기술하지 않고 합자해에서 '當合二字而用'로 기술한 이유를 지적해야 한다고 본다. 그것이 제자상의 고충에 의한 것이었는지 아니면 이중모음에 대한 해례 편찬자들의 인식에 일관성이 없었음을 말미암은 것인지, 그것도 아니라면 나른 어떤 이유인지를 밝혀야 한다.

다음으로는 합자해의 기술(ㆍㅡ起ㅣ聲 於國語無用 兒童之言 邊野之語 或有之 當合二字而用)에 대한 해석상의 문제이다. 'ㅣ, ㅡ'와 같은 음들이 국어에 과연 존재했던 것인지 우리는 아직 단정할 수 없다. 국어에서 사용하지 않는다는 '於國語無用'과 존재할 가능성을 언급한 '或有之'의 상반된 기술은 어떤 이유에 기인한 것인가. 혹 허웅(1968)의 우발적 현상으로 빈칸이 되었다는 견해와 같은 맥락에서 'ㅣ, ㅡ'가 존재할 가능성이 있음을 말한 것으로서, 실제 존재한 것은 아니라고 볼 가능성도 있으나 이는 해례본 전체의 기술 태도로 보아 언뜻 수긍하기 어렵다. 또한 '兒童之言 邊野之語 或有之'식의 표현이 『훈민정음』 해례본 전체를 통해 볼 때 상당히 이질적인 것이어서 굳이 이런 표현을 쓴 이유가 쉽게 납득되질 않는다. 중성해에서 '二字中聲之與ㅣ相合字'를 설명하면서 'ㅙ, ㅞ, ㆅㅐ, ㆅㅔ' 네 개를 제시했는데 뒤의 두 개, 즉 'ㆅㅐ, ㆅㅔ'는 국어의 실제 표기에는 사용되질 않았고 더군다나 'ㆅㅔ'는 한자음 표기에까지도 전혀 사용되지 않았으면서도 이에 대한 어떤 기술도 언급되어 있지 않다는 점과 비교해 볼 때 이는 형평성을 잃은 태도라 하지 않을 수 없다.

원순계 상향성 이중모음에 대한 훈민정음 편찬자의 인식도 적절한 설명이 있어야 한다. 해례 편찬자들이 j계 이중모음에 대해서는 상당한 관심을 가지고 구체적으로 기술하고 있음에 반해 w계 이중모음에 대해서는 전자에 비해 자세한 언급을 하지 않았다는 사실은 무엇을 말하는 것인가. 이는 w가 독립된 하나의 음소로서 기능을 했는가 아니면 음성적 변이음에 불과했는지를 추정하는 데 중요한 실마리가 된다. 해례본의 기술만으로 판단한다면 해례본의 편찬자들은 w를 위해 따로 문자를 배당하지 않았다. 이는 당시에는 w가 존재하지 않았다고 보거나, 존재는 했더라도 음성적인 변이음(o와 u의)이었을 것이라는 추측이 가능하나 과연 어느 쪽이 타당한 것이었는지는 쉽게 결론지을 수 없다.

4

음성학적 관점에서 과도음 또는 인접음의 하나로 모음에 분류하는 경향이 짙은 반모음(半母音)은 음절의 관점에서는 모음의 앞, 뒤에 서는 자음의 기능을 담당하고 있다는 점에서 다른 음소들과는 다른 성격을 지니고 있다. 일반적으로 이러한 반모음과 단모음이 결합하여 한 음절의 핵음으로 실현되는 것을 이중모음이라 할 수 있는데, 국어의 이중모음 역시 과거 서구에서의 이중모음 분류 방식에 따라 다음과 같이 크게 두 가지 관점에서 살펴볼 수 있다.

첫째는 각각을 하나의 단일한 음소로 보는 태도와 둘째로는 음소들의 결합으로 보는 태도이다. 다시 후자는 둘을 순수한 모음으로 보느냐 그렇지 않으면 그 중 하나를 반모음으로 보느냐에 따라 다시 구분되기도 한다. 따라서 이중모음의 해석은 아래와 같은 세 가지 관점 중에서 어느 하나를 택하여 기술할 수밖에 없다(김완진;1964, 최세화;1976).

(가) 이중모음을 하나의 단일한 음소로 보는 태도
(나) 선행모음과 후행모음을 등가적인 음소들의 결합으로 보는 태도(/VV/)
(다) 선행모음과 후행모음 중에서 어느 하나를 반모음(음절 부음)으로 보는 태
　　도(/VS/)

(가)의 태도는 언어 현상을 설명하는 데 음소 결합으로 다루는 것보
다 기술적인 측면에서 불편하다. (나)는 음절의 형이 하나 더 많아지며
(/CVV/), 음절 부음의 구별이 없어 단위 모음의 연속과 혼동되는 단점
이 있다. (다)는 j와 w의 음소 설정으로 음소의 수가 증가하는 것이 단
점이지만 음절 부음의 구별이 확실하다는 장점을 갖고 있다. 따라서
(다)는 몇 가지의 단점을 제외하고는 언어 현상을 설명하는 데 다른 것
보다 용이하다는 측면이 있는 것이 사실이다. 일단 (가)는 논외로 하고
(나)와 (다)의 관점을 자세히 논의하기로 한다.
　　(나)는 음절 부모음을 단위 음소인 i로 파악하는 태도(음절 부음을 i로
보는 관점)인데 이것을 지지하는 측면에서는 다음과 같은 이유를 그 근
거로 제시하고 있다.

(나-1) 훈민정음 해례에 상향이중모음은 제자해에 '起於ㅣ'란 자질로써 中聲
　　　凡十一字에 포함되어 있으나, 하향이중모음은 제자해에 구체적인 기술이
　　　없이 중성해에 '故合而爲…'로만 설명이 되어 있다. 즉 中聲凡十一字에
　　　하향이중모음이 제외된 이유를 설명할 수 없다는 점이다. 상향이중모음과
　　　하향이중모음을 구별하여 인식한 것은 하향이중모음의 음절 부음을 i로 파
　　　악했기 때문이라는 추정이다.
(나-2) 최석정의 「經世訓民正音圖說」에서 'ㅐ ㅔ ㅚ ㅟ ㆎ ㅢ'의 음가를 '阿
　　　伊, 於伊, 嗚伊, 干伊…' 등으로 기술한 것은 하향이중모음의 성격을 i로
　　　인식했기 때문이다.
(나-3) 음절의 분리 현상을 들 수 있다. '외(瓜)>오이, 뵈다>보이-, 뾔다>쏘
　　　이다, 꾀다>꼬이다(誘), 뫼호다>모이다' 등의 예에서 보듯이 음절부음을

/i/로 보아야 /oi/ >/o$i/, /ʌi/ > /ʌ$i/가 가능하다는 것이다.

(나-4) 'ㆍㅣ>ㅣ, ㅓㅣ>ㅣ, ㅚ>ㅣ, ㅟ>ㅣ'의 통시적 변천6)은 하향이중모음을 음절부음 /j/가 아닌 순정모음인 i로 보아야 한다. j로 본다면 음절의 주음이 탈락한 후 음절의 부음이 음절핵으로 남는다는 문제가 야기된다.

(나-5) 하향이중모음이 포함된 음절에 상성이 놓일 경우, 상성이 평성과 거성의 복합조라는 기존의 연구결과를 따를 때 j에 높은 성조가 놓일 수 없다. 따라서 하향이중모음의 음절부음은 i가 되어야 한다.

이 같은 근거 이외에도 하향이중모음의 기저음가를 /Vi/로 설정할 경우 국어사에서 얻게 되는 설명상의 이점은 당시의 모음체계에서 j계 하향이중모음 체계를 없앨 수 있다고 한다. 다시 말하면 15세기 국어의 모음체계를 간단하게 만들 수 있다는 장점이 있다는 것이다. 또한 음운론적 입장에서 음성적으로 i가 j로 변화하는 규칙이 j가 i로 변화하는 규칙보다 자연스럽다는 점을 내세우고 있다.

본고에서는 다음과 같은 네 가지 이유로 (다)의 태도를 지지하는 입장에 선다.

첫째, 『훈민정음』의 해례본에서 보이는 음절적 표기관
둘째, 당시의 음운현상의 해석
셋째, 통시적 변천의 양상
넷째, 현대 방언 자료의 검토

우선 앞에서 지적한 (나)의 근거들을 차례로 살펴보기로 한다. 우선 (나-1)의 '中聲凡十一字'에 하향이중모음이 제외된 이유이다. 'ㅛ, ㅑ, ㅠ, ㅕ'를 'ㆍ, ㅡ, ㅣ, ㅗ, ㅏ, ㅜ, ㅓ'와 함께 제자해에서 언급하고 있는

---

6) '나비>나비, 견디->견디-, 성긔다>성기다, 딕희다>지키다, 골희>고리, 반되불>반딧불, 뷔틀다>비틀다' 등의 예가 보인다.

반면 '·l, ㅢ, ㅚ, ㅐ, ㅟ, ㅔ' 등은 중성해에서 설명이 보인다는 점은 분명히 당시 해례본의 편찬자가 'ㅛ, ㅑ, ㅠ, ㅕ'의 성격이 '·, ㅡ, l, ㅗ, ㅏ, ㅜ, ㅓ'와 동질적인 측면이 있었음을 보여주었다고 추측할 수밖에 없는데 그렇다면 '·l, ㅢ, ㅚ, ㅐ, ㅟ, ㅔ' 등과 무엇이 달랐느냐하는 점이다.

이런 이유와 당시의 몇 가지 음운현상을 근거로 하여 박창원(1988), 김종규(1989) 등에서는 하향이중모음의 기저음가가 /Vi/로 다루어질 수 있음을 논의하기도 하였다. 그러나 이는 해례본의 집필자들이 생각했던 음절에 대한 이해와는 상충된 것이었다. 『훈민정음』 해례의 음절 표기관을 살펴볼 때 초, 중, 종성이 하나의 음절을 이룰 경우 중성자로 사용되는 j계 하향이중모음은 이중모음이지 단위 모음들의 결합체로 보기는 어렵다. 김영선(1995;25)에서도 지적된 바와 같이 음가가 없는 'ㅇ'으로 초성을 대신할 수 있게 했던 해례의 기본적인 음절 표기관을 보더라도 독립된 음가를 가지는 두 개의 모음을 하나의 중성자로 표기하도록 했다고 보기는 힘들다. 만약 모음들의 연결체라면 마땅히 두 개의 음절로 분리 표기되었어야만 했다.

또한 (나-2)의 지적도 결정적인 증거가 되기 어렵다. 「經世訓民正音圖說」에서 'ㅐ, ㅔ, ㅚ, ㅟ, ·l, ㅢ'의 음가를 '阿伊, 於伊, 烏伊, 于伊…'로 기술한 것은 음절부음의 성격을 j로 인식했기 때문으로 볼 수도 있지만, 한편으로는 과도음 j에 대한 음성적인 표기로 볼 가능성을 전혀 배제할 수 없지 않은가 한다.

(나-3)에서는 음절의 분리 현상을 들고 있다. '외(瓜)>오이, 뵈다>보이-, 꾀다>꼬이다'의 예에서 보듯이 음절부음을 i로 보아야 /oi/>/o$i/, /ʌi/>/ʌ$i/가 가능하다는 것이다. 그러나 이는 음절부음을 j로 보아도 크게 문제될 것이 없다고 여겨진다. 왜냐하면 음절분리 현상을 굳이 설

명하자면 j가 음운상의 안정을 얻기 위해 음절적으로 분리되는 것으로 파악할 수도 있기 때문이다. 이는 음절부음 j가 순정모음인 i와 음성학적으로 상당히 밀접한 관계를 가지고 있기 때문에 가능한 현상으로 여겨진다.

(나-4)의 지적은 'ㆍㅣ>ㅣ, ㅓㅣ>ㅣ, ㅚ>ㅣ, ㅟ>ㅣ'의 통시적 변천이 하향이중모음을 음절부음 j가 아닌 순정모음인 i로 보아야 함을 말하는데 그렇지 않고 j로 본다면 음절의 주음이 탈락한 후 음절의 부음이 음절핵으로 변한다는 문제가 야기된다고 한다.[7] 여기서 우리는 앞의 음변화와는 대조적으로 'ㅓㅣ>ㅡ, ㅚ>ㅟ>ㅜ, ㅟ>ㅜ'와 같이 음절부음이 탈락하고 주모음이 남는 음운의 역사적 변천 과정이 있음을 고려하여야 한다.[8]

또한 충남방언에서는 [oj]나 [uj]를 가지고 있는 어사[9]들이 얼마간 존재해 있다는 사실도 간과해서는 안 된다. 이러한 측면에서 일부분의 어사가 'ㆍㅣ>ㅣ, ㅓㅣ>ㅣ, ㅚ>ㅣ, ㅟ>ㅣ'로 나타난다고 해서 음절부음을 i로 보는 것은 일견 약간의 무리가 뒤따르는 것으로 보인다. 특히 다음과 같은 음운현상을 설명하기 위해서는 음절부음을 i가 아닌 j로 보아야 하지 않을까 생각한다. i로 본다면 (ㄱ)과 같은 'ㅣ'모음의 음절적 유동성의 이유를 설명하기 어렵고, (ㄴ)과 같이 탈락하는 경우에는 어느

---

7) 다시 말하면 통시적 변화에서 음절부음 j가 음절주음 i로 바뀌는 이유를 설명해야 한다는 것이다. 그러나 j>i가 i>j보다도 음변화상 더 자연스럽지 못하다는 근거를 우리는 갖고 있지 않다. 반모음이 음운상의 안정성을 취하기 위한 방편으로 순정모음으로 변화하려는 노력은 음운변화의 측면에서 자연스러운 현상이기 때문이다.

8) '바위>바우, 가마괴>까마구, 멀위>머루, 방귀>방구, 사회>사우'등과 같은 예가 경남 방언에서 보이고 '의리>으리, 의심>으심, 의원>으원, 귀하다>구하다, 잎사귀>잎사구, 쇠스랑>소스랑, 외삼촌>오삼춘'등이 충남 방언에 보인다.

9) 곽충구(1982:30-37)에 따르면 충남 방언에서 '외가집[ojgacip], 바위[pauj], 사위[sauj], 바퀴[pakhuj]' 등의 예가 나타난다고 한다.

때는 앞의 주모음이 탈락하고 어느 때는 뒤의 'ㅣ'모음이 탈락하는지를
규칙화하기가 어렵다.

(ㄱ) ᄆ야지(杜初23;36)/미아지(杜重2;11), 괴오ᄒ다(杜重24;19)/고요ᄒ다(杜重
2;16), 어유아리(朴解 上;34)/에우아리(朴解 上;33)

(ㄴ) 골회>고리, 반되블>반딧불, 사괴다>사기다, 불휘>뿌리, 바위>바우,
가마괴>까마구, 멀위>머루

(나-5)는 하향이중모음을 가지는 음절의 성조가 상성일 경우, 상성이
평성과 거성의 복합조라는 기존의 연구결과를 따를 때 j가 상성 성조를
가질 수 없으므로 음절부음은 i가 되어야 한다는 논리이다. 이것은 하향
이중모음의 기저음가를 /Vj/로 보았을 때 설명해야하는 어려움 가운데
하나이다.[10) 음성학적 관점에서 모음 뒤에 오는 과도음에 높은 성조가
올 수 없는지의 여부는 당시 성조에 관한 보다 포괄적이고도 깊이 있는
연구가 뒷받침되어야 한다고 생각한다. 이에 대한 이해가 부족한 필자
에게 있어서 아직 이 점에 관한 한 적절한 설명을 갖고 있지 못하다.

위에서 제시한 이유 이외에도 우리는 중세문헌에서 'ㅐ, ㅚ, ㅟ' 등의
'ㅣ'가 탈락하는 현상을 접할 수 있다.(개여>가여(楞嚴4;40), 막대예>막다
예(杜重2;6), 홰예>화예(月釋2;33), 혜여>혀여(法樺2;261), 새야도>사야도<金
三4;52)…) 이에 대한 음운론적인 설명을 동음생략(j의 중첩에 의한)으로
볼 수밖에 없다면 'ㅐ, ㅚ, ㅟ' 등의 'ㅣ'를 i로 보는 것보다 j로 보는 것
이 합당하리라 생각한다. 15세기 당시의 'ㄱ'탈락에 대한 음운현상에도

---

10) 이에 대해 송철의(1995;278)에서는 오히려 이중모음을 두 모음의 연속으로 보았을
   때 성조가 문제가 된다고 지적한다. 중세문헌에서 '부텨+이'의 경우 평성인 '텨'와 거
   성인 '이'를 '톄'로 축약하여 표기하면서 그 성조를 상성으로 표시해 주고 있는 것은
   '톄'를 하나의 음절로 인식하고 있음을 보여준다고 보았다. 하나의 음절에는 하나의
   성절음만 있어야 하기에 '톄'에서 'ㅣ'가 성절음일 수는 없다는 것이다.

우리는 주목하지 않을 수 없다. 어미 '-거늘'에서 선행 자음 'ㄱ'은 j와
ㄹ(l) 뒤에서는 탈락하지만 i 뒤에서는 소수의 경우11)를 제외하고는 탈
락하지 않는다.

이는 j가 i와는 음운론적으로 다른 자질을 가지고 있기 때문에 자음
과의 결합시 변별성을 보여 주고 있다고 추정할 수 있다(ㄱ→∅ / j _:
ᄃ외어늘, 뷔어시늘, 보내어시눌, 쿨외어늘, 뷔어사…). 따라서 'ㄱ'의 탈락
현상은 15세기 당시에 i와는 별개의 음소로 j를 설정할 수 있음을 보여
주고 있다. 체계적인 측면에서도 하향이중모음의 기저음가를 /Vj/로 볼
경우 j계 상향이중모음 /jV/와의 설명적 일관성을 가질 수 있다는 장점
이 있는 것이다.

5

국어 이중모음의 통시적 연구에 있어 가장 큰 변화라 하면 아마도
하향이중모음이 근대국어 시기에 들어오면서 단모음화를 겪었다는 사
실이다. 그렇다면 어떤 체계상의 압력이 기존의 체계를 유지하지 못하
게 했던 것일까. 다른 단모음이나 이중모음이 아닌 상향이중모음이 근
대국어에 오면서 단모음화한 음운론적인 동인을 밝혀야 한다. 먼저 근
본적인 문제로 왜 중세국어에 이중모음, 특히 하향이중모음이 발달해

---

11) 'i' 모음 뒤에서도 'ㄱ' 탈락 현상이 일어나는 경우가 있기는 하나 이는 몇몇 경우로
한정된다. '고기어늘(南明 5:30), 나리어시늘(龍 18), 흐리오(釋詳 23:19), 아니어니(楞
嚴 3:32), 업스리어늘(楞嚴 2:24)' 등의 예가 있는데 이를 형태적으로 분석해 보면 서
술격 조사 '-이-'와 상당히 관련이 있는 듯하다. 추측의 선어말어미 '-리-'도 동명사
어미 '-ㄹ'과 서술격 조사 '-이-'의 결합으로 이루어진 것으로 본다(이기문, 1972;164).
이런 경우를 제외하고는 대다수의 'i' 뒤에서는 'ㄱ'탈락이 일어나지 않는다는 사실을
미루어 볼 때, 'i'모음 뒤에서의 'ㄱ'탈락 현상은 순수한 음운론적인 현상만으로 보기
에는 어려움이 있다.

있었는지, 그것이 언어 내적 발달의 중간 과정이었는지 아니면 외적인 영향(예를 들어 중국 한자의 영향으로 볼 가능성)에 의한 일시적인 현상이었는지가 검토되어야 한다.[12] 만약 변화를 순수한 내적 발달의 측면으로 본다면 왜 이전의 모음체계는 전모음 계열이 i 하나 밖에 없는 체계상 불균형한 모습을 지니고 있었는지를 설명해야 하고, 후자로 파악한다면 비교언어학적 측면의 검토가 필요하다고 할 수 있다.

단모음화 과정에 대한 검토도 다각적으로 이루어져야 한다. 종래의 주장대로 축약에 의한 것인지의 여부와 단모음화를 겪어 생성되었다고 하는 네 개(ㅐ, ㅔ, ㅚ, ㅟ)의 모음이 일시적으로 나타났는지 아니면 단계적으로 나타났는지, 단계적으로 나타났다면 어떤 순서로 실현되었는지, 그 원인은 무엇인지가 규명돼야 한다. 이와 함께 현대국어의 단모음 10개 가운데 근대국어 시기에 4개의 단모음이 전설계에 생성되었다고 하는 언어 보편상 극히 이례적인 변천 양상을 체계적 관점에서 적절히 설명해야 하리라 본다.

단모음화의 시기 문제도 그동안 학계의 많은 논란이 있어 왔다. 주지하다시피 하향이중모음의 표기는 단모음을 겪기 전이나 그 후나 표기상으로 동일하여 표기만으로는 그 변화 양상을 추정할 수 없어 당시의 음운현상으로 미루어 추정하거나, 정음을 외국어음으로 표기했거나 외국어음을 정음으로 표기한 자료 등을 통하여 간접적으로 파악하는 방법 이외에는 별다른 방도가 없었기 때문이다. 음소 배열론의 관점에 단모음과 이중모음의 음가를 추정할 수 있을 가능성도 배제할 수 없으나 이 역시 당시 언어의 음소 배열에 관한 연구가 천착되지 않은 지금의

---

12) 여기서 우리는 고대국어에 이중모음과 삼중모음이 빈약했기 때문에 중국음의 많은 이중·삼중모음들이 간략화하지 않을 수 없었다는 이기문(1972:74)의 견해를 음미해 볼 필요가 있다.

상황에서 그리 간단한 문제는 아닌 것 같다. 동일한 표기를 두고 그것이 언제부터 단모음화가 되었는지를 추정하는 데에는 많은 함정들이 도사리고 있다. 한 예를 통하여 그 작업이 얼마라 어려운 것인지를 살펴보겠다. 허웅(1985)에서는 외국말을 정음으로 옮긴 예를 통해 'ㅐ, ㅔ…' 따위의 단모음화 시기를 추정하고 있는데 그 중에서 다음과 같은 구절이 보인다.

> 그리고 강우성의 '첩해신어'(1618 지음, 1676 간행)에는 일본말의 「エ」줄의 소리를 「ㅕ」또는 「ㅖ」로 옮겼는데, 만일 그 때에 「ㅖ,ㅐ」가 지금 소리처럼 [e], [ɛ] 이었더라면 일본말의 「エ」줄은 응당 「ㅖ」로써 옮겨 적었을 것이다. フネ-후녀, メテ-면뎨, シエマルセン-미예마루션, 그밖: ケ-계, メ-며, 메, レ-려,례 등등. 이것으로써 그 때에는 아직 우리말 홀소리에 [e]나 [ɛ]가 없었음을 짐작할 수 있는데, 「エ」를 「ㅕ」로 옮긴 이유는, 우리말에 있어서는 [e]와 [je]가 일정의 diaphone에 속하기 때문이다.(허웅, 1985;381-382)

위의 내용은 허웅(1952;7-8)에서 처음으로 기술된 것인 바, 단모음화 시기 추정의 증거로써 별다른 첨삭이 없이 다시 언급되어진 것이다. 아마도 저자의 생각에는 아무런 변화가 없었던 듯하다. 여기서 우리가 주목할 것은 당시 훈민정음의 문자체계로는 e를 표기할 방도가 애초에 없었다는 사실이다. "일본말의 「エ」의 소리를 「ㅕ」 또는 「ㅖ」로 옮겼는데, 만일 그 때에 '「ㅖ,ㅐ」가 지금 소리처럼 [e], [ɛ]이었더라면 일본말의 「エ」는 응당 「ㅖ」로써 옮겨 적었을 것이다."라는 주장은 이점에서 납득하기 어렵다.

당시로서는 'ㅔ'는 əi를 'ㅐ'는 ai를 나타내는 표기였지 지금과 같은 단모음 e와 ɛ에 대한 표기는 아니었기 때문에 e나 ɛ를 표기하려해도 표기할 문자가 국어에는 존재하지 않았다. 이러한 이유로 일본어의 「エ」

(e)를 나타내기 위한 불가피한 편법으로 음성적으로 유사했던 「ㅕ」와 「ㆌ」를 사용한 것으로 보인다. 따라서 일본어의 「工」를 「ㆌ」로 옮겨 적지 않았다는 사실은 당시에 국어의 모음에 e나 ε가 없었다는 증거가 될 수 없는 것이다. 설사 당시에 e나 ε가 존재해 있었다 하더라도 훈민정음의 문자 체계로는 그것을 나타낼 방편이 없었다고 말할 수 있다. 이러한 사실로 미루어 볼 때 위에서 제시한 논거는 단모음화 시기 추정의 증거가 되지 못한다 할 것이다.

　그렇다면 단모음화 시기를 결정할 수 있는 증거는 전혀 찾아낼 수 없는가? 이러한 질문 앞에서 우리는 다음과 같은 측면에서 그 가능성을 모색하려 한다. 이중모음의 통시적 변천의 과정 속에서 보이는 혼란스런 표기의 제 양상 속에서 그 실마리를 찾고자 하는 것이다. 표기법상의 관점에서 어떤 음이 다양한 표기의 양상을 보인다면 반드시 그 이유가 있을 것이며 그 표기 내면에는 음운론적인 내적 자질을 보유하고 있다고 추론할 수 있다. 혼기의 양상 속에서 그 언어의 음운대립의 양상과 음소들 간의 관계를 추론할 수 있음은 이미 졸고(1995)에서 지적된 바 있으므로 여기서는 자세한 언급은 하지 않겠다. 다만 'ㆎ'와 'ㅔ'가 보이는 혼기의 양상을 통해서 'ㅐ'와 'ㅔ'의 단모음화 시기가 추정될 수 있을 가능성은 앞으로 국어사에서 'ㅔ,ㅖ,ㅚ,ㅟ'의 단모음화 시기를 결정하는 데 있어 우리에게 시사해 주는 바가 크지 않을 수 없다 하겠다.

6

　이중모음에 관한 연구에 대하여 본고에서 언급된 것 이외에도 그 밖의 많은 문제가 산적해 있음을 지적하지 않을 수 없다. 단모음화와 관련된 움라우트와의 상관관계, j의 첨가와 탈락 현상, 활음화 현상 등이 그것인데, 이중모음과 관련하여 이에 대한 종합적이고 체계적인 논의가 요구된다 하겠다. 끝으로 본고를 다루면서 생각했던 몇 가지 문제점과 앞으로의 연구 방향을 지적하는 것으로 결론을 대신하고자 한다.

첫째, 고대국어를 연구하는 데 있어 자료의 한계성으로 말미암아 국어사의 계기적인 연속선상 위에서 이중모음의 실체를 파악하기가 수월치 않다는 점이다. 즉, 고대로부터 중세에 걸친 이중모음의 발달 과정이 국어의 독자적 혹은 자생적 현상이었는지 아니면 그 밖의 다른 외적인 요인에 의한 것이었는지 추정하는 데 어려움이 있다.

둘째, 표기 뒤에 감추어진 실제 언어의 모습을 재구하는 데 어려움이 있다는 점이다. 특히 이중모음의 단모음화 시기를 추정함에 있어 동일한 표기 뒤에 숨겨진 실제의 발화형을 어떻게 재구하느냐가 문제이다. 본고에서 제시한 혼기에 따른 당시 언어현실에 대한 추정의 가능성은 한 가지 방법론에 불과한 것으로 다른 측면의 접근 방법을 아울러 모색해야 할 것으로 보인다.

셋째, 중세 문헌의 방언학적인 분류와 검토가 제대로 마련되어 있지 않은 상황에서 현대국어에서 보이는 이중모음의 여러 방언형을 15세기 정음 문헌에 어느 정도 소급 적용할 수 있느냐는 문제이다. 이는 통시적 층위가 다를 수밖에 없는 방언형들을 변화의 단선상에 나열해 놓고 변화를 설명하려는 태도에서 벗어나야 함을 말하는 것으로 앞으로의 연구에서 염두에 두어야 할 점이라 생각한다.

단모음화 시기 추정에 관한 몇 가지 제안

1

본고에서 논의하려는 '단모음화'라는 용어는 이중모음의 통시적 변화로 기존의 하향이중모음이 단모음으로 변화하는 음운현상을 일컫는다. 국어사의 기술에 있어서 많은 주목을 받아온 것 가운데 하나가 단모음화의 시기 문제라는 점에 있어서는 큰 이견이 없을 것이다. 이는 이중모음의 단모음화가 음성적 변화뿐만 아니라, 당시의 다른 모음들과의 상관성, 나아가서는 당시 모음체계의 구도에서 산출된 결과물이라는 점에서 어렵지 않게 수긍이 간다. 이런 그간의 사정 때문에 국어 음운사에서 구개음화, 움라우트와 함께 단모음화는 연대학(年代學)적인 관점에서 주로 다루어졌다고 할 수 있다. 특히 단모음화 시기의 추정에 있어서는 움라우트 현상과의 비교연대학적인 방법론이 사용되었다.(김완진 1967, 이기문 1972)

단모음화의 시기 추정에 있어서 움라우트와 비교연대학적인 방법론이 적용된 것은 나름대로 이유가 있었다. 그것은 이중모음의 표기가 단모음을 겪기 전이나 그 후나 표기상으로는 동일하여, 표기만으로는 그 음변화의 실상을 추정할 수 없었기 때문이다. 따라서 당시의 음운현상으로 미루어 추정하거나, 정음을 외국어음으로 표기했거나 외국어음을 정음으로 표기한 자료 등을 통하여 간접적으로 음변화를 파악하는 방법 이외에는 별다른 방도가 없었다. 음소배열론의 측면에서 음소의 배열제약(phonotactic constraint)을 관찰함으로써 실제의 음가를 추정할수 있을 가능성도 있었으나, 이 역시 당시 국어의 음소배열에 관한 연구가 천착되지 않은 상황에서 그리 쉬운 문제는 아니었던 것 같다.

본고에서는 먼저 단모음화 시기 추정에 관한 기존의 제설을 살펴보고, 이에 대한 몇 가지 문제점을 지적하고자 한다. 그 다음으로 단모음화 시기 추정에 관련된 필자의 견해를 피력하려 한다.

2

기존의 연구에서 단모음화의 시기 추정에 관해서는 많은 논의가 있었다. 그 중에서 대표적인 것들을 중심으로 살펴보기로 한다.

허웅(1952:7-8)은 『첩해신어』와 『두시언해』 중간본, 『박통사언해』등에 보이는 표기 예와 1751년에 간행된 洪啓禧의 『삼운성휘』의 범례를 근거로 하여 단모음화 시기를 17세기말로 추정하였다.

(1) fune/후녀, mete/면뎨, ke/계, me/뎌, 몌   『첩해신어』(1676)
(2) 막대예>막다예, 벼개예>벼가예, 나ㅣ, 어ㅣ   『두시언해』 중간본(1632)
(3) ㅼㅐ예>ㅼㅏ예, 에우아리/어유아리   『박통사언해』
(4) 如橫色等字 本中聲外 又得ㅣ 中聲以成字 與侵中聲ㅣ 不同 故又附於
    下曰重中聲   『삼운성휘』의 범례

그러나 허웅(1965:436 각주18)에서는 『삼운성휘』의 범례에 관련된 이전의 해석을 수정하면서 '횡, 색'의 부음 ㅣ 가 '침'의 ㅣ 와 다르다는 말은그 소리가 다르다는 뜻으로만 해석되는 것이 아니라, 그 사용 방법이

하나는 소위 '本中聲'에 붙는데, 하나는 초성에 붙는다는 점이 다르다
는 뜻으로 해석할 수 있기에, 이것만으로는 'ㅔ, ㅐ'가 단모음이라는 증
거가 되지 못한다고 하였다.

다시 허웅(1965:433-437)에서 『동문유해』(1748), 『몽어노걸대』(1790),
『팔세아』(1777)의 표기 예를 바탕으로 1780년경까지는 'ㅐ, ㅔ'는 분명히
aj, əj로 발음되었음을 알 수 있으나,[1] 그 뒤에 언제 이들이 단모음으로
바뀌었는지를 결정할 수 있는 증거는 찾아낼 수 없다고 하였다. 다만
'ㆍ'가 없어진 것을 1780년경으로 본다면 ʌj>aj의 변화도 역시 같은 시
기였을 것이니, 다음 단계인 aj>ɛ의 변화는 서기 1800년 이후의 일로
생각하지 않을 수 없다고 하면서 aj>ɛ, əj>e의 변천은 19세기경에 일
어난 것으로 추정하였다.

이숭녕(1954/1988:355)은 『오륜행실도』(1797)에 보이는 "기르는 개 빅
여 무리이셔(有犬百餘:4卷 陳氏群食條)"라는 구절에 나오는 '개(犬)'란
형태에 주목하고 이 시기에 'ㅐ, ㅔ, ㅚ'가 단모음화한 것으로 보아, 대
체로 18세기가 이중모음이 단모음으로 변이하기 시작한, 또는 변이가
끝난 시기로 추정하고 있다. 이 같은 추정을 근거로 일련의 이중모음의
발달을 다음과 같이 보았다.(이숭녕 1954/1988:355)

---

1) 외국어 전사 자료의 경우 외국어의 소리를 우리 글자로 옮겼는데, 외국어의 /aj/,
/ej/ 따위를 예외 없이 'ㅐ, ㅔ'로 옮겨 놓았다는 것이다. 만일 'ㅐ, ㅔ'가 이미 ɛ, e였
다면 aj, ej는 응당 '아이', '어이'로써 나타낼 수 있었을 것이나, 그렇지 않고 'ㅐ, ㅔ'
로 옮긴 것은 바로 aj=ㅐ, ej(əj)=ㅔ 이었기 때문으로 보인다는 추정이다. 그러나 이
기문(1961:165, 각주5)에서도 지적한 바와 같이 19세기 후반에 편찬된 『華音啓蒙』
같은 책에서도 중국어의 ai를 「애」로 표기하고 있는 것으로 보아 이는 재론의 여지
가 있다.

17세기	18세기	19세기	20세기
(의) ᄋᆡ	ᄋᆡ 消失(ε), (으ㅣ)	(ε), (으ㅣ)	(ε), (으ㅣ)
(의) 으ㅣ	으ㅣ	으, 이, 으ㅣ	으, 이, 으ㅣ
(외) 오ㅣ	으ㅣ ø	ø (e), we	ø (e), we
(애) 아ㅣ	으ㅣ ε	ε	ε
(위) 우ㅣ	으ㅣ	우ㅣ, y	우ㅣ, y
(에) 어ㅣ	으ㅣ e	e	e

그러나 위에서 제시한 '개'는 단모음으로 발음되었다고 볼 결정적인 증거로 제시하기는 어렵다고 본다. 왜냐하면 'ㅐ'는 중세국어에서 [aj]의 표기로 사용되었기 때문에, 음성형 [kaj] 역시 표기로는 'ㅐ'를 사용할 수밖에 없었을 것이다.

유창돈(1964/1980:32)은 단모음화 시기 추정에 동음 생략의 현상(홰예>화예)이 17세기로 끝난다는 점과 'ㅚ>ㅔ' 현상을 근거로 제시하고 있다. 'ㅚ>ㅔ' 현상은 순음 'ㅁ, ㅂ' 아래서만 보이는데, 이는 순음에 이끌려 조음위치가 앞으로 당겨진 변화로 'ㅚ,ㅔ'가 단모음임을 전제로 해야 한다는 것이다. 이 변화는 대체로 19세기에 나타나는 것으로 간주되는 바, 'ㅐ, ㅔ, ㅚ'의 단모음화 시기는 18세기 후반기에 형성된 것으로 추정하였다.

김완진(1967:151)은 정조(正祖) 어필(御筆)에서 움라우트 형을 확인하고, 늦어도 18세기 초엽에는 몇몇 이중모음들의 단모음화가 일어난 것으로 보았다. 이기문(1972a: 201-202)에서도 제일음절의 'ㆍㅣ'가 'ㅐ'와 같이 ε로 변한 사실에서 단모음화를 'ㆍ'소실 이후로 보고, 이 단모음화가 일어난 증거로 움라우트 현상을 들었다(잇기는<앗기-, 티리고<ᄃ리-, 메긴<머기-, 기디려<기ᄃ리- 등). 따라서 움라우트 현상은 대체로 18세기와 19세기의 교체기에 일어난 것으로 추정되는데, 이는 이중모음의 단

모음화로 ε와 e가 확립된 후에 일어날 수 있는 것으로 보고 있다. 이 같은 상대적 연대순에 의한 방법론에 따라 이중모음 'ㅐ, ㅔ'의 단모음화를 18세기 말엽으로 추정하고 'ㅚ, ㅟ'의 단모음화는 아직 일어나지 않았던 것으로 보았다.

한편 홍윤표(1994:41-42)는 'ㅐ, ㅔ'가 ε, e로 단모음화된 시기를 추정함에 있어, 남극관(南克寬)의 『몽예집』(夢囈集)2)에서 보이는 다음과 같은 기술에 주목한다. 이 기술은 이전의 '高伊, 가히'가 빨라져 '괴, 개'가 되었다는 것을 증거 한다고 본다. 그렇다면 이중모음의 단모음화는 남극관의 생존 연대(1689-1714)로 보아, 18세기 초엽 이전에 일어났다는 말이 뇌고, 중세국어 말기에 적어도 'ㅐ, ㅚ'를 포함한 단모음화가 이미 완성되었을 가능성을 말해 주고 있다.

> "我國物名終語必有伊字 如漢語兒字 高麗史云方言呼猫爲高伊 今猶然但聲稍疾合爲一字 …… 我國諺解字訓已多變殊 大曰키 小曰효근 龍曰미르 城曰재 今皆不用猶稱 城內曰재안 犬曰가히 今稱개 與猫之稱괴同" <夢囈集 坤 18>

> <이를 해석하면 다음과 같다 : "우리나라 사물 이름의 끝에는 반드시 '伊' 字가 있으니, 중국어의 '兒' 字와 같다. 『고려사』에서 말하기를 방언으로 고양이를 불러 '高伊'라고 했는데, 지금도 그렇지만, 단지 소리가 점점 빨라져 합해 한 字로 되었다. …… 우리나라 언해의 한자 훈은 이미 많이 변하여 달라졌으니, '키(大), 효근(小), 미르(龍), 재(城)'는 이미 모두 쓰지 않으나, 아직도 '城內'는 '재안'이라 일컫고 있다. '가히'를 이제 '개'라 일컫는 것은 고양이를 일컫는 '괴'와 같다.">

---

2) 홍윤표(1977:194)에 의하면, 『몽예집』은 남구만의 손자인 남극관의 시문집으로 그가 죽기 1년 전인 1713년에 쓴 것이라 한다. 활자본으로 정확한 간행 연도는 알 수 없으며, 훈민정음과 언해에 대한 논평, 구결자들이 소개되어 있고, 특히 단모음에 관련된 기술이 보인다고 한다.

이를 근거로 홍윤표(1994:42 각주18)에서는 'ㅐ, ㅔ'의 단모음화 시기를 기존의 견해보다 빠른 17-18세기 교체기로 추정하기도 하였다.[3] 그러나 위의 기술을 살펴보면 알 수 있듯이, 문자에 관한 기술과 음성에 관한 그것의 차이가 분명치 않아 '개'(犬)가 [kɛ]로 실현되었다고 볼 수 있는 결정적인 증거로 처리하는 것은 어렵지 않은가 한다.

기존의 연구를 살펴보면 이중모음의 단모음화의 시기 추정은 실제 음성형이 문자에 가려져 그 실상을 명확히 밝혀내기가 쉽지 않음을 알 수 있다. 지금까지 단모음화 시기 추정에 근거로 제시되었던 논의들을 모두 추려 보면 다음과 같은 네 가지 부류로 나눌 수 있다. ㉠ 움라우트 현상(김완진 1963/1967, 이기문 1972), ㉡ 외국어 전사자료(허웅 1952/1965), ㉢ 당시 어학자들의 증언(허웅 1952, 홍윤표 1994), ㉣ 표기상의 이형태(허웅 1952, 곽충구 1980, 백두현 1989). 각각의 논의마다 방법론적인 관점에서 오는 견해의 차이를 보이고는 있지만, 대개는 18세기 초엽부터 19세기 무렵으로 추정하고 있는 것이 일반적이다.

3

앞서 언급한 바와 같이 'ㅐ, ㅔ, ㅚ, ㅟ' 등의 동일한 표기를 두고 그 것이 언제부터 단모음화가 되었는지를 추정하는 것은 결코 쉬운 일이 아니다. 'ㅐ'의 실제 음성형이 aj인지 ɛ인지 표기에 가려 그 해석이 용이하지 않다는 점이다. 따라서 기존의 견해도 이러한 해석상의 어려움

---

3) 김주필(1994:126 각주9)의 견해도 필자의 그것과 크게 다르지 않다. 이 기록을 문면 그대로 이해하면 'ㅐ'가 이중모음으로 실현된 것으로 이해하는 것이 타당한 것이라고 하였다. 이 시기의 'ㅚ'가 이중모음으로 추정되기 때문에 猫(고양이)를 '괴'라고 하는 것과 같은 방식으로 犬을 '개'라 한다면, '개'의 'ㅐ' 역시 이중모음으로 실현된 것으로 볼 수 있음을 지적하고 있다.

때문에 그 실체를 확인하기가 만만치 않았던 것으로 보인다.

허웅(1985:381-382)에서는 외국말을 정음으로 옮긴 예를 통해 'ㅐ, ㅔ…' 따위의 단모음화 시기를 추정하고 있는데, 그 중에서 "강우성의 '첩해신어'(1618 지음, 1676 간행)에는 일본말의 「エ」줄의 소리를 'ㅕ' 또는 'ㅖ'로 옮겼는데, 만일 그 때에 'ㅔ,ㅐ'가 지금 소리처럼 e, ɛ이었더라면 일본말의 「エ」줄은 응당 'ㅔ'로써 옮겨 적었을 것이다."와 같은 구절이 보인다. 여기서 주목할 것은 당시 훈민정음의 문자 체계로는 e를 표기할 방도가 애초부터 불가능했다는 사실이다. 당시로서는 'ㅔ'는 əj를 'ㅐ'는 aj를 나타내는 표기였지, 지금과 같은 단모음 e와 ɛ에 대한 표기는 아니었기 때문에 e나 ɛ를 표기하려해도 표기할 문자가 국어에는 존재하지 않았던 것이다. 이러한 이유로 일본어의 「エ」[e]를 나타내기 위한 불가피한 방법으로 음성적으로 유사했던 'ㅕ'와 'ㅖ'를 사용한 것으로 보인다. 따라서 일본어의 「エ」를 'ㅔ'로 옮겨 적지 않았다는 사실은 당시 국어의 모음에 e나 ɛ가 없었다는 증거가 될 수 없는 것이다(김경훤, 1997:401-402).

움라우트를 단모음화 시기 추정의 근거로 삼는 태도는 움라우트 현상이 단모음을 전제로 실현된다는 점에서 상당히 설득력 있는 견해이지만, 피동화주가 반드시 단모음이어야 하는지에 대한 문제가 여전히 남아 있다. 15세기에 보이는 'a, ə, o>aj, əj, oj' 등의 이중모음화의 경우와 음운론적인 유인(誘因)에 대한 차이가 규명되어야 할 것이다. 또한 『동문유해』(1748), 『몽어노걸대』(1741/1790), 『팔세아』(1777) 등에서 보이는 외국어 전사 자료를 단모음화 시기 추정의 근거로 삼을 수도 있으나, 문자의 보수성이라는 측면과 실제 음성의 전사(transcription)가 아닌 문자의 전사(transliteration)라는 측면에서 전적으로 신뢰하기 어렵다. 이에 대해서는 "同文類解 같은 滿洲語 資料에서 滿洲語의 ai를 「애」

로 表記하였다고 하여 이것을 「애」의 발음이 [ai]였던 증거로 삼는 이
가 있다. 이것은 어리석은 일이다. 만약 이런 것을 증거로 삼는다면 19
世紀 後半에 편찬된 『華音啓蒙』 같은 책에서도 中國語의 ai를 「애」로
表記하고 있으니 그때까지 二重母音이 國語에 존재했다고 시인해야
할 것이다. 이들 譯官書의 轉寫法은 독특한 傳統을 가지고 있는 것이
다."라고 언급한 이기문(1961:165 각주5)의 견해를 주목할 필요가 있다.

　　당시 어학자들의 언어 현실에 대한 증언도 귀중한 자료가 될 수 있
다. 그러나 실제 발화형에 대한 증언을 찾기란 그리 쉽지 않고, 발견했
다 하더라도 그것이 문자적인 기술인지, 음성적인 기술인지의 여부가
불분명한 것이 많다.4)

　　또한 표기상의 이형태를 통하여 단모음을 추정하는 방법으로, 부음 j
의 탈락과 속격표지 '늬'가 'ㅐ/ㅔ'로 표기되는 것, 그리고 표기상 'ㅔ→
ㅖ, ㅕ→ㅔ, ㅖ→ㅐ'의 변화 등을 들 수 있다.5) 이 같은 이표기의 양상
이 아니더라도 표기의 제 양상을 통하여 당시 음들의 실제형을 추적하
는 방법은 상당히 개연성이 있어 보인다. 따라서 표기의 변화 양상과
앞서 지적한 방안들을 함께 고려한다면, 단모음화 시기 추정의 문제는
어느 정도 극복될 수 있으리라 생각한다.

　　이 같은 관점에서 단모음화 시기를 결정할 수 있는 증거 가운데 하
나로, 본고는 이중모음의 통시적 변화의 과정 속에서 보이는 표기의 제
양상 속에서 그 실마리를 찾고자하는 것이다.6) 표기법상의 관점에서

---

4) 예를 들어 洪啓禧의 『삼운성휘』의 범례나 南克寬의 『몽예집』 등이 여기에 해당된다.
5) 부음 j의 탈락으로 단모음화를 추정하는 견해는 허웅(1952:7-8)으로 대표되며, 속격
　 표지 '늬'가 'ㅐ/ㅔ'로 표기되는 것을 통해 추정한 것으로는 곽충구(1980:87)와 홍윤
　 표(1986:135) 등을 들 수 있으며, 표기상 'ㅔ→ㅖ, ㅕ→ㅔ, ㅖ→ㅐ'의 변화로 추정하
　 는 견해는 백두현(1989:58-59)에서 찾을 수 있다.
6) 문자 표기에 전적으로 의존하는 문헌음운론(textual phonology)에서 넘어야 할 커

어떤 음이 다양한 표기의 양상을 보인다면 반드시 그 이유가 있을 것이며, 그 표기의 내면에는 음운론적인 요인이 있다고 추론할 수 있다. 표기의 변화를 통해 그 언어의 음운 대립 양상과 음소들 간의 관계를 추론할 수 있음은 이미 유창돈(1964:32)에서 'ㅚ>ㅔ'의 현상을 근거로 언급된 바 있다.

4

현재의 언어가 아닌 오래 전의 언어를 해석할 때, 연구자는 부득이 시각적 기호인 문자 표기에 의지할 수밖에 없다. 옛 문헌에서 보이는 시각적인 표기 체계를 통하여 당시 실제의 언어 현실을 재구해 내야 하는 것이다. 그러나 문자 표기는 그 보수성으로 인하여 언어의 다양한 변화의 양상을 후세 사람들에게 정확히 알려주지 못한다. 대부분의 사람들에게 시각적 인상은 청각적 인상보다도 더 명료하고 지속적인 것으로, 사람들은 전자에 더 집착하는 경향이 있으며 서기(書記) 영상이 오히려 음성에 앞서는 경우가 허다하다.(F. de Saussure (1915/1959:23-32)를 참조) 이런 이유 때문에 '문자의 환영에 빠지지 말아야 한다'라는 경구가 문헌을 중심으로 하는 통시적인 음운론 연구에 있어서 누차 강조되는 것이다(김완진 1971:5, 이기문 1972:3).

무릇 변화한 소리를 적을 수 있는 문자가 이미 갖추어져 있을 때에 그 변화는 문헌에 반영이 되는 것이 보통이나, 변화한 소리를 적을 수

다란 장애 중의 하나가 문자의 보수성의 측면이라고 할 때, 연구자들은 이를 극복하기 위해 여러 수단을 사용한다. 그 중에서 가장 보편적인 방법으로는 당시의 문헌에서 보이는 여러 표기양상을 통하여 당시의 실제 음운현상을 파악하는 것인데, 궁극적으로는 당시의 음운체계를 재구하는 것을 최종의 목표로 삼는다.

있는 문자가 따로 존재하지 않을 경우, 그 변화의 반영은 늦어지거나 나타나기 어렵게 된다. 이 경우에 후세 사람들은 이전 시기에 보이는 표기의 동일성으로 말미암아 음운적인 시야가 흐려지는 것이다. 그렇다면 문헌에서 보이는 문자 표기를 가지고 당시의 실제적인 언어 현상, 다시 말하면 당시의 음운현상을 파악할 가능성이 얼마나 있는가? 여기에 대한 대답은 그리 부정적이지는 않다. 허나 각 시기의 문자 표기가 나름대로의 체계와 일관된 규칙을 가지고 있다는 점을 이해한다면, 각각의 표기가 보여주는 제 양상을 통하여 당시의 언어 현실을 재구할 가능성은 충분히 있다고 본다.

이 같은 측면에서 필자가 관심을 갖는 것은 동일한 어사에 보이는 표기상의 혼기(混記)이다. 문헌에 나타나는 '우발적인 표기'가 당시의 음운현상의 단면을 보여준다고 할 때, 문헌에서 보이는 혼기는 우리의 흥미를 끌기에 충분하다고 본다. 그 중에서도 특히 주목을 끄는 것은 17-18세기경에 나타나는 'ㆍ|/ㅐ/ㅔ' 등의 혼기이다. 즉 이들 표기를 통해 언중들의 표기 의식을 추정하고, 아울러 각각의 표기들이 추구하고자 했던 바를 음운론적인 차원에서 검토해 볼 수 있는 것이다. 중세국어 당시에는 이 표기들이 비교적 정연하게 쓰였으나, 후대로 오면서 상당히 혼란스러운 모습을 보인다. 서로 혼기되어 쓰이는 표기의 양상이 어떤 동인(動因)에 의해 유인된 결과물이라는 사실을 고려한다면 'ㆍ|/ㅐ/ㅔ'의 혼기도 이 같은 인식의 토대 위에서 설명되어야 한다고 본다.

여기서는 특히 'ㆍ|'와 'ㅔ'의 혼기에 주목하고자 한다. 우선 다음의 예들을 살펴보기로 한다. 17세기부터 비어두음절에서 'ㅔ'가 'ㆍ|'로 표기되는 경우가 산발적으로 보이기 시작하여, 18세기에 이르러서는 많은 수의 예가 나타난다.

① 17세기

언메나(語錄6)/언미나(語錄18), 자네(新語7:11)/자니(新語1:19, 7:16), 안혜
논(新語6:11)/안히논(新語1:1), 이제(隣語10:10)/이직(隣語3:5), 결레(太平
1:1)/결리(太平1:24), 디글데글(癸丑p.41), 벌에<蟲>(석9:9)/댝졍버리(朴重
下21), 굴레(朴重中51)/굴리(譯上23), 언제(杜초9:24)/언직(譯上5), 우레
(雷, 恩重23)/우리(譯上2)

② 18세기

겨레<族>(小언6:75)/겨리(同文上11), 결레(太平1:1)/결리(太平1:24), 두르
민다(癸丑p.38)/두러메다(靑p.22), 믈레(同文下17)/문리(柳物三草), 범부체
(射刊, 東醫湯液3:16)/범부치(柳物三草), 부체(扇, 三강孝7)/부치(物譜 服
飾), 쓸게(膽, 金삼2:60)/쓸기(倭上18), 엇게(肩, 月8:84)/엇기(武藝38, 物譜
形體), 얼에빗(木梳, 救간6:60)/어리빗(同文上54), 이제(今, 능10:19)/이직
(倭下34)/인직(普勸58), 건네(恒常, 同文下52)/건니(朴新1:24), 어제(類合上
3)/어직(朴新1:29)

본고에서는 '·ㅣ>ㅔ'의 변화를 주모음의 변화(·>ㅓ)로 보지 않고,
'·'의 비음운화로 인해 '·ㅣ(ʌj)'가 'ㅐ(aj)'를 거쳐 ε로 단모음화한 뒤, 전
모음계 단모음인 'ㅔ(e)'와 부분적인 합류를 보이는 음성적 현상이 표기
에 반영된 것으로 본다. 이렇게 해석하려는 것은 다음의 몇 가지 이유
에서다. 먼저 '·>ㅓ'가 극소수이기는 하나 16세기부터 보이는 데 반해,
'·ㅣ'와 'ㅔ'의 표기상의 혼기는 17세기 중엽 이후부터 발단의 시초가 보
이기 시작한다는 점에 차이가 있다. 환경에 있어서도 '·>ㅓ'가 어두,
비어두에 관계없이 나타나는 데 반해, '·ㅣ/ㅔ'의 혼기는 대부분 비어두
음절에만 보인다. 또한 '·'가 소멸된 이후에 보이는 'ㅓ'로의 변화에 대
한 해석의 문제로, '·'가 비음운화를 겪어 'ㅏ'로 합류되는 것이 일반적
인 모습이기 때문이다. 더구나 'ㅔ'가 '·ㅣ'로 표기되는 많은 예들은 이
현상이 'ㅓ>·'의 변화로는 볼 수 없음을 말해 준다.

그렇다면 'ㅔ/ㆎ'의 혼기를 어떻게 설명해야 하는가. 필자는 이 같은 혼기를 각기 이중모음이 단모음화를 겪은 후에 나타나는 현상으로 해석하고자 한다. 'ㅔ'(əj)가 e로 단모음화하고 'ㆎ'(ʌj)가 ε로 단모음화한 이후에 e와 ε의 음성적인 유사성으로 인해 나타나는 것으로 설명하는 것이다. 'ㆎ'와 'ㅔ'의 혼기를 e와 ε의 중화[7]로 설명하려는 태도는 'ㆎ'가 ε를 나타내는 자소로 사용되었다는 것을 전제로 한다. 즉 'ㆎ'(ʌj)는 aj를 거쳐 ε로 단모음화를 겪은 이후에 역시 단모음화를 겪은 'ㅔ'(e)와 음성적 중화를 빚어 'ㆎ/ㅔ'의 혼기가 나타난다고 보는 것이다.

앞선 예에서 볼 수 있듯이 17세기 중엽부터 이들의 혼기가 보이기 시작(비교적 이른 예가 『어록해』(1657)와 『첩해신어』(1676)에 보인다)하여, 18세기 무렵에는 다수의 예가 존재함을 보여주고 있다. 17세기 중엽부터 보이는 'ㆎ/ㅔ'의 혼기는 비록 비어두음절에 보이는 몇 예에 불과하지만, 이것이 e와 ε의 중화를 전제로 한다는 사실은 우리의 흥미를 끌기에 충분하다. 음운론적 중화라는 현상은 대상 음소들의 존재를 전제로 하기에 존재하지도 않는 음소들이 어떤 환경에서 그 변별력을 잃는다는 것은 어불성설이기 때문이다.

따라서 앞선 예들을 적절히 설명하기 위해서는 'ㅔ'와 'ㅐ'의 단모음화 시기를 재조정해야 한다는 필요성을 갖게 한다. 음운사적인 관점에서 볼 때 어떤 음소가 생성되자마자 그 변별력을 상실하고 중화된다는 사실은 상당히 자연스럽지 못하기 때문이다. 더군다나 『어록해』(1657), 『첩해신어』(1676), 『역어유해』(1690) 등의 문헌에서 이미 'ㅔ/ㆎ'의 혼기가 나타나는 것으로 보아 적어도 17세기 중엽 이전에 'ㆎ, ㅔ'가 비어두

---

7) e와 ε의 중화에 대해 홍윤표(1993:155)는 비어두음절에서부터 일어나고 그것도 특히 'ㅅ ㅈ ㅊ ㅉ' 등의 치찰음이 구개음화된 이후에 일어났을 가능성을 언급하면서, 그 중화 시기를 18세기 중엽으로 앞당길 수 있을 것으로 추정하기도 하였다.

음절에서 단모음인 ε, e로 실현되었음을 추정케 한다.

18세기 말엽에 간행된 문헌에서 흔히 보이는 아래의 'ㅖ/ㅒ/ㆎ'의 혼기는 'ㅖ, ㅒ, ㆎ'가 단모음이었기에 나타난 현상이었다. 만약에 'ㅖ, ㅒ, ㆎ'가 각각 이중모음 əj, aj, ʌj였다면, 'ㅖ/ㅒ/ㆎ'의 혼기는 주모음인 'ㅓ/ㅏ/ㆍ'의 상호 교체에 기인하는 것으로, 이런 변화는 18세기 당시 국어에는 나타나지 않았다.

쓸게(同文上17)/쓸개(漢150b)/쓸긔(倭語上18)
엇게(同文上156)/엇개(續明義1:6)/엇긔(物譜 形體)
번게(同文上2)/번개(十九1:5)/번긔(齊諧物名 天文)
성에(同文上9)/성애(倭上10)
이제(隣語10:10)/이지(隣語3:5, 朴新1:3)

이와 같은 추정이 얼마만큼 사실에 부합하는 것인지는 국어사 특히 표기사적 측면에서 좀더 검증되어야 한다고 보나, 여기서는 'ㆎ/ㅖ'의 혼기를 통하여 'ㅒ'와 'ㅖ'의 단모음화 시기를 적어도 17세기 중엽 이전으로 소급할 수 있다는 하나의 가능성을 확인하는 것에 만족하려 한다.

5

단모음화 시기 추정에 있어 또 다른 가능성의 하나로 음절 부음인 'ㅣ'(j)의 첨가 현상을 주목해 볼 수 있다. 우선 다음의 예를 보기로 한다.

① 모츠라기(杜초20:26)/뫼츠라기(東醫湯液1:38), 툭(頤)(解例 用字例)/틱(신속孝4:5), 곳고리<鶯>(杜초6:3)/굇고리(杜중6:3), 나그내(杜초6:49)/나긔내(杜중6:49), 눈츽<眼識>(譯上39)/닌츽(靑p.103), 드틀<塵>(杜초11:16)/듸틀(杜중11:16), 방핫고<杵>(杜초7:18)/방햇고(杜중7:18), 스골<鄕>(救간1:103)/

스골(小諺6:81), 아라우ㅎ<上下>(月1:29)/아래우ㅎ(老下7), 아래<下>(용
40)/애래(신속孝7:22)

② 놀라다(杜초6:9)/놀래다(杜중6:9), 믄돌다(번小16)/민돌다(小언六100), 며다
<塞>(月23:92)/몌다(月8:84), 사괴다<交>(杜초11:5)/새괴다(杜중11:5), 이르
다<무>(杜초15:17)/이릐다(杜중1:22), 싯구다<騷>(字會下22)/싯귀다(漢227),
고롭다<苦>(小언6:54)/괴롭다(漢212), 주므르다(救方上78)/쥐믈으다(救간一
60) 구틔여(杜초11:28)/귀틔여(杜중11:28), 몬져<先>(용7)/몬졔(석19:36), 젓긔
<霽>(杜초10:23)/젯게(杜중10:23), 죠고맛(석六44)/죠고맷(朴초上58)

위의 예들은 ① 명사류, ② 용언과 수식어류 등을 가리지 않고, 'ㅣ'
의 첨가가 이루어지고 있음을 보여주고 있다. 'ㅣ' 첨가현상이 명사에만
국한하여 나타나는 것이 아니라, 용언이나 심지어 수식어에까지도 광
범위하게 보인다는 사실은 이 현상을 형태론적인 층위 이외의 다른 층
위에서도 바라보는 시각이 필요하다는 점을 보여준다. 그렇다면 17세
기를 거치면서 더욱 활발해진 자생적인 'ㅣ'의 첨가 현상을 어떻게 해
석해야 하는가?

필자는 이 현상을 형태론적 측면보다는 음운론적인 층위에서 그 실
체를 파악할 수 있다고 본다. 첨가를 보여주는 이런 어형들은 궁극적으
로 당시의 어떤 음운적 자질을 보여주는 것이 아닌가 하는 의문을 낳
게 한다. 한 어사에 부음이 첨가된 형태와 본래의 형태, 즉 두 어형이
공존하는 모습은 당시의 음운 체계와 전혀 무관한 것이 아니라는 것이
필자의 생각이다. 이러한 관점에서 'ㅣ'의 첨가가 당시 '음운체계의 구
조적 역학관계'를 보여주는 현상의 하나라는 추정으로 이를 바라보고
자 한다.

그렇다면 당시의 표기자들이 표기상 'ㅣ'의 첨가를 통해 궁극적으로
표현하려고 했던 것은 과연 무엇일까? 앞에서 언급한 바와 같이 명사

어간말에 국한하여 첨가되는 것이 아니라 명사 어간의 형태소 내부에
도 첨가된다는 점, 그리고 더 나아가서는 명사 이외의 다른 어사에도
광범위하게 첨가가 보인다는 사실은 이를 형태론적인 층위뿐만 아니라
음운론적인 층위에서도 논의될 수 있다는 가능성을 보여주고 있다.

이러한 관점에서 'ㅣ'의 첨가 현상 역시 'ㆍ'의 비음운화, 하향이중모
음의 단모음화, 움라우트와 함께 새롭게 재정립되는 모음체계의 전설 :
후설모음의 대립을 보여주는 현상으로 추정할 수 있다. 이는 근대국어
시기에 있었던 이중모음의 단모음화와 움라우트라는 통시적 변화가 전
모음 계열(e, ɛ, ø, y)의 생성에 적극적으로 관여했다는 사실과 함께, 'ㅣ'
의 첨가 현상도 이와 동일한 맥락에서 파악해야 한다는 태도이다.

'ㅣ'의 첨가가 전모음 계열인 e, ɛ, ø, y와 밀접한 관련성을 가지고 있
었을 가능성은 충분한 듯하다. 이런 사실로 볼 때 음운론적인 측면에서
이 첨가 현상은 모음체계상의 불균형성을 회복하려는 방편으로, 후설
모음 계열에 대립하는 전모음 계열을 정립하려는 노력의 일환으로 작
용하였던 것이 아닌가 한다. 즉 'ㅣ'의 첨가는 전모음 계열의 발생을 촉
진시키는 역할을 담당했던 것으로 보인다. 그렇다면 이중모음의 단모
음화 시기에 대한 문제도 다시 검토해 볼 수 있을 것이다. 지금과 같이
단모음화 시기를 18세기 후반 무렵으로 추정한다면 18세기 그 이전부
터 보이기 시작하는 이 현상을 적어도 음운론적으로는 설명할 수 없기
때문이다. 따라서 'ㅣ'의 첨가 현상은 전설계 단모음 가운데 적어도 몇
몇은 생성 시기에 대한 재론이 있어야 함을 보여준다고 본다.

6

국어사의 측면에서 이중모음의 단모음화 시기를 추정케 할 수 있는

자료로, 한국에 관한 외국인들의 기록들과 외국인에 의해 쓰여진 한국어 문법서 등을 언급할 수 있다. H. Hamel(1668)의 『하멜 일지』, Dallet (1874)의 *Histoire de l'Eglise de Corée*, J. Ross(1877)의 *Corean Primer*, Ridel(1881)의 *Grammaire Coréenne*, H. G. Underwood(1890/1914)의 *An Introduction to the Korean Spoken Language*, J. Scott(1893)의 *A Corean Maunal or Phrase Book* 등이 그것이다. 이들 기록을 통해 당시 국어의 실상을 어느 정도 파악할 수 있기 때문이다.

한국에 관하여 서양 사람이 쓴 것으로 우리가 알고 있는 한 가장 오래된 것으로 1668년 네덜란드에서 출판된 Hamel의 『하멜 일지』와 그 부록인 『朝鮮國記』를 들 수 있다. 시기적으로 Dallet(1874)보다 206년이 앞서는 이 자료는 유감스럽게도 Dallet의 것에 비해 볼 때, 양적으로 극히 적고 내용도 엉성하고 소략하다.[8] 그러나 여기에서 관심을 끄는 것은 한국의 인명과 지명 등의 고유명사이다. 자료 곳곳에 보이는 인·지명은 비록 외국어음인 화란어로 전사되어 있으나, 당시의 국어음을 반영하고 있다. 여기서 참고로 한 고유명사 표기는 정본으로 알려진 B. Hoetink본(헤이그, 1920)의 것을 그대로 인용하였다.[9]

Heijnam(희남), Nadjoo(나쥬), Tiongop(정읍), Teijn(태인), Chentio(전쥬), Thiellado(전라도), Jesaen(여산), Jensaen(연산), Congtio(공쥬), Sior(셔울), Siuntchien(슌천), Tiocen Cock(됴션국), Pousaen(부산), Tymatte(디마도), Oranckaij(오랑캐)

---

8) H. Hamel의 저서인 『하멜 일지』와 그 부록인 『朝鮮國記』는 저자가 네덜란드에 도착한 해인 1668년 Amsterdam에서 화란어본으로 처음 간행되었고, 그 후 원서의 누차 간행은 물론이고 불역, 영역, 독역의 간행도 여러 회를 거듭하였다.(李丙燾의 『하멜 漂流記-附 朝鮮國記-』(1954/1975, 一潮閣)

9) 이에 관한 자세한 논의는 김경훤(「하멜 일지에 나타난 조선국 지명에 관하여」, 『인문과학』 제30집, 성균관대학교 인문과학연구소, 2000)을 참조 할 것.

위의 예에서 Heijnam(해남), Teijn(태인), Oranckaij(오랑캐) 등의 표기가 주목을 끈다. 특히 Heijnam과 Teijn은 '히남'(海南)과 '태인'(泰仁)의 지명을 전사한 것으로, '·l, ㅐ' 모음을 eij로 표기한 것이 흥미롭다. 여기서 '海'와 '泰'는 각기 '히'(六祖中52, 類合上6)와 '태'(번小8:29, 類合下61)'로 읽힌다.

화란어가 전설계로 i, e, ɛ, ø, y 등의 모음을 가지고 있다는 사실과 화란어의 이중모음인 ei/ij가 [ɛi]로 발음된다는 점을 염두에 둘 때, 이것이 e나 ɛ를 나타내는 표기일 가능성이 상당히 높다고 볼 수 있다. eij가 [ay]를 나타내는 표기일 기능성도 전혀 배제할 수 없으나, 'ㅐ'(aj)라는 이중모음의 흔적을 분명히 보여주고 있는 Oranckaij(오랑캐)의 경우와 비교할 때, 그 가능성은 희박해 보인다. 만약 이러한 추정이 사실이라면 '·l/ㅔ'의 혼기와 'l' 첨가 현상에서 언급된 바와 같이 단모음인 e와 ɛ의 출현 시기를 이 무렵, 즉 17세기 중엽까지 소급할 수 있을 것이다.

한국에 관한 외국인들의 기록들 가운데 앞서 언급한『하멜 일지』이외에도 1874년에 불란서 Paris에서 간행된 Dallet의 *Histoire de l'Eglise de Corée*를 들 수 있다. 이 자료에는 이중모음의 구성과 음가에 대한 언급이 보인다. 한국어의 글자와 쓰기, 발음 항목에서 "…다만 조선어에서는 ㅔ 소리(閉音)와 ㅐ 소리(開音)는 이중모음으로만 쓰인다는 것을 주의해 둘까 한다."라는 흥미로운 기술이 보인다.[10] 심재기(1985:582)는 이것이 'ㅔ'와 'ㅐ'가 19세기 후반까지 상당량의 단어에서 단모음화가 일어나지 않고 있었음을 반증하는 것으로 보고 있다. 그러나 실제 음가

---

10) Histoire de l'Eglise de Corée(1874:LXXIX)에서 "Nous remarquerons seulement qu'en coréen le son de é (fermé) ou è (ouvert) ne peut s'écrire que par une diphthongue."라고 기술하고 있다. 본문의 번역은 丁奇洙(1966/1977 改版:144)의『朝鮮教會史序論』에서 인용하였다.

에 대한 기술(그림 Ⅱ 참조)에 있어서는 'ㅐ, ㅔ'가 각각 è와 é, ei로 음성
적 가치가 제시되어 있어 ei를 제외하고는 이들이 단모음으로 실현되고
있었음을 보여주고 있다. <그림 Ⅱ>에 제시된 이중모음의 음가를 보이
면 다음과 같다.

·ㅣ è ㅓ eué ㅐ è ㅔ é, ei ㅚ oé ㅟ oui ㅛ io ㅑ ia ㅠ iou
ㅕ iǒ

한편 한국어의 글자와 쓰기, 발음 항목에서 'ㅔ'와 'ㅐ' 소리를 폐음
(閉音)과 개음(開音)으로 기술한 것은 이 음들이 단모음인 e와 ε였음을
말해 주고 있는 것으로 보인다. 그러나 이것이 이중모음으로만 쓰인다
는 Dallet의 설명은 우리를 당혹스럽게 하고 있어 이에 대한 설명이 필
요하다. 음가의 설명(그림 Ⅱ)에 충실히 따른다면, 이는 Dallet가 표기와
실제 음성을 혼돈한 결과로 추정된다. 실제로 외국인들이 한국어 문법
서에는 이렇게 표기형와 실제 음성형을 구별하지 못한 경우가 종종 보
인다.

J. Ross(1877)의 *Corean Primer*에서는 당시 국어의 단모음으로 다음
의 8개 제시하고 있다. 당시에 'ㅔ, ·ㅣ, ㅐ'가 단모음으로 실현되고 있었음
을 확인할 수 있다. 한편 'ㅚ, ㅟ'는 단모음으로는 보이지 않고, 각기 [oi,
oe], [ooi, wi, wei] 등의 이중모음으로만 나타나 있다.

ㅣ i ㅡ u ㅜ oo ㅔ ê ㅓ u ㅗ o ·ㅣ(ㅐ) e ㅏ(·) a

*Histoire de l'Eglise de Corée*보다 7년 뒤인 1881년에 간행된 한국어
문법서인 Ridel의 *Grammaire Coréenne*(한어문전)에서는 보다 구체적으
로 19세기 말엽 당시 국어의 자·모음이 기록되어 있다. 여기서 모음의

음가를 살펴보면, 'ㅐ è, ㅔ é, ㅖ ié, ㅢ eué ué eui é, ㅘ oa, oai oè ouè, ㅚ ŌÉ EUÉ EUI EU, ㅞ oué, ㅟ oui'(p.XII-XIII) 등으로 문자에 대한 음성 기호를 언급하고, 이에 대한 음성적 설명과 그 음이 포함되어 있는 단어의 용례를 제시하고 있다. 이 자료대로 충실히 해석한다면 당시 'ㅐ, ㅔ'는 이미 단모음인 è[ɛ]와 é[e]로 실현되고 있었으며, 'ㅚ, ㅟ'는 어사나 음성적 환경에 따라 단모음과 이중모음으로 쓰였던 것 같다.

J. Scott(1893:15-16)는 'ㅔ, ㅚ, ㅟ'가 'e/ei, ö/oi, ü/oui/i' 등으로 나타난다고 하였으며, H. G. Underwood(1914:424-425)는 'ㅚ, ㅟ'가 ö와 ü로 실현되고 있음을 언급하였다.

19세기 말엽 이후에 외국인들의 한국어 문법서에 나타나는 모음의 음가를 살펴보면, 'ㅐ'와 'ㅔ'는 ɛ, e로 전사되어 당시에 이미 단모음이었음을 확인할 수 있었고, 'ㅚ, ㅟ'는 문법서마다 기술상의 차이가 보이기는 하나, 어사에 따라서 혹은 음성적 환경에 따라 단모음과 이중모음으로 사용되었던 것으로 추정할 수 있다.

지금까지 이중모음의 단모음화 시기에 관련하여, 기존의 논의들을 소개하고, 거기서 보이는 몇 문제점을 지적하였다. 또한 단모음화 사기의 추정에 관한 필자의 견해를 개진하였다. 본고에서는 단모음화의 시기에 관해 다음과 같은 세 가지 관점에 비중을 두어 단모음화 시기 추정의 가능성을 살펴보았다. 먼저 'ㅔ/ㅓ/ㅣ'의 혼기를 통하여 'ㅔ, ㅐ'의 단모음화 시기를 추정하였고, 다음으로는 'ㅣ'의 첨가 현상을 통하여 그 가능성을 살펴보았다. 마지막으로는 외국인들의 전사 자료를 통해 단모음화 시기를 추정해 보았다. 이 같은 몇 가지 시도가 국어사의 과제로 남아있는 단모음화 시기의 문제 해결에 조금이나마 도움이 되었으면 하는 바람이다.

하멜 일지에 나타난 조선국 지명

1

본고는 『하멜 일지』에 나타난 조선국 지명에 관한 연구이다. 국어학의 관점에서 『하멜 일지』에 표기된 당시 조선의 지명을 통해 당시의 실제 언어음을 추정해 보려는 의도에서 출발하였다.[1]

주지하다시피 『하멜 일지』는 Sperwer호의 서기였던 네덜란드인 Hendrik Hamel이 1653년 8월 16일 제주도 근처에서 난파당하면서부터 1666년 9월 14일 그 중 8명의 선원들이 나가사키로 탈출할 때까지 조선에서 일어났던 일, 조선인의 관습과 국토의 상황 등 당시 조선에 관하여 쓴 기록이다. 즉 하멜이 조선에서의 13년간의 억류생활 후 탈출해 네덜란드로 돌아간 다음 쓴 조선국에 관한 보고서라 할 수 있다. 일단의 네덜란드 선원들에 의해 이루어진 조선의 발견은 Sperwer호의 난파에 의한 우연한 것으로, 이로 인해 동방의 작은 나라였던 조선이 서양 세계에 알려지게 되었고, 근세까지 서양인들은 당시 조선에 관한 지식의 일단을 이 기록에 의지할 수밖에 없었다.

---

1) 이 글이 완성되기까지 연암재단 내 「한국학자료실」에 있는 여러분의 도움을 받았다. 특히 『하멜 일지』의 Hoetink본(1920)을 열람할 수 있게 도움을 주신 김장춘 책임 연구원께 감사를 드린다.

하멜의 보고서는 서양인의 한국에 관한 최초의 기록이란 측면에서 많은 사람들의 관심을 받아왔다. 우리가 관심을 갖기 전에 벌써 서양인들은 이 기록에 특별한 관심을 가져 원전을 바탕으로 한 화란본뿐만이 아니라, 불역본, 독역본, 영역본까지 출판하였다. 이는 하멜의 기록이 역사, 경제사, 외교사, 문화사적으로도 상당한 가치를 지니고 있음을 단적으로 보여주는 예라 할 수 있다.

필자는 오래 전부터 『하멜 일지』에 관심을 가지고 오던 차에 그 기록에 포함되어 있는 조선의 어휘에 눈을 돌리게 되었다. 일반 구어에 관한 기록은 거의 없고, 지명 등이 대부분이어서 아쉬운 감이 없지는 않으나, 그것만으로도 당시 17세기 중엽의 국어의 편린을 엿볼 수 있다는 점에서 그 의의가 있다고 할 것이다. 몇 개의 예에 불과한 국명과 관직명을 제외하고는 대부분이 지명이어서 본고는 연구 범위를 조선국 지명으로 하였으나, 실제로는 『하멜 일지』에 나오는 조선말이 연구의 대상이 된다고 하겠다. 이 연구를 통해서 17세기 중엽에 사용되었던 국어의 어휘를 살펴볼 수 있고, 그 어휘들의 표기를 통해 당시 실제 언어음을 추정할 수 있는 것이다.

2

『하멜 일지』는 1668년 암스테르담과 로테르담에서 처음 간행된 후, 1670년 파리에서 불어 번역판이 출판되었고, 1671년 독일어 번역판이 뉘른베르그에서 출판되었다. 1704년 불어 번역판에서 재번역된 영어판이 런던에서 출판되었으며, 1969년에는 한국의 자료와 일본의 자료를 참조하여 주석을 달아 일본어판이 간행되기도 하였다.[2]

---

2) 지금까지 알려진 『하멜 일지』의 원서 및 역서는 수종에 이르며 그 내용은 다음과

한글판은 이병도(『震檀學報』, 제1-3권, 1934-1935) 의해 『蘭船濟州道
難破記』란 제목으로 출판되었으며, 1954년 서울 일조각에서 『하멜漂流
記』란 제목의 단행본으로 재판된 바 있다.3) 한글판은 불어판에 기초한
것으로, 특히 改譯版(1975, 一潮閣)은 기존의 자료에다 한국과 일본의
자료를 보충하고, 1742년 암스테르담 총서 소재의 불어판본과 1884년
필라델피아 총서 소재의 영어판본을 부록으로 붙여서 간행하였다.

본고에서 참고한 『하멜 일지』는 1920년 헤이그에서 간행된 B. Hoetink
본을 저본으로 하고 1732년에 간행된 암스테르담본과 1884년 필라델피
아본을 부수적으로 사용하였다. Hoctink본을 정본으로 삼은 이유는 이
책이 다른 이본들의 허구성을 지적하고, 내용을 고증하여 하멜 원전을
가장 충실히 반영한 정본으로 알려져 있기 때문이다.4)

같다.
　㉮ 蘭文：암스테르담 2판 단행본(1668), 로테르담 2판 단행본(1668), 헤이그 총서(B.
Hoetink본, 1920)
　㉯ 佛譯：파리 2판 단행본(1670), 암스테르담 총서(1715, 재판 1732), 파리 총서(1746)
　㉰ 獨譯：뉘른베르그 총서(1671), 라이브치히 총서(1748-1774)
　㉱ 英譯：런던 총서(1704, 1732, 1744, 1745, 1752, 1808-1814), 필라델피아 총서(1884,
재판 1885)
　㉲ 日譯：Ikuta Shigeru(生田滋, 1969)『朝鮮幽囚記』, Tokyo：Heibonsha
3) 이 보다 앞서 1917년 6월에 『靑春』지에 『太平洋』 잡지로부터 轉載한 하멜 일지의
抄譯이 있으나, 抄譯에다 의역이 너무 많아 원래의 의미를 손상한 곳이 많다.
4) 네델란드의 학자인 B. Hoetink는 네델란드 식민지관계 기록문서를 조사하던 중 하
멜 일지의 정본을 발견하게 된다. 하멜이 조선에서의 억류 생활 후 탈출해 네델란드
에 돌아가 쓴 보고서인데, 이 보고서의 목적은 조선에 억류된 기간의 임금을 동인도
회사에 청구하기 위한 것이었다. 제목은 「야하트船 데 스페르웨르號의 생존선원들
이 꼬레왕국(조선국)의 지배 하에 있던 켈파르트섬(제주도)에서 1653년 8월 16일 난
파당한 후, 1666년 9월 14일 그 중 8명이 일본의 나가사키(長崎)로 탈출할 때까지 조
선에서 겪었던 일 및 조선백성의 관습과 국토의 상황에 관하여 - 네델란드領 인도總
督, 요한·마짜이케르 각하 및 평의원 제위 귀하」로 앞서 출판된 책들과 비교해 본
결과 많은 차이가 발견되었다. 그리하여 1920년 B. Hoetink는 기존의 책에서 보이는
잘못을 지적하고 하멜 원전에 충실한 和蘭語판을 출판하였다.

이병도(1934-1935)의 『蘭船濟州道難破記』에서는 불역본(1732)과 영역본(1732)을 저본으로 사용하였고, 양자간에 차이가 있으면 영역본이 불역본의 중역(重譯)인 까닭에 불역본의 번역을 따랐음을 지적하고 있다. 그 중에서도 한국에 관한 지명은 해석에 최선을 다하여 사음(寫音)의 유사, 행로과정 및 그 기사의 사실을 참고하여 거의 대부분을 해독하여 그것을 일일이 해당처에 주기하였다. 더욱이 지명과 관직명 등의 고유명사에 있어서는 蘭文原書인 Hoetink본(1920)의 것을 취했음을 밝히고 있다. 그러나 필자가 조사한 바에 따르면 이는 사실과 차이가 있는 것으로 보인다. 지명·관직명 표기의 고유명사에 관한 한, 몇 예를 제외하고는 1732년에 간행된 불역본인 암스테르담본을 거의 그대로 인용하였던 것이다.

이에 필자는 『하멜 일지』의 정본으로 알려진 Hoetink본을 저본으로 하여 그곳에 나타난 지명 표기와 국명, 관직명 표기를 살펴보고, 불역본(1732)과 영역본(1884)과의 차이를 비교, 검토해 보고자 한다.

3

『하멜 일지』에 나오는 고유명사 중 지명을 제외하면 국명, 관직명 등이 대부분이며, 그것도 10여 개에 불과하다. 그밖에 대부분이 지명으로, 지명은 하멜이 제주도에서 붙잡혀 전라도를 거쳐 한양으로 압송되는 과정이 일자와 장소를 중심으로 기술되어 있어 지금의 지명과 비교, 확인하는 데에는 어려움이 없었다. 지금의 지명과 비교한 결과, 몇 개를 제외하고는 큰 차이가 없었고, 단지 여러 판본에 따른 표기의 불일치가 눈에 띈다.

본고에서 다룰 판본은 4종류로 각기 암스테르담본(1732), 필라델피아

본(1884), Hoetink본(1920), 이병도 번역본(1934-1935/1975)이다. 앞으로
는 A(암스테르담본), B(필라델피아본), C(Hoetink본), D(이병도 번역본)의
약호를 사용하기로 한다. 『하멜 일지』에 포함된 조선에 관련된 지명,
국명, 관직명 등의 고유명사는 모두 40여 개가 된다. 먼저 이들을 차례
로 검토해 보기로 한다. 마지막 D(이병도 번역본)에서는 한글로 지명을
사음한 것과 함께 해독을 원문 그대로 [ ]안에 옮겼다. 1975년 개역본
(改譯本)에서 사음이 바뀐 것은 부호(→) 옆에 부기하였다.

한편 그 아래 필자의 설명 부분에서는 먼저 해당 명사의 한자와 그
것에 대응하는 당시의 성음표기를// 안에 전사하고, 그 표기의 실제 음
성형을 추정하였다.

1. (A) Jeenaré (B) Jeenare (C) Jeenare (D) Jeenare [예나레 : 倭國 혹은
   濊나라]

/穢나라(예나라)/. 이병도(1975, p.27)는 일본을 지칭하는 말로 보고 '예'
는 천칭(賤稱)으로 변한 濊의 사음으로 보았다. 주지하듯이 濊는 의미
가 하락된 穢와 獩 등과 함께 혼용되었다.5) 일본을 비하하는 말로 '예
나레'를 사용한 듯하다. 『한불ㅈ뎐』(1880)에 보면 '예국'과 '예나라'가 일
본을 지칭하는 '穢國'으로 설명되어 있다. 지금도 穢國이라 하면 풍습
이 더러운 나라를 뜻한다. '예나레'는 '예나라'의 변이형으로 지금도 남
부 방언(특히 전라 방언)에서 a와 E가 교체하는 현상(감자/감재, 가마/가
매, 처마/처매, 얼마/얼매 등)이 보인다. Jee-에서 보이는 ee는 화란어에
서 e의 장음을 표시한다.

---

5) 고대에 우리나라에 있었던 부족국가인 濊貊에 대하여 穢貊, 獩貊이란 다른 한자가
   쓰였다. 『後漢書』 85 東夷傳, 『三國史記』 15 高句麗太祖大王本紀, 『三國史記』 13
   高句麗琉璃王本紀.

2. (A) Jirpon (B) Jirpon (C) Jirpon (D) Jirpon [일본→이르본: 日本]
/日本(일본)/. Jeenare와 같이 일본을 지칭하는 말로 사용된 듯하다. D
의 초역본(1934, p.197)에서는 '일본'이었으나, 개역본(1975, p.27)에서는
'이르본'이라 고쳤다. 그러나 음절말의 'ㄹ'을 r로 표기하였다고 볼 수
있으므로 굳이 고칠 필요가 없다고 본다. 뒤에 22항에서 살펴볼 '셔울'
(京)에서도 'ㄹ'을 r(Sior)로 표기하였다.

3. (A) Tadianc (B) Tadiane (C) Tadjang (D) Tadianc [타댱→대뎡: 大靜縣]
/大靜(대정)/. 대정현(大靜縣)은 본래 제주도 남제주군 대정읍 지역으로
본래 제주의 서도였는데, 조선 태종 16년(1416)에 한라산 남쪽 너비 둘
레 90리의 땅을 갈라서 서쪽은 대정현, 동쪽은 정의현이라 하여 각기 현
감을 두어서 관할하였다고 한다.[6) '대뎡'이라고도 볼 수 있으나, '靜'은
본래 'ᄀᆞ마니 졍(新增類合 下4ㄴ), 괴오 졍(光州千字文 17ㄱ), 고요홀 졍
(石峯千字文 17ㄱ)' 등과 같이 '졍'으로 읽혔다. C가 실제발음인 [대졍]에
가장 가깝다. 화란어에서 dj는 구개음화되어 [ʤ]로 발음된다. C에서 보
듯 하멜의 표기에서 j는 i와 별다른 차이 없이 사용되었으며(8항, 9항 참
조), 그것은 화란어에서 j는 [j]로 발음되기 때문인 듯하다.

4. (A) Moggan (B) Moggan (C) Moggan (D) Moggan [목간: 牧官?]
/牧官(목관)/. 지방 행정 구역 단위의 하나인 牧의 고을 또는 그 장관
을 말하기도 하며, 목장을 관리하고 돌보는 일을 맡은 벼슬 또는 벼슬
아치를 말한다. 본문에서 그곳에 섬의 우두머리가 있는 곳이라는 내용
이 있는 점으로 미루어 볼 때, 여기서는 전자가 해당된다. Mog은 '牧'
으로 gan은 '官'과 각각 대응된다. 당시에 이중모음인 '官'[kwan]이 단
모음인 [gan]으로 들렸음을 추정할 수 있다.

---

6) 「本濟州西道 本朝太宗十六年 始置縣監…」『新增東國輿地勝覽』 38 全羅道 大靜縣.

5. (A) Mocxo (B) Mocxo (C) Mocxo (D) Mocxo [목소 : 牧所 혹은 牧使?]

/牧使(목스)/. 지방 행정 구역 단위의 하나인 牧의 장관으로 조선시대의 품계는 정3품이었다. 당시 제주목사는 이원진(李元鎭)이었고, 그가 조정에 하멜일행에 대한 최초의 보고를 하였다.[7] 이병도(1975, p.29)는 '牧所'를 언급한 것으로도 볼 수 있음을 지적하였으나, '牧所'는 문증되지 않는다. 여기서는 목의 장관인 목스(牧使)를 말한 것으로 보인다. Moc 은 '牧'에 xo는 '使'에 대응된다.

6. (A) Sehesure (B) Sehesure (C) Scheluo (D) Sehesure [세에쉴→세슐 : 제주의 訛]

/濟州(졔쥬)/. 조선인들은 '졔쥬'(濟州)를 Sehesure 또는 Scheluo로 불렀다고 한다. 표기의 음성형이 실제 지명과 차이가 많다.

7. (A) Heynam (B) Hey-nam (C) Heijnam (D) Heynam [해남 : 全南의 海南]

/海南(히남)/. 해남의 원래 표기는 '히남'이었다. '히-'에서 보여주는 하향이중모음의 흔적을 잘 보여주고 있다. 화란어의 이중모음에 [ai]는 존재하지 않기에 [ɛi]의 실현형을 보인 것이라 추정된다. 화란어의 이중모음에 ɛi, oey, au 만이 존재한다는 사실이 이를 말해준다. A, B에서 Hey-의 y와 C에서 보이는 Heij-의 ij는 음절부음의 'ㅣ'를 나타내기 위

---

7) 제주 목사(濟州牧使) 이원진(李元鎭)이 치계(馳啓)하기를, "배 한 척이 고을 남쪽에서 깨져 해안에 닿았기에 대정 현감(大靜縣監) 권극중(權克中)과 판관(判官) 노정(盧錠)을 시켜 군사를 거느리고 가서 보게 하였더니, 어느 나라 사람인지 모르겠으나 배가 바다 가운데서 뒤집혀 살아 남은 자는 38인이며, 말이 통하지 않고 문자도 다릅니다…." 이에 조정에서 서울로 올려보내라고 명하였다. 전에 온 남만인(南蠻人) 박연(朴燕)이라는 자가 보고 '과연 만임(蠻人)이다' 하였으므로 드디어 금려(禁旅)에 편입하였는데, 대개 그 사람들은 화포(火砲)를 잘 다루기 때문이었다(『국역 조선왕조실록』 효종 4년 8월 6일).

한 것으로 보인다(13항, 35항, 38항 참조). C에서 보듯 하멜의 표기에서 ij는 y를 표기하는 것으로 사용되었다(13항, 28항, 38항, 40항 참조).

8. (A) Jeham(Jeam) (B) Je-ham(Jeam) (C) Ieham(Jeam) (D) Jeham [예암→
   예함 : 靈岩의 訛]

/靈岩(영암)/. 표기와 지명과는 음성적 차이가 있으나, 하멜 일행의 진로상 해남에서 영암을 거쳐 나주로 간 것으로 보인다. 대부분 'ㅕ'를 je로 표기했으나(17항, 19항 참조), C에서만 Ie로 표기하였다. 그것은 3항의 C에서 보았듯이 하멜의 표기에 있어서 j는 i와 차이가 없이 사용되었기 때문이다. A~C에서 '영암'이 Jeam과 같이 두 형태가 나타나는 것으로 보아 전자의 h는 음가가 없었던 것으로 추정된다.

9. (A) Nadioo (B) Na-dioo (C) Naedjoo (D) Nadioo [나쥬 : 全南 羅州]

/羅州(나쥬)/. C에서 'ㅏ'를 ae로 표기한 것이 특이하다(17항, 34항 참조). 화란어에서 dj는 [ʤ]로 발음되고(3항의 C참조), oo는 [o]의 장음을 나타낸다. 당시 하멜의 청각인상으로는 국어 'ㅗ/ㅜ'의 구별이 어려웠던 것 같다(15항, 20항 참조).

10. (A) Sansiangh (B) San-siang (C) Sansiangh (D) Sansiangh [산샹 :
    長城의 訛]

/山城(산셩)?/. 이병도(1934, p.207)는 이 표기가 발음은 '산셩'에 가까운 것으로 보았으나, 일행의 행로상 장성(長城)으로 추정하였다. 표기와 지명음과의 차이가 심해 재고를 요한다. 하멜이 정확히 알아듣지 못했을 가능성도 물론 있으나, 통칭으로 어느 지역의 산셩(山城)일 가능성도 전혀 배제할 수 없다. siangh(A, C) 또는 siang(B)은 국어의 '셩'(城)을 표기한 것으로 보인다(11항 참조). 물론 후자의 마지막 -h는 묵음이다.

11. (A) Jlpam-Sansiang (B) Il-pam San-siang (C) Jipamsansiang (D) Jipamsansiang [입암산상 : 笠岩山城]

/笠岩山城(입암성)/. 전북 정읍군 입암면과 전남 장성군 북하면 경계에 있는 높이 654m의 산으로 그곳에 입암산성이 있었다. C의 표기는 Jip(입)-am(암)-san(산)-siang(성)으로 분석된다.

12. (A) Tongap (B) Tong-ap (C) Tiongop (D) Tiongop [종업→텽읍 : 全北의 井邑]

/井邑(정읍)/. 이 지명의 본래 표기는 정읍(井邑)이다. '井'字는 '우믈 정(訓蒙字會 上3ㄱ), 우물 정(新增類合 上18ㄴ)'에서 보듯 원래부터 '뎡'이 아닌 '졍'으로 읽혔다. 국어의 'ㅡ'가 여기서는 a(A, B)와 o(C)로 표기되었다. C의 표기가 실제 지명음에 가장 가깝다.

13. (A) Teyn (B) Teyn (C) Teijn (D) Teyn [태인 : 泰仁]

/泰仁(태인)/. ey(A, B)나 eij(C)는 'ㅐ'의 하향이중모음의 흔적을 분명히 보여주고 있다. 여기서의 문제는 이중모음의 음가인데, 화란어에서 ey 또는 ei가 [ɛi]라고 한다면(7항 참조), '태인'(泰仁)은 [thɛi-in]으로 발음되었음을 추정할 수 있다.

14. (A) Kunige (B) Kuni-ge (C) Kninge (D) Kunige [근이게→쿠니게 : 金溝 혹은 金堤]

/金溝(금구)?/. 진로상 '금구'가 바른 듯하나 표기형과 실제지명과 차이가 많아 해독에 어려움이 있다.

15. (A) Chentio (B) Chin-tio (C) Chentio (D) Chentio [전쥬 : 全州]

/全州(전쥬)/. '全'字는 '오올 젼(新增類合 下47ㄴ), 온젼 젼(倭語類解 下31ㄴ)' 등과 같이 원래 '젼'으로 읽혔다. '젼'은 Chen(A, C)과 Chin(B)으

로 표기되었고, tio는 '쥬'를 표기하는 데에 사용되었다(20항 C 참조).

16. (A) Thillado (B) Thilla-do(Chulla-do) (C) Thiellado (D) Thiellado [졀라
　　도→뎔라도 : 全羅道]

/全羅道(전라도)/. 여기서는 '全'字가 15항과는 달리 Thil-(A, B) 혹은
Thiel-(C)로 표기되었다. 후자는 '젼'의 'ㅕ'가 이중모음이었음을 보여
주고 있다. B에는 전라도가 Thilla-do와 Chulla-do 두 형태가 쓰였는
데, 후자가 실제발음에 가까웠던 것으로 보인다.

17. (A) Jesan (B) Jesan (C) Jehaen (D) Jesan [여산 : 礪山]

/礪山(여산)/. 8항에서 본 바와 같이 'ㅕ'를 je로 표기했다. C에서 '山'을
haen으로 표기한 것이 특이하다. haen에서 보이는 ae는 국어의 'ㅏ'를
나타내는 데 사용되었다(9항의 C 참조). C의 표기는 Jesaen이 바른 듯
하다.

18. (A) Gunun (B) Gunun (C) Gunjiu (D) Gunun [군은→군운 : 恩津의 誤]

/恩津(은진)?/. 진로상 '은진'을 거쳐 간 것으로 보이나, 표기와 지명 사
이에 차이가 있어 재고를 요한다.

19. (A) Jensan (B) Jensan (C) Jensoen (D) Jensan [연산 : 連山]

/連山(연산)/. C만이 표기상의 차이를 보인다. 화란어에서 oe는 [u]로
발음되기 때문에 오기로 보인다(39항 참조). 9항, 17항에서 나주의 '羅'
와 여산(礪山)의 '山'의 모음을 ae로 표기한 것과 비교해 볼 때, saen이
잘못 표기된 것으로 추정된다.

20. (A) Consio (B) Consio (C) Congtio (D) Consio [공쥬 : 公州]

/公州(공쥬)/. 화란어에서 어두의 c는 [k] 혹은 [s]로 발음되며 이 경우

는 [k]로 발음된 듯하다. '州'字는 앞서 본 바와 같이 tio(15항)나 di(j)oo(9항)로 표기되었기 때문에 여기서는 C의 표기가 비교적 정확하다고 할 수 있다.

21. (A) Tiongsiando (B) Tsiong-sian-do (C) Tiongsiangdo (D) Tiongsiando
    [츙쳥도→충샨도 : 忠淸道]
/忠淸道(튱쳥도)/. '忠'자는 '튱뎡 튱(訓蒙字會 下11ㄱ)(石峯千字文 11ㄴ)'에서 보듯 본래 '튱'으로 쓰였다. Tiong는 '튱'의 표기로 쓰였고, '쳥'(淸)에서 어두의 'ㅊ'은 약화되어 sian(A, B)이나 siang(C)으로 들렸던 듯하다.

22. (A) Sior (B) Sior (C) Sior (D) Sior [서울]
/京(셔울)/. 우리나라 수도인 '셔울'을 일컬어 Sior이라 하였다. '서'의 'ㅓ'모음을 i로 표기하였다. 음절말의 'ㄹ'에 대해서는 2항을 참조.

23. (A) Sengado (B) Sen-ga-do (C) Senggado (D) Sengado [성가도 : 京畿
    道의 誤]
/京畿道(경기도)?/. 수도 서울이 있는 이 지역에 들어갔다는 문맥으로 미루어 경기도의 표기로 보여지나, 실제 지명음과 차이가 많다.

24. (A) Numma Sansiang (B) Numma Sansiang (C) Namman Sangsiang
    (D) Namman Sansiang [남만산상→남만산셩 : 南漢山城의 訛]
/南漢山城(남한산셩)/. '남한산셩'을 표기한 것으로 C의 표기가 가장 정확하다. Nam-han에서 h가 약화되어 탈락하고, 동화로 m이 개재된 것이 Nam-man으로 표기된 것이다. '산셩'(山城)을 나타낸 Sangsiang(C)은 10항과 11항의 C를 참조할 때, Sansiang의 오기로 보인다.

25. (A) Diusiang (B) Diusiong (C) Duijtsiang (D) Diusiang [쥬샹→듀샹
  : 鵲川의 訛音]

미해독. 표기형으로 보면 Diu는 '듀(쥬)'이고, siang은 '샹'을 보여준다.
이병도(1934, p.216)는 이를 '鵲川'(강진군 작천면)의 와음(訛音)이라 보았
다. 이는 이동거리와 진로방향을 고려하여 해석한 것으로 여겨지나, 워
낙 발음상의 차이가 현저하여 그대로 이해하기 어렵다. Ledyard(1971,
p.65)는 이를 "big granary", 즉 '大倉'으로 추정하였다. 이는 관아의 하나
로 곡물의 저장을 맡아보던 곳이다. 전라병영 내에 곡식을 저장해 두는
'大倉'이란 관아가 있었을 가능성은 충분히 있으나, 이 역시 'taech'ang
(大倉)'이란 실제 음성형과 거리가 있어 성급한 결론을 주저하게 한다.

26. (A) Thillapenig (B) Thilla-pening (C) Thella Penig (D) Thilla-Pening
  [딜라변닝 : 全羅兵營]

/全羅兵營(전라병영)/. 지금의 강진군 병영면(兵營面)을 말한다. 이 곳
에 병영이 있었고, 그 곳의 책임자는 병마절도사였다. '全羅'는 16항을
참조. penig(A, C) 또는 pening(B)는 '兵營'을 지칭하는 것으로 추정된
다. 27항 C에서 '兵'을 peing으로 표기한 것으로 볼 때, C의 penig는
peing의 오기일 가능성이 있다. 하멜의 원문은 필기체로 되어 있어 이
항목의 i와 n의 선후가 불분명하다. 그 곳 강진군 사람들은 지금도
Pyŏng-yŏng(兵營)을 'Pe(i)ng-yeng'으로 발음한다.

27. (A) Penigse (B) Peningse (C) Peingse (D) Penigse [펴닉스→페닉스
  : 兵使의 訛音]

/兵使(병ᄉᆞ)/. 문맥상 병사, 즉 병마절도사를 말하는 것으로 추정된다.
Penig, Pening, Peing 등은 '병'(兵)을, se는 'ᄉᆞ'(使)(37항을 참조)를 지
칭하는 것으로 보인다. '兵'의 표기에서 26항과 더불어 전라 방언의 흔
적이 보인다.

28. (A) Saysiano (B) Saysiano (C) Saijsingh (D) Saijsing(h) [쎄싱→싸이싱
   : 左水營=麗水]

/좌슈영(左水營)/. 여수에 있었던 좌수영을 말한 것으로 보이나, 실제 지명
과 발음상의 차이가 있다. D의 초역본(1934, p.164)에서는 Saijsingh
로 표기되어 있으나, 개역본(1975, p.51)에서는 마지막 h가 빠진 Saijsing
으로 표기되어 있다. C에는 Saijsingh으로 나타나 있다.

29. (A) Siunschien (B) Siunschien (C) Sunischien (D) Siuntchien [순천
   ·順天]

/順天(순천)/. D에서는 Siuntchien이라 표기되어 있어, 번역가가 입의
로 sch를 tch로 바꾼 듯하다. A~C 중 어느 것도 tch로 표기되어 있지
않다. Siun, Suni는 '순'을 표기한 것으로 보이며, schien은 '천'의 'ㅊ'이
약화된 'ㅅ'으로 들은 듯하다. 참고로 화란어에서는 sch를 [sx]로 발음
한다.

30. (A) Namman (B) Namman (C) Namman (D) Namman [남만 : 南原]

/南原(남원)/. 형태를 분석하면 Nam과 man이 되는데, 후자의 man은 [wən]에서 w가 약화되고, 앞 음절 말음인 m의 동화로 이루어진 것이다.

31. (A)Corée (B) Corea (C) Coree (D) Coree [코레 : 朝鮮]

/朝鮮(됴션)/. 서양인들은 조선을 '꼬레' 또는 '꼬레아'라고 불렀다.

32. (A) Tiocencouk (B) Tiozen-couk (C) Tiocen Cock (D) Tiocencouk
   [됴선국 : 朝鮮國]

/朝鮮國(됴션국)/. '朝'字는 '됴횟 됴(訓蒙字會 中4ㄴ), 아츰 됴(光州千
字文 5ㄴ)' 등과 같이 본래 '됴' 였고, '鮮'字도 '션'(飜譯朴通事 上5)으로
읽혔다. 따라서 '됴션'은 Tiocen(A, C) 또는 Tiozen(B)으로, '국'은

couk(A, B)과 cock(C)으로 표기되었다.

33. (A) Caoli (B) Caoli (C) (D) Caoli [카올리 : 高麗의 寫音]
/高麗/. 중국인들이 우리를 부를 때 쓰는 칭호로 이는 중국어의 고려
(Kao-li)에서 유래하였다. C에서는 이 형태가 나타나지 않는다.

34. (A) Pousan (B) Pousan(Fusan) (C) Pousaen (D) Pousan [부산 : 釜山]
/釜山(부산)/. Pou는 '부'에 대응된다. B에서는 Pou와 함께 Fu도 사용
되었다. san은 '산'에 대응된다. C에서 '산'의 'ㅏ'를 ae로 표기한 것에
대해서는 9항과 17항의 C를 참조.

35. (A) Taymutto (B) Taymutta (C) Tymatte (D) Taymutto [대무도 : 對馬島]
/對馬島(디마도)/. '對'는 '딱 디(訓蒙字會 下14ㄴ), 샹딋 디(光州千字文
19ㄴ)' 등에서 보듯 '디'로 쓰였다. 7항 '힉'(海)의 이중모음인 'ㅣ'가 -ey,
-eij 등으로 표기된 데 반해, '디'의 'ㅣ'는 ay 또는 y로 표기되었다. ay
는 이중모음의 흔적을 보여주고 있다. C에서는 'ㅣ'가 y로 표기되었다.

36. (A) Nisy(Ginseng) (B) nisy (C) nise (D) Nisy(Ginseng) [니시(진셩)
    : 人蔘의 訛稱]
/人蔘(신(인)숨)?/. 인삼은 『한불ㅈ뎐』(1880)에 Jen-sen으로, 『한영ㅈ뎐』
(1897)에 Ginseng으로 나와 있다. 서양인들은 오래 전부터 이런 명칭을
써온 듯하다. Nisy, nise라는 명칭도 사용된 듯하나, 이런 예는 다른 문
헌에서는 발견되지 않는다.

37. (A) Tiekse (B) Tiekse (C) Tieckese (D) Tiekse [틱스 : 勅使]
/勅使(틱스)/. '칙사'는 칙명을 받은 사신으로, '勅'은 '틱셔 틱(訓蒙字會
上18ㄴ, 新增類合 下14ㄴ)'에서 보듯 '틱'으로, '使'는 'ᄉ'(브릴 ᄉ, 光州千

字文 8ㄴ)로 읽혔다. Tiek 또는 Tiecke은 '틱'과 대응되며, 'ㅅ'는 se로
표기(27항을 참조)하였다.

38. (A) Orankay (B) Orankay (C) Oranckaij (D) Orankag [오랑캐]
/오랑캐/. 문맥상 이는 달단인(韃靼人)을 지칭하는 것으로 되어 있다.
kay(A, B), kaij(C)는 '캐'에서 'ㅐ'가 이중모음이었음을 보여주고 있다.
D에서 kag는 kay의 오기로 여겨진다.

30. (A) Nampankouk (B) Nampankouk (C) Nampancoeck (D) Nampankouk
　　 [남반국 : 南蠻國]
/南蠻國(남만국)/. 서양인들을 지칭하는 말로 이는 남방의 족속을 비하
하며 가리킬 때 사용되었다. '남'(南)은 nam과 '만'(蠻)은 pan과 '국'(國)
은 kouk(A), coeck(C)과 각기 대응된다. '만'(蠻)이 pan으로 표기된 것
은 m과 p가 음성상 순음이라는 동질적인 가치를 가졌기 때문으로 추정
된다. C는 A, B와는 다른 coeck이라는 형태로 표기되었다. 여기서 표
기된 oe는 화란어에서 [u]를 나타낸다(19항 참조). 32항에서 '됴션국'(朝
鮮國)의 '국'은 couk(A, B)과 cock(C)으로 표기된 바 있다.

40. (A) Nampankoi (B) Nampankoy (C) Nampancoij (D) Nampankoi [남방괴
　　 →남반괴 : 煙草]
/南蠻(남만)-괴/. '담비'는 남령초(南靈草), 남초(南草), 연초(煙草) 등의
한자어가 사용되었다. '담비'라는 용어는 『同文類解』(1748, 上61)에 처
음으로 등장한다. Nampan은 39항을 참조. koi(A), koy(B), coij(C)에서
-oi, -oy, -oij는 '괴'라는 이중모음을 나타낸 것으로 추정된다. 여기서
재구된 '괴'는 아직 그 용례를 찾지 못했다.

4

　지금까지 조선국의 지명을 중심으로 『하멜 일지』에 나오는 조선어 어휘를 4개의 각기 다른 판본을 비교하며 살펴보았다. 『하멜 일지』의 정본이라고 알려진 Hoetink본을 저본으로 그 곳에 표기된 조선어 어휘 자료를 소개하고, 비록 대부분이 지명, 관직명 등의 고유명사이기는 하지만 그 자료들을 통해 당시 17세기 중엽 국어의 모습을 조명해 보았다는 점에서 그 의의를 찾을 수 있다. 여기서 제시된 것은 40여 개밖에 안 되는 예이기는 하나, 당시 실제 발음을 사음한 표기라는 점에서 국어학적인 측면의 연구가 깊이 있게 진행되기를 바란다.

　한편 이병도 번역본에서 인명, 지명 등의 고유명사는 화란본(和蘭本), 즉 Hoetink본을 취했다고 하였으나, 대부분이 불역본인 암스테르담본을 그대로 인용하였음이 밝혀졌고 표기상의 오류도 발견되었다.

　또한 한 가지 덧붙일 것은 하멜의 일지는 조선국에 관한 설명에서, 조선의 언어와 서체에 관한 흥미로운 사실을 기술하고 있다는 점이다. 언어에 관해서는 같은 사물을 표시함에 여러 가지의 어휘가 있다는 사실과 사람에 따라서 말하는 속도가 다르다는 점(고관이나 학자 등이 천천히 말한다는 기술이 보인다)이 그것이며, 서체에 관해서는 다음과 같은 세 가지의 다른 종류를 사용한다고 언급하고 있다.

　첫째는 제일 주된 것으로 중국, 일본과 같은 것으로 서적을 인쇄하거나 공무에 사용되는 것을 들고 있는데, 이는 한자의 정서체(正書體)를 말하는 듯하다. 두 번째의 것은 화란어의 필기체와 비슷한 것으로 상류인과 장관들이 백성의 탄원에 답하는 서(書)와 청원서의 필서(筆書) 등에 사용하는 것을 말하고 있다. 이는 아마도 한자의 초서체를 말하는 듯하다. 마지막으로 속(俗)된 것으로 부녀와 상민간에 사용되는 문자를 말하고 있는데, 이는 바로 '훈민정음'을 일컫고 있는 것으로 보인다. 이 글자는 배우고 읽기에 쉽고 용이한 것으로 누구든지 이 글자를 가지고 미지미문(未知未聞)의 이름과 사물을 기록할 수 있다는 언급이 보인다. 당시 하멜도 훈민정음이 지니고 있는 문자로서의 우수성을 익히 알고 있었던 것 같다. 이는 아마도 서양인들에 의해 기록된 우리 문자, 즉 훈민정음에 관한 최초의 기록일 것이다.

애초에 필자는 하멜일행이 주로 전라도에서 오랜 기간을 보냈다는 사실을 염두에 두고, 방언적인 요소를 찾고자 하였다. 그러나 한정된 단어에 그것도 대부분이 한사로 된 지명과 관직명이었던 까닭에 방언적인 요소를 발견하는 것은 쉽지 않았다. 몇 개의 전라 방언의 흔적(1항, 26항, 27항)을 확인하는 것으로 만족하고자 한다.

* 부록으로 앞서 언급된 『하멜 일지』의 蘭文本인 Hoetink본, 佛譯本인
암스테르담본(1732), 英譯本인 필라델피아본(1884), 이병도 번역본(1934-
1935/1975)을 도표로 보기 쉽게 정리하였다.

	A (암스테르담본)	B (필라델피아본)	C (Hoetink본)	D (이병도 번역본)
1	Jeenaré	Jeenare	Jeenare	Jeenare (倭國 혹은 濊나라)
2	Jirpon	Jirpon	Jirpon	Jirpon (日本)
3	Tadianc	Tadiane	Tadjang	Tadianc (大靜縣)
4	Moggan	Moggan	Moggan	Moggan (牧官?)
5	Mocxo	Mocxo	Mocxo	Mocxo (牧所 혹은 牧使?)
6	Sehesure	Sehesure	Scheluo	Sehesure (濟州)
7	Heynam	Hey-nam	Heijnam	Heynam (全南의 海南)
8	Jeham	Je-ham	Ieham	Jeham (全南 靈岩의 訛)
9	Nadioo	Na-dioo	Naedjoo	Nadioo (全南 羅州)
10	Sansiangh	San-siang	Sansiangh	Sansiangh (長城의 訛)
11	Jlpam-Sansiang	Il-pam San-siang	Jipamsansiang	Jipamsansiang (笠岩山城)
12	Tongap	Tong-ap	Tiongop	Tiongop (全北의 井邑)

13	Teyn	Teyn	Teijn	Teyn (泰仁)
14	Kunige	Kuni-ge	Kninge	Kunige (金溝 혹은 金堤)
15	Chentio	Chin-tio	Chentio	Chentio (全州)
16	Thillado	Thilla-do (Chulla-do)	Thiellado	Thiellado (全羅道)
17	Jesan	Jesan	Jehaen	Jesan (礪山)
18	Gunun	Gunun	Gunjiu	Gunun (恩津의 誤)
19	Jensan	Jensan	Jensoen	Jensan (連山)
20	Consio	Consio	Congtio	Consio (公州)
21	Tiongsiando	Tsiong-sian-do	Tiongsiangdo	Tiongsiando (忠清道)
22	Sior	Sior	Sior	Sior (京城)
23	Sengado	Sen-ga-do	Senggado	Sengado (京畿道의 誤)
24	Numma Sansiang	Numma Sansiang	Namman Sangsiang	Namman Sansiang (南漢山城의 訛)
25	Diusiang	Diusiong	Duijtsiang	Diusiang (鵲川의 訛音)
26	Thillapenig	Thilla-pening	Thella Penig	Thilla-Pening (全羅兵營)
27	Penigse	Peningse	Peingse	Penigse (兵使의 訛音)
28	Saysiano	Saysiano	Saijsingh	Saijsing(h) (左水營=麗水)

29	Siunschien	Siunschien	Sunischien	Siuntchien (順天)
30	Namman	Namman	Namman	Namman (南原)
31	Corée	Corea	Coree	Coree (朝鮮)
32	Tiocencouk	Tiozen-couk	Tiocen Cock	Tiocencouk (朝鮮國)
33	Caoli	Caoli		Caoli (高麗의 寫音)
34	Pousan	Pousan(Fusan)	Pousaen	Pousan (釜山)
35	Taymutto	Taymutta	Tymatte	Taymutto (對馬島)
36	Nisy(Ginseng)	nisy	nise	Nisy(Ginseng) (人蔘의 訛稱)
37	Tiekse	Tiekse	Tieckese	Tiekse (勅使)
38	Orankay	Orankay	Oranckaij	Orankag (오랑캐)
39	Nampankouk	Nampankouk	Nampancoeck	Nampankouk (南蠻國)
40	Nampankoi	Nampankoy	Nampancoij	Nampankoi (煙草)

서양인의 기록에 나타나는 17세기 국어 어휘
- 어휘·음운론적 측면을 중심으로 -

1

본고는 『Noord en Oost Tartaryen』(『北과 東타르타리아』지)에 소개된 국어 어휘에 대해 그 원문의 표기를 중심으로 하여 어휘·음운론적인 관점에서 살펴보는 것을 목적으로 한다.[1] 정음으로 씌어진 문헌으로만 확인할 수 있었던 당시 17세기 무렵의 국어에 대한 어휘와 음운론적인 정보를 얻을 수 있다는 점에서, 그리고 서양인에 의해서 기술된 국어에 대한 언급으로는 상당히 이른 시기라는 점에서 이 자료의 가치는 상당히 크다고 말할 수 있다.

논의에 앞서 먼저 『北과 東타르타리아』지와 이 책의 저자였던 위트센(Nicolaas Witsen, 1641-1717)에 대하여 간략히 소개하고자 한다. 위트센은 하멜(Hendrik Hamel, 1630-1692)과 동시대의 사람으로, 하멜과 그 일행의 기록이나 증언을 포함하여 당시까지 알려져 있던 한국에 관한 기록을 폭넓게 정리한 것으로 알려져 있다.

---

1) 이 글을 작성하는 데 여러 분의 도움을 받았다. 특히 네덜란드 대사관의 김만석 참사관을 비롯한 관계자 분들과 원전인 『Noord en Oost Tartaryen』에 기록된 한국어 어휘 항목 부분을 열람할 수 있게 해 주신 테제 수도회의 Jean-Paul Buys 수사(修士)께 깊은 감사를 드린다.

당시 위트센을 비롯한 상당수의 네덜란드인들은 한국에 관해서 많은 관심을 가지고 있었다. 그것은 북아시아를 포괄하는 타르타리아(북아시아) 지방과의 관련에서였다. 네덜란드는 주요 수출품인 모직물의 소비국으로서 러시아에 지대한 관심과 함께 아시아 대륙의 북쪽을 돌아 중국에 이르는 북방 항로에도 관심이 컸다. 위트센도 북아시아에 관심을 가지고 있던 사람이었다. 그는 암스테르담에서 태어나 1663년에는 라이텐에서 수학하고, 1664년 모스크바에 체류하면서 러시아인을 비롯한 많은 사람들과 사귀면서 타르타리아에 관한 지리적인 식견을 넓힐 수가 있었다(Buys; 1998, pp.93-95 Vos; 1975, pp.8-11). 그는 암스테르담에 돌아와 북과 동타르타리아 지도를 간행하고 1692년에는 『北과 東타르타리아』지의 초간본을 출판했다. 1705년에는 개정판이 나오고, 이어 제3개정판을 계획했으나, 완성을 보지 못하였고, 1785년에 개정판의 재판이 나왔다. 참고로 본고에서 인용한 한국어 자료는 1785년에 나온 개정판의 재판을 대본(臺本)으로 하였음을 밝혀둔다.

그는 이 책 속에서 한국에 관한 항목(「조선국에 관한 기술」)을 하나 설정하고 당시까지 알려져 있던 한국에 관한 기록을 망라했다. 그는 하멜의 기록까지도 인용했는데, 나아가 당시에 생존해 있던 일행 에이보큰(Mattheus Eibokken)과 크렐크(Benedictus Klerk)를 만나 직접 들은 이야기를 정리하여 발표하였다.[2] 그 속에 143개의 한국어 단어가 들어 있어 당시의 국어를 연구하는 데에 중요한 자료가 된다. 필자가 과문(寡聞)한 탓인지는 모르나, 서양인에 의해 17세기 무렵의 국어 어휘(그것도

---

2) 하멜의 일행이자 Sperwer호의 선의(船醫)였던 Mattheus Eibokken(귀국 당시 32세)과 하급선원(급사)이었던 Benedictus Klerk(귀국 당시 27세)는 한국에서 생활했던 1653년 8월부터 1666년 9월까지 13년 동안의 일과 그밖에 한국에 관련된 여러 기록을 위트센에게 전하였다. 특히 한국어에 관련된 자료는 전적으로 Eibokken에 의거하였다고 한다.(Frits Vos, 1975, p.8-11)

100여 개가 넘는 많은 어휘)가 소개된 것은 아마도 이 자료가 처음이 아닌가 한다.

여기서 제시한 국어 어휘 항목은 고유어 수사와 한자어 수사 56개, 그리고 일반 명사류 어사 87개로 전부 143개이며, 각 항목에 대해 간단한 해석을 해 놓았다(『Noord en Oost Tartaryen』; 1705, pp.52-53). 17세기 중엽의 국어를 로마자로 기록했다는 점에서 우리는 당시 국어 어휘의 실상을 살펴볼 수 있고, 한편으로는 문자의 환영에서 벗어난 당시의 실제 음성형을 엿볼 수 있을 가능성을 기대할 수 있는 것이다. 특히 후자의 관점에서 필자는 하멜과 그 일행이 주로 거주했던 곳이 전라남도라는 사실에 주목하고자 한다.3) 이런 이유로 여기서 제시된 국어 어휘 가운데 전라 방언의 흔적이 남아있을 것이라 추정하고 이를 확인하고자 한다.

먼저 원문의 문자와 표기를 검토하고, 다음으로 각 항목을 17세기 당시 문헌어와 비교하여 어휘·음운론적 측면에서 자세히 살펴보겠다.

2

원전인 『北과 東타르타리아』지는 위트센의 모국어인 네덜란드어4)로

---

3) 『하멜 일지』와 하멜의 일행이 일본으로 탈출한 후 나가사키에서 그 곳의 총독에게 답변한 내용을 종합해 보면, 그 일행은 1653년 8월 제주도에서 난파된 후 1654년 5월까지 10여 개월을 그 곳 섬에서 보낸 후, 그 해 6월에 서울로 압송된다. 서울에서 근 3년을 보낸 후, 1656년 3월부터 전라남도 강진군 병영(면)에서 7년간 공동 수용된다. 그러다 1662년 2월경 일행은 다시 세 집단으로 나뉘어 여수에 12명, 순천에 5명, 남원에 5명으로 분산 수용되었다가 그로부터 4년 뒤인 1666년 9월에 여수에 있던 5명과 순천에 있었던 3명이 함께 여수에서 일본 나가사키로 탈출한 것으로 기록되어 있다. 즉 하멜 일행은 일본 나가사키로 탈출할 때까지 10여 년을 전라남도에서 보냈다.
4) 네덜란드어(Dutch)는 인도유럽어족으로 게르만계에 속하며 그 중에서도 저지독일

기록되어 있다. 본문의 내용 가운데 한국어의 어휘 목록은 한국어음을
로마자로 이루어진 네덜란드 철자법에 따라 적고, 그 옆에다 해석을 해
놓았다. 아래는 한국어 '희'(太陽)와 '둘'(月)에 해당하는 항목이다.

Hay , de Zon.
Tael , de Maen.

전체 어휘 항목을 17세기 무렵의 당시 국어의 형태와 비교해 볼 때,
대체로 다음과 같은 철자상의 대응관계를 유지하였다. 그 이외에 다른
몇몇 특이한 점을 지적하면 다음과 같다.

① 모음의 대응 : a, ae(아), a, e(ㅇ), ey(애/이), e(ㅇ/어/에/으), o(어/오), oo(오),
    oe, ou(우), i, ie, y(이). j는 (때때로 i) 영어의 y에 대응된다(64, 74, 75, 114,
    131항). 하멜 일지의 표기에서도 j와 i는 서로 구별됨이 없이 사용되었다.

② 자음의 대응 : k(ㄱ)는 어중이나 어말에서 대부분 ck로 기록되었다(33, 67,
    78, 98, 110, 116항). n(ㄴ)은 때때로 d로 표기되었음이 흥미롭고(4, 14, 108항),
    m과 b가 서로 교체되는 경우가 보인다(101, 130항). 본래는 u로 표기될 것
    이 n으로 잘못 쓰인 경우(16, 19, 57항)도 확인된다.

3

다음에 제시한 어휘 항목들의 순서는 원전의 그것과 동일하다. 다만

어(Low German dialects)로 분류되어, 흔히 표준 독일어를 형성한 고지 독일어와 비
교된다. 이러한 독일어와의 유사성으로 독일인에게 네덜란드어로 말하여도 의사소
통이 이루어진다고 한다. 전체적인 특징으로는 제2차 음운추이를 겪지 않았고 조어
법이 독일어보다 자유로우며, 복수형 어미가 -en, -s이고, 격변화가 소멸되었다는 점
등을 지적할 수 있다. (*International Encyclopedia of Linguistics*, 1992, Oxford
University Press)

원전에는 번호없이 두 단(段)으로 나열되어 있어 여기서는 설명의 편의
상 원전의 순서대로 괄호안에 일련번호를 첨가하였음을 밝혀 둔다. 각
항목에 대한 국어의 대응형은 [ ] 안에 표기하였고, 당시 17세기 문헌형
과 그 출전5)도 함께 부기하였다. 아울러 논의의 과정에서 방언형(/ /)이
라고 고려될 때는 기존에 나와 있는 방언 자료집을 참조하여 이를 확인
하였다.6)

  국어에서 수사는 수효를 나타내는 양수사(量數詞)와 차례를 나타내
는 서수사(序數詞)로 구분되는데, 여기서는 먼저 고유어 계통의 양수사
를 보여주고 있다. 이를 항목을 설명히면서, 주로 '높은 계층의 사람들'
이 일부터 십을 셀 때 사용하는 말이라는 언급이 보인다. 이는 양반을
의미하는 것으로 보이나, 여러 가지 사실로 미루어 볼 때, 이를 그대로
믿기는 어렵다.

---

5) 본고에서 인용한 정음 문헌은 필요한 경우를 제외하고는 모두 17세기에 간행된 것들
  로 국한하였다. 그것은 Eibokken과 그 일행이 조선에서 생활한 것이 17세기 중엽
  (1653-1666) 경이었기에 당시에 간행된 문헌으로 제한한 것이다. 그 출전의 약호는
  다음과 같다. 家禮:『가례언해』(1632), 勸念:『권념요록』(1637), 救荒:『신간구황촬요』
  (1639), 老乞:『노걸대언해』(1670), 東新:『동국신속삼강행실도』(1617), 東醫:『동의
  보감』(1613), 痘瘡:『언해두창집요』(1608), 馬經:『마경초집언해』(1682), 朴通:『박통
  사언해』(1677), 辟瘟:『벽온신방』(1653), 譯語:『역어유해』(1690), 焰焇:『신전자취염
  소방언해』(1635), 七類:『유합』(칠장사판, 1664), 七千:『천자문』(칠장사판, 1661), 胎
  産:『언해태산집요』(1608), 火砲:『화포식언해』(1635).

6) 본고에서 참조한 방언 사전 및 방언 자료집의 목록과 약호는 다음과 같다. <김> 김
  병제(1980) 『방언사전』, 평양:과학, 백과사전출판사. <소> 소창진평(1944) 『조선어
  방언の연구 下』, 東京:岩破書店. <조> 리운규, 심희섭, 안운(1992) 『조선어방언사전』,
  연변:연변 인민출판사. <정> 한국정신문화연구원(87-96) 『한국방언자료집 I-IX』,
  한국정신문화연구원. <최> 최학근(1987) 『한국방언사전』, 현암사. <하> 하야육랑
  (1945) 『한국방언학시고-'鋏'어고』, 東京:東都書籍.

(1) Ana [ᄒ나(一)]

ᄒ나ㅎ(東新烈6:30ㄴ). 'ᄒ(a)나(na)'로 대응. 어두에서 ㅎ(h)이 생략된 형태로 나타나는데, 이는 (11)항의 Jagnir(ᄒ일)에서도 보인다. 이런 현상은 성문마찰음인 h의 명음도(sonority, 鳴音度)가 낮다는 데에 그 이유를 찾을 수 있다. 명음도는 '최대 가청 거리의 상대치'로 기존의 분류에 따르면 성문마찰음은 다른 음에 비해 가장 낮은 치수를 보이고 있다. 따라서 외국인 청자의 귀에는 국어의 h가 잘 들리지 않았을 수도 있다.

(2) Toue of Toel [두/둘(二)]

두(痘瘡上:20ㄴ), 둘ㅎ(胎産:35ㄴ). '두(toue)'와 '둘(toel)'로 대응. 앞선 형태인 Toue는 관형사로 쓰일 때 나타나는 '두'라는 어형으로 보이며, 다음 형태인 toel은 t(ㄷ)-oe(ㅜ)-l(ㄹ)로 분석되며, 특히 ou/oe는 국어의 'ㅜ'와 대응된다(37, 46, 52, 67, 73, 87, 108항 등을 참조). 항목 전체를 살펴볼 때, 국어의 어말의 ㄹ은 l과 r로 구분없이 표기되었다.

(3) Sevve of Suy [서/세(三)] /서이/

서(痘瘡上:68ㄴ), 세ㅎ(朴通中:14ㄱ), 셋(老乞上:31ㄱ). '서(sevve)'와 '세(suy)'로 대응. 앞 형태는 관형사로 쓰이는 '서'로 추정되나, 그 대응관계가 분명치 않다. 다음 형태는 s(ㅅ)-u(ㅓ)-y(ㅣ)로 분석되며, '세'의 'ㅔ'가 이중모음임을 보여주고 있다. 전라방언에 '서이'<조>형이 보이는 것이 이를 뒷받침해 주고 있다.

(4) Deuye (四)] /너이/

너(家禮7:32ㄴ), 네ㅎ(朴通上22ㄴ), 넷(家禮10:21ㄴ). '네(deuye)'로 대응. 본래 어두의 n이 d로 표기된 경우의 하나이다(4, 14, 108항을 참조). n과

d는 각기 비음과 폐쇄음이나, 성대의 울림과 치조라는 조음위치에 있어
서는 동질적이다. 이런 이유로 두 음의 혼란이 있었던 듯하다. 일본어
의 dokata(ドカタ)가 국어로 유입되면서 어두 유성자음 d가 n으로 바뀌
어 '노가다'로 쓰이고 있는 것을 생각하게 한다. 어중의 y는 하향이중모
음 'ㅣ'의 표기로 추정된다. 전라방언에도 '너이'<조>가 보인다.

(5) Tasset [다숫(五)]

다숫(痘瘡上:48ㄴ), 다숫(家禮5:32ㄴ). '다(ta)숫(sset)'으로 대응. 17세기
문헌에서는 대부분 '다숫'의 형태가 압도적이었다. 전체 항목을 검토할
때, 'ㆍ'와 'ㅏ'는 표기상 차이없이 사용되었다. 당시에 실제 음성적인
면에서도 두 음은 큰 차이가 없었던 듯하다.

(6) Joset of jacet [여숫(六)] /야셧/

여숫(朴通上:17ㄱ), 여슷(東新孝6:47ㄴ). '여(jo)숫(set)'과 '야(ja)셧(cet)'
으로 대응. 당시 문헌에 등장하는 빈도수로 볼 때, '여숫'형이 많이 쓰였
다. jacet은 전라방언의 '야셧'<정>을 표기한 것으로 보인다.

(7) Girgop of jirgop [닐곱(七)]

닐곱(馬經下:46ㄴ), 닐굽(七類:1ㄱ). '닐(jir)곱(gop)'으로 대응. 앞 형태
에서 어두의 G는 착오로 보인다.

(8) Joderp of jadarp [여둛(八)/] /야달, 야답/

여둛(火砲:2ㄱ), 여듧(譯語上:64ㄴ). '여(jo)둛(derp)'과 '야(ja)달(darp)'로
대응. 음절말의 복자음인 ㄼ을 -rp로 표기한 것이 흥미롭다. 국어에서
음절말의 복자음은 보통 하나만이 실현된다. 따라서 위의 표기는 철자
에 이끌려 전자(轉字)했을 가능성이 크다. jadarp은 전라방언인 '야달

<소, 정, 최>' 또는 '야답<김, 조, 최>'을 보여준다.

(9) Agop of ahob [/아훕(九)] /아곱/

아훕(東新孝8:53ㄴ). '아(a)곱(gob)'과 '아(a)훕(hob)'으로 대응. Agop은 전라방언의 '아곱'<김, 정, 최>을 표기한 것으로 보인다.

(10) Iaer [열(十)]

열(老乞大:42ㄴ). '열(Iaer)'으로 대응. 여기서의 i는 j로도 사용되었던 바(20항의 jor-(열)을 참조), 이는 영어의 y에 대응된다(64, 74항을 참조).

앞에서 고유어로 된 양수사를 제시했던 것과 대조적으로 (11-20)에서는 고유어와 결합된 한자어 계통의 양수사를 보여주고 있다. 칠장사본 『類合』(1644)의 새김 및 한자음을 바탕으로 다음과 같이 대응해 볼 수 있을 것이다.

(11) Jagnir [혼일]　　　　　(12) Tourgy [두이(둘이)]

(13) Socsom [석삼]　　　　　(14) Docso [넉ㅅ]

(15) Caseto [다ㅅ오(다숫오)]　(16) Joseljone [여숫뇩]

(17) Jeroptchil [닐굽칠]　　　(18) Jaderpal [여듧팔(야달팔)]

(19) Ahopcon [아훕구]　　　　(20) Jorchip [열십]

즉 Soc-som(석-삼), Jader-pal(여듧-팔)과 같이 해당 숫자의 한자음 뿐만이 아니라 뜻에 해당하는 새김까지 그 앞에 제시한 점이 특이하다. 특히 (11-20)에서 보이는 어휘들은 실제 구어에서 사용된 것이라고 보기보다는, 한자를 배우기 위한 교습용 문헌에서 나타나는 것들이다. (11)항은 '혼일'(一)을 표기한 것인데, jag-(혼)의 대응이 분명치 않다.

(12, 15)항의 경우, 당시 표기에 의거하여 '두이(二), 다ᄉᆞ오(五)'로 제시했지만, 실제 발음은 tourg(둘ㅎ)y(이), caset(다숫)o(오)였던 것으로 추정된다. 후자인 caset은 (5)항을 참조할 때, taset의 잘못으로 여겨진다.

(14)항에서 어두의 n이 d로 쓰인 것은 (4)항을 참조. (16)항의 josel-도 joset-이 옳은 표기이다. 본래 u가 n으로 쓰인 경우가 발견된다(16, 19항에서 -joue(뉵)과 -cou(구)가 바른 표기이다). (17)항은 jerop-라고 되어 있으나, (7)항을 고려해 볼 때, r과 o사이에 g가 빠진 듯하다. (18)항의 jadel-은 (8)항을 참조.

앞에서 보았던 (1-10)항의 경우는 주로 높은 계층의 사람들이 사용하고, (11-56)항의 경우에는 일반 평민들이 사용하는 말이라는 언급이 보이나 이는 사실과는 차이가 있다. 당시에도 고유어와 한자어 수사는 신분에 관계없이 사용된 것으로 보인다. 이 점과 관련하여 고유어 계통의 십단위의 양수사를 (21-28)항에다 배열한 것과 일부 수사 항목의 잘못된 해석은 한국어 수사에 관한 한 제보자의 지식이 그리 깊지 못했음을 보여준다. 얼마 전까지만 해도 서양인들의 한국어 연구에서 흔히 범했던 오류 중의 하나가 바로 고유어 수사와 한자어 수사의 혼란이었음을 고려할 때, 그의 잘못은 그리 놀라운 것이 못된다.

(21) Somer [스물(二十)] (東新孝1:57ㄴ)

(22) Schierri of siergan [셜흔(三十)] (家禮圖:17ㄱ)

(23) Mahan [마온(四十)] (東新忠1:37ㄴ)

(24) Swin [쉰(五十)] (胎産:3ㄱ)

(25) Jegu of jeswyn [예순(六十)] (東新孝6:5ㄴ)

(26) Hierigum of jirgun [닐흔(七十)] (火砲13ㄴ)

(27) Jader of jadarn [여든/여돈(八十)] (東新烈6:32ㄴ, 家禮6:13ㄴ)

(28) Haham of ahan [아흔] (東新孝6:54ㄴ)

앞선 (21-28)항은 고유어 계통의 십단위 양수사의 용례이다. (22, 25, 26, 27, 28)에서 보듯이 원문에 제시된 두 개의 항목 가운데 유독 후자가 당시 문헌형에 가까운 것은 흥미로운 사실이다. (23)항의 mahan은 비록 문증되지는 않지만, '마흔'을 표기한 것으로 추정된다. 현대 전라방언에서는 '마흔/마훈/마은/마운'<정, 최>등이 쓰인다. (27)항 역시 전라방언인 '야든'을 보여주고 있다.

주지하다시피 현대국어에서 백 이상의 단위는 고유어 없이 한자어만으로 사용된다. 이 점에 있어서 (29-56)항의 용례는 지금과 큰 차이가 없었던 듯하다. '빅'(百)은 '일빅'의 peik을 제외하고는 모두 peyck으로, '쳔(千)'은 tcien으로, '억'(億)은 oock으로 표기되었다. 여기서도 볼 수 있듯이 어중이나 어말의 ㄱ은 대부분 ck로 씌어졌다. 한편 흥미로운 점은 고유어인 '온'(百)과 '즈믄'(千)형이 나타나지 않는다는 사실이다. 17세기 문헌에는 '온'만이 등장한다(家禮5:21ㄴ). 당시에 '빅'과 '쳔'의 형태가 문헌상에서도 더 많이 등장하는 것으로 보아, 구어투에서는 이미 '온'과 '즈믄'이 사용되지 않은 것으로 보인다.

(29) Hirpee of jyrpeik [일빅(一百)]　(30) Jijrpeyck [이빅(二百)]

(31) Sampeyck [삼빅(三百)]　(32) Soopeyck [亽빅(四百)]

(33) Opeyck [오빅(五百)]　(34) Joeckpeyck [뉴빅(六百)]

(35) t'Syrpeyck [칠빅(七百)]　(36) Paelpeyck [팔빅(八百)]

(37) Koepeyck [구빅(九百)]　(38) Jyrtcien [일쳔(一千)]

(39) Jijetcien [이쳔(二千)]　(40) Samtcien [삼쳔(三千)]

(41) Sootcien [亽쳔(四千)]　(42) Otcien [오쳔(五千)]

(43) Joecktcien [뉵쳔(六千)]   (44) t′Syertcien [칠쳔(七千)]

(45) Paertcien [팔쳔(八千)]   (46) Koetcien [구쳔(九千)]

원문의 해석을 참조할 때, (47)항부터는 (56)항까지는 '만'(萬)으로 표기되어야 할 항목인데, '억'으로 잘못 쓰였다. 더욱이 (52)항부터 (55)항까지는 배열상의 오류도 보이며, (56)항은 honderd duizend(10萬)로 해석이 되어 있는데, 착오로 Jyoock이 쓰여진 것 같다.

(47) Jyroock [일억(一億)→일만(一萬)]

(48) Jyoock [이억(二億)→이만(二萬)]

(49) Samoock [삼억(三億)→삼만(三萬)]

(50) Soeoock [ᄉ억(四億)→ᄉ만(四萬)]

(51) Ooock [오억(五億)→오만(五萬)]

(52) Koeoock [구억(九億)→구만(九萬)]

(53) t′Siroock [칠억(七億)→칠만(七萬)]

(54) Joeoock [뉵억(六億)→뉵만(六萬)]

(55) Paeroock [팔억(八億)→팔만(八萬)]

(56) Jyoock [일억(一億)→십만(十萬)]

지금까지 검토해 본 결과, 일(一)부터 시작하여 십(十)까지 한자어의 표기를 정리해 보면 다음과 같다.

일(hir/ir/jyr/jy), 이(y/jijr/jije), 삼(som/sam), ᄉ(so/soo/soe), 오(o), 뉵(joue/joeck/joe), 칠(tchil/t′sy(e)r/t′sir), 팔(pal/pael/paer), 구(cou/koe), 십(chip).

다음 (57)항부터 (143)항까지는 수사를 제외한 일반 국어 어휘들이
제시되어 있다. 각 항목을 차례로 살펴보기로 한다.

(57) Pontchaa [부쳐(佛)]

부텨(家禮5:22ㄴ), 부쳐(勸念:33ㄱ). '부(pon)쳐(tchaa)'로 대응. 본래 pou
가 pon으로 잘못 쓰인 것으로 추정된다. aa는 장모음을 의미한다.

(58) Mool [몰(馬)] /몰/

몰(東新忠1:86ㄴ). '몰(mool)'로 대응되며, m(ㅁ)oo(ㅗ)l(ㄹ)로 분석할 수
있다. 전라방언에 '몰'<소, 정, 최>을 표기한 것으로 보인다.

(59) Moolhoot [몰(馬)-(홋, Xota)] /몰(홋)/

문증(文證) 안됨. 원문에는 meer Paerden라고 해석하여, '몰'(馬)의
복수형을 나타내는 어라고 되어 있으나, 이는 말 무리(群) 혹은 말 떼를
의미하는 것으로 보인다. 복합 형태인 hoot가 무엇인지 정확히 추정하
기 어려우나 우리 고유어 같지는 않다. 다만 17세기 당시 말에 관한 어
사 가운데 몽고어 차용어가 다수 존재했다는 점을 염두에 둘 때, hoot
가 몽고어의 Xota(enclosure, '우리')이거나 몽고어의 복수 접미사 -ud의
흔적이 아닐까 생각해 볼 수 있다.[7] 후자로 추정하기 위해서는 h의 개
재 여부가 설명되어야 하는 어려움이 있다. 음성적 유사성으로 볼 때,
전자가 더 가능성이 있는 것으로 보인다. 당시 많은 수의 말을 모아 둔
곳(圈檻)을 일컬어 Moolhoot이라 하였고, 아마도 이를 말의 복수형으로
인식한 듯하다.

---

7) 이 항목의 해석에 관해서는 성균관대학교 이등룡 교수님의 도움이 컸다. 필자가 이
   항목에 관해 고민하고 있던 중 사석에서 이 두 가지 가능성에 대한 언질을 주셨다.
   이 자리를 대신해 감사를 드린다.

(60) Hiechep [계집(女)]

겨집(東醫1:32ㄴ), 계집(老乞下:4ㄱ). 원문의 해석에는 enn Wyf(女)로 되어 있어, '계(hie)집(chep)'으로 대응시킬 수 있으나, 그 관계가 석연치 않다. 어두의 ㄱ은 (76, 83, 98)항에서 보듯 대부분 k로 표기되었음에 반해, 여기서는 h로 표기되었다. 그런데 첩(妾)의 의미로 '희첩'(姬妾)이란 어사와 음성상 상당히 유사하여 이를 표기한 것이 아닌가 하는 억측마저 든다.

(61) Hanel [하늘(天)]

하늘(東新烈4:25ㄴ). ha(하)-nel(늘)로 분석. 전라방언에 '하늘<소, 최>, 하날<조, 최>, 하널<김, 소, 조>'형이 보인다.

(62) Hay [히(太陽)]

히(家禮9:1ㄱ). h(ㅎ)-a(ㆍ)-y(ㅣ)로 분석. 이중모음인 'ㆍㅣ'를 ay로 표기하고 있다. 이중모음 표기에 관해서는 (76, 83, 85, 92, 100, 105)항 등을 참조할 것.

(63) Tael [돌(月)]

돌(朴通上:54ㄱ). t(ㄷ)-ae(ㆍ)-l(ㄹ)로 분석.

(64) Piaer [별(星)] /비얼/

별(七千:15ㄴ). 전라방언에 '비얼'<조, 최>형이 나타나는 것으로 보아 이를 표기한 듯하다.

(65) Parram [ᄇ람(風)]

ᄇ람(東新烈5:69ㄴ). pa(ᄇ)-rram(람)으로 분석.

(66) Nam [남(南)] (胎産:10ㄴ)

(67) Poeck [븍(北)]

븍(勸念:2ㄴ). 다른 항목에서 나타난 표기의 대응관계를 볼 때, oe는 'ㅜ'를 표기한 것으로 보인다(2, 37, 108, 111항 등을 참조). 따라서 실제음은 '북'이었던 같다.

(68) Siuee [셔(西)] (東新孝6:8ㄴ)

(69) Tong [동(東)] (東醫1:18ㄴ)

(70) Moel [믈(水)]

믈(東新孝6:82ㄴ). (67)항과 마찬가지로 '물'을 표기한 것으로 보인다. 문헌상으로는 『마경초집언해』(下:60ㄱ, 下:5ㄴ)에 산발적으로 '믈>물'의 변화형이 등장한다. 언중들은 실제음에 있어서는 이미 원순화된 '물'을 사용하고 있었던 듯하며, 여기서는 이를 표기하였다.

(71) Moet [뭍(陸地)]

뭇ㅎ(捷解初6:16ㄱ), 뭍(老乞下:39ㄴ). m(ㅁ)-oe(ㅜ)-t(ㅌ)으로 분석. 15세기에는 '뭍'이 유지되다가 17세기에 오면서 '뭍, 뭇ㅎ, 뭇'형이 혼재(混在)하였다.

(72) Moel koikie [물고기(魚)] /물괴기/

믈고기(東醫1:21ㄴ), 믌고기(譯語上:51ㄱ). m(ㅁ)-oe(ㅜ)-l(ㄹ) koi(괴)-kie(기)로 분석. 움라우트가 적용된 전라방언의 '물괴기'<김, 조>를 표기한 것으로 볼 수 있다.

(73) Moet koikie [묻고기(肉)] /뭍괴기/

17세기 문헌에서는 보이지 않으나, 15-6세기에는 '묻고기'로 나타난다(내훈1:66, 소학언해3:25). '뭍'(陸地)과 '고기'의 합성어로 현대어에서는 잘 쓰이지 않는다. koikie는 (72)항을 참조.

(74) Sio [쇼(牛)]

쇼(東新烈3:21ㄴ). '쇼(s-io)'에서 이중모음인 'ㅛ'(io)를 보여준다.

(75) Jang [양(羊)]

양(痘瘡下:56ㄴ). ja(야)-ng(ㅇ)으로 분석.

(76) Kay [개(犬)] /가이/

가히(老乞下:44ㄱ), 개(家禮10:10ㄱ). ka(가)-i(이)로 분석. 전라방언에도 일부지역에서는 고어형인 '가이'<하>가 나타난다.

(77) Sodse [스지(獅)]

스지(朴通上:4ㄴ). so(스)-dse(지)로 분석. 전라방언에도 '사재'<조>이 보인다.

(78) Jacktey [약대(駱)]

약대(東醫1:57ㄴ). jack(약)-tey(대)로 분석. 음절말에서의 ㄱ(ck)과 이중모음 'ㅐ'(ey)를 보여주고 있다.

(79) Toot [돝(猪)]

돝(胎産:61ㄴ), 돗(譯語下:31ㄴ), 돈(痘瘡下:31ㄴ). t(ㄷ)-oo(ㅗ)-t(ㅌ)으로 분석.

(80) Tiarck [돍(鷄)]

돍(東新孝3:35ㄴ). t(ㄷ)-ia(ㆍ)-r(ㄹ)-ck(ㄱ)으로 분석. 어말 복자음 ㄺ 이 r과 ck로 표기되었다. 전라방언에 유일하게 '닭'<최>형이 확인되나, 일반적으로 '닥'<소, 정, 하>형이 압도적이다. 음절말 복자음에 관해서는 (8)항을 참조. 따라서 이 항목 역시 철자에 이끌려 전자(轉字)한 것으로 보인다.

(81) Koely

문증 안됨. 원문의 해석에는 enn Haen(수탉)이라 해석을 하였으나, 대응형이 확인되지 않는다. 좀 억지를 부린다면 '구구'형의 이형이 아닐까 한다. koe가 '구'와 음성적 대응을 보인다고 할 때, '구구'라는 형태를 떠오르게 하기 때문이다. 주지하다시피 '구구'는 닭에게 모이를 주기 위해 부를 때, 흔히 내는 소리이다.

(82) Kookiri [코키리(象)]

코키리(譯語下:33ㄱ). koo(코)-ki(키)-ri(리)로 분석.

(83) Kooy [괴(猫)] /고이/

괴(東醫1:51ㄱ). k(ㄱ)-oo(ㅗ)-y(ㅣ)로 분석. 이중모음 'ㅚ'를 ooy로 표기하였다. 충청방언에서 '고이'<김, 최, 소>형이 나타나며, 전남방언에서는 '괴'<김, 소, 최>가 보인다. 여기서는 고어형이 그대로 쓰였다.

(84) t'Swy [쥐(鼠)]

쥐(痘瘡下:34ㄱ). t's(ㅈ)-wy(ㅟ)로 분석. uy(ㅟ)의 u가 활음화된 w로 표기되었다.

(85) Pajam [비암(蛇)]

비암(東醫2:12ㄴ), 비암(胎産:29ㄴ). p(ㅂ)-aj(·ㅣ)-am(암)으로 분석. 이 중모음 ‘·ㅣ’가 aj로 표기되었다. 전라방언에도 ‘배암’<김, 조, 최>이 나타 난다.

(86) Tootshavi /도채비(鬼物)/

독갑이(譯語下:52ㄱ). too(도)-tsha(채)-vi(비)로 분석. 전라방언에 ‘도채 비’<조, 최>와 ‘돗채비’<소>가 확인되며 이를 표기한 것으로 추정된다.

(87) Poetsia [부쳐(佛)]

부텨(家禮5:22ㄴ), 부쳐(勸念:19ㄴ). poe(부)-tsia(쳐)로 분석. 원문에 enn Afgod(偶像)으로 해석을 해 놓았으나, ‘부처’(佛體)가 옳다. 1637년 에 간행된 『권념요록』에 ‘부텨/부쳐’의 두 형태가 뒤섞여 나타나는 것 으로 보아 언중들에게 있어서는 이미 구개음화된 형태가 폭넓게 쓰인 듯하다. 전라방언에서는 ‘부체’<조>형으로 나타난다.

(88) Kuym [금(金)] (老乞下:46ㄴ)

(89) Gun [은(銀)] (七類:15ㄴ)

(90) Naep [납(錫)]

납(東醫3:53ㄱ, 譯語下:2ㄱ). 원문에는 Tin(주석)이라 해석이 되어 있으 며, 17세기 문헌에도 ‘납’을 ‘주석’(朱錫)의 의미로 사용하였다. 칠장사본 『유합』(15ㄴ)에도 ‘납셕(錫)’이 보인다.

(91) Jen [연(鉛)] (胎産:27ㄴ)

(92) Zooy [쇠(鐵)]

쇠(東醫3:55ㄱ). 어두에서 s로 표기되어야 할 곳에 유성화된 z가 쓰이고 있음이 흥미롭다. 이중모음인 '괴'를 예상대로 ooy로 표기하고 있다.

(93) t'Sybi [집(家)+이]

집(家禮8:13ㄱ). '집'에 주격조사 '이'가 붙은 형태를 그대로 '집'의 의미로 파악한 듯하다. 뒤에서 살펴볼 (118)항에서도 이 같은 모습이 보인다.

(94) Nara [나라(國)] (東新孝8:69ㄴ)

(95) Jangsyck [양식(糧食)]

양식(七千:26ㄴ). 원문의 해석에는 Rys(쌀)로 되어 있으나, 이는 '양식'의 잘못이다. jang(양)-syck(식)으로 분석된다.

(96) t'Saet [작(爵)]

원문의 해석에는 een Pot(병, 항아리)로 되어 있다. t'Saet에 해당하는 국어 어사는 쉽게 확인되지 않는다. 다만 한자어에서 이 형태와 유사한 것으로 술잔을 의미하는 '작'(爵)[8]이란 어사가 당시 문헌에 나타난다(서 ᄅ 獻ᄒ며 酬ᄒ야 爵을 수 업시 호미 이시니, 家禮10:29ㄱ).

(97) Saeram [사름(人)] (家禮4:9ㄴ)

(98) Kackxie [각시(女孩)]

각시(朴通上:41ㄴ). kack(각)-xie(시)로 분석.

---

8) 옛날 술잔의 한가지로 몸은 길쭉하고, 아가리의 두 쪽으로 귀가 길게 내밀어서 전을 이루고 있다. 손잡이 둘과 긴 발 셋이 달려 있다. (『우리말 큰사전』, 1992, 한글학회)

(99) Ater [아돌(子)]

아돌(東新孝6:5ㄴ). 원문의 해석에는 een Kind(어린이)로 되어 있으나, 이는 '아들'(子)의 잘못으로 보인다.

(100) Aickie [아기(小兒)] /애기/

아기(胎産:26ㄱ). 원문의 해석에는 een Jongen(소년)으로 되어 있으나, '아기'(小兒)의 잘못이다. 여기서는 움라우트된 형태인 '애기'를 표기한 것으로 보인다. 이 형태는 전남방언뿐 아니라 전국적으로 폭 넓게 쓰이고 있다.

(101) Boejong [무명(綿絲)]

무명(焰焇:20ㄴ). 원문의 해석에는 Lynwaet(亞麻布)라고 되어 있으나, 이는 '무명(옷)'의 잘못이다. 어두의 m이 b로 표기되었고, 어중의 m이 j 앞에서 탈락된 형태로 나타나 있다. m과 b는 유성성과 순음성이라는 동질성 때문에 뒤바뀐 모습으로 실현된 듯하다.

(102) Pydaen [비단(絹)] (家禮5:10ㄴ)

(103) Samson [삼승(三升)]

삼승(譯語下:5ㄱ). 원문의 해석에는 단순히 stoffen(옷)이라고만 적혀 있다. 그러나 당시 문헌을 살펴보면 이 형태는 '삼승(포)'를 일컫는 것으로 추정된다. '삼승'은 날실로 짠 품질이 낮은 굵은 삼베, 즉 '석새삼베'를 말한다.

(104) Koo [코(鼻)] (痘瘡下:1ㄴ, 辟瘟:12ㄱ)

(105) Taigwor [디골(腦)]

디골(東醫1:31ㄱ). '디고리/디골'은 본래 '머리통'을 일컫는 말이었으나, 현대국어에 오면서 '대가리'는 '머리'의 속된 말이 되고 말았다. tai는 '디'가 이중모음임을 보여주고 있다.

(106) Jyp [입(口)] (勸念:33ㄱ)

(107) Spaem [뺨(臉)]

뺨(東新孝1:50ㄴ), 뺨(痘瘡上:11ㄱ), 빰(朴通中:50ㄴ). 당시 문헌에 등장하는 빈도수로 따지면 '뺨'이 가장 우세하며, '빰'은 『박통사언해』(1677)에 한 곳만 보인다. spaem은 어두에서의 복자음 ㅄ를 분명히 보여주고 있음이 우리의 관심을 끈다. 국어사에서 어두자음군의 존재 여부에 관해서는 그동안 많은 논란이 있었던 바, 이 용례의 등장은 어두자음군에 관한 증거의 하나로 제시될 수 있기 때문이다(110항 참조). 그러나 문제는 그렇게 간단하지 않다. 『北과 東타르타리아』지의 <조선국에 관한 기술>을 보면 한국어 자료를 구술했던 에이보큰은 한국어를 썩 잘 구사했던 것으로 알려져 있다(각주. 14참조). 그렇다면 그가 구어뿐만 아니라 문어에도 어느 정도 익숙했을 것이라고 추정할 수 있고, 이런 측면에서 본다면 앞선 표기가 철자에 따른 전자(轉字, transliterlation)일 가능성도 배제할 수 없는 것이다.

(108) Doen [눈(目)] (痘瘡下:40ㄱ)

(4)항의 Deuye와 (14) Docso와 마찬가지로 어두에서 n이 d로 표기된 예이다. (4)항의 설명을 참조할 것.

(109) Pael [발(足)] (家禮1:44ㄱ)

(110) Stock [쩍(餠)]

쩍(痘瘡上:9ㄱ). 원문의 해석에는 Brood(빵)이라고 되어 있으나, 이는 '떡'을 의미한다. (107)항의 새(sp)과 마찬가지로 어두에서의 복자음 ㅼ(st)을 보여주고 있다. 고어형 '쩍'의 어두자음군 흔적을 보여주는 예로 주목을 받은 평북방언의 '시더구'(김, 소, 조>, 그리고 함남방언의 '시덕'<김, 조, 소>과 함께 이 항목을 제시할 수 있을 듯하나, (107)항에서 살펴본 바와 같이 철자에 따른 전자(轉字)일 가능성을 무시할 수 없다.

(111) Socr [술(酒)] (東新孝8:65ㄴ)

(112) Podo [포도(葡萄)] (痘瘡上:23ㄱ)

(113) Caem [감(柿)]

감(東醫2:21ㄱ). 원문에는 Orangie Appel(귤)로 해석되어 있으나, 착오로 보이며 실제 이 항목은 '감'(柿)이 맞다. 어두의 자음 c는 모음 a앞에서 [k]로 발음되기 때문에 '감'의 ㄱ을 표기한 것으로 보인다.

(114) Goetsio [호쵸(胡椒)]

호쵸(胎産:14ㄴ). 앞서 보았던 (9)항의 Agop(九)과 ahob, 그리고 (60)항 Hiechep(女)과 같이 ㄱ과 ㅎ이 상호 교체를 보이고 있음이 주목된다. 전남방언에 '호초'<소>형이 보인다.

(115) Satang [사탕(沙糖)]

사탕(痘瘡上:36ㄴ). '사탕'(譯語上:51ㄴ)형도 등장하는데, 17세기 당시에 우세했던 형태는 '사탕'형이었다.

(116) Jaeck [약(藥)] (痘瘡下:59ㄱ)

(117) t'So [쵸(燭)]

쵸(家禮7:6ㄱ). 어두에 나타나는 ㅈ과 ㅊ의 구별이 쉽지 않았던 듯하다. (84) t'Swy(鼠), (93) t'Sybi(家) 등이 t'S로 표기되었고, 이 항목과 (35) t'Syrpeyck(七百), (44) t'Syertcien(七千) 등도 차이없이 표기되었다.

(118) Paemi [밤(夜)+이]

밤(馬經上39ㄱ). (93)항과 마찬가지로 '밤'(夜)이란 명사형에 주격조사 '이'가 첨가된 형태이다. 제보자가 한국어에 유창했다는 기록이 의심이 가는 부분이다. 한편으로는 문헌에 적혀있는 표기 '바미'(바미 亽뭇도록 눈 우희 안잣다가, 東新烈3:21ㄴ) 형태를 그대로 기술했을 가능성도 있다.

(119) Jangsey [양(陽)+?]

원문의 해석은 de Dag(낮)로 되어 있다. jang은 '양'(陽)을 나타내는 것으로 보이나, -sey는 확인되지 않는다. 당시 문헌에 '양지'(陽地)를 의미하는 '양디'(救荒補:11ㄴ)형이 등장하며 『주해천자문』(1804)에 '양긔양, 양디양'이 보인다.

(120) More [모레(明後日]

모뢰(朴通上:32ㄱ), 모리(警民重:39ㄱ). 원문의 해석에는 Morgan(내일)이라 되어 있으나, 이는 잘못이다. 전남방언 역시 '모레'<소, 최>로 나타난다. '모레'를 표기한 것으로 보인다.

(121) Oodsey [어제(昨)]

어제(東新烈6:6ㄴ). 원문에는 Overmorgen(모레)이라 잘못 해석되어 있다. oo(어)-dsey(제)로 분석된다.

(122) Pha [파(蔥)] (胎産:71ㄱ)

(123) Mannel [마늘(蒜)] (東醫2:31ㄴ)

(124) Nammer [ᄂᆞ물(蔬)]

ᄂᆞ물(東新孝4:44ㄴ). 당시에는 'ᄂᆞ물'형과 'ᄂᆞ믈'(東新孝6:55ㄴ)형이 함께 쓰였으나, 전자가 우세하다. 어중에 나타나는 -mm-이 단지 [m]을 표기한 것이지, 아니면 [mm]을 표기한 것인지 분명치 않다. 참고로 전라방언에는 '나물'<소, 정>형과 '남물'<조>형이 다 보인다.

(125) Nammo [나모(木)]

나모(老乞上:25ㄱ). 당시 문헌에는 '나모'형이 가장 우세하다. 이 밖에도 '남모'(馬經下:29ㄱ), '남오'(火砲:20ㄴ)도 나타나는데, 전라방언에는 '나무, 낭구, 나모'<소, 최>형 등이 보인다. 아마도 '나모/남모'형을 표기한 것으로 추정된다(124항을 참조).

(126) Jury [유리(琉璃)]

당시 『역어유해』(下:1ㄴ)에 '琉璃(琉璃)'가 확인된다.

(127) Jurymano [유리마노(琉璃瑪瑙)]

원문의 해석에는 Spiegel glas(거울용의 유리, 판유리)라 적어 놓고, 그것에 대해 다시 'jurymano는 값진 보석을 가리키는데, 그들은 '유리'도 그렇게 부른다'라고 부연 설명하고 있다.[9] '마노'(瑪瑙, 老乞下:60ㄴ)는

---

9) Jurymano , een kostelijke Steen, zoo als zy mede het glas wel benoemen.(『Noord

보석의 한 가지로 '문석'(文石) 또는 '단석'(丹石)이라 불리운다.10)

(128) Poel [불(火)]

불(馬經上:22ㄴ). 17세기 문헌에는 대부분 '블'(老乞上:19ㄴ, 東新孝3:7ㄴ)로 나타나나, 원순모음화된 '불'도 『가례언해』(7:16ㄴ)와 『마경초집언해』(上:22ㄴ)에서 확인된다. 여기서는 oe가 주로 국어의 'ㅜ'를 표기하는 것으로 보아(67, 70, 71, 87, 111항을 참조), 후자의 형태가 표기에 나타난 것으로 보인다.

(129) Pangamksio

원문에는 Pangamksio를 다음과 같이 설명하고 있다. '그들은 담배를 Pangamksio라고 부르는데, 때때로 남(南)에서 온 약초(藥草)라고도 부른다. 담배의 종자가 일본에서 건너왔다는 생각에서 그리 된 듯하다. 일본에는 포르투갈인이 들여온 것이다.'11) '담비'는 18세기 중엽 무렵에 간행된 『동문유해』(1748, 上61)부터 등장하기 시작한다. 한자어로는 '남령초(南靈草), 남초(南草), 연초(煙草)' 등이 사용되었다. 『하멜 일지』에는 Nampancoij라는 형태가 등장하는데 이는 아마도 남만초(南蠻草)의 이형인 것으로 추정된다.12) Pangamksio는 국어의 대응형이 확인되지

---

en Oost Tartaryen』 p.53)

10) '마노(瑪瑙)'는 석영(石英), 단백석(蛋白石), 옥수(玉髓)의 혼합물로 다른 광물질이 스며서 적갈색, 백색의 무늬가 나타난다. 예로부터 장식물, 세공물(細工物), 조각 재료 등으로 사용되었다.

11) Pangamksio noemen zy den Tabak, en is dit zoo veel gezegt, als kruid dat van het Zuiden komt, om dat het zaed van Tabak hen van Japan schynt toegebragt te zijn : daer het de Portugeezen hebben ingevoert. (『Noord en Oost Tartaryen』 p.53)

12) 『하멜 일지』에 등장하는 Nampancoij(南蠻草)에 관해서는 김경훤(「하멜 일지에 나타난 조선국 지명에 관하여」, 『人文科學』 제30집(2000), 성균관대학교 인문과학연구소.)의 pp.163-164를 참조할 것.

않는다.

(130) Jangman [냥반(兩班)]

냥반(東新烈5:63ㄴ). jang은 '냥'과 man은 '반'과 대응한다. m(ㅁ)과 b (ㅂ)는 유성의 순음이라는 음성상의 유사성으로 b → m으로 표기된 것으로 추정된다(101항 참조).

(131) t'Jangsio [쟝슈(將帥)]

쟝슈(東新忠1:64ㄴ). t'Jang(쟝)-sio(슈)로 분석할 수 있다. sio에서 u 가 o로 표기되었다.

(132)항부터 (143)항까지는 우리가 쓰고 있는 열두 개의 달(月)에 대한 명칭을 차례로 열거하고 있다.

(132) Tiongwor [졍월(正月)] (東醫1:15ㄱ)

(133) Jyewor [이월(二月)] (胎産:66ㄱ)

(134) Samwor [삼월(三月)] (東新忠1:48ㄴ)

(135) Soowor [亽월(四月)] (胎産:66ㄱ)

(136) Ovoor [오월(五月)] (胎産:66ㄱ)

(137) Joevoor [뉴월(六月)] (東醫1:19ㄴ)

(138) t'Syrvoor [칠월(七月)] (辟瘟:15ㄱ)

(139) Parvoor [팔월(八月)] (胎産:66ㄱ)

(140) Koevoor [구월(九月)] (痘瘡下31ㄴ)

(141) Sievoor [시월(十月)] (胎産:66ㄴ)

(142) Tongsyter [동지쫄(十一月)] (胎産66ㄴ)

(143) Sutter [섯둘(臘月)] (東醫1:15ㄱ)

'월'(月)은 wor/voor로, '달'은 ter로 표기되었다. (132)항의 Tiong은 '졍'(正)의 표기로 15세기부터 '졍'(『구급간이방언해』, 1:31)으로 쓰여왔다. (133)항의 '이'(二)부터 (140)항의 '구'(九)까지 표기 형태는 (137, 141)항을 제외하고는 앞서 수사 항목에서 보았던 것과 별다른 차이가 없다.

이(jye), 삼(sam), 소(soo), 오(o), 칠(t'Syr), 팔(par), 구(koe).

여기서 주목을 끄는 것이 (137, 141)항의 Joevoor(뉴월)과 Sievoor(시월)이다. 당시 문헌에는 '뉴월, 시월'과 함께 '뉵월'(馬經上:48ㄴ, 東新三忠:6ㄴ)과 '십월'(馬經上:49ㄱ)형도 산발적으로 나타난다. 언중들은 전자의 형태를 선호한 것으로 보이며, 여기서의 표기도 그것을 따랐다.

(142)항의 Tonsyter은 '동(tong)-지(sy)-ㅅ둘(ter)'로, (143)항의 Sutter은 '섯(sut)-둘(ter)'로 각각 대응된다.

4

본고는 『Noord en Oost Tartaryen』(『北과 東타르타리아』지)에 포함되어 있는 「조선국에 관한 기술」에 소개된 143개의 국어 어휘에 대해 그 표기를 중심으로 하여 어휘·음운론적인 측면에서 검토하였다. 이 책의 저자인 위트센은 기존에 알려져 있던 조선에 관한 자료와 함께 13년간 조선에 억류되어 있었던 하멜의 일행으로부터 들은 이야기를 덧붙여 기술한 것으로 알려져 있다. 특히 한국어에 관한 기술 부분은 전적으로 하멜 일행 중의 한 사람이었던 에이보큰으로부터 얻은 자료로 이루어져 있다.

이런 사실로 미루어 볼 때, 이 자료는 몇 가지 측면에서 나름대로의 국어학적 가치를 부여할 수 있을 것 같다. 먼저 17세기 당시의 국어 어휘가 정음(正音)이 아닌 다른 언어로 기록되었다는 점, 그리고 원문에서의 국어 자료가 로마자로 표기되었기 때문에 당시의 실제 방언형을 상당수 포함하고 있다는 점, 마지막으로 이 자료가 서양인에 의해 기록된 국어 자료로는 상당히 이른 시기라는 점 등이 바로 그것이다. 따라서 우리는 당시 17세기 무렵의 국어 연구에 있어 『하멜 일지』에 등장하는 지명과 함께 또 하나의 새로운 자료를 얻은 셈이다.

앞서 실펴본 가 항목에 대한 국어의 대응형과 그 해석을 통해 본고에서 얻은 몇 가지 사실을 정리해 봄으로써 결론에 대신하고자 한다.

첫째, 『하멜 일지』를 보면 에이보큰을 포함한 그 일행은 1656년 3월부터 1666년 9월 일본 나가사키로 탈출할 때까지 10여 년을 전라도(특히 전라남도)에서 생활했음이 드러난다. 이런 측면에서 앞서 소개된 국어 어휘 가운데 전라도의 방언형이 잔존해 있을 것이라 추정한 것이다. 이런 추정이 잘못된 것이 아니라는 사실을 (6) jacet(야섯), (8) jadarp (야닯), (9) agop(아곱), (58) mool(몰), (64) piaer(비얼), (72) moelkoikie (물괴기), (86) tootshavi(도채비) 등의 항목을 통해 확인할 수 있었다.

둘째, 외국인, 특히 서양인들이 국어 가운데에 상당수의 한자어가 들어와 있다는 사실을 인식하기까지는 오랜 시간이 필요했던 것 같다. 특히 제시된 국어 어휘 가운데, 수사 항목의 설명과 그 예들에 있어서 많은 착오가 확인된다. 실제로 고유어 수사(1-10, 21-28), 고유어 수사와 한자어 수사가 복합된 형태(11-20), 그리고 한자어 수사(29-56)는 신분 계층의 차이 없이 사용되었다. 억 단위와 만 단위를 혼돈한 것(47-56)과 배열상의 잘못(52, 54, 55)은 제보자의 수사에 관한 지식이 그리 깊지 않았음을 단적으로 보여주고 있다.

셋째, 어두에서의 복자음으로 (107)항의 spaem(쌤)과 (110)항의 stock(쩍)이 주목을 끈다. 이 이외에 다른 예가 보이지 않아 sp-와 st-의 실제 음성적 가치를 보여주는 것인지, 아니면 철자에 이끌린 것인지 파악하기 힘들다. 그러나 음절말의 복자음 래과 리을 보여주는 예들이 rp와 rck로 대응한다는 점을 고려할 때(8. joderp(여덟), 80. tiarck(닭)), 철자 그대로 전자(轉字)했을 가능성 쪽으로 생각이 기운다.

이중모음과 관련된 항목들(62. hay(희), 74. sio(쇼), 76. kay(개), 78. jacktey(약대), 83. kooy(괴), 92. zooy(쇠), 100. aickie(애기), 105. taigwor(더골) 등)도 앞선 두 항목에서 보이는 것과 동일한 문제를 지니고 있다. 그러나 실제 방언형에서는 아직도 이중모음으로 실현되는 예(가이(犬), 고이(猫) 등)가 보여 전자(轉字)의 가능성으로 성급하게 단정 짓는 것을 주저하게 한다.[13]

이 점에 있어 조금 더 부언한다면, 우리는 앞서 이 자료가 17세기 중엽의 국어를 로마자로 기록했다는 점에서 당시 국어 어휘의 실상을 살펴볼 수 있고, 한편으로는 문자의 환영에서 벗어나 당시의 실제 음성형을 엿볼 수 있다는 가능성을 지적하였다. 그러나 앞에서 논의한 바와 같이 후자의 경우에 있어서는 문제가 그리 간단한 것이 아니다. 먼저 제보자가 그 언어에 관한 지식이 얼마나 있었는지가 확인되어야 한다. 제보자가 해당 언어의 구어뿐만 아니라 문어에도 능숙했다면 해당 언어를 표기하는 과정에 있어 실제음을 그대로 적는 전사(轉寫)보다는 그 언어의 철자에 이끌릴 가능성이 더 높기 때문이다. 특히 표음문자인 정음에 있어서는 그 가능성이 더하다고 할 수 있다.

---

13) 지금까지 학계에서 논의된 바에 따르면 하향이중모음의 단모음화는 빨라야 18세기 초엽부터 시작된다고 한다. 이를 그대로 따른다면 당시에 하향이중모음은 아직 단모음화하기 이전이다.

여기서 제보자였던 에이보큰의 한국어에 관련된 지식의 정도를 확인하지 않을 수 없다. 그와 관련된 기록을 살펴보다가 그가 한국어에 상당히 유창했다는 기록을 확인하였다.[14] 이 기록은 그가 구어적인 면뿐만 아니라 문어적인 면에 있어서도 어느 정도의 지식이 있었음을 가늠할 수 있게 한다. 그가 국어에 유창했다면, 적어도 당시의 문자(정음)를 읽을 수 있었고, 나아가서는 쓸 수도 있었을 것이라 추정할 수 있는 것이다. 이 가정을 염두에 둔다면 앞서 언급한 철자에 따른 표기의 가능성이 충분히 고려되어야 할 것으로 생각한다.

마지막으로 어휘 자료 가운데 몇 개의 불확실한 깃들이 눈에 뛴다. (59) moolhoot, (81) koely, (96) t′Saet, (119) jangsey, (129) pangamksio 등이 그것인데, 본고에서는 나름대로 해석의 가능성을 제시하였지만, 국어에서는 그 대응형이 문증되지 않은 것들이다. 이 항목에 관한 완전한 해석은 후일을 기약할 수밖에 없다. 한편 앞서 보았던 수사에서의 오류 이외에, 일반 어휘항의 원전 해석에 있어서도 오류가 보인다(87, 113, 120, 121항을 참조). 한국어에 익숙했다는 제보자의 자료로 보기에는 미심쩍은 부분이나, 한편으로 생각하면 언어학 전공자가 아닌 일반 선의(船醫)가 13년에 걸친 한국에서의 생활에서-그것도 아주 열악한 환경에서-얻은 지식을 바탕으로 만들어진 자료라는 점을 생각할 때, 이 정도의 오류는 어쩌면 당연한 것이었는지도 모른다. 부록으로 지금까지 살펴본 국어 어휘 자료를 원문의 순서대로 열거해 둔다.

---

14) 『北과 東타르타리아』지의 기록에 따르면 에이보큰은 한국어에 매우 유창했지만, 바타비아의 중국인들과는 의사소통을 전혀 하지 못했다는 기록이 보인다. 이는 에이보큰의 한국어에 대한 지식이 남달랐음을 보여주는 유일한 대목이다.

부록(original text)

De telling by die van Korea, onder de grooten, is tot het tien tal toe, als volgt:

1. Ana , enn.
2. Toue of Toel , twee.
3. Sevve of Suy , drie.
4. Deuye , vier.
5. Tasset , vyf.
6. Joset of jacet , zes.
7. Girgop of jirgop , zeven.
8. Joderp of jadarp , acht.
9. Agop of ahob , negen.
10. Iaer , thien.

De gemeene man telt aldus :

11. Jagnir , een.
12. Tourgy , twee.
13. Socsom , drie.
14. Docso , vier.
15. Caseto , vyf.
16. Joseljone , zes.
17. Jeroptchil , zeven.
18. Jaderpal , acht.
19. Ahopcon , negen.
20. Jorchip , hien.

21. Somer , twintig.
22. Schierri of siergan , dertig.
23. Mahan , veertig.
24. Swin , vyftig.
25. Jegu of jeswyn , zestig.
26. Hierigum of jirgun , zeventig.
27. Jader of jadarn , tachtentig.
28. Haham of ahan , negentig.
29. Hirpee of jyrpeik , honderd.
30. Jijrpeyck , twee honderd.
31. Sampeyck , drie honderd.
32. Soopeyck , vier honderd.
33. Opeyck , vyf honderd.
34. Joeckpeyck , zes honderd.
35. t'Syrpeyck , zeven honderd.
36. Paelpeyck , acht honderd.
37. Koepeyck , negen honderd.
38. Jyrtcien , een duizend.
39. Jijetcien , twee duizend.
40. Samtcien , drie duizend.
41. Sootcien , vier duizend.
42. Otcien , vyf duizend.
43. Joecktcien , zes duizend.
44. t'Syertcien , zeven duizend.
45. Paertcien , acht duizend.

46. Koetcien , negen duizend.

47. Jyroock , thien duizend.

48. Jyoock , twintig duizend.

49. Samoock , dertig duizend.

50. Soeoock , veertig duizend.

51. Ooock , vyftig duizend.

52. Koeoock , zestig duizend.

53. t'Siroock , zeventig duizend.

54. Joeoock , tachtentig duizend.

55. Paeroock , negentig duizend.

56. Jyoock , honderd duizend.

Volgen eenige Koresche benamingen :

57. Pontchaa , betekent by hen
   God.

58. Mool , een Paerd.

59. Moolhoot , meer Paerden.

60. Hiechep , een Wyf.

61. Hanel , Hemel.

62. Hay , de Zon.

63. Tael , de Maen.

64. Piaer , de Sterren.

65. Parram , de Wind.

66. Nam , Zuiden.

67. Poeck , Noorden.

68. Siuee , West.

69. Tong , Oost.

70. Moel , 't Water.

71. Moet , d'Aerde.

72. Moel koikie , alderhande soort
   van Vis.

73. Moet koikie , alderhande soort
   van Vlees.

74. Sio , een Koe.

75. Jang , een Schaep.

76. Kay , een Hond.

77. Sodse , een Leeuw.

78. Jacktey , een Kameel.

79. Toot , een Varken.

80. Tiarck , een Hoen.

81. Koely , een Haen.

82. Kookiri , een Olyphant.

83. Kooy , een Kat.

84. t'Swy , een Rot.

85. Pajam , een Slang.

86. Tootshavi , een Duivel.

87. Poetsia , een Afgod.

88. Kuym , Goud.

89. Gun , Zilver.

90. Naep , Tin.

91. Jen , Loot.

92. Zooy , , Yzer.

93. t'Sybi , een Huis.

94. Nara , Land.

95. Jangsyck , Rys.

96. t'Saet , een Pot.

97. Saeram , een Mensch.

98. Kackxie, een Vrouw.

99. Ater, een Kind.

100. Aickie, een Jongen.

101. Boejong, Lynwaet.

102. Pydaen, Zyde.

103. Samson, stoffen.

104. Koo, de Neus.

105. Taigwor, 'tHooft.

106. Jyp, de Mond.

107. Spaem, de Wangen.

108. Doen, de Oogen.

109. Pael, de Voeten.

110. Stock, Brood.

111. Soer, Arack.

112. Podo, Druiven.

113. Caem, Orangie Appel.

114. Goetsio, Peper.

115. Satang, Zuiker.

116. Jaeck, Artzeny.

117. t'So, Edik.

118. Paemi, de Nacht.

119. Jangsey, de Dag.

120. More, Morgen.

121. Oodsey, Overmorgen.

122. Pha, Ajuin.

123. Mannel, Look.

124. Nammer, Groente.

125. Nammo, Hout.

126. Jury, Glass.

127. Jurymano, Spiegel glas.
Jurymano, een kostelijke Steen, zoo als zy mede het glas wel benoemen.

128. PoelVuur.

129. Pangamksio noemen zy den Tabak, en is dit zoo veel gezegt, als kruid dat van het Zuiden komt, om dat het zaed van Tabak hen van Japan schynt toegebragt te zijn ; daer het de Portugeezen hebben ingevoert.

130. Jangman, Edelman.

131. t'Jangsio, Overste.

Namen der Maenden.

132. Tiongwor, January.

133. Jyewor, February.

134. Samwor, Maert.

135. Soowor, April.

136. Ovoor, Mey.

137. Joevoor, Juny.

138. t'Syrvoor, July.

139. Parvoor, Augustus.

140. Koevoor, September.

141. Sievoor, October.

142. Tongsyter, November.

143. Sutter, December.

참고문헌

강순경(1996), 「남북한의 모음분석」, 『어학연구』 32권 1호.

강신항(1971), 「朝鮮館譯語 新譯」, 『대동문화연구』 8.

_____ (1972), 「朝鮮館譯語의 寫本音에 대하여」, 『어학연구』 8-1.

_____ (1978), 「中國字音과의 對音으로 본 國語母音體系」, 『국어학』 7.

_____ (1991), 『鷄林類事 「高麗方言」 研究(再版)』, 성균관대학교출판부.

_____ (1990), 『訓民正音研究(增補版)』, 성균관대학교출판부.

_____ (1995), 『朝鮮館譯語研究』, 성균관대학교출판부.

_____ (1996), 「漢字音을 通해서 본 國語音韻史研究 問題」, 『국어학』 27.

고동호(1991), 「제주 방언의 구개음화와 이중모음의 변화」, 『언어학』 제13호.

곽충구(1980), 『十八世紀 國語의 音韻論的 研究』, 국어연구 43.

_____ (1982), 「牙山 地域語의 二重母音 變化와 二重母音化」, 『方言』 6.

_____ (1991), 『咸鏡北道 六鎭方言의 音韻論』, 서울대 박사학위논문.

김경훤(1991), 『母音 'ㆍ'의 非音韻化 研究』, 성균관대 석사학위논문.

_____ (1991), 「音韻의 交替와 變化」, 『반교어문연구』 제3집.

_____ (1993), 「하향이중모음 'j'의 성격에 관한 일고찰」, 『성균어문연구』 제29집.

_____ (1994), 「朝鮮館譯語에 나타난 모음 표기에 관하여」, 『새국어교육』 제50호.

_____ (1995), 「'ㆎ, ㅐ, ㅔ' 混記의 音韻論的 解釋」, 『國語國文學論叢』(강신항 교수 정년기념논총)

_____ (1997), 「국어 이중모음 연구의 몇 가지 문제점」, 『語文學論叢』(진태하 교수 화갑기념논총)

_____ (1997), 「한자 표기상에 나타나는 하향이중모음」, 『성균어문연구』 제32집.

_____ (1998), 『국어 하향이중모음의 통시적 연구』, 성균관대 박사학위논문.

_____ (2000), 「하멜 일지에 나타난 조선국 지명에 관하여」, 『人文科學』(성균관대) 제30집.

_____ (2001), 「단모음화 시기 추정에 관한 몇 가지 제안」, 『새국어교육』 제61호.

_____(2001), 「서양인의 기록에 나타나는 17세기 국어 어휘에 관하여 -어휘·음운 론적 측면을 중심으로-」, 『人文科學』(성균관대) 제31집.

_____(2003), 「이중모음 'ㅢ'의 통시적 연구」, 『語文硏究』 제119호.

_____(2004), 「국어 부음의 국어사적 고찰」, 『한국어의 역사』, 보고사.

김대식(1998), 『國語 語彙史의 原理』, 보고사.

김동언(1983), 「중세어 이중모음의 'ij'에 관한 연구」, 韓南語文學(한남대) 제9·10집.

김무식(1990), 「국어 전이음(Glides)의 음향 음성학적 연구」, 『어문논총』 제24호.

_____(1993), 『훈민정음의 음운체계 연구』, 경북대 박사학위논문.

김민수(1956), 「朝鮮館譯語 攷」, 이희승선생 송수기념논총.

_____(1985), 「重母音 'ㆎ'에 대하여」, 人文論集(고려대) 30집.

金芳漢(1964), 「國語母音體系의 變動에 關한 考察」, 『東亞文化』 2.

_____(1971), 「中聲母音에 대하여」, 『어학연구』 7권-2호.

김영배(1984), 『平安方言硏究』, 東國大出版部.

_____(1995), 「梁柱東論」, 東岳語文論集(동국대) 제30집.

김영선(1995), 「'j'계 내림 두겹홀소리의 기저음가에 대하여」, 『우리말연구』 제5집.

_____(1997), 『우리말 음절구조의 선호성에 따른 음운현상에 대한 역사적 연구』, 세종출판사.

金永松(1976), 「훈민정음의 홀소리 체계」, 『人文社會科學論文集』(부산대) 15.

김영진(1990), 「모음체계」, 『국어연구 어디까지 왔나』, 동아출판사.

김완진(1963), 「國語母音體系의 新考察」, 『진단학보』 24.

_____(1964), 「中世國語 二重母音의 音韻論的 解釋에 대하여」, 『학술원논문집』 4.

_____(1967), 「韓國語發達史 上(音韻史)」, 『韓國文化史大系(Ⅴ)』.

_____(1971), 『國語音韻體系의 硏究』, 一潮閣.

_____(1972), 「다시 β>W 를 찾아서」, 『어학연구』 8권 1호.

_____(1978), 「母音體系와 母音調和에 대한 反省」, 『어학연구』 14권 2호.

_____(1980), 『鄕歌解讀法硏究』, 서울대 출판부.

_____(1985), 『국어연구의 발자취(Ⅰ)』, 서울대 출판부.

_____(1996), 『음운과 문자』, 신구문화사.

김윤한(1979), 「'움라우트'란 용어 및 그 개념」, 『언어학』(한국언어학회) 4호.

김정태(1996), 『國語 過渡音 硏究』, 박이정.

김종규(1989), 『中世國語 母音의 연결 제약과 음운 현상』, 국어연구 89.

김주원(1984), 「18세기 경상도 방언의 음운현상」, 『인문연구』(영남대) 6.

_____(1991), 「한국어 모음추이 연구사」, 『언어학연구사』, 서울대출판부.

_____(1992), 「14세기 모음추이가설에 대한 검토」, 『언어학』 14호.

김주필(1994), 『17·8세기 국어의 구개음화와 관련 음운현상에 대한 통시적 연구』, 서울대 박사학위논문.

_____(1996), 「경상도 방언의 ㅔ와 ㅐ의 合流 過程에 대하여」, 李基文敎授 停年退任紀念論叢.

김진우(1967), 「Some Phonlogical Rules in Korean」, 『語文硏究』(어문연구회) 5.

_____(1968), 「The Vowel System of Korean」, 『Language』 44-3.

_____(1976), 「Diagonal Vowel Harmony?：Some Implications for Historical Phonology」, 『국어학』 7. (1978)에 재 수록됨.

김차균(1984), 「15세기 국어의 음운 체계(I)」, 『언어』(충남대 어학연구소) 5호.

김창수(1983) 『하멜漂流記』 世界思想全集 10. 乙酉文化社.

김철헌(1963), 「朝鮮館譯語 硏究」, 『국어국문학』 26.

김태진(1996), 『하멜일지 그리고 조선국에 관한 기술』, 전남대학교 출판부.

남광우(1995), 『古今漢韓字典』, 仁荷大學校出版部.

남풍현(1981), 『借字表記法硏究』, 檀大出版部.

도수희(1977), 「忠南方言의 母音變化에 대하여」, 『이숭녕선생 고희기념논총』.

_____(1981), 「忠南方言의 움라우트 現象」, 『방언』 5.

_____(1985), 「한국어음운사에 있어서 부음 -y에 대하여」, 『한글』 179.

_____(1987), 『한국어 음운사 연구』, 탑출판사.

류구상(1996), 『천안지역어 연구』, 한남대출판부.

문선규(1972), 『朝鮮館譯語 硏究』, 경인문화사.

문양수(1974), 「Phonological problems of Korean」, 『學術院論文集』 13.

박명순(1987), 『居昌地域語의 音韻硏究』, 성균관대 박사학위논문.

_____(1994), 「永同地域語의 音韻硏究」, 『湖西文化論叢』(西原大 湖西文化硏究所) 8.

_____(1995), 「忠北 永同地域語의 두 方言圈에 대한 考察」, 姜信沆博士 定年紀念論叢.

박은용(1970), 「中國語가 韓國語에 미친 影響」, 『논문집』(효성여대) 제12집.

朴井圭(1989), 「18世紀 後半 文獻의 表記法 硏究-'ㆍ'와 音節末子音의 表記를 中心으로-」, 국어연구 87.

박종덕(2003), 「경상도 방언의 모음체계 변천에 관한 통시적 연구」, 건국대 박사학위논문.

박종희(1994), 「中世國語 二重母音 表記 問題」, 『논문집』(원광대) 28집.

_____(1994), 「중립모음 'ㅣ'의 본질과 모음조화」, 도수희선생 화갑기념논총.

_____(1995), 「중세국어 이중모음의 통시적 발달」, 『국어학』 26.

박창원(1986), 「국어모음체계에 대한 한 가설」, 『국어국문학』 95.

_____(1988), 「15세기 국어의 이중모음」, 『경남어문논집』(경남대) 창간호.

백두현(1988), 「ᄋ, 오, 으, 우의 대립관계와 圓脣母音化」, 『국어학』 17.

_____(1989), 『嶺南 文獻語의 通時的 音韻 硏究』, 경북대 박사학위논문.

_____(1994), 「이중모음 'ㆎ'의 통시적 변화와 한국어의 방언 분화」, 『어문론총』(경북대) 제28호.

송기중(1989), 「'龍飛御天歌'에 登場하는 北方民族語名」, 『진단학보』 69.

송 민(1974), 「母音 'ᄋ'의 非音韻化 時期」, 『論文集』(성신여대) 5.

_____(1975), 「18世紀 前期 韓國語의 母音體系」, 『論文集』(성신여대) 6.

_____(1986), 『前期近代國語音韻論硏究』, 『國語學叢書』(國語學會) 8.

_____(1991), 「근대국어의 음운론적 인식」, 『第21會 東洋學學術會議講演抄』.

_____(1994), 「近代國語의 音韻論的 認識」, 『東洋學』(단국대학교 동양학연구소) 제24집.

송철의(1995), 「國語의 滑音化와 관련된 몇 問題」, 『단국어문논집』(단국대) 창간호.

신기상(1999) 『동부경남방언의 고저장단 연구』, 月印.

심재기(1985), 「Grammaire Coréenne의 硏究」, 『韓國天主敎會創設 二百周年紀念 韓國敎會史論文集 Ⅱ』.

안병희(1975), 「口訣의 硏究를 위하여」, 『東洋學 學術會議 論文集』(成均館大學校).

_____(1977), 『中世國語口訣의 硏究』, 一志社.

_____(1984), 「韓國語 借字表記法의 形成과 特徵」, 『제3회 국제학술회의 논문집』, 한국정신문화연구원.

양병곤(1993), 「한국어 이중모음의 음향학적 연구」, 『말소리』(대한음성학회) 25-26호.

양주동(1939/1960), 『古歌硏究(訂補版)』, 博文書館刊.

오종갑(1983), 「ㅑ, ㅕ, ㅛ, ㅠ의 變遷」, 韓國學論集(계명대) 10집.

유창돈(1964/1987), 『李朝語辭典』, 延世大出版部.

_____(1964), 『李朝國語史研究』, 이우출판사.

이광호(1978), 「경남방언의 이중모음에 대하여」, 『국어학』 6.

이기문(1954), 「語辭의 分化에 나타나는 ABLAUT的 現象에 대하여」, 崔鉉培先生 還甲 紀念 論文集.

_____(1957), 「朝鮮館譯語 編纂年代」, 『文理大 學報』(서울대) 5.1.

_____(1959), 『16世紀 國語의 研究』, 塔出版社.

_____(1963), 「十三世紀 中葉의 國語 資料-鄕藥救急方의 價値-」, 『東亞文化』 1집.

_____(1968), 「朝鮮館譯語의 綜合的 檢討」, 『논문집』(서울대) 14.

_____(1968), 「모음조화와 모음체계」, 이숭녕박사송수기념논총.

_____(1969), 「中世國語 音韻論의 諸問題」, 『진단학보』 32.

_____(1971), 「'州'의 古俗音에 대하여」, 지헌영선생 화갑기념논총.

_____(1961/1972a), 『國語史槪說』, 민중서관, 탑출판사.

_____(1972b), 『國語音韻史研究』, 탑출판사.

_____(1975), 「衿陽雜錄의 穀名에 대하여」, 『東洋學』(檀國大) 5집.

_____(1979) 「中世國語 母音論의 現狀과 課題」, 『東洋學』 9.

이기문·김진우·이상억(1984), 『國語音韻論』, 學研社.

이덕봉(1963), 「鄕藥救急方의 方中鄕藥目 研究」, 『亞細亞研究』 제6권 1-2호.

이돈주(1969), 「全南方言에 대한 考察」, 『語文學論集』(전남대) 제5집.

이등룡(1990), 「廣開土大王碑文에 쓰인 '烟'字의 語彙的 意味」, 李佑成敎授 定年退職紀念論叢.

이병도(1934-1935), 「蘭船濟州道難破記(하멜漂流記)」, 『진단학보』 第一~三卷.

_____(1954/1995), 『하멜漂流記-附 朝鮮國記-』, 一朝閣.

이병근(1970), 「19世紀 後期國語의 母音體系」, 『學術院 論文集』 9집.

_____(1971), 「現代韓國方言의 母音體系에 대하여」, 『어학연구』 7권 2호.

_____(1973), 「登海岸 方言의 二重母音에 대하여」, 『진단학보』 36.

이상억(1987), 「모음조화 및 이중모음」, 『國語學新研究』, 塔出版社.

이숭녕(1940), 「'ᄋ'音攷」, 『진단학보』 12권.

_____(1954), 『조선음운론연구 제1집 'ᄋ'音攷』, 을유문화사.

_____(1949), 「'애, 에, 외'의 音價變異論」, 『한글』 106호.

_____(1954), 「15世紀 母音體系와 二重母音의 kontraktion的 發達에 관하여」, 『동방학지』 제1집.

_____(1959), 「'·'音攷 再論」, 『학술원 논문집』 1.

_____(1981), 『중세국어문법』, 을유문화사.

_____(1988), 『李崇寧國語學選集 1,2,3』, 民音社.

이승재(1993), 「모음의 발음」, 『새국어생활』 제3권 1호, 국립국어연구원.

이우영(1981), 「'·'音의 混錯表記에 관한 研究」, 『論文集』 13.(제주대)

이은규(1993), 『「鄕藥救急方」의 國語學的 硏究』, 曉星女子大學校 博士學位論文.

이익섭(1972), 「江陵 方言의 形態音素論的 考察」, 『진단학보』 34.

_____(1992), 『國語 表記法 硏究』, 서울大學校 出版部.

이환묵(1987), 「訓民正音 母音字의 制字原理」, 『언어』 12권-2호.

이현복(1971), 「현대 서울말의 모음 음가」, 『어학연구』 7권 1호.

_____(1977), 「서울말과 표준말의 음성학적 비교연구」, 『언어학』 제2호.

_____(1984), 「/외/ 모음의 소리값」, 『말소리』(대한음성학회) 7-8호.

이희승(1955/1978), 「國語學槪說」, 民衆書舘.

장영길(1993), 『15세기 국어 모음체계 연구』, 동국대 박사학위논문.

전광현(1967), 「十七世紀 國語의 硏究」, 국어연구 19.

_____(1971), 「十八世紀 後期國語의 一考察」, 『論文集』(전북대) 13.

_____(1978), 「十八世紀 前期國語의 一考察」, 『어학』(전북대) 5.

_____(1997), 「근대 국어 음운」, 『국어의 시기별 변천 연구 2』, 국립국어연구원.

전상범(1976), 「변이의 음운론적 해석」, 『언어와 언어학』(외국어대) 제4집.

정 국(1976), 「言語變化의 方向 : 單純化 대 複雜化」, 『어학』(전북대), 제3집.

정기수(1977), 『朝鮮敎會史序論』, 探求新書 101, 探求堂.

정연찬(1989), 「15세기 국어의 단모음체계와 그에 딸린 몇 가지 문제」, 『국어학』 18.

_____(1991), 「現代國語 二重母音 體系를 다시 생각하여 본다」, 石靜 李承旭先生
　　　　　回甲紀念論叢.

조항근(1976), 「A Phonological study of the Phoneme /i/ in Korean」, 『語文學』 34.

_____(1986), 『淸原地域語의 構造에 관한 硏究』, 成均館大 博士學位論文.

_____(1990), 「忠北 北部方言硏究」, 開新語文硏究 7집.

진태하(1974), 『鷄林類事硏究』, 明知大 出版部.

최명옥(1982), 「月城地域語의 音韻論」, 嶺南大 出版部.

_____(1986), 「19世紀 後期 西北方言의 音韻體系」, 『國語學新硏究』, 탑출판사.

_____(1988), 「國語 Umlaut의 硏究史的 檢討」, 『진단학보』 65.

_____(1989), 「國語 움라우트의 歷史的 考察」, 『周時經學報』 제3집.

_____(1996), 『國語 音韻論과 資料』, 태학사.

_____(1997), 「國語의 通時音韻論 槪觀」, 『國語史硏究』, 國語史硏究會, 태학사.

최세화(1976/1982), 『15世紀國語의 重母音 硏究(三版)』, 亞細亞文化社.

_____(1988), 「无涯 梁柱東의 國語學的 硏究」, 『韓國文學硏究』(동국대) 11집.

최윤현(1989), 「국어의 하강이중모음에 관한 통시적 연구」, 건국대 박사학위논문.

최임식(1984), 『19世紀 後期 西北方言의 母音體系』, 계명대 석사학위논문.

_____(1995), 『國語方言의 音韻史的 研究』, 文昌社.

최전승(1979), 「명사파생접미사 -i 에 대한 일고찰」, 『국어국문학』 79-80호.

_____(1986), 『19세기 후기 全羅方言의 음운현상과 그 역사성』, 한신문화사.

_____(1987), 「二重母音 '외','위'의 단모음화 과정과 母音體系의 변화」, 『어학』 (전북대) 제14집.

_____(1989), 「비어두음절 모음 'ㅇ'의 변화와 공간적 차원과 철자식 발음에 대하여」, 李庸周先生回甲紀念論叢.

_____(1995), 『한국어 方言史 연구』, 태학사.

최학근(1976), 「M. 푸젤로의 「露韓辭典」에 대하여」, 『冠岳語文研究』 제1집.

_____(1987), 『韓國方言辭典』, 明文堂.

최현배(1937), 『우리말본』, 延禧專門學校 出版部.

_____(1959), 「'ㆍ'자의 소리값 상고」, 『東方學志』 4.

한문희(1979), 「실험음성학적인 면에서 본 현대 한국어 모음체계」, 『한글』 166.

한영균(1990a), 「母音調和의 崩壞와 'ㆍ'의 第一段階 變化」, 『국어학』 20.

_____(1990b), 「모음체계의 재정립과 'ㆍ'의 제2단계 변화」, 『애산학보』 10.

_____(1991), 「二重母音의 單母音化 過程에 대한 挿疑」, 김완진선생 회갑기념논총, 民音社.

_____(1991), 「움라우트의 音韻史的 解釋에 대하여」, 『주시경학보』, 탑출판사.

_____(1997), 「모음의 변화」 『國語史 研究』, 국어사연구회, 태학사.

허 웅(1952), 「'애 에 외 이'의 音價」, 『국어국문학』 제1호.

_____(1965), 『國語 音韻論』, 正音社.

_____(1967) 「서기 18세기 後半期의 國語史에 관한 若干의 資料에 대하여」, 『亞細亞學報』 제3집.

_____(1968), 「국어의 상승적 이중모음체계에 있어서의 빈칸」, 이숭녕 박사 송수기념논총.

_____(1985), 『국어 음운학』, 샘문화사.

현평효(1963), 「제주도 방언 'ㅇ'음 소고」, 『양주동 박사 회갑기념 논문집』.

_____(1986), 「濟州道方言의 研究와 特徵에 대하여」, 『국어생활』(가을, 통권 6호), 국립국어연구원.

홍윤표(1986), 「近代國語의 表記法 研究」, 『民族文化研究』(고려대) 19.

_____(1993),『國語史 文獻資料 研究(近代篇1)』, 태학사.

_____(1994),『근대국어연구(1)』, 태학사.

_____(1997),「근대 국어 자료」,『국어의 시대별 변천 연구 2 (근대국어)』, 국립국어
　　　연구원.

陸志韋(1947),『記蘭茂韻略易通』, 燕京學報 32期, 北京.

_____(1948),『記畢拱宸韻略匯通』, 燕京學報 33期, 北京.

_____(1971), 記蘭茂 韻略易通:『燕京學報』32期, 記必拱宸 韻略匯通:『燕京學報』
　　　33期『漢語音韻學論集 第2集』(1971)에 재수록

小倉進平(1941),「朝鮮館譯語 語釋(上下)」,『동양학보』28권-3호 28권-4호

_____(1944),『朝鮮語方言の研究(上·下)』, 東京:岩波書店.

_____(1975),『小倉進平博士著作集』, 京都大學國文學會.

生田滋 譯(1961/1962/1965),「朝鮮幽囚記(一, 二, 三)」,『朝鮮學報』제19, 23, 35집.

河野六郎(1945),『朝鮮方言學試攷』, 東京:東都書籍.

_____(1968),『朝鮮漢字音の 研究』, 天理.

_____(1979),『河野六郎著作集』, 東京, 平凡社.

檀國大學校 東洋學硏究所(1992-1996),『韓國漢字語辭典』.

독립신문(1897.3.4-1899.12.2).

리윤규·심희섭·안운(1992),『조선어방언사전』, 연변 : 연변 인민출판사.

문세영(1938),『조선어사전』, 朝鮮語辭典刊行會.

『서울 토박이말 자료집(1)』(1997), 국립국어연구원.

「서울 地域語 구술자료(1)」(1997), 성균어문연구 제32집.

新小說·飜案(譯)小說 1-10 (韓國開化期文學叢書I), 亞細亞文化社 영인(1978).

유창돈(1964),『李朝語辭典』, 延世大 出版部.

이정민·배영남(1987),『언어학사전(개정증보판)』, 박영사.

朝鮮總督府編(1920),『朝鮮語辭典』, 亞細亞文化社 영인.(1975)

조성식(1990),『英語學辭典』, 新雅社.

파리外邦傳敎會(1880)『한불ᄌ뎐』, Yokohama, Japan.

韓國精神文化研究院(1987~1995),『韓國方言資料集 I~IX』.

한국정신문화연구원(1995) 『17세기 국어사전(上, 下)』.

한글학회(1991), 『한국 땅이름 큰사전』.

한글학회(1992), 『우리말큰사전』, 어문각.

Anttila, H.(1972), *An introduction to historical lingiustics*, New York: Macmillan.

Baldi, P. and R. N. Werth.(1978), *Reading in Historical Phonology*, Univ. Park : Pennsylvania State Univ. Press.

Bloomfield, L.(1933), *Language*, New York : Holt, Rinehart and winston.

Buys, J.(1998), *Hamel's journal and a description of the Kingdom of Korea (1653-1666)*, by Hendrik Hamel, Royal Asiatic Society, Korea Branch, Seoul, Korea.

Bynon, T.(1977), *Historical Linguistics*, Cambridge : Cambridge Univ. Press.

Chen, M. Y. and Wang, W. S-Y.(1975), *Sound Change: actuation and implementa -tion*, Language 51.

Chez Jean Frederic Bernard.(1732), *Recueil de voyages au nord*, Nouvelle Edition IV, Amsterdam.

Dallet, S.(1874), *La Langue Coréenne*, 歷代韓國文法大系 ② 21 탑출판사.

Hoetink, B.(1920), *Verhaal van het Vergaan van het Jacht De Sperwer en van het Wedervaren der Schipbreukelingen op het Eïland Quelpaert en het Vasteland van Korea (1653-1666) met Eene Beschrijving vandat Rijk door Hendrik Hamel (Werken Uitgegeven door de Linschonten-Vereeniging XVIII)*, Gravenhage.

Gale J. S.(1897), 『韓英字典(한영ᄌᆞ뎐)』, Yokohama, Japan.

Gleason, H. A.(1961), *An Introduction to Descriptive Linguistics(2nd ed.)*, New York : Holt, Rinehart and winston.

Griffis, W. E. (1884), *Corea, Without and Within*, Philadelhia.

Hock, H. H.(1986), *Principles of Historical Linguistics*, Amsterdam:Mouton de Gruyter.

Hyman, L. M.(1975), *Phonology : theory and analysis*, New York : Holt, Rinehart and Winston.

Jakobson, R.(1931), *Principles of historical phonology*, trans. by A. Keiler, in Baldi and Werth.(1978).

Jeffers, R. J. & I. Lehiste.(1979), *Principles and methods for historical linguistics*, Cambridge, M. A : MIT Press.

Jespersen O.(1966), *English Phonetics*, (Rev & Jones, D.(1960), *An outline of English Phonetics*, Cambridge, W. Heffer & Sons LTD.

_____(1962), *The Phoneme, its Nature and Use*, Cambridge, W. Heffer & Sons LTD.

Ladefoged, P.(1982), *A Course in Phonetics(2nd ed.)*, *New York :* Harcourt Brace Jovanovich, Inc.

Lass, R.(1984), *Phonology : An introduction to basic concepts*, Cambridge Univ. Press.

Laver, J.(1994), *Principles of Phonetics*, Cambridge Uni. Press.

Martinet, A.(1970), *Éléments de linguistique générale*, Paris : Armand Colin. 김방한(1978)譯, 『一般言語學槪要』 一潮閣.

Par les Missionnaires de Corée(1880), *Dictionnaire Coréen-Français*, Yokohama.

Penzel(1969), 「The Evidence for Phonemic Changes」, In R. Lass(ed), Approaches to English Historical Linguistics, New York : Holt, Rinehart and Winston.

Ledyard, G.(1971), *The Dutch Come to Korea*, Royal Asiatic Society, Korea Branch Monograph Series No. 3, Seoul, Korea.

Ridel(1881), *Grammaire Coréenne*(韓語文典), Yokohama.

Ross, J.(1877), *Corean Primer*, 歷代韓國文法大系 ② 02 탑출판사.

Roth, L.(1936), *Grammatik der Koreanischen Sprache*, 歷代韓國文法大系 ② 25 탑출판사.

Saussure, F.(1915/1959), *Course in General Lingustics*, (trans. by W.Baskin), New York : McGraw Hill.

Scott, J.(1893), *A Corean Manual or Phrase Book(2nd ed.)*, 歷代韓國文法大系 ② 09 탑출판사.

Selkirk, E. O.(1982), *The Syntax of words*, Cambridge, Mass : MIT Press.

Spencer, A.(1996), *Phonology : theory and description*, Oxford, UK ; Cambridge, Mass., USA : Blackwell Publisher.

Swadesh, M.(1947), 「On the Analysis of English Syllabics」, Language 23.

Trager, G. L. & H. L. Smith.(1957), *An Outline of English Structure*(3rd ed.), Studies in Linguistics, Occasional Papers 3. Norman, Okla. : Battenburg Press.

Trubetzkoy, N. S.(1939/1971), *Principle of Phonology(2nd ed.)*, (trans. by Christiane A.M. Baltaxe) Los Angeles : Univ. of California Press.

Underwood, H. G.(1890/1914), *An Introduction to the Korean Spoken Language(2nd ed.)*, 歷代韓國文法大系 ② 11 탑출판사.

Vachek, J.(1973), *Written Language*, The Hague : Mouton & Co.

_____(1989), *Written Language Revisited*, Amsterdam/Philadelphia : John Benjamins Publishing Company.

Vos, Frits(1975), *Master Eibokken on Korea and the Korean Language: Supplementary Remarks to Hamel's Narrative*, Transactions Royal Asiatic Society, Korea Branch, Seoul, Korea.

Witsen, Nicolaas(1705), *Noord en Cost Tartaryen: Behezende eene Beschrijving van Verscheidene Tartersche en Nabuurige Gewesten in de Noorder en Oostelykste Deelen van Aziën en Europa*, Amsterdam.

찾아보기

ㅈ

▎김경훤

　서울 출생
　성균관대학교 문과대학 국어국문학과 졸업
　동 대학원 국어국문학과 졸업, 문학박사
　성균관대, 명지대, 서울산업대, 서원대, 충북대 등에서 강의
　현 상지대학교 국어국문학과 겸임교수

음운의 변화와 표기

2004년 11월 30일 초판 발행

지은이　김경훤
펴낸이　김흥국
펴낸곳　도서출판 **보고사**

등록　1990년 12월(제6-0429)
주소　서울시 성북구 보문동 7가 11번지
편집부　922-5120~1, 영업부　922-2246, 팩스　922-6990
홈페이지　www.bogosabooks.co.kr
메일　kanapub3@chol.com

ⓒ 김경훤, 2004
ISBN 89-8433- 274-7(93810)
정가 18,000원

잘못된 책은 교환하여 드립니다.